夢見る少年の昼と夜

TakeHiko
FuKunAga

福永武彦

P+D
BOOKS
小学館

目次

夢見る少年の昼と夜 —— 5
秋の嘆き —— 59
風景 —— 81
幻影 —— 105
死神の馭者 —— 127
一時間の航海 —— 155
鏡の中の少女 —— 173
心の中を流れる河 —— 197
夜の寂しい顔 —— 249
未来都市 —— 271
鬼 —— 341
死後 —— 369
影の部分 —— 391
世界の終り —— 421
『世界の終り』後記 —— 482
『世界の終り』再版後記 —— 484
『心の中を流れる河』再版後記 —— 486

夢見る少年の昼と夜

鳩時計が今や時刻を告げようとして、発条《ぜんまい》のひきつれる掠れた金属性の音を響かせ始めた。それまで畳の上に横になってぼんやり天井を向いていた太郎は、そのかすかな響きにむっくりと身体を起した。箪笥の上の鳩時計にちらっと眼を遣った。慌てて眼をつぶると、息を凝らした。

間ニ合ッタ。始マッテシマッテカラデハモウ遅イノダ。オ婆サンノヨウニ喘ギナガラ、ソレガ咽喉ヲグルグルイワセ始メル時。……クックウ、ト一ツ鳴ル。オ婆サンジャナイ、鳩ナンダ。デモウマク願ヲ掛ケナケリャ駄目ナンダカラ、魔法使ノオ婆サンカモシレナイ。魔法使ノオ婆サンハ喘息持チダトオ鹿サンガ言ッタ、喘息テノハキットトテモ苦シインダロウナ。クックウ、クックウ、クックウ、クックウ、クックウ……。モウ六ツ鳴ッタ。早ク考ヘツカナキャ。村越先生、青山先生、アブクチャン、直チャン、……ソンナ事ジャナイ。空ヲ飛ブ呪文、ピーターパン、ネヴアネヴアランド、違ウ。暴君ネロ、鼠、ネムノ樹、墓地……。い、い、い、い、い、い、ハ、ハ、クックウ、クックウ、クックウ、クックウ、クックウ……。

駄目カナ。鳩。愛チャン。ソウダ、愛チャンニ会イタイ……。

クックウ。十二時ダ。間ニ合ッタ。

太郎は眼を開いた。あたりがくらくらする。魔法の世界が過ぎ去って、真昼の眩しい光線が縁側に一面に射し込み、その余熱が頬をかっかとほてらせる。茶の間の中は蒸し暑い。箪笥の上で、啼き終った鳩時計が、もう何ごともないかのように平和に眼の玉をくるくる動かしている。コノ鳩時計ハモウオ婆サンダ。ソレハオ母サンモ知ッテイル。オ母サンノオ父サンモ知ッテイル。コレハドイツ製ダ。コレハドイツノ鳩ダ。オジイサンガムカシ外国デ買ッタモノダ。コノ鳩ハ色ンナ死ンダ人達モ知ッテイルノダ。鳩ハ何年クライ生キルノダロウ？

太郎は考え込みながら、眼の玉をくるくる動かした。真似をしているな、と言いたげに、鳩時計が上から見下している。太郎は寝ころんだまま両足の先を箪笥の抽出の環に掛ける。愛チャンニ会エルトイイケド、会エルカシラ。オ祈リハウマク行ッタケド。何ヲシテイルノダロウ、愛チャンハ、アノ家ノ中デ？　イツモ門ノシマッタ家。硝子ノギザギザヲ塀ノ上ニ植エツケタ家。樹ガ茂ッテイテイツモヒッソリカントシタ家。アレハフライパンデ何カイタメモノヲシテイル臭ヒダ。

——お鹿さん、お昼のお菜《かず》は何？

——じゃがいものバタいためです。

——何だ、またか。

——もうすぐですよ、お坊っちゃん、とお鹿さんはとんちんかんな返事をした。

太郎はもう一段上の抽出の環に足の先を掛けた。それが太郎には精いっぱいでその上まではまだあがらない。無理に上げようとすると汗が出て来る。両手を支えにして、お尻を浮かすようにした。もう少し。もう少し脚が延びれば。

——お坊っちゃん、茶ぶ台を出して下さいな。出来ましたよ。

飛び起きた。活発に部屋の隅から茶ぶ台を持って来る。畳んである脚をぽきぽきいわせながら組立てる。その前に大急ぎで坐る。それから大きな声で呼ぶ。

——準備はいいよう。

お鹿さんが笑いながらお勝手からはいって来ると、手にしたお盆の上の食器類を並べ始めた。お皿の中のじゃがいもが湯気を立てている。太郎は悪口を言いたそうにして止めた。お鹿さんのお昼のお菜は何かというとこれだ。肥ります、とお鹿さんは言うけど、これが一番簡単に出来るからだと太郎は承知している。お鹿さんは田舎者だから、お料理の方はあまり上手ではなかった。

ミミイガイタラナア。アノ頃ハ梅雨デ毎日雨ガ降ッテイタ。学校ノ帰リニ、墓地ノ近道ヲ通ッテイタラ、ミミイガ雨ニ濡レテ震エテイタノダ。ハンカチニクルンデ連レテ来タ。オ出デ、オ出デ、ト呼ンデモナカナカ来ナイ。畳ノ上ヲ爪ノ先デ擦ルト、キョロキョロシテ、飛ビ掛ッテ来ル。両手ノ間ニ載ルホド小サカッタ。ミミイヲ捨テロト言ッタノハオ父サンダ。捨テニ行ッタノハオ鹿サンダ。ドッチモ悪イ、嫌イダ。大人ハ嫌イダ。ミミイガ御飯ヲ食ベル時ハソリャ可愛カッタ。僕ハ十ダ。ソノ倍ガ二十デ、青山先生ハ二十ダッテ？　村越先生ハ三十カナ。オ父サンハ三十八ダ。オ鹿サンハ幾ツダロウ？

——お鹿さんは幾つ？

——忘れましたよ。

自分ノ齢ヲ忘レルノハ馬鹿ナオ婆サンニ限ッテイル。シカシオ鹿サンハマダオ婆サンジャナイナ。

——四十くらい？

——ありがとう、お坊っちゃん。よく噛んでおあがんなさい。

間違ッタラシイ。幾ツデモイイヤ。ドウシテ大人ハアンナニ平気デ猫ヲ捨テニ行ケルノダロウ。僕ハ犬ガ欲シイナ。大キナ奴。桜井君ノ持ッテイルヨウナ奴。

——お父さん、犬なら飼っていいって言ったね。本当かしら？

——どうなりますかね。お引越の後の話ですよ。

——厭だなあ、学校変るの。友達だってみんな新しくなるんだよ。

——しかたがございませんよ。旦那さまの御転任なんですからね。何処へ行っても、お友達は直に出来ますよ。

——僕は人みしりするたちなんだってさ。この前お父さんがそう言ってた。それ、いけないこと？

――お坊っちゃんは大丈夫です。

何のことだか分らなかったけれども、御飯を終って御馳走さまと言った。暑くって汗が滲み出て来る。

――今晩は何？

――そうですねえ、何にしましょう？　旦那さまはお帰りにならないから、……ライスカレーはどうです？

――カレーか、と馬鹿にしたように言った。お父さん今晩も遅いのかい？　今晩、縁日なんだけどなあ。

――御転任の前だからお忙しいんですよ。お坊っちゃんも御用を言いつかっているんでしょう？

――うん。学校に行くんだ。村越先生から転校のための書類を貰って来るんだよ。

――先生はお休みでも学校においでなんですか？

――何て言ったっけかな？　そう、当直なんだ。お父さんが一昨日の晩、お家へ行って、今日僕が学校に貰いに行くように決めて来たんだもの。

――そうですか。

お鹿さんはそれきり黙って後片付けを始めた。太郎は茶の間に隣り合った三畳間へはいった。

その部屋の東向の窓の前に、小さな机が置いてある。太郎は抽出を明けて、中から、むかし買ってもらった時にはボンボンの入れてあった、丸い大きな缶を引張り出した。今はそれは太郎の玉手箱だ。側に人のいる時には決して中を開かない。中に何がはいっているか、太郎の他に知る者はなかった。

太郎はその蓋を明ける時にはいつも緊張する。それは鳩時計が時刻を告げる間に願を掛けるのと、同じような気持だった。そして鳩時計の時には必ず眼を閉じなければならないし、玉手箱を明ける時には呪文を称えなければならない。太郎の称《とな》える呪文は、時と場合によって色々あった。今は――。

太郎は早口に、口の中で呟いた。

――太郎は胡麻《ごま》を開く。

神秘の色は青い。

物にはみな歴史がある。

「胡麻」とか「神秘」とか「歴史」とかいうのは、太郎の蒐集した言葉だ。それらは太郎の「単語帳」の中に書き込まれているが、しかしこのことは、作者はもっと後から説明しよう。念のために言えば、このボンボンの丸い缶は青い色に塗られていた。

太郎は缶の蓋を明けた。その中には雑多な物が詰め込まれている。太郎は一つ一つ大事そうに取り上げた。

父親の懐中時計の銀の鎖。古くなって少し錆びついている。コレハ昔ハモット大キカッタノダ。コレハ可哀想ナアンドロメダヲ縛ッテイタ鎖ダ。ソレヲペルセウスガヘルメスカラ貰ッタ剣デ切ッタノダ。

桜貝。綺麗な透きとおるような薄い貝殻、九十九里浜で拾った。コレモ最切ハモットズット大キカッタ。コレハ波ノ泡カラ生レタアプロディテガ、ソノ足デ踏ンデイタ貝ダ。ダカラ昔ハ地中海ニアッタノガ、段々ニ流レテ九十九里浜マデ流レツイタノダ。

指貫《ゆびぬき》。ピーターパンガ指貫ノコトヲ間違エテ「キス」ト呼ンダ。ダカラウエンディ姉サンモコノ指貫ノコトヲ「キス」ト呼ンデイタ。

壊れた目覚時計の部分品。発条《ぜんまい》とか、針とか、捩子《ねじ》とか。コレハ鰐ノオ腹ノ中デチクタクイッテ、海賊フックヲ怖ガラセタ目覚時計ノ部分品ダ。

紫水晶。そのよく光った平な面は、鏡よりもよく物を映した。不思議な模様が中を走っている。ペルセウスガアテナカラ貰ッタ鏡ダ。メドウサヲ直接見タ者ハ石ニナル。ダカラペルセウスハ鏡ニ映シナガラ怪物ヲ殺シタノダ。

石。色様々の小さな石。青いのや、茶色いのや、緑色のや、ぎざぎざのついたのや、丸いのや、ミンナ、メドウサノ首ヲ見テ石ニナッタ馬鹿ナ奴等ダ。ダカラコレハミンナ昔ハ人間ダッタ。コノ茶色クテフクレ上ッタノハ、暴君ポリユデクテスダ。

古い博多人形の折れた首。顔面の塗が半分ほど剥げ落ちて、男とも女ともしれぬ異様な表情に見える。コレガメドウサノ首ダ。今デハモウ人ヲ石ニ変エル力ハナイ。シカシモシ僕ガソノ呪文ヲ発見シタナラ、石ニ変エルコトガ出来ルカモシレナイ。

母親の形見の帯止の珊瑚玉。コレハ龍ノ珠ダ。

——お坊っちゃん、お昼寝ですか、それともお出掛けになりますか？

隣の部屋からお鹿さんの呼び掛ける声。太郎は慌てて大事な品々を缶の中にしまい込んだ。大急ぎで返事をした。

——今行くんだ。もうすぐ行くよ。

——お八つはどうします？

——うん。僕、アブクちゃんとこへ寄って来るから分らない。

——では晩御飯のときに一緒にあげますね。わたしもその頃お使いに行きますから。

お鹿さんがこっちの部屋にはいって来ないと分ったので、また玉手箱の蓋を明けて、底の方から小さな手帳を取り出した。それを半ズボンのポケットに入れ、玉手箱は抽出にしまった。それから壁にかかった麦藁帽子を取ってかぶった。

——暑いから日向で遊んでは駄目ですよ。

——分ってるよ。

玄関でズックの靴をはくと、大きな声で、言って来ますともう振り向きもせずに叫んだ。表に出ると焼けるような日射だ。蟬がやけくそな声で合唱している。太郎が勢いよく歩いて行く間、道には人けがなくて、木の葉一枚そよとも動かない。直に汗が頸のあたりをむず痒くさせ始めた。

道を曲ると右側に高い塀が続いている。塀の内側には暑さにだらんと葉の垂れた樹が茂っていて、二階の窓のあたりはよく見えない。門はしまっていた。愛チャンノ家ハイツデモ門ガシマッテイル。太郎は門の前で石ころを一つ蹴とばした。そういう合図で門が開いて愛ちゃんが出て来れば、――しかし今迄にもしょっちゅう此処を通るのだけれども、太郎の前に愛ちゃんが出て来たことはない。それに夏休みになってからは、もう学校で愛ちゃんに会うこともなかった。もう随分久しい間、ちらとでも顔を見たことさえないのだ。

愛チャンハショッチュウ頸に湿布ヲシテイタ。湿布ヲシテルト頸ガ長ク見エル。手首ヤ膝ノアタリニ包帯ヲシテイルコトモ多カッタ。何故ダロウ？　学校へ行ク時ハイツモ三代チャントー緒ダ。二人トモ愚図愚図シテ足ガ遅イカラ、ドウシテモ僕ガ追イ越シテシマウ。振り向イテ見ルワケニハ行カナイ。一度ダケ学校ノ運動場デ、チョット愛チャント話シタコトガアル。桜井君ト一緒ノ時ダッタ。「アノ子ノ帽子オカシイネ、」ト僕ガ言ッタ。愛チャンハ黄色イベレ帽ヲカブッテイタ。「チョットソノ帽子見セトクレ、」ト桜井君ガ言ッタ。愛チャンハ俯キ、側デ三代チャンガ怒ッタヨウニ「駄目ヨ、」ト言ッタ。「オ前ニ言ッテルンジャナイヨ、」ト桜井君ガ言ッタ。サット手ヲ延シテ帽子ヲ取ッテシマッタ。自分デソレヲカブッタ。桜井君ハ背ガ高イ。「返シテヨ、」ト愛チャンガ頼ンダ。僕ノ方ヲ見テ、モウ一度「返シテヨ、」ト言ッタ。

犬が暑そうに舌をだらりと垂れて歩いて行く。太郎は口笛を吹いたが、犬は見向きもしなかった。桜井君ノ犬ハモット大キナ犬ダ。愛チャンハキット怖ガッテ泣クダロウ。僕ハ桜井君ノ頭カラ帽子ヲ取ッテ両手ノ間ニ鞠《まり》ノヨウニ握ッタ。愛チャンガ僕ノ手ヲツカンダ。「意地悪ネ、」ト泣キソウナ声デ言ッタ。三代チャンガ、「先生ニ言イツケルカラ、」ト言ッタ。「君、愛チャンテイウンダネ?」ト訊イタ。ソシテ僕ハ付ケ足シタ。「コノ黄色イ帽子ハ君ニハ似合ハナイヤ。」

坂を下りて広い商店街へ出た。暑いから大急ぎで目的地へ着いた方がいいような気もするし、ハンカチでゆっくり汗を拭き拭き歩いた方がいいような気もする。しかし学校はもうすぐだ。お寺の二階建の大きな門の前を過ぎて、電車通りを渡ってすぐそこの右側だ。

日蔭にはいるとひんやりする。背の高い下駄箱がしんと静まりかえって威圧するように並んでいる。廊下の上りぐちに水道がある。栓をひねって、冷たい(アマリ冷タクモナイ)水をごくごくと飲んだ。それから濡れた口のあたりを掌の甲で拭き、その手をハンカチで拭いた。

グラウンドに面した窓から、照り返る日射の余熱がかっと射し込んでいる。グラウンドには誰もいない。砂場の方から時々声がするだけだ。生徒の姿が一人も見えないグラウンドというものは気味が悪い。太郎は足を急がせて教員室のドアの前まで行った。ノックして、中へはいった。

中もしんとして、大きな机がお行儀よく並んでいるばかり。と、鈴のような明るい女の声がした。

——どなた？　あら、遠山君？

太郎はどぎまぎして赧《あか》い顔をした。青山先生がいるなんて想像もしていなかった。涼し気な白いワンピースを着て、しなやかな身体を少し前屈みにしながら、こっちを向いて笑っている。口の端に小さな靨《えくぼ》があった。

——僕、村越先生に用があるんです。

——そう。此処へいらっしゃい。きっともうじきお見えになるでしょう。

太郎は頷いて、先生のすぐ側の椅子に腰を下した。先生の物問いたげな視線を感じた。

——遠山君、転校するんですってね？　いつなの、いつお引越？

——もうすぐです、あと一週間くらい。

——そう。関西ですって？

——神戸です。

——神戸は夏は暑いわよ。わたし女学生の頃行ったことがあるけど、夕暮時になると凪がすっかり凪いでしまって……。

青山先生ノ声ハ透キトオルヨウナ優シイ声ダ。「大丈夫？　直ニ癒ルワヨ、」ト先生ガ言ッタ。宿直室ニ蒲団ヲ敷イテ僕ハ寝カサレタ。運動場デ皆ガ一、二ト、体操ヲシテイル声ガ聞エテイタ。僕ハ時間中ニ急ニ気持ガ悪クナッタノダ。先生ガ冷タイ手拭ヲ額ニ載セテ下サッタ。

「大丈夫ヨ。元気ヲ出スノヨ、」ト優シイ声デ言ッタ。スグ僕の上ニカブサルヨウニシテ、髪ノ毛ガ前ニ垂レテイタ。胸ガフクランデイタ。僕ハ手ヲ延シテ、ソットソコニ触ッタ。「アラドウシタノ？」ト先生ガ言ッタ。「遠山君ハマダ赤チャンネ。」

——遠山君がわたしの担任だったのは、二年生の時までね、と青山先生が話題を変えた。大きくなったことねえ。あの頃は赤ちゃんだったものねえ。

太郎は見すかされたように赧くなった。赧くなるともう言葉が出て来ない。心の中で急いで呪文を称えた。

——ペルセウスは空を飛ぶ。

メドウサの首は人を石に変える。

——……急に気持が悪いって言い出したことがあったわね、そうそう、遠山君たらわたしのお乳をほしがったわね、わたしびっくりしたわ。本当にまだ赤ちゃんだった。

そう言いながら、先生の方が急に赧い顔をした。急いで訊いた。

——遠山君のお母さんはいつごろお亡くなりになったの？

——ずうっと前、小ちゃい時です、と太郎は答えた。

声ガ出タノハ呪文ノオ蔭ダ。僕ハオ母サンノコトヲ覚エテイナイ。モシ呪文ヲ称えテオ母サンニ会ウコトガ出来タラ。青山先生ハ綺麗ダケドオ母サンジャナイ。オ母サンジャナイ人ノオッパイニ触ッチャイケナイノダ。

――遠山君はよく出来るし気だてがいいから、どこの学校へ行ったって先生に可愛がられるでしょう、と先生が言った。

太郎の眼が先生の胸のあたりへ行く。先生は胸の前で扇を使った。その小さな扇からはかすかに香水の匂がした。

――いや暑い、どうにも暑いことだ。

乱暴にドアがばたんと明いて、大声で喚きながら村越先生が教員室へはいって来た。ソラ、サムソンガ来タ。太郎は腰掛けていた椅子から下りて立ち上った。

――おやもう来ていたのか？ 待ったかい？

太郎は口の中で、今来たばかりです、と答えた。村越先生はワイシャツを腕まくりして、手拭でせっせと頸や腕を拭いた。青山先生が扇であおいでやったが、巨大な身体に風を送るには扇はあまりに花車《きやしや》だった。

――その手拭を水でしぼって来ましょう、と青山先生が言った。

――済みませんな、と言ってどっかと椅子に腰を下し、その上に無理に脚を折り曲げるようにして胡坐をかいた。遠山もそこへ掛けなさい。遠慮しなくってもいいぞ。

村越先生は肥っていたから、開襟のワイシャツの中からむくむくした身体がはじけ出るようだった。太郎を見て二三度頷いた。

――一昨日の晩、お父さんにお会いしたよ。神戸へ行くそうだな。急な話で私もびっくりした。うん、書類はみんな出来ている、今あげる。お前のような可愛い子を手放すのは私も残念だよ。

――本当に残念ですわね、と足早に戻って来た青山先生が、おしぼりを渡しながら合槌を打った。

机の上の土瓶から三人分の茶碗に麦湯を注いだ。村越先生は顔を拭きながら一息にそれを飲んで、もう一杯、と言った。サムソンハ凄イナ。青山先生は笑った。太郎も真似をして一息に飲んでみようとしたが、息を吐いて茶碗の中を見ると、まだ半分の余も残っていた。その麦湯は生ぬるかった。

村越先生は机の抽出から封筒を出して太郎に渡した。

――これを持って行きなさい。落すんじゃないよ。

太郎はお辞儀をしてそれを受け取った。

――お父さんに宜しく言っておくれ。向うへ行ったら身体を大事にするんだよ。

――さよなら。先生のことを忘れないでね、ととびきり優しい声で青山先生が言った。

太郎は少し悲しくなった。黙ってお辞儀をして、封筒を大事に右手に持って部屋を出た。廊下は風通しが悪くて暑かった。ドアの外で暫く立ったまま考えていた。何か忘れものをしたような気持。中から、不意に青山先生の花火のように甲高い笑い声が響いて来た。

ダカラ大人ハ嫌イナンダ。モウ笑ッテル。今サッキ、悲シソウナ様子デオ別レヲ言ッテクレタノニ。青山先生ハヒョットシタラ、ダリラカモシレナイナ。騙サレテハ駄目ダトサムソンニ教エテヤロウカ。

しかし太郎は村越先生にそれを教えには行かなかった。太郎は廊下を歩いて下駄箱のあるところまで戻った。教員室の笑い声はもう聞えては来ず、砂場の方で子供たちのはしゃぐ声がとぎれとぎれにした。太郎はそこで気を変えてグラウンドへの出口から、立ち並んだ肋木《ろくぼく》の裏手へ出た。砂場の方へ近づいて行った。

わっと喚声が上った。相撲の勝負がついて、小柄の男の子が見事に土俵の上に引繰り返された。裸の背中に陽が当って金色に光っている。勝った方は黒く陽焼のした上半身を反らすようにして相手を見下した。友吉だ。

――太郎は怖くはない、と急いで呪文を称えようとした。

――こっちへ来い、と目ざとく見つけられた。

友吉の声の方が遥かに呪文に似た効果を持っていた。魔法に掛けられた太郎はもう引き寄せられている。土俵の廻りにいた四五人の生徒たちが一斉に振り返って見た。太郎はその側まで行って、立ち止った。

――遠山、どうだ相撲を取らないか、と友吉が勝ち誇った声で言った。

――僕は厭だ。

――ふん、弱虫、と友吉が言った。

——僕は見てるだけでいい。

——お前はいつだって見てるだけじゃないか？　一遍でいいから掛ってみろ。

太郎は動かなかった。右手に封筒を握ったまま、そこに立っていた。新しい取組が始まり、砂が太郎の足許まで飛んで来た。

力ガ弱イノハシカタガナイ、ケレド怖ガッテハ駄目ダ。太郎ハ怖クハナイ。ペ、ル、セ、ウ、スハ決シテ怖ガラナイ。

太郎は友吉の裸の背中を、魅せられたように眺めている。友吉は身体も大きいし、力も強い。学校中で友吉にかなう者はいない。太郎は友吉が嫌いだけれども、汗をかいたその背中が油に濡れたように光っているのを見るのは、気持がよかった。

——僕は帰るよ、と太郎は小声で言った。

誰も返事をせず、夢中になって勝負を見守っている間に、太郎は急いで元の方へ戻った。コンクリートの運動場は、歩くたびにズックの靴の下でこそぐるように熱い。

僕ハ友吉ハ嫌イダ。アイツハ弱イ者苛メワスル。休ミ時間ニ二階ノ教室ノ窓カラ見テイタラ、アイツガ愛チャンノ腕ヲ捩ッテイタ。捩ッテ肋木ノ方へ歩カセテイタ。デモアレハ愛チャンジャナカッタカモシレナイ。遠クカラ見タンダシ、直ニ見エナクナッタカラ。ソレニ愛チャンガ友吉ナンカニアンナニヒドク苛メラレル筈ガナイ。肋木ニ腕ヲ挟ンデ苛メタラ、愛チャンハキット泣クダロウ。愛チャンガ可哀想ダ。

校門を出て、お寺の方へと電車通りを横切った。モシ僕ガペルセウスナラ、空ヲ飛ンデ行ッテ助ケラレタノニ。お寺の門をくぐって境内にはいった。今晩は縁日だから、それを当て込んで見世物小屋がもう幾つも天幕を張っていた。骨組の出来かけている小屋もあった。お父さんの帰りが遅いのなら、縁日には来られないだろう。太郎の足許から、びっくりしたように鳩が飛び立った。

石段を登る。登って行く間に次第におくればせの後悔が足を重たくする。ドウシテ僕ハアンナニ弱虫ナンダロウ。友吉ニ声ヲ掛ケラレルト足ガスクンデシマウ。一度デイイカラアイツニ掛ッテ行キタイナ。一生懸命ニ組打シタラ、ナニ負ケルモノカ。モシアイツニ勝ッタラ、愛チャンダッテ僕ト友達ニナッテクレルダロウ。僕ハマダ愛チャント一度ダッテ仲良ク話ヲシタコトガナイノダ。

お寺の前でお辞儀を一つして、人けのない境内を裏の方へ抜けて行った。蟬取りの子供達が三人ほど固まって騒いでいたが、どれも知らない子だった。意地の悪そうな眼で太郎の方を見、黙って向うへ行ってしまった。

愛チャンハイツダッテ、ソッケナイ眼デ僕ヲ見ルダケダ。冷淡ナ、知ラナイ男ノ子、トイウ眼。友吉ニ苛メラレタ時ニ僕ガ助ケニ行カナカッタセイカシラ。デモアレハ愛チャンジャナカッタカモシレナイ。帽子ヲ取ッタセイカ。デモ取ッタノハ桜井君デ、僕ハ返シテヤッタノダ。愛チャンハイツデモ寂シソウダ。三代チャントシカ口ヲ利カナイ。モシ僕ガ友吉ヲ負カシタラ、愛ソレガ魔法ヲ解クダロウカ。モウ一週間タッタラ、愛チャントハ二度ト会エナクナルダロウニ。

お寺の裏手は墓地になっている。太郎は墓地の中の細い道をぶらぶら歩くのが好きだ。そこらには蟬が沢山いるし、樹が茂っているから陽の光が翳り、風が涼しい。白い石の墓が沈黙して立ち並んでいる。その一つ一つの石の下に、死者たちが眠っている。それは玉手箱の中に、「歴史」を持った貴重な品々が、太郎の呪文によってその喪われた生命を喚び起されようと、待っているのと同じことだ。それは「単語帳」の中に、太郎によってわざわざ選び取られた言葉たちが、眠っているのと同じことだ。しかし死者たちに対する太郎の蒐集《しょうしゅう》は、まだそう数多くはない。太郎は呪文を称えて、その一人一人に呼び掛ける。

——死んだ人たちよ、よみがえれ。

一寸の間だけ帰っておいで。

太郎とお話をするために。

オ母サン。青山先生ハ僕イママデ聖母マリアダト思ッテイタケド、本当ハダリラナノ？　赤ンボノイエスハマリア様ノオッパイニ触ッテモイインダカラ、僕、先生ノオッパイニ触ッタ。デモ二年生ノ時ダヨ。今ハモウ五年生ダカラソンナコトハシナイ。ソレニ先生ノ笑ウノヲ聞イテイタラ、ダリラミタイダッタ。今ニサムソンガ騙サレルンダネ。

オジイサン。鳩時計ハ本当ニ願ヲ叶エテクレルカシラ？

良チャン。君、本当ニ死ンダノカイ？　不思議ダネ、ソンナニ急ニイナクナッチャウナンテ。

僕、アト一週間デ神戸ニ引越スカラ君ノオ母サンノトコヘオ別レニ行カナキャナラナインダケド、君ノオ母サンマタ泣クダロウナ。チイチャンノ泣虫。アンマリ甘ッタレテ泣イテバカリイルト駄目ダヨ。一人デ遊ブ癖ヲツケナキャ駄目ダヨ。

墓地の中の道を抜け切って、陽のかんかん当る通りに出た。暑い。土が白っぽく焼けている。しかしアブクちゃんの家は此処からもうすぐだ。口笛を吹きながらだらだら坂を下りて行った。

——蟹田君、と玄関の前で呼んだ。

太郎と同じ年頃の、下ぶくれのふっくらした少年が呼ぶと直に姿を見せて、太郎を奥の六畳間へ案内した。その部屋の隅で俯いてしきりに手を動かしていたよく似た顔の女学生が、振り向いて、いらっしゃい、と言った。

太郎は立ったままはにかんだ。

——何しているの？　と訊いた。

——あたし？　当てて御覧なさい。

——姉ちゃん、太郎君が来たんだからお八つにしておくれよ。そんなのいいから、とアブクちゃんが言った。

——じゃ、見ちゃ駄目よ。

女学生の方は身体で隠すようにしながら、手早く畳の上のものを片付けてそれを紙袋の中にしまった。そして、待ってらっしゃい、と言い捨てて台所へ立って行った。太郎はそっと訊いてみた。

――何さ、あれ？

――切紙細工みたいなものさ。姉ちゃんたら夢中なんだよ。つまんないものなのにさ。

――言ったわね、つまんないものじゃないわよ、とお勝手から厳しい声がした。

――聞えちゃった、とアブクちゃんは首をすくめた。

アブクちゃんはさも秘密らしく、下ぶくれの顔を一層ふくらませ、黒い眼を光らせて、今日は話してくれるね？　と訊いた。

――ペルセウスだろ？　うん。手帳を持って来た。何しろとてもむずかしい外国人の名前ばっかしだから、そらじゃ話せないんだ。

太郎は半ズボンのポケットから手帳を出し、代りにくしゃくしゃになったハンカチをしまった。この部屋は縁先に夕顔棚があって、少しは風が涼しい。手帳の頁をぱらぱらとめくった。

それが太郎の「単語帳」だ。一頁に三つ四つ、多いのは十位、単語が書かれている。どれも大きな、はっきりした文字だ。例えば――。

父クロノス。母レア。ゼウス。ポセイドン。ハデス。

羅馬《ローマ》。希臘《ギリシヤ》。埃及《エジプト》。

オシリス。イシス。

屋久貝。鸚鵡《おうむ》貝。夜光貝。蝶貝。

ボレアス。ゼフイロス。ノトウス。エウルス。

金。銀。瑠璃。玻璃《はり》。硨磲《しやこ》。珊瑚。瑪瑙《めのう》。

アネモネ（風の花）。ヒヤシンス（唐水仙）。ドリオペ（蓮華樹）。

郷愁。望郷。思慕。恋着。

黄金時代。銀の時代。真鍮の時代。鉄の時代。

ゴルゴン（海の波）。父ポルコス。母ケト。メドウサ。ステエイノ。エウリアル。

蜩《ひぐらし》。みんみん。つくつく法師。あぶら蟬。

波止場。港。風見。羅針。航跡。

プシユケ。魂。蝶。愛。エロス。

——ほらお八つよ。それ何？

太郎は慌てて「単語帳」の頁を閉じた。中を見せたら説明しなければならない。しかしその説明というのがやっかいだつた。

——アブクちゃんにね、ペルセウスのお話をしてあげる約束なんだよ、と言った。

——その中に書いてあるの？

——この中にあるのは単語だけ。だってとても覚えにくい名前が多いんだよ。ペルセウスのおじいさんはアクリシオスって言うんだ。

——あたしにも聞かせてね、その話、とお菓子をむしゃむしゃ頬ばりながら、姉の方が弟と同じい真剣な眼つきをして、太郎を覗き込んだ。

太郎は冷たい飲物のコップの端を、唇の先で嘗《な》めながら、返事をしなかった。コップが汗をかいてる。オ話ハ好キダケド、好子サンガ聞イテチャ厭ダナ、恥ズカシイナ。

——姉ちゃんは駄目だよ、とアブクちゃんが口を入れた。姉ちゃんは向うでお得意の切紙細工をしてりゃいい。僕だけ聞く約束なんだから。

——意地悪。今お八つあげたじゃないの。

——それとこれとは別さ。

——お母さんが帰って来たら言いつけてあげるから。

太郎は「単語帳」をめくって、恐ろしく片仮名の沢山並んでいる頁を開いた。姉の方が諦めて隣の部屋へ行ってしまったから、そこで小声で話を始めた。

——まずね、ギリシヤのアルゴスの王様でアクリシオスという人がいたんだ。その王女さまがダナエさ、と太郎は「単語帳」を参照しながら、アブクちゃんの黒い眼を見詰めて話し出した。……ところでギリシヤにはデルフイの神託というのがあってね、それで未来のことが色々分るんだけど、このアクリシオスという人が神託にお伺いを立てると、自分の娘のダナエがもしも子供を生むと、その子供が自分を殺すと出ちゃったんだよ。王様は大層びっくりして高い塔のてっぺんへダナエを閉じ込めちゃった。しかしゼウスが、金《きん》の雨になってそこへはいって来て、ダナエと結婚してしまったんだ。

――金の雨って何だい？　とアブクちゃんが訊いた。

――ゼウスてのは一番偉い神様だろ、何にでもなれるんだよ。だから雨は雨でも金の雨になったんだろ。僕もよくは知らない。とにかくそうして、誰も行けない筈の塔の中へはいったのさ。そしてペルセウスが生れたんだ。そこで王様は、今度はダナエと子供とを箱に入れて、海に流しちゃった。その箱は流れ流れて或る島に流れ着いた。その島でペルセウスが大きくなるんだけど、その間に島の王様のポリュデクテスがダナエを好きになっちゃって、お妃《きさき》になれって言ったのに断られたもんだから、ダナエを牢屋に入れちまうんだ。そして子供のペルセウスがメドウサの首を取って来たら、お母さんをゆるしてやるって言うんだよ。そこでペルセウスがいよいよ探険に行くことになるんだ。

――それ、アンドロメダの出て来るお話でしょう？　と隣の部屋から声がした。

――うん、と太郎は機嫌を悪くして唸った。

――姉ちゃんは黙っといで、とアブクちゃんが言った。ね、それからどうなるの？

――それからメドウサのお話になるんだけどね、メドウサというのは三人姉妹の一番上のお姉さんなのだ。この三人はギリシヤから遥か西の方の、いつまでたっても夜で、決して太陽が昇ることのない国に住んでいる。ええと、どこかに系図を書いておいたんだけど分らなくなっちゃった。とにかくこのメドウサというのはとても美しくて、夜の星空のように美しい女なのだよ。けれどもその運命は、太陽の光の下では死ななければならないようにきまっているんだ。つまり人間で、神様じゃないんだ。そのメドウサが、自分は夜の国に住んでいるけど、もし太陽の光に照されたなら、智慧の女神アテナにも負けない位綺麗な筈だと威張ったんだ。そのためにアテナから生意気な女だってひどくされるようになる。アテナはメドウサの顔を醜い上にも醜くして、その顔を見た者はぞっと怖くなって石に変るようにきめてしまうんだ。

——その人の髪の毛は蛇なんじゃない？　と好子が隣の部屋から訊いた。

——そうなんだよ、と太郎は話の腰を折られて怒ったように言った。

——あたしその話知ってるわ、と再び好子が言った。

——それじゃ、ペルセウスがアテナから何を貰ったか言って御覧？　と太郎は訊いた。

——ええと、たしか空を飛んで行ける靴と、姿の見えなくなる兜と、それから……何だったかな？

——剣だろう？　ところが剣をくれたのはヘルメスなんだよ。それに兜と、メドウサの首を入れる袋と、金の靴とを渡してくれたのは、大海の流れのほとりに住んでいるニンフなんだ。智慧の女神から貰ったのは、メドウサの顔を直接に見ないための鏡じゃないか。

——そうだったかな？　でもそのお話、結局はアンドロメダを助けに行くんでしょう？　あたし知ってるわ。

——僕もうこれでやめる、と言って太郎は「単語帳」をぱたんと閉じた。

——姉ちゃんの馬鹿、とアブクちゃんが唇の端に唾をためて言った。太郎君が怒っちゃった
じゃないか。

——あら、あたしのせい？　と好子が言った。

——よし、そんなこと言うんだったら、アンドロメダみたいに鎖で縛っちゃうから。

アブクちゃんは立ち上って隣の部屋へ駆込んで行った。太郎は立ち上りかけてまた坐り直した。右の手にしっかりと「単語帳」を握ったまま、隣の部屋に注意を集注した。短い叫び声と、格闘している物音が聞えて来る。

モシ好子サンヲアンドロメダミタイニ縛ッチマッタラ、好子サン泣クダロウカ。生意気ダカラ少シクライ苛メテモイイ。女ノ子ヲ苛メタラ面白イダロウナ。一遍デイイカラ苛メテミタイナ。シカシ、ペルセウスハアンドロメダヲ助ケタノダ。苛メタフイネアスハ石ニ変エラレテシマッタンダ。

——太郎君、加勢してくれよ、とアブクちゃんが叫んだ。

太郎が隣の部屋へ行ってみると、形勢は全く互角で、姉弟は組み合ったまま独楽《こま》のように畳の上でくるくる廻つていた。

——アブクちゃんなんかに負けやしないわよ、と息を切らしながら姉の方が言った。

——加勢してくれよ、そしたらこいつを縛っちまおう。こいつめ、こいつめ。

僕ガ手ヲ出シタラ、好子サンダッテカナワナイナ。二人ガカリナラキットヤッツケラレルナ。

何デモナイ、アノ手ヲツカマエテグット捩レバイインダ。

——もうお止しよ、アブクちゃん、と太郎は言った。僕もう帰る。

——帰るの？ と手を休めた隙に、好子は素早くお勝手の方に逃げ出した。何だ、つまんないの。じゃ明日またお出でよ、そして続きを話しておくれ。

——うん、じゃ明日ね。

太郎が片手に麦藁帽子、片手に大事な封筒を持って、玄関でお別れを言っていると、アブクちゃんの後ろの方で好子が、おどけたような顔を見せていた。明日いらっしゃいね、と澄まして言った。アブクちゃんが振り向いて、こら、と叫んだ。

道を歩き出すと汗の出ているのが分った。ハンカチで頸筋の汗を拭き、ゆっくりと陽の照っている道を歩いた。

苛メテモヨカッタンダ。アノ細イ手ヲ捩ッテ縄デ縛ッテヤレバヨカッタ。ダケド僕ハ臆病ダカラ。モシ呪文ヲ使エレバ、出来タカモシレナイナ。何カウマイ呪文ハナイカシラ。

家まではすぐだった。お鹿さんはお使いに行ったらしく、玄関の戸には錠が懸っていた。裏の方へ廻り、お鹿さんと二人だけが秘密の細工を知っている勝手口の戸を、おまじないを使って明けた。茶箪笥の上に大事な封筒を載せ、机の抽出の玉手箱の中に「単語帳」をしまった。それから裸になって身体を拭いた。汗が収ると、本箱の中から「ギリシヤ神話」の本を出し、一心に読み始めた。

太郎が今凝っているのはアルゴ船と金羊毛との話だ。その前はペルセウスだった。その前はピーターパンで、その前が古事記物語、その前が青い鳥、その前が千夜一夜、その前が小川未明とアンデルセン。いつでも現に読んでいる本の世界が、現実よりももっと現実的になるのだ。いつかは自分でもお話を書いてみようと思っている。机の抽出には、小学生用ではない大人の原稿用紙さえ、重ねてはいっていた。

お鹿さんが帰って来て、お勝手でことこといわせ始めた時に、太郎はふっと思い出した。いつのまにかすっかり忘れていたこと。押入を明けて、古い玩具のはいっている玩具箱の中から細長いボール箱を取り出すと、急いで中をたしかめて麦藁帽子を引掴んだ。

——お鹿さん、僕ちょっと直ちゃんとこへ行って来る。

——あらもうすぐお風呂ですよ。

——じき帰って来るよ。

呼びとめられないうちにさっさと飛び出した。また愛ちゃんの家の前を通る。門は依然として閉じられ、庭の中は蟬の声ばかり。急いで行って来なければならないから、今は門の前でぐずぐずなんかしていない。道を二三度曲って、小さな壊れかけたような家ばかり並んでいる狭い通りへはいった。直ちゃんの家は中でも特別小さい。格子戸の前のどぶ板が腐りかけている。そっと呼んだ。

——直ちゃん、直ちゃんいませんか?

——はい。

穴だらけの障子戸が少し開いた。一種の薬くさい、むっとするような臭い。部屋の中は薄暗く、直ちゃんの顔の色も陰気くさく見えたが、太郎を認めてじきに顔をほころばせた。

——此処まで出て来ないか？　と太郎が言った。ちょっと用なんだ。

——うん。いま御飯を掛けてるから見て来るね。

姿が消え、中で何か話をしているらしい。太郎はボール箱を抱えて道を往ったり来たりして待っている。直ちゃんが下駄を突っかけて入口の格子戸を明けると、太郎君、よかったらはいらない？　と言った。

——此処でいいんだよ。

——だってお母さんがね、会いたいって。

——いいんだ、とはにかんだ。

直ちゃんは諦めて通りへ出て来ると、何さ？　と訊いた。手がまだ少し濡れている。

——君、御飯たくの？　と訊いた。

——うん、だってしかたがないだろ、お母さん寝たきりで立てないんだもの。

——偉いんだね、君、僕なんかより十倍も百倍も偉いんだね。

——馬鹿なこと言ってらあ、と直ちゃんはけろりとした様子をしている。今晩はそれに姉さんが帰って来る筈だから、御馳走をつくってやるんだ。

太郎はどうも具合が悪くなった。どうもうまく言えそうもない。大急ぎで呪文を称えた。

――ペルセウスは空を飛ぶ。

ヘルメスの剣は正義の剣。

――あのね、と太郎は言い始めた。僕もうじき神戸へ引越すだろう。直ちゃんともお別れだろう？

――残念だなあ、と直ちゃんが大きな眼をくるくるさせて言った。

――それでね、お別れにね、僕、僕の持ってるものを何かあげようと思って考えたんだけど……。

――駄目だよ、そんな、と直ちゃんはもう逃腰になりかけているのに、

――これあげる、と押しつけた。お母さんに宜しくね、と大急ぎで付け足した。

――駄目だよ、太郎君。

――僕は要らないんだ、直ちゃんが持ってた方がずっとずっと値打があるよ。

困ったようにボール箱を抱えている直ちゃんの側から、走るように逃げ出した。

ヨカッタ。断ラレタラドウシヨウカト思ッタ。直チャンハトテモ親切ダ。初メテ学校ニアガッタ時ニ僕ガマゴマゴシテ泣キ顔ヲシタラ、直チャンガヒョットコノ真似ヲシタノダ。僕笑ッチャッタ。直チャンハ学校モヨク出来ルシ、ソレデチットモ威張ラナインダ。イツカコウ言ッタ。「僕ハ色ンナ調ベルコトガ好キナノサ。蚊ダトカ蜘蛛ダトカ鈴虫ダトカ、アアイウモノヲ

ヨク見ルト面白イヨ。僕本当ハ顕微鏡ガ欲シインダケド、僕ントコ貧乏ダロウ。オ母サン病気ダシ、姉サンガ働イテルダケ、弟タチモイルシネ。ダケド僕大キクナッテ働ケルヨウニナッタラ、ゼヒ顕微鏡ヲ買オウト思ウヨ。顕微鏡ナンテ本当ハ贅沢ナモノジャナイ筈ダネ。」ソウダトモ、チットモ贅沢ジャナイヨ。君ガソレヲ持ッテル方ガ、僕ガ持ッテルヨリモズットイイノサ。僕ハチットモ惜シクナイヨ。

太郎は今度はゆっくりと前の道を戻った。嬉しくなって口笛を吹いた。父親に買ってもらった大事な顕微鏡だったが、今の太郎には、玉手箱の茶色な石一つ（暴君ポリュデクテスの変身したもの）ほどにも大事ではなかったのだ。太郎はまた愛ちゃんの門の前を通った。モシ愛チャンガ僕ト仲好ニナッテクレタラ、僕、愛チャンニ茶色ノ石モ、緑色ノモ、ギザギザデ紫色ノ縞ノアルノモ、ミンナアゲルンダケドナ。ソシテ一ツ一ツノ石ガ昔ダレダッタカヲ教エテヤルンダケドナ。

家へ帰るとさっそくお鹿さんに、お風呂におはいりなさい、と言われてしまった。こういう時のお鹿さんはどんなにあらがっても無駄だ。太郎は風呂が嫌いだから何かと口実を見つけ出すのだが、いつのまにかお鹿さんに風呂場に追い立てられている。早く大人になりたいと太郎が考えるのは、こういう時だ。大人ニナッタラ、厭ナトキニハ厭ダッテ言ウコトガ出来ル。子供ハイツダッテ大人ノ言イナリニナラナキャナラナインダカラ詰ラナイ。ケレドモ僕ハ、キット十八デ死ヌダロウ。

なぜ十八歳ときめてしまったのか、太郎にも分らなかった。しかし死ぬことは少しも怖くはなかった。大人になるよりも、その方が何だか綺麗でさっぱりしているような気がした。

風呂桶の中に身を沈めると、お湯がざあっと溢れ、湯船の木の匂がすがすがしく鼻についた。自分の手も足も、透きとおったお湯の中では、全く別の人間の手や足のように見えた。それは女の手足のように見えた。しかし太郎は、絵や写真で見た場合のほかには、裸の女なんか全然見たこともない。もしそれを一度でも見ることが出来たら。

アンドロメダハ海岸ノ岩ニ裸デ縛ラレテイタノダ。ソコハ波打際デ、寄セテ来ル波ガ、アンドロメダノ足ヤ手ヲ濡ラシテ、思ワズ身震イサセタノダ。ペルセウスハソレヲ空カラ見テイタ。アンドロメダハキット泣イタダロウ。波ハ冷タイシ、鎖ハ痛イシ、龍ハスグソコマデ来テイタ。ペルセウスガ不意ニ現レタノデ、ビックリシテ身ヲ踠《もが》イタダロウ。好子サンガアンドロメダナラ、僕ハ直ニハ龍ヲ殺サナイデ、ウントジラシテ、好子サンガ泣キ出シテ僕ニ頼ムマデ待ッテヤロウ。今日ダッテ、アブクチャント二人ガカリナラ、好子サンヲ苛メラレタンダケドナ。両手ヲ捩ッテ、縄デ縛ッテ、柱ニユワエツケルコトダッテ出来タノニナ。

風呂の中に漬《つか》って空想にひたっていると、じんとするような好い気持になった。そういうことを考えてはいけないのだ。それは自分が石に変えられることなのだ。太郎は慌てて呪文を称えた。

――メドウサは夜の国の女王。

メドウサの心は石よりも冷たい。

メドウサの首は人を石に変える。

そうすると（呪文のお蔭で）陶酔が引潮のように引いて行った。太郎は大急ぎで湯船から上り、そそくさと身体を洗った。太郎の風呂はいつだってとても早いのだ。要するにどぼんと潰《つか》るだけなのだ。

風呂から上ると、茶の間で団扇《うちわ》を使いながら、カレー粉のにおいを嗅いでいた。夕暮に近くなると、かなかなが鳴き出す。そうすると太郎の心が少しずつ寂しくなる。何かしら充されない空虚な気持。しかしそれは原因があって寂しいのではない。心の底の底の方で、何かがしきりと太郎を呼んでいるのだ。しかしそれが何であるか太郎は知らない。

晩御飯を食べている途中で、鳩時計が六時を告げ始めた。太郎は夢中でスプーンを操っていたから、発条のひきつれる最初の合図にも気がつかなかった。鳩はゆっくりと六回鳴いた。もう夜になるのだもの、愛ちゃんには会えないだろう。お鹿さんは黙って給仕をしている。太郎は大きなお皿でライスカレーを二杯食べた。お八つのバナナも貰って平らげ、バンドをゆるめて、御馳走さまと言った。

三畳間に寝ころんで（牛になりますよ、とお鹿さんがいつも言うのだけど、太郎はじき横になる癖がある）、次第に黄昏の濃くなって行く庭先で、蚊柱の立つのを眺めていた。狭い庭の隅の暗がりで、虫が鳴き始めた。お鹿さんが縁側に蚊遣《かやり》を焚いて置いてくれた。その薄青い煙が太郎の方に靡《なび》いて来る。太郎は起き上って電灯をつけ、机に向って「ギリシヤ神話」を読み始めた。寂しいような気分を払うには、本を読むのが一番なのだ。遠くで花火の音がした。

シカシペルセウスダッテ寂シイコトハアッタダロウ。遠イ西ノ国ノ果ノ方へ旅ヲシテ行ッタノダカラ、オ母サンノダナエノコトヲ、恋イシイト思ッタコトモアッタダロウ。シカシ僕ハオ母サンガ恋イシイカラ、寂シイノジャナイ。オ父サンノ帰リガ遅クテ縁日ニ連レテ行ッテモラヘナイカラ、寂シイノジャナイ。モウジキ神戸ニ引越スカラデモナイ。キット僕ガ子供ノセイナンダ。人ミシリスルタチッテイウノハ、ソウイウコトナンダロウ。花火ハ縁日ダカラアガッテイルンダ。

——お鹿さん、花火が随分あがってるね?

——縁日だからでしょう、と茶の間からお鹿さんが答えた。

——そうだね。お鹿さん、縁日に行きたくないかい?

——駄目ですよ。旦那さまがいつお帰りだか分りませんし。

——僕一人じゃ駄目?

——いけません、旦那さまに叱られます。

ヤッパシ駄目カ。ナゼ他ノ子ハヨクテ僕ハ駄目ナンダロウナ。露店モ出テイルシ、見世物小屋モアルシ、面白インダケドナア。

——今日は何の縁日? と縁側へ出て、蚊遣の火を見ながら訊いた。

——四万六千日でしょう、とお鹿さんは無関心に答えた。

その時玄関で、太郎君、と呼ぶ声がした。太郎は急いで駆出して行った。玄関の戸の外に立っているのは直ちゃんだ。その後ろに、大柄の浴衣を着た若い女が、直ちゃんの肩を抱くようにして並んでいた。太郎は思わず足を竦め、息を詰まらせた。

——太郎君、さっきはどうもありがとう、と直ちゃんが言った。お母さんがお礼に行けって言うもんだからね、それに姉さんが帰って来て……これ姉さんだ。

——いつもこの子がお世話になりまして。また先ほどは……。

太郎は人から礼を言われるのが一番嫌いだ。それにこんな大きな女の人からお辞儀なんかされると。もぐもぐしながら、

——直ちゃん、上らない？　と友達に呼び掛けた。お父さんいないんだ、お鹿さんだけ。いいだろう？

——僕たちこれから縁日に行くんだ、と直ちゃんが言った。あの顕微鏡とても大したもんだね、倍率が凄いね。僕もう蚊の翅《はね》なんか覗いてみた。

——もう夢中なんですのよ、と姉さんの方が白粉の濃い、口紅のあざやかな顔をほころばせた。ほんとにお坊っちゃん、ありがとうございました。

綺麗ナ人ダ、怖イミタイダ。キット夜ノ国ノ女王ナンダナ。

——僕、お礼なんか言われたら困る。

――それじゃまたね、僕たち縁日に行くから。姉さん今日公休日なんだ。

直ちゃんはさよならのしるしに、ひょっとこの真似をした。姉さんの方はあでやかに笑った。

暗闇の中に、背中を見せたその白い浴衣が浮き上った。太郎は二人が行ってしまうと、のろのろと三畳間に戻った。

――直ちゃんだったよ、とお鹿さんに言った。

――そうのようでしたね。

――姉さんと縁日に行くんだってさ。

――そうですか。

さっぱり反響がない。諦めて机に向った。と、お鹿さんの方が呼びかけた。

――何か直ちゃんにお上げになったんですか？

――うん。

――何ですか？

――顕微鏡さ。

――まあ、と驚いた声、それから溜息、そして茶の間はまた静かになった。

太郎はそれから宿題をしたり、日記をつけたり、本を読んだりした。花火の音がまだ時々聞えて来るが、太郎はもう煩わされない。九時になると、お鹿さんが床を取ってくれ、太郎は寝衣に着かえた。今日はお昼寝をしなかったから眠い。お鹿さんは電灯を消して、茶の間へ帰る。

蚊帳《かや》の中は蒸暑い。枕に頭を当ててじっと仰向になっていると、夜が世界の上に重たく覆いかぶさっているのが分る。太郎は団扇を使いながら自分の上に夜の重みを感じている。

石ニナル時ニハ、コウイウフウナ重ミヲ感ジルンダロウナ。ドンナダロウ、石ニ変エラレテシマウノ？　キット死ヌヨリモモット恐ロシイコトダロウ。身体ガ竦ンデシマッテ、息ガ出来ナクナッテ、ソレデ眼モ見エルシ、耳モ聞エルノダ。怖イ。僕ハ石ニサレルノハ厭ダ。

太郎の真上で、夜が次第にその濃度を増して行く。寝返りを打ち、急いで別のことを考え始めた。団扇の柄を固く握り締めた。

縁日ニ行ケタラ、コンナコトハ考エナイデ済ムノニナ。オ父サンハマダ帰ッテ来ナイ。僕ハ一人デ寝カサレルノニ馴レテイルカラ怖クハナイ。僕ガ怖イノハ石ニ変エラレテシマウコトダ。愛チャンニハ会エナカッタ。セッカク鳩時計ニ願ヲ掛ケタノニ。オジイサン、鳩時計ハ本当ニ願ヲ叶エテクレル筈ダッタネ？　イツモ門ノシマッタ家。愛チャンハアノ家ノ中デイツモ何ヲシテイルノダロウ？　縁日ニ行ケタラ。愛チャンハ。縁日ニ。

太郎はむっくり床の上に起き直った。縁日ニ行ッタラ、愛チャンニ会エルノジャナイカシラ？　鳩時計ガ約束シテイルノハ、ソウイウコトジャナイカシラ？　縁日デ、愛チャンガ僕ヲ待ッテイルトイウコト。

――お鹿さん、とそっと呼んだ。返事はなかった。

太郎は寝衣を脱ぎ、暗闇の中を手探りしてシャツを身につけた。ズボンもはいた。蚊帳をめくって外へ這い出した。茶の間の様子をうかがってみた。襖を一寸ほど明けて覗くと、お鹿さんは針仕事を膝にしたまま居睡りをしている。お父さんはまだ帰って来ないらしい。太郎は跫《きょう》音《おん》を忍ばせて茶の間を通り過ぎ、薄暗いお勝手へ出た。自分のズックの靴を手探りで見つけてはき、それから勝手口の戸をゆっくりと開いた。お鹿さんの目が覚めないように。

——ペルセウスは空を飛ぶ。

ペルセウスは怖いものなし。

メドウサの首は人を石に変える。

しんとした暗い道に出ると身体が震え出した。夜気が涼しいけれど、太郎のは夜の冒険に出て行くための武者震いだ。急いで歩き出した。もう時間が遅いから花火は上っていない。天の河で二分された夜の空が、重々しく太郎の上にかぶさって来る。道を曲ると愛ちゃんの家が、気味の悪い黒い樹木に囲まれて、太郎の通りすぎるのを見守っている。愛チャンハキット縁日デ僕ヲ待チクタビレテイルダロウ。太郎はそこから逸散に駆出した。

電車通へ出ると、お寺の門の側にずうっと露店が並んで、裸電球やアセチリンの灯がまぶしい。足を遅くして一つずつ覗いて歩く。小間物屋、金魚屋、植木屋、下駄屋、化粧品屋、バナナ売り、玩具屋、綿菓子売り、氷屋、ゲーム遊び、手相見。誰か知った顔はいないかと思って、きょろきょろするのだけど、太郎には無関心な人たちばかりだ。白い鬚《ひげ》の生えた手相見の爺さんが、薄眼をあけて、蝋燭の灯影からじいっと太郎の方を見詰めている。気味が悪いので急いでその隣の金魚掬《すく》いの方に移った。硝子の鉢の中で涼し気に金魚が泳いでいるのを見ていると、藻のゆらゆらしている向うで、人相の悪い香具師《やし》みたいな男が、金魚のように口をぱくっと明けて、鉢巻をした金魚売りの耳に顔をくっつけているのが眼に映った。

——夜中に墓地で。

殆ど聞き取れないほどの低い声だったが、太郎はぎょっとする。急いで歩き出した。二階建の門をくぐって境内に踏み込むと、ジンタや呼び込みの声が喧《かしま》しくて、幟《のぼり》や旗や絵看板が、眼の前で踊り上る。見世物小屋が立ち並び、その間の空地に駄菓子売りや氷屋が店を出し、色とりどりの風船が風にゆらゆらと揺れている。急に心細くなって来た。お父さんに黙って出て来たのだから、愛ちゃんに会えないなら早く帰らなければならない。ゆっくり見物というわけには行かない。しかし、それでもやっぱり、見世物小屋の前に立って、けばけばしい色に塗られた絵看板を見詰めていた。手をつなぎ合って玉乗りをしている少女たち。大きな臼を持ち上げている巨人。

——さあさ、はいんな。面白いよ、坊っちゃん。

——うん。

——百人力だよ、何でも持ち上げるよ。綺麗な女の踊りもあるよ。

——僕、お金を持っていないんだよ、と小声で言った。

——ええまけとこう。可愛いい坊っちゃんだからな。ただでいいから、さあおはいり。

太郎はびっくりして、皺の多い、陽焼けのした呼び込みの小父さんの顔を見上げた。鷹揚に頷いている。本当にいいのかい？　とおずおずと訊き直した。

——いいとも。さあ早くはいんな。

他には誰もいない。太郎はするっと木戸をくぐって小屋の中へ忍び込んだ。ジンタの音が大きくなる。ぱっと明るく光の射した舞台が眼の前に開けた。

パンツ一枚の大きな男が、横を向いて鉄の棒を器用に操っている。サムソンダナ。サムソンガ百人力ヲ見セテイルノダナ。そのふくれ上った二の腕の筋肉が、鉄の棒よりも太く逞しい。胸毛の生えた胸のあたりが、汗で黒々と光っている。次は鉄の玉だ。それをぐいと持ち上げてこちら向になる。

——村越先生！

声が出そうになって慌てて口を抑えた。どう見たって間違いじゃない。モシアレガサムソンダトスルト、……そう思う間もなく、ジンタの伴奏に乗って肉襦袢一枚の女が袖から走って来ると、今しも鉄の玉を足許に置くために身体を前に屈めたサムソンのその背中にするすると登った。サムソンが身体を起すと、ダリラは（勿論アレガダリラデナクテ誰ダロウ？）巧みにサムソンの肩の上に這い上り、調子を取ってそこに立ち上った。口の端にある小さな靨《えくぼ》、間違いもなく青山先生だ。ワタシノオ乳ヲ欲シガッタワネ。身体を反らせているから、肉襦袢の下の胸がふっくらと盛り上って見える。サムソンはその小さな両足首を手で抑えている。それをしっかと握り締め、そろそろと肩の上から離しにかかった。見る見るうちに、ダリラのすらりとした身体が、サムソンの両方の掌の上に移動した。両手を横に水平に上げて均衡を取りながら、サムソンの手が動くのにつれて、ダリラの位置は高くなったり低くなったり、右へ行ったり左へ行ったりする。急にジンタが狂ったように調子を高く響かせ始め、サムソンがその万力のような手でダリラの足首をぐっと握り、身体を捩るように廻転させた。あっという間にダリラの身体は横倒しになり、今にも逆さまに落ちるかと思うと、サムソンが身体を廻転させるにつれて、独楽《こま》のようにサムソンの廻りを廻り始めた。ダリラの髪が宙に靡いている。二三回ぐるぐると廻してから、サムソンはダリラの身体をぱっと抱きかかえるようにして廻転を止めた。ダリラは平気な顔でサムソンの手を離れると、こちらを向いて舞台から丁寧にお辞儀をした。太郎の廻りで拍手が起ったが、その辺は舞台ほど明るくなかったから、太郎にはお客たちの顔は見定められなかった。

ジンタが陽気な音楽に変った。するとダリラが何処からか鎖を持ち出して、それでサムソンをぐるぐると縛り始めた。丹念に、鎖がサムソンの岩乗《がんじょう》な身体に巻きついて行く。金属のじゃらじゃらいう音。サムソンは少し白眼を出して天井の方を向いている。身動きも出来ないほどにサムソンの身体を縛ってしまうと、ダリラはサムソンをからかい始めた。遠山君ハマダ赤チャンネ。コンナ易シイコトガ分ラナイノ？　可哀そうなサムソンの廻りを、踊るような足取で往ったり来たりする。先生ノ言フコトヲヨク聞カナケレバ駄目ヨ。手にはしなやかな鞭を持つて、猛獣使いのように床をぴしぴしと叩いた。サムソンはまだ白眼を出して天井を向いたままだ。

急にジンタが止んだ。息づまるような沈黙。サムソンの顔が紅潮し、鎖の下のふくれ上った筋肉がみしみしと音を立てるよう。サムソンが怒ったのだ。縛られたまま身を一歩前に乗り出すと、ううむ、といふ気合がその咽喉から洩れる。ダリラはぎょっとしたようにその様子を見詰めている。サムソンの緊張した顔から汗がぽたぽた落ちる。

——ええい！

太郎はびっくりして飛び上った。じゃらじゃら、という鎖の音。今まで蛇のようにサムソンに纏わりついていた鎖が、音を立ててその足許に頽れ落ちた。サムソンが鎖を断ち切ったのだ。ダリラは声をあげて、舞台の袖の方に逃げ出した。サムソンがのっそのっそとそのあとを追って行く。ジンタが騒々しく始まった。

——凄いなあ、サムソンは。

——本当だね。物凄い力だね。

相槌を打たれて太郎は初めて気がついた。アブクちゃんだ、アブクちゃんが太郎の側で一緒に舞台を見ていたのだ。イツノマニ来テイタノダロウ？　しかしその疑問よりも先に、逃げて行ったダリラのことが心配になった。

——サムソンが追い掛けて行ったね？　どうするのだろう？　ダリラの足を持ってまた振り

廻すんだろうか？

舞台の上には誰もいない。ジンタだけが華々しく鳴り響いている。行ってみないか？　とアブクちゃんが誘うので、太郎も手を取り合ってざわざわ騒いでいるお客たちの間をすり抜けると、舞台の裏手へ廻った。

そこは薄暗くて、床が足の下でみしみし鳴った。ぼんやりした裸電球が二人の影を壁に大きく写し出す。誰もいないのだ。太郎は先に立って行き、鉄の棒に蹴つまずいた。屈んでちょっと持ち上げてみようとしたが、それはびくとも動かなかった。

——あれを見て御覧、とアブクちゃんが言った。

太郎が立ち上ると、息の詰まるような光景が眼に映った。裸の女が両手を頭の上にあげた万歳のような恰好で、柱に結びつけられている。よく見ると太い鎖が、幾重にも身体の上を走って身動き一つ出来ないのだ。

——ダリラだ！

しかし俯いていた顔を苦しげに起すのを見ると、それはダリラではなかった。それは龍の餌食にされるあの可哀そうな少女、アンドロメダだった。だからあんな恰好にされているのだ。二人が急いで側へ近づこうとした時、さっき姿を消したダリラが、前のように身体にぴったり合った肉襦袢を着、手に細い鞭を持ってまた現れた。

——しっかり勉強をしないとこうですよ。切紙細工ばかりしていて宿題をやらないとこうですよ！

ダリラはしなやかにしなる鞭で床をぴしぴしと叩いた。その度に、自分の身体を鞭たれたかのように、アンドロメダは身をよじらせて踠いた。

しかしそれも一瞬だった。太郎たちの後ろからサムソンがのそのそと歩いて来た。ダリラはびっくりして声を上げると、その場に鞭を投げ捨てて大急ぎで逃げ去った。サムソンも、前に変らない足取で、暗闇の中に悠々と消えて行った。

——アンドロメダを助けなくちゃ、と太郎は叫んだ。

しかしアブクちゃんはダリラの捨てて行った鞭を拾い上げると、ためしに二三回宙に打振って、愉快そうに笑った。

——これはアンドロメダじゃないよ、太郎君。これは僕の姉ちゃんじゃないか。

鎖で縛られた少女が今までつぶっていた眼を開いた。その弟に似た下ぶくれの顔と黒い大きな眼。好子さんにまぎれもなかった。可哀ソウニ、ドウシテコンナトコニ縛ラレテイルノダロウ？　人サライニサラワレタンダロウカ。

——姉ちゃんだから苛めてもいいんだ。

アブクちゃんはそう言うと、手にした鞭でぴしりとしなやかな脚の肉を打った。好子は悲鳴をあげて身体をよじらせるが、徒らに鎖が白い身体に食い込むばかり、髪が散って顔が見えなくなると、それはまた岸辺の岩に繋がれたアンドロメダに変った。

——太郎君、君もぶっておやり、とアブクちゃんが鞭を渡した。姉ちゃんだから苛めてもいいんだよ。

アンドロメダヲ苛メタノハフィネアスダ。フィネアスハ石ニ変エラレタ。悪イ奴ハミンナ石ニ変エラレル。僕ハ空ヲ飛ブペルセウスダ。

太郎はアブクちゃんの渡してくれた鞭を受け取った。シカシコレハ僕ノオ話ノ邪魔ヲシタ好子サンダ。太郎は鞭を振り上げた。一遍デイイカラ苛メテミタイナ。好子は身体をくねくねと動かし、何か言いたそうにして太郎を見た。アンドロメダハキット泣クダロウ。好子が一声叫んだ。

——石にされるわよ！

石！　僕ハモウペルセウスジャナイ。太郎は慌てて鞭を投げ捨てた。大変ダ。僕ハペルセウスジャナクナッタ。飛び上って走り出した。アブクちゃんが後ろから何か叫びながらついて来るようだったが、灯影の射さない楽屋裏をあっちこっち走って、天幕の外へ飛び出した時には一人きりだった。息をはずませて暗闇の中に佇んだ。と、側に人影が動いた。

——夜中に墓地で。

それを言ったのは鬚の白い人相見、聞いているのは小屋の呼び込みの男だ。太郎はそっとそこを逃げ出した。夜が重々しく太郎の上に垂れ込めている。どこか遠くでひそひそ声が聞える。太郎は耳を澄ました。

——夜の女王だ。

——夜の女王のお出ましだ。

——夜の女王が石に変えてしまうのだ。

ぎょっとした。誰ヲ？

——太郎を。

思わず太郎は口を抑えた。それを言ったのは自分の口だった。墓地の方へ逃げ出したら危ないから、足を自然にもと来た方へ向けた。相変らずジンタがとどろき、呼び込みの声が喧《かしま》しい。アセチリンの臭いが漂って来る。ふと愛ちゃんのことを思い出した。それと同時に、ちらちらする灯影の中に、三代ちゃんの歩いて行く後ろ姿を認めた。その側へ駆出して行った。

——三代ちゃん、と息をはずませた。愛ちゃんと一緒じゃないの？

三代ちゃんは胡散くさそうに太郎の方を見た。怯えたような表情だった。

——ね、愛ちゃんいないの？　と熱心に訊いた。

三代ちゃんは暫くの間まじまじと太郎を見詰め、ぽつりと言った。

——愛ちゃんはとうに死んだわよ、知らなかったの？

——え？　本当？　いつ？　と続けざまに訊き返した。

——もう一月くらい前よ。

——じゃもう会えないんだね、とがっかりして小さな声で言った。そう、死んだの？

三代ちゃんはまだまじまじと太郎を見ていたが、好きだったの？　と訊いた。

——うん。とても。

——じゃ可哀そうだからいいこと教えたげる、と太郎の耳に口を寄せた。夜中に墓地に行けば会えるわよ、と早口に言った。

それだけだった。太郎が問い返そうとすると、三代ちゃんは燕のようにもう身を躱《かわ》していた。太郎は暫くその後ろ姿を眼で探したが、やがて途方に暮れてそこに立ち侘びていた。夜中に墓地で。しかしそこでは夜の女王が、太郎を石に変えようと思って待ち受けているかもしれないのだ。ドウシタライイダロウ？

お寺の山門はすぐそこだった。その向う側には光の射している電車通りが見えた。振り返れば暗い石段。とみこうみして、とうとう決心した。石段を一段ずつ登った。登りつめてから石《いし》甃《だたみ》の道を歩き、お寺の前でお辞儀を一つし、横に逸れて墓地の方へ足を運んだ。あたりには誰もいない。闇は濃く、墓地を囲む欅《けやき》の高い樹々が、黒々と星空に聳《そび》え立っている。夜気はもう涼しすぎるくらいなのに、太郎は掌に汗をかいている。すたすたと墓地の入口まで来ると、誰かいる。誰かが通せんぼをしている。ダレ？

——そこに来たのは遠山か？　何しに来た？

その声は友吉だ。太郎は掌を固く握り締めた。

——僕、愛ちゃんに会いに行くんだ。

――ははは、そうは行かないぞ、弱虫。

友吉は勝ち誇って相撲取のように両手を差出した。もう呪文を称えるひまもなかった。太郎は小さな身体を火の玉のようにして相手の胸に飛び掛った。友吉が思わずよろめくのを、しゃにむに押して押して押しまくった。汗で濡れた相手の背中を抱え込み、手探りでバンドを探し、それを握り締めた。立ち直った友吉が太郎を振り飛ばそうとしてしきりに足搦《あしがらみ》を掛ける。それを構わず、力の限り押した。あっ、と友吉が声をあげ、後ろざまに引繰り返ると、太郎はその上に折り重なって地面の上に転倒した。友吉の手がゆるんだ。太郎は素早く起き上ると、墓地を抜ける細道をどんどん駆出した。今になって呪文が思い浮んだ。ペルセウスハ空ヲ飛ブ。太郎は今、ペルセウスよりも早く墓地の中を走って行った。

――太郎はそんなに急いで何処へ行くの？

その声で走るのを止め、あたりを見廻した。お母さんがいる、おじいさんがいる。それに良ちゃんもちいちゃんも。みんな見知った顔だ。ただお母さんの顔だけは、古ぼけた写真のようにはっきり見えない。それは聖母マリアのようでもあるし、青山先生のようでもある。その手に縋りついた。

――お母さん！

――そんなに早く走ると息が切れますよ。

――この子は大人しすぎるから、ちと腕白を見ならう方がいい、とおじいさんが言った。

——僕もう相撲を取っても君に負けないよ、と良ちゃんが言った。

——僕だって。僕、今さっき友吉を負かしたくらいだから。

——お兄さん、あたいの猫を見て。可愛いでしょう？

ちいちゃんの手の中で小猫が鳴いた。

——おや、ミミイだ。ちいちゃん、これ何処で拾ったの？　これ僕の飼っていたミミイだよ。

——ここで拾ったのよ。あたいの大事な小猫ちゃん。

太郎は暫く小猫の顎を撫でていたが、ふと思い出して顔をあげた。

——ね、誰か愛ちゃん何処にいるか知らない？

それからあたりを見廻し、おじいさんに呼び掛けた。

——おじいさん、僕、鳩時計に願を掛けたんだよ、愛ちゃんに会いたいって。鳩時計はきっと願を叶えてくれる筈だね。

——その子はもっと向うの方にいるだろう、とおじいさんが答えた。

太郎はまた急いで歩き出した。暗闇の中を透《すか》すようにして見渡した。樹がざわざわと葉群を動かしている。頸に包帯を巻いた女の子が、欅《けやき》の木の下に立っている。その側へ走り寄った。

——愛ちゃん！

愛ちゃんは冷たい眼でこちらを振り返った。ほんの少し、唇を開いてほほえんだ。

——愛ちゃん、死んだんだって？　本当？

――本当よ。

――僕ちっとも知らなかった。僕、愛ちゃんと友達になりたいと思っていたのにな。

――もう駄目よ。太郎さんどうしてこんなとこへ来たの？

――だって会いたかったんだもの。

風がまたざわざわと木の葉を揺《ゆす》った。太郎は愛ちゃんの冷たい手を握り締めた。

――僕、愛ちゃんがそりゃ好きだったのにな。

――だって太郎さんは意地悪したじゃないの？　そう言って愛ちゃんは片手で帽子を抑えた。それは黄色いベレだった。

――僕どうしていいか分らなかったんだよ。

太郎は困ったように下を向いた。愛ちゃんはまた寂しそうに微笑した。もういいのよ、と言った。

太郎が思わずほっと溜息を洩らした時だった。さっきまで木の葉のざわざわいう音だと思っていたのが、明かに人の呟く声に変った。

――夜の女王だ。

――夜の女王のお出ましだ。

――夜の女王が石に変えてしまうのだ。

――人間どもを。

──人間どもを。

あちらの闇、こちらの闇から、声が高く低く響き渡った。

──大変だ、と太郎は叫んだ。僕は石に変えられてしまう。

──悪いことをしなければ大丈夫よ、と愛ちゃんが言った。

──駄目なんだ。僕さっきアンドロメダを苛めようとしたんだ。僕はペルセウスじゃなくなった。

星空が揺れ始めた。太郎は愛ちゃんの手を振り払って逃げ出した。細い真暗な道を逸散に走った。声が太郎に追い縋《すが》った。

──メドウサは夜の国の女王。

──メドウサの心は石よりも冷たい。

──メドウサの首は人を石に変える。

まるでそれは太郎の心の中からでも湧き出したかのように。

走りながら怖いもの見たさに振り返った。来る、来る。夜の女王だ。白粉の濃い、口紅の真赤なその顔。髪が後ろざまに靡いている。太郎は一心不乱に駆出した。白い石の墓が太郎の走って行く道の両側に黙々と立ち並ぶ。コノ墓ハミンナ石ニ変エラレタ人達ダ。僕モアアイウフウニ変エラレテシマフノダ。

もうどうにも息が切れて走れなくなった。手や足がそろそろしびれ出したようだ。見ると道のほんの横に、下ぶくれの顔をそのまま丸石にした墓がある。アブクチャンダ。アブクチャン、君モウ石ニサレテシマッタノ？　振り向くと、夜の女王がもうすぐそこへ迫って来る。モウ駄目ダ。

——太郎君、こっちへ逃げるんだよ、と側でかすかな声がした。

——直ちゃん！　泣きそうな声で叫んだ。

——太郎君は僕にあんないい顕微鏡をくれたんだもん、僕、姉さんに悪いけど助けてあげるね。こっちから逃げるんだよ。十二時を打つまでに家へ帰れれば大丈夫さ。

——ありがとう、直ちゃん。

それから一心に走った、走った。自分の喘ぐ息のほかには何も聞えなくなった。星空が流れて行く。石の墓が走り去る。樹が倒れる。激しい呼吸にまじって、発条のひきつれる掠れた金属性の音。

クツクウ、と一つ。夜の女王があでやかに笑う。

クツクウ、と二つ。直ちゃんが顕微鏡を持った手で行先を示す。

クツクウ、と三つ。村越先生が大きな鉄の玉を足許に置く。

クツクウ、と四つ。青山先生が肉襦袢を着て鞭で黒板を指す。

クツクウ、と五つ。アブクちゃんが嬉しそうに手を叩く。

クツクウ、と六つ。好子さんが縛られた鎖の下からするりと抜け出す。

クックウ、と七つ。友吉がすとんと仰向に引繰り返る。
クックウ、と八つ。お母さんが心配そうに太郎に手を差延ばす。
クックウ、と九つ。おじいさんが鳩時計の前でお辞儀をしている。
クックウ、と十。ちいちゃんが小猫のミミイを抱えていい子、いい子をする。
クックウ、と十一。愛チャンが頭のベレをしっかと抑えている。
そしてクックウ、と最後の十二が鳴り終った。
太郎は眠る。

（ギリシヤ神話はマラルメ「古代の神々」に拠る。——作者）

秋の嘆き

——マリアが私を去って他の星へ行ってから
私は常に孤独を愛した。——マラルメ

1

早苗《さなえ》の兄が死んでからもう十年が過ぎた。指折り数えるまでもなく、確かに十年が過ぎている。兄の宗太郎は大学生だったたし、早苗はまだ女学校に通っていた。それは戦争中で、宗太郎が学徒出陣で取られてしまったら後のことが心配だと、かねがね母が嘆いていたものだ。兄は召集になる前に死んだ。戦争が終ってからも、母はいつまでもくよくよしていたし、馴れない疎開先の田舎で、身体を悪くして死んだ。早苗は一人で東京に帰って来て、親戚の家に厄介になりながら働き始めた。そして時間が過ぎた。一体いつのまに兄さんの年を追い越してしまったのだろう、と彼女は考える。自分はもう婚期を逸しかけている。平凡な女事務員として時間はどんどん過ぎて行く。兄が生きていたらきっと悪口を言うだろう。早苗、お前いつになったらお嫁に行くんだい？　兄さんの馬鹿、お嫁になんか行かないわ。早苗はそしてふと考える、私は「兄さん」と呼んでいたかしら、それとも「お兄さん」と呼んでいたかしら。彼女が時間というものを、意地の悪い悪魔のように考えるのはそういう時だ。からかったり甘えたりする時に、時々、宗ちゃんと呼んだこともある。兄は怒った。早苗、増長するとこれだぞ。拳固をつくって眼の前で振り廻した。早苗は笑った。宗ちゃんの馬鹿、お兄さんなんかにぶたれないわ。そうするとやっぱりお兄さんと呼んでいたのだ。宗ちゃんの馬鹿、お兄さんなんかにぶたれないわ。そうするとやっぱりお兄さんと呼んでいたのだ。早苗はそう気がついて安心した。口の中でお兄さんと呟いた。そっと側にいる人のように呼び掛けた。そうすると自分はやっぱりまだ女学生で、兄の勉強の邪魔をして叱られる度に母の側に駆け寄っていた昔と変らないような気がする。お母さん、兄さんたらひどいのよ。兄さんと、その時言っただろうか。早苗が不安になるのは、いつも記憶がほんの少しだけ不確かなまま、彼女に思い返される時だ。何も忘れてはいない筈だ。私はいつでも好い記憶力を持っていた筈だ。お兄さんともう一度呼んでみる。誰を呼ぶよりも甘く。麻生さん、と麻生さんを呼ぶ時よりも甘く。麻生さんは呼べば必ず答えてくれるけれど（麻生さんが側にいない時に、麻生さんと呼ぶことは決してないから）、兄は答えない。兄は決して答えない。十年前の或る秋の夜に答えなかつたように、それ以後もう決して答えることはない……。

2

——兄さん、まだ起きてるの？
早苗は床の中から身体を少し乗り出して訊いてみた。隣の部屋はしんとしていた。

寝衣のまくれた腕が寒かった。早苗は慌てて寝床の中へもぐり込み、枕の上にそっと横向に頭を載せた。今迄俯いたまま肱を突いて本を読んでいたから、両腕とも痺れてじんじんしている。腕をそっと横にずらし、身体を横に向けて母の方を見た。母はとうに寝息を立てている。遅くまで本を読んでいてはいけないよ、と母が言ったのは二時間も前のことだ。それは早苗に言ったので、兄の方は決して意見をされたことがない。だから早苗は兄と競争をするような気持で、スタンドの笠を傾けて母の顔に灯が当らないようにしたまま、せっせと本を読んでいた。目覚時計の針がもう十二時を過ぎている。こうやって寝床の中にもぐり込んで、秋の夜長にいつまでも本を読んでいると、戦争なんかまるで嘘のよう。兵隊さんには悪いけど。早苗は溜息を一つ吐き、それから低い声でまた呼んだ。

――兄さん、寝たの？

宗太郎は答えなかった。さっきまで頁《ページ》のめくれる音や、紙の上をペンの走る音を聞いていたように思ったけれど、空耳《そらみみ》だったのかしら。枕許のスタンドを消してみれば、隣の部屋にまだ電灯が点いているかどうかが分る筈だ。早苗は残り惜しげに読みかけの本を伏せ、そしてスタンドのスイッチをひねった。暗くなった室内に、隣との境の襖の間から、洩れて来る明りはなかった。

その時不意に重苦しい不安が心の中を占めた。早苗はもともと甘えっ子だったから、今までにも何かというと兄を呼んだ。寝てから襖越しにお喋りをしたことも数え切れない。それなのに今晩、まるで兄の存在を確かめてみるように呼んだのは、何かが彼女を不安にさせていたからだ（と、後になって早苗は考えた。その時はぼんやりした不安を感じていただけだ）。こんなに早く兄が眠る筈はない、兄は不眠症だと言っていつでも遅くまで起きていた。私には分らないわ、どうして眠れないの、と早苗は訊いた。子供には分らないさ、早苗ちゃんが大人になったら分るようになるさ。

私はもう眠る、と早苗は自分に言い聞かせた。私はもう子供じゃないけど、でももう眠る。早苗は暖まりすぎた足を少し蒲団の横の方にずらした。でも兄さんは近頃どうしたのだろう、と思った。夏休みが済んで、秋の新学期が始まるようになってから（それとも、もっと前からだったのか）、兄が不意に変った。第一に早苗や母によそよそしくなった。冗談を言ったり笑ったりしなくなった。放心したように、焦点の定まらない瞳で遠くの方を見ている。早苗ちゃん、兄さんはどうしたんだろうね？　と母が呟いた。何だか人が変ったみたいじゃないの。早苗はびっくりし、それから初めてそれに気がついたような気がして、自分はぼんやり屋だと思った。確かに兄はどこか変になっている、しかしそれがなぜなのか、どういうふうになのか、早苗には分らなかった。前よりも無口になり、考え深げになり、無関心になった。そして今晩、寝る前に、宗太郎はふと気がついたように、早苗はどんな人と結婚するのだろうね？　と言った。私は結婚なんかしなくってよ、だって戦争だもの。兄は未来が彼にだけ見えるような眼指《まなざし》で早苗を見据えた。戦争が終って何年もしてからのことさ、と言った。

早苗は暗闇の中で、びくっとなって耳を澄ました。

——兄さん、呼んだ？

もう一度スタンドの灯をつけてみた。あたりはしんとして時計が枕許で時を刻んでいるばかりだった。彼女はふと、起き上って隣の部屋へ様子を見に行こうかと思った。しかし自分がなぜそんなに不安なのか、説明がつかなかった。子供らしいというので、後できっと嗤《わら》われるだろう。早苗は電灯を消した。もしお兄さんのような人が他にもいたら、いつか、結婚してもいい、と彼女は思った。そう考えたことが彼女を安心させたので、掛蒲団を顎《あご》のところまで引張り上げ、いつのまにか眠った。その間に、一つの生命が次第に喪われつつあることも知らないで。

3

——麻生さん、もう此処でいいわ、と早苗は言った。

しかし心の中では、麻生さんが家まで送ってくれるだろうことは分っていた。それが分っていたから、断ってみせたともいえた。

——そう、それじゃ僕、失敬する。

相手は意外なほど冷たく返事をした。その声だけがプラットフォームの雑沓の上で、奇妙に他人の声のように響いた。急ぎ足の乗客が、二人の周囲を洗うように過ぎ去った。此処からあと、早苗は郊外電車に乗替えるのだから、二人の行先は別々になる。しかし今迄、麻生さんが彼女を映画に誘った時はいつでも、彼女の家まで送ってくれたのではなかったろうか。それが礼儀というものではなかったろうか。早苗は口の中で何か呟き、麻生さんが反対側の電車のドアに吸い込まれるのをぼんやりと見送った。ドアが閉り、電車が動き出し、プラットフォームの上には明るい電灯と乗客とが溢れていた。早苗はのろのろと歩いて乗替のための階段を降った。

時間はまだそう遅いというわけではなかった。早苗は郊外電車に乗り、それを下りてから夜道をせっせと歩き、親戚の家に着いて玄関の戸を明けるまで、考えにならない考えを追っていた。その間じゅう、彼女が心の中で呟いていたのは次の言葉だった。まるで人が変ったみたい、麻生さんたらまるで人が変ったみたい。

親戚の家では若い従妹が、早苗の帰りを待っていた。二人は一緒にお茶を飲み、早苗は見て来た映画の筋などを話した。私も見るわ、とても面白そうね、と従妹は叫んだ。誰におごらせてやろうかな。洋裁の学校に通っている従妹は、二三人のボオイフレンドの名前をあげた。早苗は一緒になって笑った。確かに、一人で見る映画じゃないわね、と彼女は言った。それを言いながら、寒々としたものを心の中に感じていた。

自分の部屋で一人きりになってから、早苗はその一晩のことを思い返した。彼女は麻生さんと一緒に食事をし、映画を見た。その間に彼女が話したこと、そして聞いたことは何だったろう。平凡な会社員と、平凡な女事務員との私的な会話。映画のストオリイは彼等の生活とは全く掛け離れていた。二人は恋人らしい恋人でもなかったし婚約者というのでもなかった。唯の仲のよい友達、時々勤めの帰りに落ち合って一緒に映画を見るくらいの間柄にすぎない。人が変ったといっても、何が何に変ったというのだろうか。

私には誰もいない、誰も甘える人はいない、と寝る前の化粧をしながら、早苗は呟いた。か細い声で虫の鳴いているのが聞えて来た。兄さんが死んだのも秋だった、お通夜の晩には虫がしきりに鳴いた、と彼女は思った。鏡台の鏡の面が冴え冴えと白く光っていた。しかし、変ったのは私の方かもしれない、と早苗は考え始めた。

4

しきりに虫が鳴いていて、締め切った部屋の中に線香と煙草のにおいが立ち込めていた。早苗は小さくなって母の隣に坐り、時々顔を起して飾ってある兄の写真の方を見た。なぜそこにいるのは本当の兄ではないのだろう。過去の一つの瞬間に捕えられた、固定した表情でしかないのだろう。その写真は大学にはいった年に撮ったもので、宗太郎は新しい角帽をかぶり、やや気取ったような、はにかんだような顔であらぬかたを眺めていた。

――惜しいことをしましたな。前途有為の青年がこうした不注意で亡くなられるというのは、何としても、お国のために損失ですよ。どういうんですかな、眠られないから薬を呑む、その眠られないというのが不思議ですな。私どもの若い時分には横になるとすぐにぐうぐう寝たものですがな。近頃の若い人は神経衰弱というんですか、しかし私の考えじゃこれは贅沢な病気ですよ。いや病気とも言えん。兵隊に行って鍛えられれば直に癒るにきまっておる。何と言っても軍隊生活ほど若い者にとって薬になるものはありませんな。お宅の御子息も早いとこ出陣されていれば、こういうことはなかったのです。学生というのが一番いかん。近頃の学生はどうも懦弱なようですな。戦時下というのに、まだ性根がすわっておりませんな……。

一人で喋っているのは隣組長の小父さんだった。赭ら顔に大きな目玉が光り、それをぎょろぎょろさせながら、唾を飛ばして喋り続けた。在郷軍人会の幹部で、道で会っても、いつも早苗や宗太郎を横眼で睨んで通った。今も、通夜の客たちを眺め廻しながら、時々、蒼ざめた早苗の顔をじろじろ見た。まるで早苗が気がつかなかったから、それで宗太郎が不注意で死んだとでもいうように。

なぜ私は兄さんの様子を見に行かなかったのだろう、と早苗は考えた。あんなに虫が知らせたのに。せっかく電気まで点けたのに。しかしそうした後悔よりも、今朝の母の態度の方に回想が移って行った。早苗は母から、兄さんを起しておいで、と言われて、前の晩のことはすっかり忘れて何げなく兄の部屋にはいった。蒲団の中の兄の顔色は異常に蒼く、その身体はどこに触っても怖いほど冷たかった。母さん、来て！ 兄さん何だか変よ！ 母は駆けつけると、兄の身体に取り縋り、早苗、早くお医者さまに、と叫んだ。早苗はふっと事の意味を了解した。

錯乱した眼に、兄の机の上に封筒が置いてあるのに気づいた。それは机の真中にきちんと置かれていた。しかし彼女がかかりつけの医者を連れて家へ戻って来た時、その封筒はなかった。睡眠薬を呑みすぎたようなのでございますけど、と母は説明した。白髪の医者は訝しげにいつまでも首を振っていた……。

――しかし御愁傷さまのことで。どうせのことなら戦場へ出て、名誉の戦死をされてもらいたかったですな。折角の御子息を、いや、勝手なお喋りばかりしまして……。

早苗は隣にいる母が丁寧にお辞儀を返すのを見た。母は今朝から、取り乱すこともなければ涙を零すこともなかった。まるで覚悟をしていたとでもいうみたいに。お兄さん、と早苗は心の中で呼び掛けた。お兄さんは睡眠薬を呑みすぎて死んだの？　それとも決心して……。しかし何を決心することがあったのか。どんな不満が、どんな絶望が、兄の心の中に隠されていたのか。あの封筒の中に書かれてあったのはどんなことか。定まらない考えと、むっとするような煙草の煙と。そして溢れ出て来る涙が、兄の写真も、気丈な母の表情も、赭ら顔の隣組長の小父さんも、ぼうっと滲ませてしまった。

5

しかしどのように変ったのか、と早苗は思った。

時間は記憶の中では身軽に羽ばたいて、彼女を過去の場面に連れ戻すことが出来たが、それを思い出す彼女はいつも同じ時間の中にいた。記憶はいつも一足飛に十年の昔に彼女を押し戻した。私は何ひとつ変らない、と彼女は呟く。兄が死んでから、彼女はずっと一人きりだ。もう甘えることもない、親しくすることもない。母さえもが、もう彼女には以前の母ではなくなってしまった。確かにそこには、兄の死因には、何かの秘密があったのだ。しかし母がそれを彼女に洩らすことがなく、封筒の中身についても言葉を濁してしまった以上、早苗が自分の周囲に信じられるものを持たなくなったのは当然だった。母も死んだ。早苗にとってはもう早苗しかいない。可哀想にね、と鏡に自分の顔を映しながら、彼女は呟く。可哀想に、早苗も老けたわね、オールドミスね、いつまでぼやぼやしているの。それを呟く自分の声が、いつのまにか兄の宗太郎を真似していることに、彼女はふっと驚く。時々、自分の顔を美しいと思う。しかし美しいのは兄に似ている眼許と生際だけだ。うぬぼれていない時には、それは男のようにきつい、厳しい顔だ。ちっとも女らしいところのないこんな冷たい顔を、誰が好きになるだろう。もし私が男だったら、早苗みたいな女は御免だ。そんなにつんつんするんじゃないよ、とむかし兄が言った。お嫁にもらいてがなくなるぜ。

早苗は鏡の中で微笑した。いいのよ、兄さん。微笑して白い歯が少し見えると、昔のように兄と冗談を言い合って、大口を明けて笑いたいような気分になる。しかし微笑は、直に少しずつ消えて行ってしまう。早苗はまた呟く、まるで鏡の中にいるのが兄ででもあるかのように。私、麻生さんに振られたらしいわ。言ってしまうと、それがまるで他人の言葉のように、運命の女神の言葉のように、重々しく彼女の心に木霊《こだま》する。私、麻生さんに振られたらしいわ……。

早苗は鏡台の前から立ち上り、押入から蒲団を出して敷いた。それから寝衣に着かえ、枕許のスタンドの灯を点けた。ハンドバッグの中に読みさしの本を入れていたので、口金を明けて中から紙カバーをかけた文庫本を取り出した。その時、彼女はごちゃごちゃした中身の中に一枚の小さな角封筒があるのに気がついた。そんなものを入れた覚えはなかったから、急に彼女は自分の顔の蒼ざめるのを感じながら、それを手に取った。麻生さんのしたことだ。しかしいつ、そんなチャンスがあったのだろう。彼女はハンドバッグを足許に置き、立ったまま封筒を開いて中の手紙を読み始めた。

6

——私はもう駄目かもしれないねえ、と低い声で母が言った。

書の間も薄暗い百姓屋の奥まった部屋の中だった。破れた障子に、廊下の向うの部屋に射す夕陽の反射が、僅かに屈折して仄白く当っていた。薪を焚きつけるにおいが此処まで流れて来た。早苗は寝たきりの母の枕許に坐って、時々手で蠅を追っていた。母が倒れてからもう一月になり、病状はいっこうに良くならなかった。

——厭よ、そんな気の弱いこと言っちゃぁ。早苗は口許に微笑をつくり、母を励ますように強い声で言った。しかし早苗にももう駄目かもしれないことは分っていた。兄が死んだあと、母は眼に見えて弱くなり、もう心の支えになるものは何もないようだった。田舎に疎開して来てからも、世馴れないこの親子は余分な苦労ばかりしていた。私が兄さんと代っていたらどんなにかよかったのに、と早苗は心の屈した時にしばしば考えた。

——私は死ぬ前に、どうしても早苗ちゃんに話さなければならないことがあるんだけどね……。

母はかろうじてそれだけ言い、あとは苦しそうに口をつぐんだ。早苗は急に心持が悪くなった。あのことだ。今まで決して母が洩らそうとしなかった秘密。

——何のこと？　兄さんのこと？

母は早苗の方を見て、眼で頷いたように見えた。しかしその瞳に素早く恐怖の影が揺いだのを早苗は見逃さなかった。今まで決して早苗に告げようとしなかったことを言いたがるというのも、母に死期の迫った証拠なのだろうか。

——いいのよ、お母さん。私、知ってる。兄さんは自殺したっていうのでしょう？

母は一層恐怖に充ちた表情をした。

——そのわけは？　と微かに呟いた。

——わけまでは知らない。兵隊に行くのが厭だったからじゃないの？

母は直に答えなかったが、天井を向いたその視線は肯定の色を示してはいなかった。何か奥深い感情がその眼の中に翳っていた。

夕暮が近づき部屋の中に青っぽい光が濃くなったが、電灯の点く時間にはまだ間があった。

――私、御飯の支度をして来なくちゃ、と早苗は言った。

母は早苗の方に眼を向けた。

――私はどうしても話さなければいけないのだけど、でもね、それを話した方が早苗ちゃんのためになるかどうか……。

――聞いていけないこと？

――知らないで済めばそれに越したことはないけどね。

――兄さんのことじゃないの？

――それもあるけど、でもお前のお父さんが……。

早苗はがくんとした。母はそこで言葉を切った。早苗は父のことは覚えていない。父は早苗がまだ赤ん坊の時に死んだ。流行性の感冒かなんかで死んだ。そして父のことは一家の話題にのぼることはなかった。今、母は早苗に対する義務として、彼女に父親のことを聞かせようとしているのだろうか。しかも母の表情には、病人が過ぎ去った昔を懐しむような気配は微塵も感じられなかった。そこには何かしら苛立たしい嫌悪のようなものがあった。

――でもまたにしよう。

母は溜息を吐き、やさしく早苗に頷いた。

――私ももう少しよく考える。聞かせたところでどうにもなるものじゃない。

早苗は、それじゃ私、お勝手をして来ます、と言って立ち上った。母が嗄《しやが》れた声でうしろから呼び止めた。

——早苗ちゃん、宗太郎はね、あれはお薬を呑みすぎて死んだんですよ。自殺じゃありません。よくって、決して自殺したんじゃありませんからね。

あんな嘘を、と早苗は勝手口に立って行きながら思った。なぜお母さんはあんな見え透いた嘘を私に教えるのだろう。彼女は兄のことや、また父のことを、母に聞きださなければならないと決心したが、次の日母の病状は急激に悪化して、そのあと死ぬまで、遂にその話に再び触れることはなかった。

7

今晩、僕はあなたに会ってこの話をするつもりですが、ひょっとして話す機会がないかもしれませんので、手紙を書いておくことにしました。

早苗さん、あなたはきっと僕の気持に気がついていたでしょう。僕は随分考え、今から半月ばかし前に、とうとう父に早苗さんと結婚したいという意志を伝えました。父はもともと、結婚問題は僕の好きにさせると言っていたので、僕が決心したということは、ほぼきまったも同然だったのです。それなのに僕があなたにそのことを言わなかったのは、父が一応身許を調べてからのことにしようと但し書をつけたからです。母も、血統さえよければ異存がないという意向でした。僕はあなたを不意におどかして、びっくりさせるつもりでした。

僕はこのあとのことは書きにくいのです。いっそ黙ったままあなたと別れてしまって、あなたが御存じないままにしておいた方が親切なのじゃないかとも思います（あなたが知っていながら僕に教えなかったとは思えませんから）。でももしこれが現実というものなら、あなただって現実を知らずに生きて行くことは卑怯でしょう。で、僕は思い切ってこれを書くことにします。

あなたのお父さんはあなたのごく小さい時分に亡くなられたと聞いていました。その人のことが調査の結果分ったのです。あなたのお父さんはM病院で亡くなられました。それは狂人を収容する病院なのです。亡くなられたのは実際はもっと後のことです。しかし病院に入られた日を、あなたのお母さんは命日だとあなたに教えられたのでしょう。

僕はこのニュースを聞いて、亡くなられるまであなたのお母さんがどんなにか苦労をなさっただろうと、同情しました。あなたもこのことを知って、どんなにか驚かれるでしょう。

僕の両親は、当然、結婚に反対です。僕はどうしていいのか分りません。それは僕が卑怯だからです。しかし僕は両親と絶縁してまであなたと結婚するだけの勇気が持てないのです。もし僕たちに子供が生れたら、僕たちは一生びくびくして暮さなければならないのです。僕はそれに耐えられそうにありません。

早苗さん、どうか僕の気持を察して下さい。僕は今、何だか気が狂いそうなほどです。あなたも運が悪かったし、僕も運が悪かったのです。僕は一生あなたのことは忘れません。

8

疎開先から早苗が東京へ戻って来た時に、彼女は全くの一人きりだった。やがて丸の内のオフィスに勤めるようになってから、彼女は次第に孤独であることに馴れて行ったが、兄の不意の死の原因となったものに対して、いつまでも疑問が残った。

早苗は仕事の上では頭もよくきびきびと働いた。彼女に付き纏う男たちもいた。しかし彼女の心の中にどのような感情が揺れ動いているものか、同僚には分らなかった。彼女の持つ冷たさは遠目には魅力的だった。それでも彼等が心から打融けて来ることはなかった。早苗の持つ冷たさはどんなに親しく話し掛けても、早苗の心の中には固い壁のようなものがあり、男たちはその壁に自分の声の木霊を聞いて気恥ずかしくなってしまった。それはまるで一人相撲を取っている感じだった。男たちはもっと無邪気な、素直な娘たちを愛した。

早苗が自分を頑《かたく》なだと思うようになったのは、兄が死んで、母がその死因を隠したことに始まっていた。彼女は母に対して、母が死ぬまで頑なだった。兄の死因を自分でもきっと突きとめてみせると誓った。あれほど親しくしていた兄が、自分にそのわけも言わずに死んだということが、彼女を人間嫌いにした。どんなに親しくしていても、人は他人の心を知り得ないのだろうかと彼女は疑った。彼女はいつでも固く結んだ唇と、相手を真直に見詰める瞳とを持っていた。
早苗は兄の古い友達などにも会い、人が変ったと言われた頃の兄の様子を尋ねた。しかしそれで何が分っただろうか。確かに兄は戦争を嫌い、兵隊に行くことを厭がった。しかしそれは自分の生命を断つだけの充分の理由とは思われなかった。兄が恋愛をしていたことも知った。しかしその恋愛がどんなに不幸なものであったにせよ、それもまた理由には弱すぎた。少くとも私なら、失恋したぐらいで死にはしないわ、と早苗は呟いた。早苗は気質の上では兄とそっくり似ていると思っていたから、この推測には間違いない筈だった。それならば一体何が残るだろう。何かしら哲学的な理由だろうか。人は哲学的な理由だけで死ぬものだろうか。早苗には分らなかった。死者には死者だけの理由があるに違いない。そうやって一心に過去を追い詰めて行くと、早苗はふと自分の中の或る部分が既に死んでいるように感じることがある。兄の死と共に自分の中の成長も止り、自分が今でもお下げの女学生のように感じることがある。早苗が過ぎ去った時間を惜しいと思うのはそういう時だ……。

9

早苗は立っている自分の両足が小刻みに震えているのを感じた。手紙を二回ほど読み返し、ぼんやりと壁の方を見た。身体が震えるのは寒さばかりではなかった。そうだったのか、それだから麻生さんは今晩私とあまり口を利かず、途中で別れて帰ってしまったのか。

早苗は手紙を元通りに畳んで封筒に入れ、それを机の上に載せた。ちょうど昔、兄が机の上に封筒を置いて、早苗の呼ぶのに返事もせず、永遠に眠ってしまった時のように。それから急いで寝床にはいった。掛蒲団にすっぽりくるまり足を曲げて小さくなっても、悪寒はいっこうに去らなかった。歯を食いしばって、彼女は一心に考え込んだ。

考えたのは麻生さんのことではなかった。麻生さんが彼女を愛していたことも、結婚しようと思っていたことも、それを彼女に隠しているうちに或る事実が分って結婚を取りやめる気になったことも、それは早苗にとってもう大事なことではなかった。なぜなら、彼女は麻生さんを愛してはいなかったから。それからまた事実、——父が狂人病院で死んだという事実、そのことを考えたわけでもなかった。早苗が考えたのはただ兄のこと、不可解な理由のもとに死んだ兄の、その自殺の動機だった。

兄さん、兄さんはそれを知ったのね、知っていたのね、と早苗は心の中で呟いた。兄さんが人が変ったのは、私たちのお父さんが狂人だったことを知り、その同じ血が自分たちの中にも流れていることに気がついたからなのね？　ひょっとしたら、もっとはっきりした徴候が、狂気の予感が、兄さんをおびやかしていたのかもしれないわね。

早苗はその頃の兄の表情を思い起した。あの暗い、陰気な眼指。兄さん何を考えてるの、そんな深刻な顔をして？　そう早苗が訊くと、宗太郎はふっと気を取り直したように、早苗の顔を見て笑った。しかしその時の仮面の下に隠れていたものは、深い絶望的な恐怖だつた。最早自分の理性を信じることの出来ない恐怖、自分の中に流れている血を信じることの出来ない恐怖。誰にも言えず、誰からも理解されることのない秘密を持って、兄はひと思いにこの恐怖と共に自分の生命をも殺したのだ。

早苗はわななき続けた。兄を苦しめたものはこの秘密だった。母を苦しめたものも、やはり同じ秘密だった。そして今、早苗の手足を痺れさせるものも、この初めて知らされた事実に他ならなかった。何という余計なことを麻生さんは教えてくれたものだろう。しかしそれは現実だった。それは取り返すことの出来ないもの、自分ではどうしようもないものだった。それは寒気《さむけ》のように彼女の頭脳の中に忍び入った。

私にもこれからあと、毎晩のように不眠の夜があるだろう、と早苗は思った。不眠と、浅い眠りと、幻想と、悪夢とがあるだろう。私を相手にしてくれず、私と結婚しようという人もなくなるだろう。早苗がいま一番ほしい相手は兄の宗太郎だった。兄ならば心ゆくまでこの悩みを語り合うことも出来る。しかし兄は昔、早苗にその秘密を打明けることもなく、早苗ちゃんはどんな人と結婚するのだろうね、と言い遺したまま、彼女が幸福になることを祈って死んだ。それは十年も前のことだ。自分にとっての最も重要なことを知らず、幸福になることも出来ないで、ただ平凡に過ぎてしまったこの十年が、今、早苗には唯の一瞬のように思われる。兄さん、もう寝たの？　と訊いて、その答を待っていた間の短い瞬間のように……。

でも私は生きる、と彼女は呟いた。悪寒はとまったが両足は氷のように冷たかった。兄さんが死んだのは秋だった。あの頃は寝るとすぐに足が暖まったものだ。私はスタンドの灯を点けて、目覚時計の針を気にしながら、いつまでも本を読んでいたものだ。電灯を消すと直に眠った……。早苗はそういうことを思い出した。自分の横で母がすやすやと寝息を立て、隣の部屋の襖越しに兄が本の頁をめくる音が聞えて来た。しかし彼女は一人きりだった。生き残った秋の虫が、微かにかぼそい声で鳴き続けているばかりだった……。

風景

私がまだ療養所にいた頃のことだが、私の属していた病棟の大部屋の一つに、いっぷう変った患者がいた。名前を言っても始まらないから、彼ということにしておこう。私は彼とは三部屋ばかり離れた大部屋で病を養っていたが、彼の噂は寝たきりでいる私の耳にもよくはいった。

彼はあまり病人じみたところのない、よく肥った、血色のいい青年で、入所して来ると毎日大人しくベッドに仰向けに寝ていた。大部屋というのは六人がベッドを並べて起居しているから、自然に話もし合い仲良くもなるのだが、彼は無言の行でもしているみたいに頑固に口を噤《つぐ》んで、いっこう打融ける気配がなかった。彼が元気になって喋るのは、医師の廻診の時だけだった。ベッドの上にむっくり起き直ると、小心な、やや卑屈とも見える態度で、自分の病状を仔細に説明した。それも微熱が取れないとか、食欲がないとか、夜分少しも眠れないとか、そんな苦情ばかりだった。医者は首を傾げていた。おかしなことに彼が熱心になればなるほど、彼の話が嘘だということが同室の人たちに分った。彼の食欲は旺盛で、病院で出るまずい一膳飯を誰よりもがつがつと呑み込んだし、夜はその鼾声《かんせい》と歯軋《はぎし》りとで具合の悪い人たちを悩ませた。誰しもが心にそれぞれの悩みを持ち、しばしば夜中に目を覚まして枕許のコップを手に取ると、眠られないでいる仲間の気配を感じたものだ。太平楽な鼾《いびき》は彼等を再び寝つかせなかった。なぜあんな嘘を吐く必要があるのだろう、と彼等は考えた。微熱の方も、看護婦は検温の結果を患者から聞くだけで、実際に体温計の目盛を見るわけではないから、ひょっとしたらそれも出まかせかもしれなかった。しかし何のために病状を悪く言うのか。不思議そうな面持で眼くばせなどをしている部屋の連中を、彼は怒ったように横眼で睨んで、一層熱心に医師に訴え続けた。

彼の病状はレントゲン写真で見ても、それほど悪いようには思われなかった。気胸を続けていたが、排菌もなく、この分では直に外気に出て作業療法に廻されると誰しもが考えていたほど、人の羨む軽症の患者だった。ただ本人だけがそれを信じなかった。彼は或る専門学校を卒業して薬剤師の免状を持っていたから、医師の方でも彼の主訴を一応は真面目に取り上げた。しかしどこまで本気で聞いていたやら。彼の関心はあまりにも自分の病状、それも神経質なまでに悪いと自ら信じている病状に限られていたから、人に好感を与えなかった。

私は初めて彼に会った時のことをよく覚えている。それまでにも、手洗いに行くのに長い廊下を渡って行きながら、大部屋の一つ一つを覗き込むようにして誰か彼かと立話をするのが我々の癖だったので、私も彼が大人しくベッドに仰向けに寝ているのは承知していた。彼は大抵、鉱石ラジオのレシーバーを耳に当て、眼をつぶり、死んだように窓際に横たわっていた。同室の誰とも打融けず、眼に見えぬ幕を廻りに垂らしている印象だった。その彼が、或る晩、私のところに突然話をしに来た。

彼は私の寝台の傍らの小さな丸椅子の上に、その大きすぎる程の体を乗せたなり、いつまでも貧乏揺りをしていた。私も好奇心は強い方だから、この人嫌いの、いつも孤立した青年が何の用事でわざわざ来たものかと思い、しげしげとその顔を見守った。眼は小さすぎて表情らしい表情を見せなかった。彼は何の前置もなしに、不意にこう訊き始めた。

「一体死んだあとに霊魂というのはあるもんですかね？」

消灯前の自由時間で、私の大部屋の連中は勝手な雑談を交していたが、珍しく彼が部屋へはいって来たので、いつのまにかしんと静まり返っていた。私は意外の質問に少しびっくりして、暫くは彼の厚い唇の動くのを見ていた。

「あるんですか、ないんですか？」

「それは難しい質問だな。僕は信じないけれども、あった方が都合のよい人にはあるんでしょう。君はどうです？」

「都合じゃなくて、本当にどうなんです？」

「それはないでしょうね。死んだあとは空々漠々ですよ。」

「霊魂はない。それじゃ死んだ人間が、我々に合図をよこすということもないわけですね？」

「そうね、そういう神秘的なことはその人の感受性次第じゃないかな。君は何かそういったことでもあるんですか？」

彼はその小さな眼をしばたたいた。それから今度は別のことを訊いた。

「同じ夢を何度も見るというのは変ですか？」

「それはよくあることでしょう。僕だって経験がある。どんな夢なんです？」

「どんな夢でもいい、」と急に彼は無愛想に言い放った。「僕だってフロイドの夢判断ぐらいは読んだことがあるから。」

彼はそう言ったなり、荒々しく椅子から立ち上って部屋を出て行った。

彼がいなくなると、部屋の連中が笑い出した。私もおかしいことはおかしかったが、彼の態度には何かしら笑えないものがあった。私の方は何げなしに夢の内容を訊いただけなのに、彼はそれを材料に、私が彼の精神生活を測定するとでも疑ったのだろうか。しかし夢の話にどれだけの秘密があり、私がそれをどれだけ読み取れるというのだろう。そんな暗い、人に語り得ない、秘かな欲望が彼の意識に隠されているとも思われなかった。私たちは勿論、誰しも一人ずつの秘密を奥底の方に隠し持ってはいたが。

それからも彼は折々私を訪ねて来た。格別の話があるわけではなく、その時々の気紛れな質問だったが、私の方も寝たきりで退屈していたから大人しく彼の相手をつとめた。或る日、私は彼にその頃聞いた噂をたしかめてみた。

「君、この前の培養が出たっていうのは本当かい？」

「本当ですよ。これで外気行きは当分お流れだ。」

彼は意外なほど晴れ晴れとした顔で答えた。療養所では、培養検査が何回かマイナス続きだと外気へ出ることが出来るので、検査の結果には誰しもが一喜一憂していたものだが、彼は反対に、悪い成績が分ってほっとしている様子だった。

「君は本当に病気なのかい？　どう見てもそうとは思えないがね、」と私は冗談を言った。

「悪いんですよ。喀血までしたんだから。」

「しかし丈夫そうな身体をしているなあ。」

私は感心して、小さな丸椅子の上で貧乏揺りをしている彼を見上げた。少し脂肪肥りだが、どっしりした身体つき、血色のいい顔色、どこにも暗い翳は射していなかった。

「表から見たって病気のことなんか分るもんか、」と彼は乱暴に答えた。

「君ぐらい安静を守っていたら、培養が一度ぐらい出たってそう気にすることはないね、」と私は言った。

「僕はあと二年は此処にいるつもりだ、」と彼は言い、急いで「本当は僕の具合はとても悪いんですよ、」と付け足した。その時の彼の素早い眼の光を私は見逃さなかった。君は早くよくなりたいとは思わないんだね、とそう私は訊きそうになって、思い返した。彼にあっては、一日も早く退所したいという人並の願望が全く逆に働いていることを、噂からも、また彼の態度からも、汲み取ることが出来た。彼は彼なりに療養所の生活をエンジョイしていた。それは全く彼なりの、自分勝手な、エンジョイのしかただったが。

私が彼の生活のしかたをもっと身近に知るようになったのは、冬の初めに、彼が私のいる大部屋に移って来てからだ。彼は自分の部屋の連中と喧嘩をして一日も居づらいから、私の部屋の空ベッドに変りたいと言った。私はそれを聞いて同室の仲間たちに相談した。多くの意見はそんな勝手なことは断った方がいいというのだったが、私は断るだけの理由もないし、彼の立場も気の毒だと言って極力彼を弁護してやった。それには彼という人間に対する小説家としての興味が、私に働いていたのかもしれない。彼は医師の許可を得て私の大部屋へ移って来た。そして彼の姿は日夜私の眼から離れなくなった。

彼は確かにいっぷう変っていた。例えば毎朝、目の覚めた時には誰でもが機嫌よく、お早うを言い合うものだが、彼はむくっと起き上ると鋭い声で、ちくしょう！　と叫んだ。それからどっしどっしと洗面に行く。それも草履の裏が烈しく廊下に響き渡るくらいに、ぱたぱたと跫《きょう》音《おん》を立てる。食事の時にはしょっちゅう、まずい、まずい、と独り言を言っているが、食事の速度は誰よりも早い。卵の殻などは無造作にベッドの横に投げ棄てる。その卵も行商人が売りに来た奴を値切れるだけ値切って買ったものだ。とにかくすべてが自己中心的で、見ていて厭な気持がした。薬剤師というその肩書と平常の粗野な態度との間には、奇妙な分裂があった。

大部屋の六人はそれぞれ家庭の事情も経歴も違っていて、私のように世間を知らない者にはいい勉強になることが多かった。共通した病気の悩みがあり、生活の苦労も自ら筒抜けになるから、よほど頑固な人間でない限り一人だけ孤立していることは不可能だった。しかし彼はこの部屋に移ってからも自分から壁を壊そうとはしなかった。彼は機嫌のよい時には鼻唄をうたいながら鏡を見ていた。ベッドの横の壁に懸けた小さな鏡に顔を映して、飽きもせず長い間睨めっこをしていた。彼の大きな丸い顔、その単純な造作《ぞうさく》、厚い肉感的な唇と小さな硝子玉のような眼、やや天井を向いた鼻、一体何が面白くて自分の顔をそうしげしげと眺めることがあるのだろう。機嫌が悪くなると幾日も口一つ利かず、死んだように寝ていた。そういう日が四五日続くと、今度はばかに陽気になり、まだ学生気分の抜け切らないぞんざいな口振で、冗談などを言った。それまで貯えていた精力が爆発的な発作を起して、看護婦と喧嘩をしたり、食器をひっくり返したりすることもあった。或る晩、不意に停電があり、廊下を歩いていた看護婦が誰だか分らない患者に抱きつかれたという事件が起った。はすっぱな看護婦で、派手な声をあげたので大騒ぎになったが、その犯人は彼だった。ほとぼりのさめた頃になって彼は得意そうに我々に告白した。彼の中には抑制された破壊的な情熱が巣くっていた。

「僕は俗物でいいんだ。あんたなんか、きっと僕を軽蔑しているんだ、」と彼は私に言った。

「そんなことはないよ、」と私はおだやかに答えた。

「僕の理想はごく平凡なものですよ。結婚して、小さな家に住んで、子供が出来て、そしてのんびり暮せればいい。夏には庭に朝顔でもつくって、冬は長火鉢でも置いて。」

「それは何も君だけに限らないだろうよ。誰だってそういうことは考えるんだろう。」

「僕はね、学校を出てから信州の上田で或る病院に勤めていた。陽当りの悪い官舎の中で、安月給を貰って、いつかはちゃんとした家に住んで、結婚して、と考えていたんです。」

「病気になったから、それで君の幸福な家庭というやつが延期になったわけだね。しかしもう少しの我慢さ。」

「そうじゃない、」と彼は言った。「病気のせいじゃない。僕は駄目なんですよ。病気が癒ったって駄目なんだ。」

「どうして？　ばかに気が弱いじゃないか。」

「僕は上田にいた頃にその真似ごとみたいなことをしたことがある。がその女は死んじまった。僕が殺したんです。」

彼は低い声で、丸椅子の上から私の寝台の方へ身体を捩じ曲げて、そうささやいた。私は耳を疑った。彼は急に不機嫌になると、自分のベッドへ帰って寝てしまった。

私はかねがね彼に躁鬱病的なところがあると思っていたが、それに嘘言症を加えなければならないのかなと考えた。私はその話をもう少し確かめたかったが、その後も敢て訊くだけの勇気がなかった。しかし私は、彼と上田の話などをした。

「僕は終戦の年に、一月ばかり上田のサナトリウムにいたことがあるよ、」と私は言った。

「上田を知ってるんですか、」と彼は意外そうに私に訊いた。「あれはつまらない町でさ。」

「知ってるという程じゃない。せいぜい城址《しろあと》ぐらいだよ。僕のいたサナトリウムはその近くだった。君の勤めていた病院とは違うんだね？」

「上田でいいのはあの城址ぐらいのものだ、」と彼は言った。「あそこは春がいいんですよ。桜が咲いてね。僕はよくあそこらを一人で散歩したもんだ。」

「幸福な家庭を夢みながらかね。」

つい冗談を言うのが私の悪い癖だったが、この時も彼の気をそこねた。彼は黙り、私も黙った。我々はめいめい自分の殻の中に閉じ籠った。

その年の冬、私は手術の予後が悪くて、寝台から離れられなかった。書見器にアメリカの小説を掛けて、思い出したように頁を繰っていたが、その難解な小説はいっこう先へ進まなかった。字引を引く気力もなく、私はぼんやりとそれから先の主人公の運命を想像していた。大して好きでもないのに心を惹かれてしまった男、家庭も身分も棄てて男と共に逃げて行く女、その二人を燃し続けている暗い情熱が、私にはロマンチックに映った。その頃の私は何も持っていなかった。明るい希望というようなものはなかった。そして我々は、誰しも、明るい希望を持ってはいず、具合の悪い時には死の幻影に悩まされ、少し具合がよくなると生の重荷に打ちひしがれた。生きることは死を乗り越えることだが、果して生きてこの療養所を出るとしても、どのような生活が我々を待っているのか。少くとも療養所の中では、国家の保護を受けて、最低の生活を保証されていた。彼のように、もっと此処にいたいという気持は、早くよくなりたいという希望とは別に、多くの患者たちの心の底の方に澱《よど》んでいた。此処では生と死とが隣合せていたが、その生をおびやかすものは死、この抽象的な運命だけだった。生きることはその純粋な形態を此処で保っていた。

一日一日は退屈だった。寒さが厳しくなると、私たちは蒲団の中にもぐったなり、レシーバーを耳に当ててラジオの番組を聞いていた。それまでは外国音楽にしか興味を抱いていなかった私が、初めて三味線の音色に耳を傾けるようになったのはその冬のことだ。それは日本への回帰といったものだろうか。私は三十を過ぎたばかりだったが、耳に当てた冷い金属の肌触りから洩れて来る爪弾きに、過去の時代への郷愁のようなものを感じていた。鋭く冴え渡る三味線の音色に、武蔵野を吹きすぎる松風の音が混った。声は哀婉を極めていた。

〽木枯しの吹く夜は物を思ふかな涙の露の菊襲《きくかさ》ね
重ぬる夜着や独りねの更《ふけ》て寝る身ぞやるせなや

消灯後のしんとした病棟の中で、眠られぬ人たちは遅くまでレシーバーを耳から離さなかった。遠くで咳の音がした。それが断続して水鶏《くいな》のように聞えた。彼は大きな鼾をかいて眠っていた。

この青年にどのような過去があるのだろうか、と私は考えた。人には皆、それぞれの過去がある。彼がのんきそうに眠り、旺盛な食欲を持ち、看護婦と戯れても、彼の心にある苦しみがどうして他人に分ろう。彼は自分勝手に振舞い、幸福な家庭を夢みている。が、彼の口は鎖され、過去にどのような苦しみを嘗めたかを人に語ることはない。どのような孤独を彼が隠し持っているか、我々には分らない。私は眠られぬままに、それを勝手に空想してみた。極めて僅かの材料を使って、――彼が薬剤師であること、或る女と共に暮しその女が死んだこと、あと二年はこの療養所にいたいと言ったこと、そういう乏しい材料から、彼の運命を思い描いた。

＊

彼が上田の或る病院に薬剤師として赴任して来たのは、桜の花の散り急いでいる頃だった。それまでの気楽な学生の身分と違って、今は相当の責任もあれば義務もあった。東京の下町の育ちだったから、この小っぽけな城下町は埃くさかったが、一日の仕事を終り、薄暗い食堂で貧しい夕食を認め、それからぶらりと城址《しろあと》の方に散歩に出掛けると、如何にも一人前になったような気がした。夕映の雲が明るい色を残している丘の上から、西陽を浴びた二重の櫓《やぐら》や、散り残った桜の枝や、石壁や、黒ずんだ堀の水などを眺めていた。あたりには若い二人連が人目を避けるように逍遥し、それが彼の心に一種の羨しいような、腹立たしいような気持を起させた。彼は足許から小石を拾うと、立て続けに堀の中に投げ込んだ。あたりは次第に暮れかけて、水音が彼のところまで返って来た。

官舎へ戻ると黴《かび》くさい畳の上に薄い夜具を敷いて、ほしいままな夢に耽った。どのような夢でも彼には可能だった。暗い夜を背景に鮮かな白い肉体が踊り、戯れ、絡まり合い、或る時は手だけが、或る時は足だけが、模様のようにくっついたり離れたりした。彼が夢を追いかけるのではなく、夢の方が昼の間も彼に追い縋り、微妙な秤の先で薬を量っている時などに、裸の足が二本、彼の網膜に焼きついたなりどうしても離れなかった。指の腹に触れるセロファン紙のすべすべした感触が生きもののように感じられた。そういう時、彼はすべての煩わしい事務を投げ出して表へ駆け出して行き、獣のように吠え喚きたいと思った。

その年の秋、彼は外来に来る患者たちの一人に、気をそそられる女を見出した。地味な色の袷をすらりと着流して、待合室の椅子の上から、切長の瞳で彼をじっと見詰めていた。彼が眼を合せるとさりげなく眼を落したが、細そりした襟足の白さが彼の心を波立たせた。あれはどういう種類の女だろう、と彼は考えた。彼は薬局と待合室との間をうろうろして、看護婦の呼んだ時にその名前を覚えた。その晩、彼はこっそり診察室に忍び込み、カルテを引張り出して一枚ずつ調べてみた。その女の住所は分ったが職業は書いてなかった。病名は相当に進行した結核だった。

何だ肺病の女か、と彼は軽蔑して呟いた。彼は学生時代から健康には自信があったし、自分の家庭の貧しさや、学業の不成績や、容貌の醜さなどに感じる劣等観念を、その点一つで補っていた。しかし今、どのように軽蔑しようと思っても、垣間見ただけの女の面影が、そのやや冷たい、ものうげな視線が、彼の心から拭い切れなかった。彼は自分が薬剤師で、医師でないことを残念に思った。彼にとってその女に近づく方法といっては何もなかった。薬専を受けないで医専を受ければよかったのだと、もう返らないことまで口惜しげに考えた。夢の中で、その女は聴診器を持った彼の前に立って、一枚ずつ、ゆっくりと着物を脱いだ。

彼には何の方法もなかった。彼は病院の医師に対しては卑屈に構えていたし、看護婦にはいつも威張った口を利いた。従って病院の中でその女のことを訊く気にはならなかった。また訊いたところで始まらないだろうことも分っていた。彼はただ毎夕の散歩に、城址からその女の住所の方へと足を延した。己は散歩をしているだけで、あの女を探しているわけじゃない、と彼は自分に言い聞かせた。

機会は向うから、意外な形を取って現れた。彼がいつもの散歩の帰り途に、肌寒さを覚えて足を急がせていると、女の声が突然彼を呼びとめた。

「先生、先生じゃございません、病院の？」

どうして彼は気がつかなかったのだろう、例の女が僅かに白い歯を見せて彼のすぐ側に立っていた。

「僕、僕ですか？」とへどもどした。

「お出掛けですの、どちらへ？」

「散歩の帰りです。」そして相手の名前を呼んで、「この近くに住んでるんですか？」と訊いた。

女は名前を呼ばれても大して驚いた様子を見せなかった。それと同時に、彼も落着きを取り戻した。彼は人から厚かましいと言われても平気な男だった。

「僕は歩き廻って咽喉が乾いちまったんだが、この辺に喫茶店はありませんかね？」

女はちょっと眉をひそめ、平静な声で、「お宜しければうちへお寄りになりません？」と誘った。

二人は、二階に細い格子を填《は》めた低い屋並の続く通りを暫く歩いた。小さな潜戸を明けて女が先にはいると、庭の中に離れがあった。女が戸を明けている間に彼は植込のあたりをぶらぶらしていたが、母屋の方は暗くてよく見えなかった。彼は小綺麗な座敷に通された。

女が勝手の方に立って飲物の支度などをしている間に、彼が感じていたのは夢のようなということだった。事があまりにもうまく運びすぎた。そして夢のようなという感じは、その後も、彼が官舎へ帰ってからも、翌朝目が覚めてからも、彼の心から消えることはなかった。その一晩の偶然から、彼は悪夢の中に落ちた。しかし女にとってはどうだったろう。少くとも彼の眼に映るところでは、女は平静に、すべてを予期したことのように構えていた。女の態度は彼には謎のようだった。

彼は散歩の帰りに、というよりはもうそれだけが目当で、二日を置かず女の許を訪ねた。そのような訪問が相手の迷惑になるかもしれないと考えるだけの余裕すらなかった。彼はその女が欲しいと思った。彼はその女の経歴も、感情も、何も知らず、ただ単純にその女が欲しかった。心の底に暗く澱んだものがあり、それがふつふつと滾《たぎ》っていた。

女は格別うるさそうな顔もせず、といって待ち焦れている表情でもなかった。ものういような顔をして、「御免なさい、わたしいつだって微熱があるのよ、」と言った。その冷たげな、取り澄ました顔立は、泣かしてみたい、叫ばしてみたいという狂暴な欲望を彼の心に燃え立たせた。そして彼は、欲望を長く心の中に隠し持っていることの出来ぬ人間だった。

しかし彼は女のことを何一つ知らなかった。彼の質問に、女は寂しそうに少し歯を見せただけで、「そんなことどうだっていいじゃないの、」と答えた。そして確かに、二人の間でそんなことはどうでもよかった。二人をつなぐものは、社会的な身分でも、職業でも、そして愛でさえもなかった。彼にあっては破壊的な欲望、そして女にあってはものうげな情熱、それだけが孤独と孤独とをつなぎ合せていた。

彼がその女のことを聞かされたのは、彼よりはやや年上の病院の代診の口からだった。医師は皮肉の見える微笑を浮かべて、彼に忠告した。

「君、近頃あの女のとこへよく行くそうじゃないか。止した方がいいよ。」

彼はとぼけてみせたが、相手は少しも動じなかった。

「此処は狭い町だからね、何でも直に分る。君が隠したって駄目さ。あの女は鍛冶町の古くからの紋章屋の娘さ。親からは勘当同然だが、こっそり仕送りぐらいされているのかもしれない。結婚そうそうに亭主が戦死して、それからぐれ出したんだが、一時は眼にあまるものがあったらしい。胸が悪くなってからは誰も寄りつかないようだ。独りでいるのが寂しくてしょうがない女だ。」

「先生も御存じですか？」と彼は訊いた。

医師は曖昧な微笑を続けた。

「よした方がいいよ。したたかな女だ、君には歯が立たない。」

己だって女の一人ぐらい操ってみせる、と彼は考えた。どんな不身持の女でも、彼の方がしっかりしていれば騙されたりなんかはしない。彼は女の弱味を握っていることを示そうとして、それを女の前にぶちまけた。

「あたしがそんな女だとして、それでどうなの？」

女は暗い表情のまま、どうでもいいというような無関心さを見せた。「あんたはあたしが好きなんでしょう、それだけでいいじゃないの？」

「君の方はどうなんだ？」と彼は急いで訊いた。この女の本当の心持は彼には少しも分らなかった。

「嫌いなように見えて？」

彼が黙っていると女は更に投げやりに付け足した。

「あたしはあんたからお金を貰うわけでもない、どうしてくれとも言わない。あたしがこれでいいんだから、あんたもこのままでいいじゃないの。」

「他の奴はどうなんだ？　君は本当に一人きりで暮しているのか？」

「疑うのなら、此処に来て一緒に暮せばいいわ。」

その年の十二月に、彼は決心して女のところへ移った。何かしらそういうふうにしなければ済まないような気持だった。病院では医師も看護婦も、一種の嘲りを隠した顔で彼を見た。道を歩いても、通行人の一人一人が彼のことを知っているようだった。しかしそんなことが何だろう。彼にとって欲望が充足される瞬間だけが生きていることだった。その他の時間には、彼はただ影のように動いていた。陽の射さぬ薬局の黴くさい匂の中で、彼が考えているのはいつも女のことだった。欲望は泉のように汲み尽せるということがなかった。

しかしこれが彼の夢みていた幸福な家庭なのだろうか。宿直の晩に、炬燵の横に蒲団を敷いて久しぶりに病院の官舎に寝てみると、此処で彼が未来を夢みていたのがほんの数ヶ月前のことだとは思えなかった。女との生活は家庭とは違っていた。女はいつも気ままで、物ぐさで、投げやりだった。いつでも何か遠いところを見ている眼をしていた。妻とか恋人とかいう感じではなく、彼の前に常に用意されている「物」としての存在だった。一体その心に何を考えているのだろう。誰か他の男のことか。彼は嫉妬に苦しまされていたが、その男たちは常に眼に見えなかった。嫉妬は彼の心の中で、欲望に比例して大きくなったり小さくなったりした。女は殆ど弁解ということをしなかったし、その瞳には彼の猜疑をあざけるような色が浮んでいた。女は口癖のように呟いた。

「死んでしまいたい。」

それを聞くと彼は必ず怒って女につかみかかった。しかし女は、彼が厭だから死にたいと言っているわけではなかった。そう呟く時、疲れたようなけだるい微笑が女の口元を染めた。宿直の晩に一人で寝ていると、女の声が遠くから彼を呼んでいるようだった。もしや女が死にはしないかという恐怖と、眼に見えぬ男たちへの嫉妬が、寝つきのいい筈の彼の眼を冴えさせた。彼はもう一人では眠ることが出来なくなっていた。

女が妊娠していると分った時に、彼の心を沸き立たせたのは憎しみだったろうか。それはどう日数を数えても、彼の胤《たね》である筈がなかった。しかしその憎しみの中には、彼が自分でも意外に思った程の、女への愛情が含まれていた。女はどう責められても何も白状しなかった。「これがあんたの子だったらいいのに、」と僅かに呟くだけだった。冬の間に女の病状は一層悪くなっていたから、彼は口を酸くして中絶をすすめたが、女は取り合おうとしなかった。それは胎内の子供が可愛いというより、何をするのも面倒くさいという投げやりな気持からだった。「どうせあたしが死ねば子供も死ぬのよ、」と女は言った。

その冬の間に彼の立場も面白くないものに変って行った。病院を休む日が多くなった。「どうしても今日は行っては厭、」と女が哀願する時に、彼はそれを肯き入れている自分に驚いた。彼は病院長に幾度か呼び出されて注意を受けた。「君はまだ卒業したてじゃないか。今からこんなことでは先が思いやられるな。」しかしそういう叱責を受けている間でも、彼が考えていたのは別のことだった。

女はしょっちゅう死んだ方がいいと口にしていたが、決して一緒に死のうとは誘わなかった。それを先に言い出したのは彼の方だった。女は眼を光らせ、乾いた唇をわななかせた。

「なぜ、なぜあんたも死ぬの？」

なぜだろう。それを説明することは彼にも出来なかった。女を完全に自分のものにしたい気持なのか、こういう羽目に陥ったことを、女にも自分にも復讐したい気持なのか、それとも何かしら自分を甘やかすヒロイックなものか。しかし何よりも、彼はせめて女を悦ばせてやりたかったのだ。この口数の少い、いつも憂わしげな、不幸な身の上の女を悦ばせる唯一のことは、彼が一緒に死ぬことだけだった。それ以外に、何を彼が持っていよう。そして彼がまだ失っていない単純で、善良な感動が、それをつい彼の口から吐き出させた。

「それはいけないわ、そんなことは、」と女は言った。

しかし女の中にある暗い、エゴイスチックな悦びは彼の心にも伝わって来た。目前の死に彩られて、二人の欲望は焔のように燃え上った。肉体の虚無と、死の虚無と、その二つのものの間にはもう何の障害もなかった。この幾人もの男を知った肉体を自分ひとりのものにするための破壊に、彼は自分の肉体をも賭けた。二十五年の生涯を惜しいとは思わなかった。

薬は彼が用意した。女は心から悦んでいて、少しも彼を疑わなかった。

「御免なさいね。きっとこれも何かの因縁なのね。」

女はためらわずに薬を呑んだ。彼はその時の女の咽喉仏《のどぼとけ》の動きも、彼の方に倒れかかった時の溜息のような叫びも、その指先の痙攣も、がっくりとなった髪の乱れも、すべてを夢の中の出来事のように見ていた。薬は同時に呑む筈だった。どうして彼の指は、こわばったなり動かなかったのだろう。女が死ぬと、今迄の張り詰めた、充足した、ぎらぎらした陶酔が潮のように引き、ぞっとするような孤独が彼を取り囲んだ。己は卑怯だ、と彼は考えた。しかし彼の手は小止みなく震え続けていた。己は死にたくはない、己は騙されたんだ、己の方が騙されたんだ、と彼は叫んだ。しかし女は冷たくなった顔を、美しく、無邪気に、彼の方に向けていた。不意に彼の眼に溢れ出した涙が、女の顔を霧のように滲《にじ》ませた。

*

今年の夏の終りに、私は信州の上田へ遊びに行った。よく晴れた日で、雲のない青空からぎらぎらした太陽が照りつけていたが、風はもう秋めいて肌に涼しかった。私は汽車から下りると、駅前の広場を暫く眺め廻していた。

私がこの上田の町の小さな療養所に一月ばかり滞在したのは、もう十年の昔になる。戦争が終った年の秋で私は北海道から関西の方へ旅行する途中だった。血沈が悪いからと医者に注意され、それに満員つづきの汽車旅行にも疲れ切っていたから、此処で暫く足休めをすることにした。それは前に遊郭だったとかいう奨健寮の建物で、畳敷のその二階の一部屋に私はごろごろして小説などを書いていた。山が近く、夕暮になると町を囲む山肌が一斉に色づいた。

私は小さな電車に乗り、次の駅で下りて城址公園へ行った。昔来た時とは変って、今では外《そと》濠《ぼり》をはいるとそこが遊園地になっていた。その先の道の左右に二重の櫓《やぐら》が石垣の上に聳えていた。それも私には初めて見るものだった。石垣の階段を登ると博物館の表札が出ていて、温厚な老人が入場料は十円だと言った。私はその老人から、この二つの櫓は一昨年此処に移されて来たもので、奥の方にある昔からの徴古館と共に今は博物館になっていると聞かされた。私はそれらを順々に見て廻り、この地方の民芸品や、古文書や、真田《さなだ》氏一族の武勇を伝える甲冑武具の類を眺めた。どの櫓も見物人が一人もいなくて、硝子張のケースの中に格子戸を洩れるしんとした昼の光が射していた。

昔は七つの櫓が本丸を囲んでいたというその本丸の端れに立つと、南には田畠が黄色く続いて、その向うに千曲川が見えていた。低い山々が上田の町を囲んで白っぽく光った。私はそこを西側に廻り、内濠《うちぼり》を見下すベンチの上で、まだ酸っぱい葡萄などを食べた。それから遊園地の方へ戻って来た。

そこでは子供たちが、嬉しそうに声をあげて滑り台やブランコで遊び、家族づれの連中が猿や鹿やリスなどの檻の前で無心に笑い興じていた。私はリスが金網に足の先を引掛けて、逆さまにぶら下ったなり小さな欠伸《あくび》をするのや、木の実を小さな歯で嚙み砕きながら後ろ足だけで立っているのなどを、長い間眺めていた。遠くから流行歌がぎすぎすしたレコードに乗って流れて来た。

私はその時、彼のことを思い出した。私が真冬の療養所の寒い蒲団の中で、爪弾きの三味線の音色をラジオのレシーバーを通して聞きながら、彼の身の上について暗い風景を思い描いていたのは、すべて埒《らち》もないことだった。その頃私の考えることは何かにつけて陰鬱で、また私たちの誰もが一人ずつの孤独の中に、身動きもならず閉じ籠められていた。私たちは互いに憐憫と同情とを感じていたにも拘らず、信頼して心の苦しみを打明け合うこともなかった。今ならば。今私は健康を回復し、こうやってのんきそうに遊園地などを歩いている。そして彼もまた、今はどこかの病院に勤めて、恐らくは幸福な家庭を持って暮しているだろう。私のことなどはもうとうに忘れているだろう。しかし幾年か前、私たちがどんなにか生きたいと思い、必死に、歯を食いしばって苦しみに堪えていた頃には、風景はすべて暗く、未来というものは無限に遠いものに映っていたのだ。

私は薄い鱗雲の浮かび始めた空にくっきりと聳える櫓や、草の生えた白い石垣や、青く茂った樹々や、大きく揺れているブランコや、笑いさざめいている人たちなどを、それからも暫くぼんやりと眺めていた。私の思い描いた風景はただ私一人の妄想だったかもしれないが、この城址《しろあと》の風景、このおだやかな、明るい、懐古的な風景と、それを見ながら彼の心に浮かんだあのささやかな願い、「どんなに平凡でもいい、僕はただ人並の暮しがしてみたい、」といった願いだけは、彼にとって常に真実だったように思われてならない。その風景が彼の心に浮かぶ度に、彼の中の破壊的なものをそれが支えていたように、私には思われてならなかった。

私は、それから城址公園を出ると、夕暮に近い埃っぽい坂道を、上田の町の方へとゆっくりと歩いて行った。

幻影

1

一つの事件というものは、例えばそれが二人の人物によって成立している場合には、当事者の双方から話を聞かなければ正確な意味を測定することは出来ないだろう。しかし一般に事件というものは傍観者の見地から側面的にのみ見られやすい、私はその場合の事件の持つ、一種の独断的な、謎のような効果というものも嫌いではない。

しかし次の事件は、――事件といってもささやかな、ごくありふれた恋愛事件かもしれないのだが、偶然私が当事者の双方から話を聞いたものだ。もっともその一方は既に死んで、私はただ死んだ女の代弁者の口から概略を聞いたのみだが、その話と後に聞いた男の方からの話と合せると、二つの光線の交錯するところに、この事件を特徴づける意味がくっきりと浮び上って来るような気がする。その代りに事件の持つやや神秘的な味わいは損われたのかもしれないが、しかし私は、その明らさまの、後味の悪い点に、真実というものが隠されているような気がしないでもない。

だいぶ前のことだが、私のところを訪れた一人の女客が、私と私の妻とを前に置いて、次のような話を始めた。それまで私たちは人の噂などを取りとめもなく交していたのだが、たまたま、一高とか東大とかを出た秀才には本当に厭な男がいるという話になった。そして彼女は、彼女の経験した限りでは最もいたましい思い出だというその話を、次のように語り始めた。

2

わたしが療養所にいた頃、A子さんという仲のよいお友達がいました。わたしは大部屋で、その方とは隣合せのベッドにいたのですけれど、一見して色の白い、透きとおるような顔色をした、それは綺麗な人でした。一体、女の患者さんどうしは、よそよそしくてお座なりのお付合いが多いものですわ。御飯の時だって、みんなベッドの上に起き直ると、壁の方を向いたなり、他の人たちの顔を見ないようにして食器の上に屈み込む、まるで人に見られたら、御飯が一層まずくなるとでもいうようなんです。それなのにみんなが、看護婦さんの配膳してくれたアルマイトの食器で、同じお菜《かず》を食べているんですものね。もっともA子さんはもう起きられないほど具合が悪かったから、身体を横向きにして寝たまま器用に箸を操っていました。わたし療養所へはいった初めの頃は、その暗い、陰気な雰囲気が厭で厭でしょうがなかったものです。けれども、皆さんがそうやってひっそりと、御自分の病気だけを大事にして暮しているんですもの、めったにおせっかいをして憎まれても始まりませんものね。わたしはこれで軽症の方だったけれど、気分だけでも、もう生きてはこの療養所を出られないような気がしていました。本当に。なにしろお互いに打解けることがないから、仰向けに寝て眼をつぶっている人、レシーバーを耳に一日中ラジオを聞いて、時々一人でくすくす笑う人、殆どめくりもしない本を書見器に掛けて、一日中睨めっこをしている人、大部屋の共同生活でも一人一人が一城の主《あるじ》なんです。その中でA子さんは、重態だというのに、横向きのまま、せっせと手紙を書いていらした。

そうやって暫く経って、一人一人の気心が少しは分って来た頃、A子さんは病状がはかばかしくないというので個室の方にお移りになりました。今から四五年前のことでしょう、あの頃はまだストマイと成形手術とが主な療法で、具合の悪い方も多かったわ。今から考えるとあの頃亡くなった人は本当にお気の毒ね。A子さんは手術が出来ないくらい重かったんです。それに個室に出るというのは、もう癒らないという御託宣みたいなものですからね。わたしは気兼することもなくなったから、毎日しげしげとA子さんの部屋へお見舞に行き始めました。わたしは何も自分の親切を吹聴するつもりはないけれど、A子さんにとってはそれがとても嬉しかったらしいの。お母さんがいらっしゃるきりで、何でもお父さんは戦災で亡くなられたとか、翳のある寂しそうな方で、お友達だってまるでいないんです。個室というのは陽の射さない、薬くさい、粗末な部屋で、壁には模様のようにしみがつき、わたしがベッドの側の丸椅子に腰を下すと、古びた床板がぎしぎし鳴ったものです。わたしは、「どうお元気？　書翰文学はもう済んだの？」おきまりを尋ねて、それから暫らくの間、彼女を元気づけるようなことを言う。すると、「この頃は疲れるから毎日だんだん短いお手紙になってしまうのよ、」とA子さんが答えるんです。

　A子さんの書翰文学、これは女子病棟では有名でした。前に言ったように、A子さんは毎日必ずお手紙を書くんですが、その宛名がいつも同じ人だということは誰でもが知っていました。起きて歩ける人なら、ポストまで出向いてこっそり出すことも出来るわけだけれど、大部屋にいた頃から寝たきりなのだからどうしても看護婦さんに頼むし、口の軽い看護婦さんは面白がってその話をするというわけです。返事は来たことがありません。毎日お昼前に、看護婦さんが来た手紙を配って歩くけれど、そういう時、A子さんは枕から少し首を起してちらっと看護婦さんの手許を見る。もう初めから諦めてはいるが、しかし万に一つの期待が芯の方に燃えている顔なんです。それは本当に可哀そうでした。

　彼女が個室に移ってから、わたしも次第に親しくなったので、「あなたのお手紙書く人、本当に受取っているのかしら？」と訊いてみました。「それは大丈夫よ、だって返送にはならないんだから。」「どういう人なんでしょうねえ？　わたし随分ひどいと思うわ、あんまりよ。」しかしA子さんは翳のある笑いかたをして、「あなたはわたしより若いもの、」と言うんです。そんな返事ってあるかしら。まるで若いからわたしには分らないとでもいうように。

　そのKさんという宛名の人は、何でも名古屋で或る大学の英語の先生をしていらっしゃるということでした。その人が南方から復員して来た時に一度会ったきりで、それから毎日手紙を書いているんだと言うんでしょう。わたし驚いてしまった。奇妙な情熱とでも言うのかしら。そう言えば文学的で気取っているかもしれないけど、他に言いようもないでしょう。復員してからなら、もう三年ぐらいは経っている筈で、その間一日も欠かさずに手紙を書く、向うからは頑固に返事が来ない。としたら一体何のためにその情熱が使われているのでしょう。わたしならさっさと止めてしまうわ。だって相手の人に気がないことは確実なんですものね。「その人の気持は大丈夫なの？」とわたしもあきれて訊き返したんですが、A子さんは「大丈夫よ、だって昔、生命を賭けて誓い合ったんですもの、」と答えるばかり。その時の、長い睫毛の下の瞳が、奇妙な情熱を湛えてきらきら光っていたのを今でも思い出しますわ。

　昔の話というのを、わたしも詳しく聞いたわけじゃありません。戦争中にA子さんは本郷に住んでいて、そこの教会でKさんと識り合ったのだそうです。Kさんはお家が名古屋で、一高東大を出て、大学の助手かなんかをしていました。わたしその二人が、戦争を背景に、急速に仲良くなったのがよく分るような気がします。きっと三四郎池のあたりを一緒に散歩して、未来を誓い合ったんでしょうね。わたしだって、その位のロマンスはあるけれど、でもこれは別のお話よ。A子さんは夢中になって愛していたんでしょう、Kさんの方だって真面目だったんでしょう。そしてKさんが応召ということになったんです。

最後に別れる前に、Kさんは何処からか、毒薬のはいった小瓶を持って来たそうです。「いま二人でこれを呑んで死んでもいい。僕は戦争に行くのは厭なんだ。けれども今死んでしまっては詰まらないような気もする。」そうKさんは言ったそうです。わたし二人が何処でそんな話をしたのか知らないけれど、もしわたしが小説家なら、教会のがらんとした礼拝堂の中にしますわね。夜で、ベンチが裸のまま並んでいて、そしてあたりには誰もいない。結婚式にふさはしい場所で、追い詰められた若い恋人どうしが死ぬ相談をしているなんて。そこで毒薬の話ですけど、A子さんは、即座に死にたいと答えたそうです。「どうせ別れ別れになって、あなたは弾丸に当って死ぬかもしれないし、わたしだって空襲でどういうことになるかもしれない。それより今、死にましょう。その方が綺麗だし、わたしには嬉しい。」そう口説いたと言います。Kさんは考え込んで、「僕も最初はそう思った、だからこれを持って来た。でも戦争で必ず死ぬとは限らないんだから、その時まで、僕が帰って来るまで、待っていてくれないか、」と言いました。そしてKさんは毒薬をその場で二つの瓶に分けて、「もし万一のことがあったなら、その時にこれを呑もう、」と言って、A子さんにその一つを渡したそうです。わたしこの話を聞いても、Kさんという人が、その時心変りがしたとは思いません。死ぬことだけが愛している証拠《しようこ》じゃないんですものね。死んでもいいほど愛していたが、しかしもし生きられるものなら生きたいと思ったんでしょうね。二人はそういう約束を交した。生きている証拠がある限りは二人とも生きる。どうしても耐えられないようなことが起ったり、相手が死んだことが分った場合には、それぞれ自殺をするという約束なんですね。最後は東京駅で別れたというんですが、教会の人たちがプラットフォームの上に円陣になって、讃美歌の「また会う日まで」を歌ったんだそうです。わたし基督教というのは知らないけれど、その頃はフォームで讃美歌をうたうのがもう一種の抵抗になっていたのでしょう。わたしはそれをきざだとは思いません。基督教徒が自殺しようなんて言うのはよっぽどだろうし、たとえA子さんもKさんもそれほどの信者じゃなかったとしても、わたし戦争のあの雰囲気の中でなら、無理もないことだと思いますわ。恋人が生きて帰って来るとは思えないような時代だったんですものね。

ところでKさんは無事に生きて帰って来た。それまでにA子さんも随分苦労をしたらしいんです。お父さんは亡くなる、家は焼ける、あの方はお勤めに出て働く、そして病気になって療養所へはいった。Kさんは復員して来て、一度だけA子さんのところにお見舞に来たそうです。その時一体どういうことが起ったんでしょう？　A子さんが病気だからそれで気が変ったんでしょうか。好きな人が他に出来ていたんでしょうか。とにかくKさんは名古屋へ帰り、A子さんはそれから毎日のように手紙を書いたんです。それがあの人の生きている目的のような気がしますわ。でも何という望みのない、無益な目的でしょう。

そのうちにA子さんは日ましに悪くなって行きました。お母さんが看護に見えていましたが、もう長く持たないことが誰の眼にも明かなのです。日課の手紙書きさえ続けられないほど、体力が衰えていました。そこでわたしは、あんまりA子さんがお気の毒に思われたので、そのK

さんという人にわたしから手紙を出すことにしました。おせっかいというものかもしれません、でもわたし、そうでもしなければ自分の気が済まなかったのです。こんな男らしくない人はいないと思っていました。きっとわたしの手紙は、険のある、厳しい文章だったのでしょうね。A子さんがもういよいよ駄目そうだということ、一度だけでもあなたにお会いしたがっていること、あなたにはお見舞にいらっしゃるだけの義務があるのじゃないかしらと思うこと、そういうことを相手を責めるような口調で書きました。手紙を速達で出した翌日に、追い掛けて電報まで打ちました。きっとわたしは、A子さんの魂が乗り移りでもしたように、もうすっかり夢中だったのでしょう。

Kさんは療養所にやって来ました。わたしはその時、A子さんの個室にい合せたのですが、「僕がKです、」と言ってその人が現れた時には、声がつまって思わず涙が出て来たくらいです。A子さんにしてもどんなに嬉しかったでしょう。その人は、痩せぎすな、眼のぎょろっと大きい、どこか取りつく島のないような人でした。ああこの人はもう愛していない、とわたしは女の本能ですぐに見抜きました。この人は義務として来ただけです。愛しているから来たわけではありません。しかしわたしは思わず眼頭を抑えたまま、「どうぞゆっくりA子さんを慰めてあげて下さい、」と言い捨てて、自分の部屋に逃げ帰りました。A子さんのお母さんはその時留守でしたから、二人だけが閉め切った個室の中にいたわけです。あの昔の恋人どうしは、久しぶりに会ってどんな話をしているのだろうかと、わたしは自分のベッドに腰を下し、ぼんやり空想したものです。

小一時間ほど経って、あまりKさんと話をしすぎても病状に障るだろうと思い、わたしはまた個室へ戻りました。戸はしまっています。ひょっとすると折角のところを邪魔するんじゃないかと、自分の役目の詰まらなさをつくづく感じながら、やっと入口の戸をノックし、返事がないので硝子戸を少し明けてみました。わたしはどんなにびっくりしたでしょう、お客さんはもういないのです。

「あら、どちらへいらっしゃったの?」と訊き、蒲団を真深くかぶっているA子さんの方に顔を近寄せました。「帰ったわ、」とそれだけ答えたA子さんの瞼から、少しずつ涙が滲み出ていました。

一体何があったのでしょう。名古屋から此処までわざわざ見舞に来てくれた人が、どんなに忙しいか知らないけれど、一時間経つや経たずで帰ってしまうなんて。私は慰める言葉もなく丸椅子に腰を下し、苦しそうに息をしているA子さんを見詰めていました。するとA子さんは、ぽつぽつとその模様を話してくれました。どうかわたしを好奇心の強い女だと思わないで下さいね、わたしは何もそのことを話してくれなくてもいいとA子さんを留めたくらいなんです。でも、話す方が寧ろA子さんの気持を落ちつかせるのなら、とわたしは考えました。勿論わたしだって聞きたかったんです。

Kさんと二人きりになると、A子さんはこういうようなことを言ったそうです。「むかしわたしたちは一緒に死のうと約束しました。覚えていらっしゃるでしょう？　毒薬の瓶をあなたとわたしとで分けました。あなたはそれを今でも持っていらっしゃる？」「僕は捨てた、」とKさんは答えたそうです。A子さんは枕の下の財布から小さな鍵を取り出すと、Kさんにベッドの下のスーツケースを明けてもらい、その中を探させました。A子さんは未だにその毒薬を大事に持っていたんですね。「わたしはもう助かりません、」とA子さんは言いました。「そのことは自分にも分っています。あなたにお会いするまで死んじゃいけないと思っていました。Kさん、昔の約束の通りに、今このお薬で一緒に死んで下さる？」Kさんは答えなかったそうです。A子さんはベッドの上に起き上ったというんだけど、よくあの人にそれだけの力が残っていたものですわ。「わたしが先に死にます。あとであなたも死んで下さいね。」そう言って、枕許から湯呑を取って、お薬をそこに注ごうとしました。その時Kさんは、素早くその小瓶をA子さんの手から奪い取って、こう言ったそうです。「僕は死ぬことは出来ない。君が死ぬのを黙って見ていることも出来ない。これは僕があずかる。」そして二人は暫く顔と顔とを見守っていました。「僕はそれじゃこれで失礼する。気の弱いことを考えずに、身体を大事にしてくれ給え。」最後にそう言うと、黙礼して部屋から出て行ったと、A子さんは話してくれました。A子さんは悲しんではいましたが、決して怨んでも憎んでもいなかったようです。「あの人は人が変った、でもやっぱりいい人なのよ、」と言っていました。こんな明かな拒絶でもなお信じるくらい、A子さんという人はおめでたい人だったんでしょうか。わたしはそのKさんという、秀才で、口先ばかりで、死んで行く人間にそんな冷たい仕打の出来る人を、本当に憎んでいます。わたしだって何も、その時一緒に死ねとは言いませんけれど、もっと他の言いようだってあるんじゃないかしら。君は勝手に死ね、僕は違う、とこれじゃあんまりひどいじゃありませんか。女ってものを馬鹿にしているんですわ。そうお思いにならない？

A子さんはそれから三日ばかしして亡くなりました。お母さんが嘆いて、「本当に不幸な娘でした、何の為合《しあわ》せも知りませんでした、」と言われた時に、わたしおいおい泣き出しました。A子さんはまだ娘の頃にKさんに恋をして、一生その恋だけを大事に守って、毎日せっせと手紙を書いて、それで結局何の役にも立たないで、天使のように一人きりで死んでしまったのです。そんな一生ってあるものでしょうか。本当に無駄な、惨めな、生きがいのない人生という気がします。せめてKさんにもう少しの暖かみでもあって、ほんの一寸のお芝居でもしてくれたら、A子さんだってもっと安心して死んで行けたような気がします。一体Kさんという人は、その心の中で、何を考えていたんでしょうね。

3

私はこの話を聞いた時に、話の内容の持つ暗さにも驚いたけれど、その主人公であるKという人物が、私の昔識っていた男であるのにも驚かされた。Kは高等学校の時に私より二年ほど若かった。普通なら年度が違えばそんなに親しくなることはないのだが、私も彼も同じ弓術部に属していた。私は手を取って、初心者の彼に弓の引きかたを教えてやった覚えがある。無口な大人しい少年で、立《たち》の間などに、道場の奥でラムやラスキンなどの原書をめくっていた。「いやに君は勉強するんだな、」と私がひやかすと、「なに新聞を読むのと同じですよ、」と答えた。痩せて、眼ばかりぎょろぎょろさせて、甲高い声でよく笑った。

その頃は大学の文科へ進む者は数が尠《すくな》かったから、彼が英文科へはいったことは、ちょっとしたニュースだった。彼もまた小説家志望の、野心家の一人で、もうラスキンなどを読んではいなかった。私は彼と本郷の白十字という喫茶店で、ハクスレイの新作の技術的価値という問題を論じたことがある。彼に言わせれば、ハクスレイのようなシニシズム的人生観からは何のも生れない、技術を技術だけ抽き出して論じたところで我々の勉強にはならない、というのだった。どうもその頃から、私は技巧家にすぎたようである。

私がいくら思い出してみても、私の記憶はこの白十字での、消えかかったストーブの側でねばっていた一晩で終ってしまう。それから戦争になり、戦争の慌しく陰惨な潮流の中に、彼も私も巻き込まれてしまった。私はKが名古屋の大学で教師を勤めていることを、この時初めて知った。

しかしこの話のKは、私が昔識っていたKと果して同じ人物なのだろうか。Kはもっと真面目な、責任感の強い、優秀な人間だった。一高東大出の秀才という悪口に一概に当てはまるような、そんな軽薄な人間ではなかった筈だ。私は彼のことを懐しく思い出し、一方、話の中の

A子さんの運命を振り返って、そこに何かしら神秘的な、謎のようなものが隠されている気がした。A子さんの運命に同情すると共に、Kの方にも何かしらの原因があるのだろうと考えた。昔のKの肖像と、今の話の中の肖像とは、一つに重なり合わなかった。それが私の心の中に、重たい痼《しこり》のようなものとなって残った。

4

去年の秋、名古屋でフランス文学の学会があり、私はそれに出席したが、ふとKのことを思い出したので彼の勤めている大学に電話を掛けた。午後晩く、私は彼に会いに行った。まだ灯を点けるには早い、しんとした研究室の中で、私は殆ど十幾年ぶりにKの顔を見た。彼は昔よりも一層痩せて、鋭い眼をぎょろつかせていたが、しかし口辺に微笑を失わなかった。それはやはり昔と同じ顔だった。しかし私は彼を一目見ただけで、最早彼が昔の野心家ではなく、一介の語学教師に満足していることを見抜いた。私たちは文壇の話や、この頃の翻訳の話や、それから昔の仲間たちの噂などをした。

「時に僕は、この前偶然のことから、A子さんという人の話を聞いたよ、」と私は言った。「決して君の気を悪くしようと思ってこんなことを持ち出すわけじゃない。君にしたって昔のことだろうし、君には君のわけがあるんだろうけれど。」

私はこの前聞いた内容をざっと語った。ぎっしりと古びた書物の詰った本棚の前で、彼の顔色は前よりも一層悪くなった。陽が西に傾いて、硝子窓に映った樹々の影が少しずつ移行した。

「僕は何もこんなところまで来て、君に厭な話をするのは気が進まない。君は返事をしてくれなくてもいいんだ。何もむかし僕等が友達だったからといって、今こんなことを訊くのが失礼なことは僕にも分っている。ただあの話を聞いた時に、僕はひどく不思議に思ったのだ。あまりに君らしくないようだ。僕は君の味方になって、君のためにその理屈を考えてみようとしたけど、どうしてもそれに思い当らなかった。毎日あてもない手紙を書いているという、そのA子さんという人の苦しみの方が、僕にはひどく切実に感じられた。一体何があったのか、——こういう疑問は自分でもどうにもならないんだ。単に小説家の好奇心といったものじゃないんだ。もっと人間的な、自分の孤独と対決しているような、ぎりぎりの問題なんだな。だからもし君がよければ僕にそれを教えてもらいたいのだ。どうだろう?」

彼は黙ったまま、長い間、硝子窓に映った緑の影が夕陽にくっきりと浮び上るのを眺めていた。私は彼が気を悪くしたのかと思った。すると彼は私の方に向き直り、次のように語り始めた。

「僕がそのことをあなたに説明したところで、うまくあなたに分ってもらえるかどうか。大体僕自身にしても、それをうまく自分の良心に言い聞かせることは出来ないだろうと思う。これが、僕がA子をぱったり嫌いになったとか、他に好きな女が出来たとかいうのなら、説明はすこぶる簡単なのだ。しかしそうじゃない。僕はずっと独身だったし、A子からの手紙だって毎日見ていた。ただA子が僕という者を相変らず昔通りに考えて手紙を書いていたのに対して、僕は昔の僕じゃなかったのだ。そこのところを、とにかくあなたに説明してみよう。

「戦争中に僕はA子と絶望的な恋愛をした。絶望的というより他に言いようもない。それは、結婚が出来ないとか、いつ引き離されるか分らないとかいうこともあった。あの時代で、のんびりと恋愛を愉しむことなんか誰にも出来なかったろうからね。しかし僕の場合は、こういうことがあった。A子のことを愛していた、それは確かだ、しかしそこに余裕というものが微塵もなかった。つまり少しでも落ちついて、少しでも冷静に、僕とか、僕の周囲とか、客観的状勢とかを見廻すだけの余裕がなかった。恋愛というものは、ちょっとぐらい冷静になって、この女もいいけれどあの女もいいというふうに計算し、それでもやっぱりこの女でなければ駄目だというところに、本当に力強いものが生れるのじゃないか。僕はA子に夢中だったが、それは思うに一種の逃避、evasion だったんだな。僕は第一補充兵で、いつ兵隊に取られるかも分らない、取られればきっと死ぬだろう、僕に与えられた時間はひょっとしたら今日一日だけ、今のこの一瞬だけかもしれない、絶えずそういうことを考えている。だからA子というものは、僕にとって他のあらゆるものよりも貴重だった。A子の顔を見ているその瞬間だけが生きているんだ。他の時は死んでいるのと同じだ。だから、絶えず会っていようとする、そのことばかり考えている、もし一人の人間の心の中の思考を、科学的に測定して統計を取ることが出来れば、僕は九九パーセントまではA子のことを考えていただろう。僕の絶望的というのはそういう意味だ。恐らくA子だってそうだったんだ。二人とも、共通の、唯一の幻影を心の中に持って、それによって生きていたんだ。もし戦争中でなかったなら、僕等はもう少しゆとりを持って、こんな差迫った、息切のする、苦しい恋愛をしなくても済んだろうと思うよ。

「そしてお定まりの通りに召集が来た。A子と引き離される、もう会えない、もう永久に会えないかもしれない。今まではA子という者が僕の逃げ場だった。その中ではとにかく恐怖を忘れることが出来た。こう考えると、僕は本当に臆病者なんだな、戦争というものが怖くてしかたがなかったんだ。しかしもう駄目だ、もうどうにもならん。そこで僕はいっそ死んだ方がましなような気がした。今死ぬことだって怖いには違いないが、先の方の、しかし確実な、死を待ち受けながら、一歩一歩、死の方へ近づいて行くのにはとても耐えられなかった。そこでA子と一緒に死のうと決心した。毒薬は前から持っていた。つまりそういうものを秘かに持つことで、心の中の抵抗の拠りどころにしていたんだね。

「A子は直に賛成した。彼女は無邪気に、何のためらいもなく、一緒に死のうと言った。女というのは勇気のある代物だ。僕はその時、彼女を羨しく思った、ということは、僕がその時少しばかり冷静になったことなんだろうね。それともう一つ、その晩の緊張した、運命を僕にゆだね切った、放心したような彼女の顔は、嘗て見ないほどに美しかった。僕はその美しさを殺すに忍びなかった。恐らくその若々しい顔は僕の顔をも鏡のように映していたのだろう、そして僕のエゴイズムが、この自分の顔をも殺すに忍びなかったのだろう。つまりは僕の臆病ということかもしれん。僕は、今死ぬのは延期しようと言った。僕は必ず生きて帰って来るから、それまで待てと言った。駄目な時に、駄目だと分った時に、別々に死ねばいい。僕はA子の香水瓶に毒薬を半分だけ分けてやった。それが形身というようなものだ。しかし今は死ななくても、いつかは死ねるのだ。愛していれば、生きていることも出来るだろう。こういう僕の考えかたは卑怯だったんだろうか。しかし僕は心に疚しいとは思わなかった。

「そして僕等は別れた。僕は兵隊に行き、全く別の世界にはいった。今迄の経験とは全く隔絶した、新しい経験をした。訓練の期間を終えて、南方へ送られることになった。僕の乗り込んだその輸送船が、敵の潜水艦にやられるということが起った。

「それまでも、僕は前以上にA子を愛していた。訓練が厳しければ厳しいほど、それが耐えられなければ耐えられないほど、僕はA子のことばかり考えた。今は実在しないところのA子の幻影が、僕のevasion の対象だった。輸送船の中で、こうやって敵地へ乗り込めば、彼女に再び会える可能性はこの一分一秒ごとに減って行くのだと考えた。たまらなく悲痛な気持がした。例の毒薬は、あらゆる秘術を尽して隠し持っていた。まるで探偵小説にでも出て来そうなほど、智慧をしぼって大事に隠した。これさえあればいつでも死ねるというのは、一種のノイローゼ的な考えかただ。しかし僕は、そういう生きかたが本当の生きかたではないことに、まだ気がついていなかった。

「それはごく一瞬の出来事だった。敵潜の襲撃はあっという間で、僕はまだ眠っていなかったから本能的に甲板に飛び出した。僕の足許は見る見るうちに傾いて来た。その短い瞬間に、荒れ狂う真暗な海を眺めながら、僕はこういうことを考えたのだ。

「もう駄目だ、いよいよ死ぬ、毒薬を使うなら今だ。と同時に、これで死んでもいいのか、それで満足か、という内心の声がした。僕が死んだことが分ればA子も死ぬだろう。しかしA子が死ぬ前に、この僕はもう確実に死んでいるのだ。他人のことではない、まず自分のことだ。そう思った瞬間に、今まで僕とA子との間にあったただ一つの幻影が、不意に二つに分れた。僕はそして自分の幻影を見たのだ。今までは僕は本当に生きて来たのか、僕は幻影の中を生きて来たのではないか。高等学校の寮生活という幻影、野心家の大学生という幻影、英文学という幻影、そしてA子という幻影だ。僕自身の本当の生活は何処にあったのか。僕は今まで酔っぱらって生きていたのではないか。現実が苦しければ苦しいほど、A子を美しく彩って、その幻影に陶酔して来たのではないか。だからいつだって死んでもいいような気持で、毒薬を隠し持って、自分を小説の中の主人公のようにみなして生きて来たんだ。違う、生きるというのは、そう決心して生きることだ、生きるために生きることだ。幻影のそとに生きることだ。

「こういう考えは、本当に短い間に次々と頭の中に湧き上った。馬鹿野郎、何をぐずぐずしてやがるんだ！　僕はそう怒鳴られ、突き飛ばされた。傾いた甲板の上は修羅場の騒ぎだった。カッターを下すのが待ち切れなくて、兵隊たちは次々と甲板から水の中へ飛び込んだ。船はいよいよ傾いて、雲のある夜空がぐっと眼の前にかぶさった。僕は例の毒薬の瓶をまず水の中にばねばねした水が、僕を窒息させた。しかし僕は沈んだ船の大渦巻にも呑み込まれないで、どうにかカッターに引き上げられることが出来た。

ばし

投げ棄てた。そのあとから、思い切り足にはずみをつけて飛び込んだ。重油の浮いた、ねば

「もし僕の人生観というものが変ったとしたなら、それはこの一二分の間の出来事だ。僕はそれからフイリッピンに連れて行かれて、さんざん苦労を嘗めた。しかし生きようと決心した者にとって、弾丸というものは当らないものだ。僕は例の毒薬を自発的に棄てたのだから、どんなに苦しくても、歯を食いしばって生きなければならなかった。自分が生きるためには、戦友の死ぬのを見殺しにすることだってある。生じっかなヒューマニズムでは、戦場ではみんなが死ぬだけのことだ。

「僕は復員して戦後の日本へ帰って来た。A子が療養所へはいったことも知り、直に見舞に行った。A子は前と同じだった。あまりに昔と同じだった。僕は自分がまず生きなければならないから、郷里《くに》へ戻って就職を探した。A子を愛していることは昔と変らなかったから、何とか落ちついたら、彼女を呼ぶことも出来るだろうと思っていた。そして毎日のように彼女から手紙が来ることになった。一日も欠かさずにね。

「僕はそれからのことをあまり詳しく話したくはない。それはどうしても自分勝手な議論になるだろうからね。彼女の手紙は、彼女が昔と同じ幻影を抱いていることを僕に教えた。僕は幻影を棄てたのだ。今の二人というものはあまりに違っている。むかし僕たちが恋人どうしだっ

たのが寧ろ不思議なくらいだ。しかし僕にはそれが分ったが彼女には分らない。彼女は療養所の中で、依然として同じ夢を描いているわけだ。

「そこで問題は、それを少しも早くA子に分らせることだ。僕たちは性格も違うし、物の考えかたも違う。二人が同じ夢を見ることは出来ないし、二人が結婚すれば、彼女の夢が覚めて不幸になるだけだとね。しかし彼女の方の状況が変っていた。彼女は療養所で日ましに病状が悪化しつつあった。それを言うことは残酷だった。

「だから僕は返事を出さなかった。A子がその夢を育てているのを妨げようとはしなかった。もし僕が卑怯だとすれば、はっきりしたことを彼女に言わなかったその点だ。僕は決して彼女を愛しなくなったわけではない。幻影としては愛しなくなった、そして幻影というものは、現実の前では無力なことを知っているだけだ。現実では、A子を引き取ることも出来ない。僕には両親があるし、大学の語学教師がどんなに薄給か、あなただってよく御存じだろう。自分の生活だけで精いっぱいなのだ。しかしこういう点も、或いは僕が卑怯なのかもしれない。

「彼女がいよいよ悪くなって、その友達という人から僕は呼びつけられた。本当を言えば、僕は会いたくなかった。A子の夢に見ている僕と現実の僕とが違う以上、そっとしておいて、彼女がその夢を抱いたまま死んだ方が幸福なのじゃないか。死にぎわに現実を見せる必要がどこにあるか。お芝居をしてやればいいと人は言うかもしれないが、僕はそんなお芝居をするのは厭だ。僕はそういう点、嘘の吐けない人間なのだ。

「最後のことは君も知っているだろう。A子は一緒に死んでくれと言い、僕は断った。僕は沈んで行く輸送船の甲板で、生きようと決心したんだ。今になって死ぬことは出来ない。A子に悲しい思いをさせたことは済まないと思う。しかし僕にはどうにもならなかった。どうする方法も知らなかった。それから名古屋まで帰る汽車の間に、僕はどうしても涙がとまらなかったよ。

「僕は近いうちに結婚するかもしれない、親がうるさいからね。しかし僕には何の感激もないんだ。現実というのはかさかさしたものだ。もしもう一度、昔のように、幻影を追って生きられたらとつくづく思うよ。」

Kは話し終った。研究室の中はもうすっかり暗くなっていた。彼は電灯のスイッチを捻ったが、明るい電灯の下で、彼は私の方に顔をそむけるようにした。

私は彼と別れて、大学の構内を出て、タクシイを拾って宿舎へと帰った。明るくネオンサインの点いた盛り場を車が走つて行く間に、私はあの薄暗かった戦争中の街々の風景を思い出していた。すると不意に、私の耳に「また会う日まで」の合唱が聞え出した。それは執拗に、いつまでも私の内部で響いていた。そして私はその声に揺《ゆす》られながら、最後まで一つの幻影を追って死んだ女と、自ら幻影を棄てて現実の中に生きた男と、果してどちらの方が幸福だったろうかと、いつまでも考えあぐねていた。

編集部注：本作内の連続独白部分はカギ括弧の最後のカギが省略されています。
著者が故人であるため、その創作意思を尊重し発刊当時のママにしてあります。

死神の馭者《ぎょしゃ》

僕はその子供をちっとも可愛いとは思わなかった。大体僕みたいな独身者に、子供を可愛がるような殊勝な心懸なんかがある筈はない。自分の子供の頃を思い出してみても、ろくでもないことばかりだし、我ながら憎ったらしい子供だったような気がする。他人の子供なんてものは、お行儀よく構えてはにかんでいるのを見ると、この猫かぶりめと思うし、大ぜい集ってうるさく騒いでいるのを見ると、人口ばかり増加して我が国の将来はどうなるのだろうと考える。といっても僕が独身でいるのは何も主義主張があってのことではなく、ただその当時、僕の恋人が僕になかなか結婚を承知しなかっただけのことだ。もしも彼女が早いところうんと言っていたら、僕だってその頃はもう立派な父親になって、けっこう赤ん坊を抱っこしてお守の役ぐらい勤めていたかもしれない。僕だって時々は考えたものだ。五人ぐらいはいてもいいな。いや三人くらいが適当だ。いや可愛い女の子が一人いればいい。それから、何よりもまず子供の母親というものがあっての話だと気がついて、折角の空想がみんなおじゃんになるのだ。アパートの汚ない狭い部屋の中で一人くすぶっていると、人間は誰しも人には話せないような下らない空想に耽るものだ。だからいくら僕が会社で空想家と渾名されていたからといって、僕が生れもしない、というよりその母親さえまだきまっていない子供の名前を、五人ならば地太郎・水二郎・火三郎・風四郎・空子とつけようとか、三人ならば日太郎・月二郎・星子とつけようとか、そんなふうに最後の一人がうまく女の子とは限らないとか、いやいや五人とか三人とかそう計画通りには行くまいからこういう命名法は意味がないとか、埒もないことに時間を潰していたのも、一つは当時の僕の生活の副産物だったわけだ。

ところで肝心の話だが、僕はその子供を可愛いと思っていたわけではない。ああいう事件さえなければ、僕はその子のことをとうに忘れてしまっただろう。僕のいたアパートというのが、うら寂しい長屋の密集した一角にあって、僕の陣取った二階の四畳半からはちょうど眼の下にちょっとした空地と共同の井戸と物干場とが見え、お天気の日には満艦飾のおむつの下で、おかみさん達が果てしなくお喋りをしたり、子供たちがうるさく騒いだりしていたものだ。僕が子供が嫌いだというのも、窓の下から聞えて来るその騒ぎがあんまり物凄いので、それですっかりうんざりしたせいかもしれない。もっとも僕が流行性の不思議な熱病に罹って、会社を休んで毎日寝ていた頃、見舞に来てくれる同僚たちは口々に、これはひどいところだね、なんてうるさいんだ、これじゃおちおち眠ることも出来ないだろう、なんぞと慰めてくれたものだが、僕はかえって子供たちの騒ぎがばかに懐しくて、変に元気づけられもしたものだ。何となく子供の頃のことも思い出し、己だって昔はあんなふうにあたり構わずの大声を出して世にはばかっていたのだろうと、多少は感傷的な気持にもなった。しかし病気が少しよくなって、窓に凭れてまた満艦飾を眺められるようになると、ぴちぴち跳ね廻っている子供たちにろくなのはいない。乱暴だ、意地が悪い、やたらわめく、泣く、きたならしい。女の子だって大人しいのは一人もいない。男の子と打つ蹴るの騒ぎをやり、負けると大人なみのヒステリイ声を張り上げて泣く。そうすると今度はおかみさん連中が、家の中で昼寝から覚めた赤ん坊がけたたましい泣声を聞かせているのにも気がつかずに、猛烈ないがみ合いを始めるのだ。そういう騒ぎの中で、その子供の姿がもう見られないというのは如何にも不思議な気がした。

思い出してみるとあれはうそ寒い夜だった。何しろ僕が石焼芋を買いに行ってそれが両手の間でばかに暖かった記憶があるから、秋から冬にかけての或る晩のことだったに違いない。というのが例の流行性の熱病を煩って以来というもの、どうも僕の記憶力は少々不確かになっているようなのだ。何でもばかに腹が減って、僕はアパートのぎしぎしいう階段を下りて表の通りへ出た。これは勿論僕が病気になる以前のことだ。すぐ側の横町に、この時間になると必ず石焼芋の屋台がかかっていて、どうにもこの芋の焼ける匂というのが僕にはたまらないほど食欲をそそるのだ。僕が一度、何といっても冬になってうまいのは鍋焼うどんと焼芋ですね、と必ずや彼女も同感だろうと思って口にしたところが、恋人から下品なかたね、と一言のもとにやっつけられた。それは僕が軽はずみに口を滑らせたことで、彼女だって内心は嫌いではないのにちょっと体面を取り繕ってのことだったろうと僕は思うが、しかし言わないでものことだった。もし僕たちが結婚して、僕が僕の妻に、済まないけど焼芋を買って来てくれないかと頼んだなら、彼女だって出掛けないわけにはいかないだろうし、僕がそれをうまそうに平げれば、彼女だってお相伴しないわけにはいかないだろう。夫婦とはそういうものだと考えるのだ。空想癖、焼芋、それに子供という奴はあまり虫が好かないこと、この三つが当時、恋人に対して僕が肩身の狭い思いをしなければならぬ我ながら困った欠点《けってん》だった。

僕は両手の間で石焼芋の重たさと暖みとを愉しみながら、横町から戻って来た。するとアパートの横手の、ちょうど二階の僕の部屋の真下に当る通りの片側に、まるでゴミ箱の蔭に隠れるようにその子供がしゃがんでいたのだ。僕はびっくりして危く焼芋の紙袋を取り落すところだった。というのは、実は臆病だというのも、かねがね恋人から僕がやっつけられる原因の一つだったからだ。与太者からちょっと睨まれただけで僕は足がすくんでしまう。しかし僕の恋人はふんという顔で、組んだ腕に途方もない力を入れて、ずんずん僕を運んで行くのだ。一人前の年頃でこうびくびくするのは情ないが、これも僕の空想癖と何等かの関係があるのだろう。行きずりの与太者の一睨みでも、僕には自分が殴られて血まみれになった光景だとか、恋人がそいつの片腕でさらわれて行く光景だとかが、直に空想されてしまうのだ。つまり僕には、可能性という奴がいつでも必ず実現されるように錯覚されるのだ。その時僕はとっさの間に、留守中に僕の部屋に侵入した泥棒が、今やゴミ箱の蔭に潜んで僕をやり過そうとしているのじゃないかと空想した。取られて惜しいほどの品物が部屋にあるわけもないし、実はその時の僕は怖いよりはしまったという気持で、それは机の上に書きっ放しのまま載せておいた彼女宛ての手紙を（それはまだ下書で、これから丁寧に清書する筈のものだったが）読まれてしまったんじゃないかという心配に基づいていた。そいつをたとえコソ泥にでも読まれたら気恥ずかしい。しかし有難いことに、そいつは泥棒ではなかった。

僕は直に気がついたのだが、それが例の子供だった。向うでも驚いたのか俯いていた顔を起したが、何とも色の悪い顔だった。その子供のことが前から念頭にあったというのは、僕がアパートの二階から眺めていると、この子一人がいつでも殆ど無口で、仲間から外れてぼんやり立っていることが多かったからだ。静かなだけでも有難い。僕の観察したところでは、僕の部屋の真向いの長屋に住んでいる運転手の家の息子で、たしか小学校の四年か五年くらいなのだろう。で、僕は訊いた。

——どうした？　親父さんに叱られでもしたのか？

子供は無言で、切長の眼で僕を睨んだ。その眼には敵意といったようなものがきらきら光っていた。何といっても寒い晩だったし、見れば裸足のままだから、僕が同情したとしても格別不思議はないだろう。恋人に対して点を稼ぐ必要もあったから、子供に親切にしなければいけないということは、いつでも僕のコンプレックスをつくっていた。

——早くうちへお帰り。こんなところにいつまでも立っていたら風邪を引くぜ。ほら、こいつをやろう。

僕は紙袋を開いて、中からほかほかした焼芋を二つほど取り出すと、それを子供の方に差し出した。

——ほら。

子供は考える暇もなくそれを両手で受け取ったが、香ばしい匂が暗い道の上に立ち込めて、子供のだか僕のだか分らないが腹の虫がぐうと鳴った。僕は足を動かした。

——こんなもの要らない！

僕はもう子供に背中を向けていたのだが、子供の声があまりに悲しげだったので、振り向いて元へ戻った。

——いいんだよ、帰ってお上り。うん、もう一つやろうか。

紙袋の重みを量りながら、僕が袋の中へ手を入れた時、子供は一層せつなげな声を張り上げて、要らない！　と叫んだ。叫ぶのと同時に、何ということだ、僕のやった焼芋をえいとばかり地面に叩きつけた。それからおいおい泣き出すと、泣きながら物干場の方へ走って行ってしまった。あっけにとられて僕はその後ろ姿が暗闇の中に消えるのを見送った。

僕は部屋へ戻り、焼芋を平げ、それから書きかけの手紙の後を続けた。

「今さっき一寸した事件があったところです。僕が焼芋を買いに行っての（これは僕の自由ですからね）帰りみちに運転手の家の男の子に会いました。上の方の子です。それが父親か母親かに叱られたのか、ひとり寒ぞらにふるえていたので、僕は可哀そうになって大事な芋を分けてやりました。ところがその子は折角の好意の品物を地面に投げ棄てたじゃありませんか。その子がぺこぺこのお腹をしていたことは僕が請合います。とするとこれはどういうわけなんですかね。児童心理学の大家であるあなたに、是非とも説明してほしい事件じゃありませんか。断っておきますが、僕は決して同情を振り廻したわけでも、軽蔑したわけでもありません。どうも僕には子供というやつは苦手です。」

僕の恋人は——言い落したが彼女は或る託児所のホボさんを勤めていた——その手紙の返事をだいぶ経ってからよこしたが、それによると、ひねくれた子供は一度や二度ではこっちの好意を素直に受け取ろうとしないこと、気長に親切を掛けてやらなければいけないこと、その子はきっとびっくりして発作的に地面に投げたのだろうということ、焼芋を食べすぎるのは胃によくないし焼芋のカロリーはこれこれだというようなことが、極めて簡潔に書き並べられていた。

彼女は僕よりも勿論年下だったが、どうも姉さんぶったというか、母親ぶったというか、僕に一目置かせるところがあった。きっと毎日、沢山の子供たちを相手にして暮していれば、どんな男も子供のように見えて来るのに違いない。彼女が僕との結婚をなかなかこうんと言わないのは、勿論経済的な理由で、彼女に愛情が乏しかったためではない。夫婦で共稼ぎをしてもいいじゃないかというのが僕の意見だが、彼女の方は結婚したら奥さんらしく家の中にいたい、子供の世話は自分たちの子供だけにしたいなどと贅沢を言うので、そうなると僕の貰う月給では誠に心細い次第なのだ。彼女は真面目なホボさんだったが、どうも子供が好きで選んだ職業でもないようだ、とこれは今になってから想像する。本当の子供好きなら、結婚したからといって天職を止める必要はない筈だから。

しかし何と言っても彼女は勤めにはすこぶる熱心で、ちょっとでも暇があれば児童心理学、社会心理学、遺伝学、育児学などの参考書に読み耽り、僕との逢引の時間の、一分だって惜しいような顔をしていた。しかるに僕の方は勤めには不熱心の限りで、彼女と会うためなら会社なんかいくらサボったって良心の苛責は微塵も感じないように出来ていたのだ。彼女はいつも白粉けの全くない顔に髪もぱさぱさのまま、小脇に読みかけの参考書を一冊抱え、三十分から一時間ぐらい遅く待ち合せの場所へやって来ると、あたし本当はフラストレーション・テストのことで明日までにもう少し勉強しておかなくちゃならないのよ。あなたとこうして会っていると良心の苛責を感じるわ、と早口に言いながらそれでもにっこりと笑ってみせるのだ。何といってもこのにっこりに僕は夢中だった。

しかし僕はやたら脱線ばかりしていて、実は僕の話というのは彼女のことではない。肝心なのは子供のことだ。しかしその前にもうちょっと脱線して、僕の会社のことも説明しておこう。

僕は或る薬の会社の、宣伝部調査課というのに勤めていた。決して天職だなんぞという気持ではなく、大学を出てからやっとありついたくちで、それ以来しかたなしに縛られていたのだ。宣伝部というのは宣伝課と調査課とに分れていて、気の利いた奴は大抵が宣伝課だ。そこはすこぶる活気があって、同じビタミン剤でも洒落れた文句一つで他の会社のを負かしてやろうという気概に溢れていたが、調査課の方は僕のような空想家でなければ、無能と渾名のある奴か、爺さまとか、お澄ましとか、とにかく切れる奴はいなかった。仕事の方も他の会社の宣伝広告のスクラップをつくったり、統計を取ったり、名士に御案内を廻したり、全く一個の男子として生きがいのある勤めぐちじゃない。それで僕はややもすると仮病を使って会社をサボると、昼頃までアパートの四畳半に朝飯も抜きで寝坊をするつもりになる。すると窓の下から、おかみさん連中の活発な会話が聞えて来て、そのうるささに厭でも応でも叩き起されるという寸法だ。

——子供というのは眼が放せませんからね、折角つくった糊をすんででみんな舐められてしまうところでした。

——怖いもの知らずだからね、うちのなんか一度カレー粉を口いっぱい放り込んでね。

——家の中ならまだ安心、大通りは怖いわね。わたししょっちゅううるさく言うんだけど。

——近頃の自動車はどうしてあんなに乱暴に走るんでしょうね、子供が通りで遊んでいるのを見るとぞっとしますわ。

——奥さんのとこなんかまだお小さいからいいわね。うちのは本当に言うことを聞かないで。

——いくらがみがみ言ったって子供が大人しくなるもんかね。

しかし午前中は子供たちは学校へ行っていて、おかみさん連中の井戸端会議と幼稚園前の子供や赤ん坊の泣声だけで済んだが、午後になって小学生たちがこの空地で、やれベースボールだ、やれプロレスごっこだと遊び出すと、もう本なんか読んではいられず、こんなことなら会社に出て新聞の綴込でも見ている方がましだったとか、彼女のいる託児所に電話を掛けて今晩あたり顔を見たいものだとか、いいや今日は日曜日じゃないのだからサボったのがばれると彼女が仮病のことをうるさく訊くだろうとか、そういうことをぼんやり考えるのが関の山だった。

仮病を使った日は夕方から何処かへ出掛けなければ気が落ちつかないようなものだが、或る晩、僕が小さな電気コンロの上に手をかざしていると（従ってサボった日のことではないわけだが）、ドアをほとほとと訪うノックの音がした。まさか彼女が来る筈もないし、というのは彼女は決して日曜日の昼間以外には僕のアパートを訪ねて来ることはなかったし、それも表で会うにしては僕の小遣が心細い時に、予め電話でよくよく拝み倒した場合に限られていたからだが、万一という空想も働いて、僕はいそいそとドアを明けた。ドアの外に立っていたのは例の子供だった。

僕は少しあっけに取られて子供の顔を見詰めたが、例によって栄養の悪い、痩せた、蒼ざめた顔の中で眼ばかり光らせながら、ややはにかんだようにもじもじしている。

——何だい？　まあおはいり。

遠慮するのをとにかく部屋へ連れ込んだ。そこで気がついたのだが、子供は片手に小さな紙袋をしっかり握り、中身が何であるかはその香ばしい匂で早くも見当がついたので、僕は変にこそばゆい期待を抱いて子供を電気コンロの前に坐らせた。

——おじさん、これ。

——うん、そいつは石焼芋だな。そいつは僕の好物だが坊やはおじさんにそれをくれるというわけか？

子供は頷き、僕は早速にもこの前の一件の心理的動機を尋ねてみたいとは思ったが、物を一緒に食うというのは子供とか未開土人とかに対する場合、信頼感を抱かせる何よりも良い方法だと何かの本で読んだ記憶があったから、まずむしゃむしゃと一つ頰ばって、子供にもすすめた。子供は僕が食べ始めると安心したような顔つきになり、自分でも一つ手に取ったがその間にも注意深く僕の口許を見詰めることをやめなかった。それが如何にもこの前の罪を償うというふうに見えたから、僕は元気づけてやろうとして、まごまごしているとおじさんがみんな食っちまうぞ、とおどかし、それから笑ってみせた。子供は真面目な顔のまま笑わなかった。

——坊やはたしか弟がいるんだろう？

——うん。二年生だ。

——腕白者だな、いつもチャンバラをやっている子だね。その子には食べさせなくてもいいのかね？

——いいんだ。これは僕のお金で買ったんだから。

——ふうん、じゃおじさんは光栄だな。他には兄弟はいないのかい？

――赤ん坊がいたけど死んじゃった。赤ん坊だって人間だね？　赤ん坊だから殺してもいいってものじゃないね？

――当り前だ。まさか赤ん坊が殺されたってわけでもないだろう？

子供は答えなかった。僕たちは焼芋を食い終り、僕は電気コンロの上に薬缶を掛けた。子供はじろじろと部屋の中を見廻した。

――この部屋、広くていいね。おじさん此処に一人で住んでるの？

――そうだよ、と僕は憮然として答えた。

情ないことを言われたものだ。この北向の四畳半は取柄といっては家賃が比較的安いくらいのものだろう。僕の友人が権利金を払って此処に住んでいたが、引越す時に僕にあとを譲ってくれた。前よりも家賃が安くなったから僕は悦んで後釜に坐ったが、表はうるさいし陽あたりはまるでないし、僕の恋人からよく我慢が出来るわね、と言われるまでもなく、僕だって何処かましなところへ引越したいのは山々だ。そこで僕が一日も早く結婚しようと彼女を説得することにもなるのだ。

――坊やのとこはもっと狭いのかい？　と僕は殺風景な部屋の中を一緒に見廻しながら、訊いてみた。

――ひと間だよ。でもね、僕んち四人だもの。こんなに空いたところなんかないよ。

確かに僕の部屋はガラ空きで机と本箱とをのぞくと、あとは裸の壁に洋服がぶら下っているばかりだ。僕は茶を入れながら、何げなく、時にこの前はどうしてああ怒ったんだい？　と尋ねてみた。返事をしないので顔を起してみた。

子供はすっくと立ち上り、もう帰る、と言った。少し怯えたような表情をしていたが、それは時刻が遅くなったためなのか、この前の話をされるのが厭なのか、その点はよく分らなかった。子供はお茶も飲まずに風のように帰り、僕は何と可愛げのない奴だと半ばあきれかえって、しかし子供が僕に示した好意を、恋人への自慢話にしようと思ってほくそえんだ。子供から焼芋をおごってもらうなんぞというのは、僕には生れて初めての出来ごとだった。

僕の部屋の窓から正面に見える長屋の一室に、運転手の一家が住んでいた。よく小型の自動車が夜の間道ばたに駐っていて、僕はあれがせめて自家用車ならば彼女と一緒にドライヴをして、などと空想を働かせたものだ。親父というのは背の高い、癇癖の強そうな男で、仕事に出ていない時は必ずといっていいくらい酒を飲んでいた。酒を飲むとぴりぴりするような大声で、間を置いて鋭く二声ばかり怒鳴るのだが、その文句は何を言っているのかさっぱり分らず、ただ猛獣の遠吠か怪鳥の啼声のように響き渡って、僕にぞっとするような厭な気分を起させるのだ。おかみさんの方の返事が聞えて来たためしは嘗てない。例の子供とよく似た、ひどく顔色の悪い女で、頭なんか一度も手入をしたことはなかっただろう。口の重い女で井戸端会議の時にもあまり仲間にはいらず、煮え切らぬ返事をしながらせっせと洗濯物を干していた。大儀そうな身のこなしから見てもお腹が大きかったのだろうと思う。上の方の子供のことは既に書いたが、下のはすこぶる活発で、泣く、喚く、怒鳴る、母親にでも兄にでも食ってかかる、エゴイズムの赴くままに行動して小さいながら腕白仲間の餓鬼大将だった。しかし母親が好きなのはどうもこの下の子の方らしく、せがまれると小銭を出して与え、後から兄の方が側へ寄るといきなり横ビンタを喰わせる、といった光景を見たことがある。弟の方はその金で飴を買って来ても決して兄に分けてやることはないようだった。長屋とはいったが、この界隈はそうそう下層の連中ばかりが住んでいたわけではなく、ちゃんとした勤人の家庭もまじっていて、日曜日になると子供たちを連れて親たちが遊びに出掛けるのをまま見受けたものだが、運転手の一家にはついぞそういった団欒ぶりは見られなかった。

或る日、もう冬も峠を過ぎた、日射の暖い昼下りのことだったが、会社をサボった僕が近くのソバ屋にはいると、客は運転手が一人きりで、ソバ屋の亭主を掴まえて盛に愚痴をこぼしていた。僕はソバをすすりながら、聞くともなしにその話を耳にした。

――魔物と言えば、何と言ったたって一番魔物然としたのは白バイさ。こっちだってこれで相当気のつく方だよ、それでなくったって罰金に次ぐに罰金でうだつが上らねえんだから、大抵スピイドを出す時にゃバックミラーには気を使っているんだが、あっと思った時には大抵がもう後の祭さ。アクセルを踏む間もありゃしない、直にあの厭なサイレンだ。あいつは本当に身震いの出るような厭な代物さ。変に陰に籠ってやがって、車のすぐ尻のところで火のついたような唸り声を立てやがる。よくまああんなにうまく隠れていやがるものだ、全く魔物だね。それに黒眼鏡を掛けたところなんざ、人をおどかすにはもって来いだ。大体白バイなんてものは泥棒も同じことだ、こっちの油断を見澄まして罠に掛けようというんだからな。こちとらの仲間で罰金の一万や二万、持ってない奴はいないだろう。稼ぎが尠いからついスピイドも出すんだが、考えてみれば厭な商売だよ。

——お巡りの方だって商売だろうよ、とソバ屋の亭主が無愛想に言った。

——全くだ、運転手という運転手から怨まれてさぞ寝覚が悪かろうよ。因業な商売だな。しかし因業と言えば、こちとらの方もあんまり寝覚のいいものじゃないな。私なんかこれでだいぶ年季もはいっているし、腕には覚えのある方だがそれでもちょくちょく……、とそこで運転手は声を落した。

——あんたは飲みすぎるんだよ、とソバ屋が言った。

——車を動かす時は素面《しらふ》だよ。それなのにこう魔がさすというのかな、ハンドルがどうしても切れないんだな。まるでそっちへわざわざ突っかけるように車が向いて行ってしまうんだ。

——また引っかけたのかね？　とソバ屋が低い声で訊いた。

運転手は首を横に振り、僕の方を横眼で見た。僕は金を払って立ち上ったが、ソバ屋の亭主は今迄とはうって変った声で、おありがとう、と言った。あのソバ屋と運転手とはだいぶ気があっているらしいなと僕は考え、もう少し話の続きを聞いていられたらと残念に思った。確かにあの運転手は最近に誰かを轢いた覚えがあるに違いない。あの妙に血走った眼、神経質な話しかた、どうもただ事じゃない。あの男がもし殺人運転手で、あのソバ屋がその腹心だとすると、あそこで食わせるソバには毒がはいっているかもしれない、などと下らない三段論法を働かせながら、僕はアパートへ帰った。

僕はこの話を本気にしたわけではないが、その晩怖ろしい夢を見た。例の運転手の操縦している車に僕が乗っていて、夜の町を走らせているのだ。僕は運転手の黒い背中と、バックミラーに映った鋭い眼許とを見ながら、とんでもない車に乗り合せたものだと後悔し始めていた。この車のスピイドは物凄い。窓の外に、時折、明るい灯火が飛ぶように走り過ぎ、車は町から町へと羽が生えたように突走る。この運転手は僕を殺すつもりではないかしらん、そうだ、秘密を知られた僕に対して後ろ暗いことをたくらんでいるに違いない。君、君、僕は此処で下りるぜ、と僕は大声で叫んだのだが、男は返事もせずにハンドルを握り締めている。その時、鋭いサイレンの唸りがすぐ後ろから迫って来た。

助かった、という感じだったろうか。まるで違う。運転手の叫んだしまったという声が、不思議なことに僕の唇の上でも同様に呟かれた。僕は振り向いて夜目にも白々と浮んで見えるオートバイが、黒眼鏡の巡査に操縦されてまっしぐらに尾行して来るのを硝子ごしに眺めた。運転手は車を停めるどころか、それに較べれば今迄は歩いていたとでも言える程の物凄いスピイドで車を疾走させ始めた。サイレンの音が少し遠ざかり、それからまた少しずつ次第に近づいたが、窓ごしに見るとその白バイは勢いあまって宙に浮き上っているように見えた。

運転手は前を睨んだままの凍りついたような姿勢でハンドルの上に覆いかぶさり、車は烈しい振動を続けながら右に左によろめき、僕は足を踏まえて振動に抵抗しながら、窓の外を飛ぶように走り過ぎて行く光景をちらちらと眺めた。車は時々軋んだような音を立て、悲鳴が流れ、サイレンが低い唸り声を絶えず響かせた。車は異様なショックで跳ね上った。

——轢いた！

——轢いた！

僕は車の怖るべきスピイドにも拘らず、道端に立ってこちらを指差している通行人の驚いた顔を一つ一つ見た。夜の町の暗さの中で、その顔の一つ一つは開いた口、ぎょっとした眼指、血の気の失せた表情を、はっきりと見せていた。彼等は口々に叫んだ。その声までが僕の耳にはっきりと聞えて来た。

——あいつは死神の馭者《ぎよしや》だ！

——あいつは死神の馭者だ！

運転手はハンドルにしがみつき、車の中の鎖された空気は膨脹し、僕のこめかみは恐怖にぴくぴくと震えた。停めてくれ！　と僕は叫んだがその声は車の振動の中で揉み消された。僕は男の肩を叩き、懸命にそれを揺ぶったが、その肩は石のように重たくてびくとも動かなかった。車は狂気のように走り続けた。そうか、この男は死神の馭者だったのか、こいつは今僕を死者の国へ攫《さら》って行くのか、僕はこんなにも早く自分を訪れた死を、まるで引越でもしているみたいに急に当り前のことに考え始め、それから自分が後にして来たアパートのからっぽの部屋のことや、会社の同僚たちや、恋人のことなどを、素早く思い出していた……。

僕はそれからも、特に僕が春さきに原因不明の熱病に罹って寝込んだ頃には、これとよく似た気味の悪い夢を何度も見たものだが、まるで眼に見えぬバクテリアがいつのまにか僕の身体の中に侵入して不意に僕を打倒したのと同じように、運転手の一家が、姿を見せぬより怖るべき敵のために不意打を掛けられるということになったのは、夢よりも現実の方が一層気味が悪いということの一つの現れでもあったろうか。

その日の夕方、僕が会社からいつものようにぼんやりと考えごとをしながら戻って来ると、何となくざわざわした、一風変った予感のようなものがアパートの周囲に立ち込めていた。これは何か事件でも起ったようだと僕は急に立ち止り、何処かに知った顔でもないかと見廻すと、折良く例のソバ屋の亭主がきょろきょろとこちらを眺めているのに気がついた。

——何かあったんですかね？

馴々《なれなれ》しく側へ寄って、亭主の視線と同じ方向、つまり物干場や共同の井戸などのある方向におかみさん連中が不断とは全く違った真剣な表情でひそひそ話を続けているのを、一緒に眺めるような振をしながら僕がそう尋ねると、亭主は胡散くさそうに僕をじろりと見て、それから低い声で、知らないんですか？　と念をおした。

——知らない。今帰って来たばかりだから。

――実はね、そこの運転手さんとこの子供が、つい今しがた向うの大通りで車に轢かれたんですよ。

あっと僕は驚き、反射的にどっちの子？　と訊き返した。

――下の子ですよ。あの子は不断から腕白者でね。もっとも上の方の子もその時一緒だったらしいが、それからどこへ消えたんだか。

ソバ屋の亭主はまたきょろきょろとあたりを見廻し、困ったものだ、と嘆息した。

――それでどうだったんです？　助かった？　怪我は？　うちの人たちはどうしたんです？

僕は矢継早に質問したが、相手はそこでまた僕の方に視線を移し、それから僕というものの存在を初めて認めたように、ゆっくり頷きながら説明した。

――いや怪我も怪我、大怪我ですよ。直に病院に担ぎ込んで、おふくろも一緒について行きましたがね、あの分じゃ助からないんじゃないかな。父親の方はちょうど仕事に出ていてね、タクシイ会社に電話したけどまだ連絡がつかないんですよ。困ったものだ。上の子も何処へ行っちまったものやら。

――一体またどうして轢かれたんです？

――それがよく分らないんですよ、何しろ轢いた車が卑怯な奴でそのまま逃げちまってね。いやはや、親父も親父だから因果応報というところかもしれん。

最後のところを独り言のように呟いたが、僕にはぞっと背筋の寒くなるような気持だった。

それにしても例の子供は、弟がとんだ災難だというのに何処へ行ったものだろうと考えながら、僕がアパートの階段を昇りつめて自分の部屋の前まで来ると、何と廊下の隅にひっそりと立っているではないか。怯えたように震えているので、取敢えず僕の部屋へ連れ込んだがこっちの訊くことに返事もしない。しかし僕が何度も、弟と一緒だったんだろう？　とか、通りを二人して横切ったのかい？　とか、坊やには何も責任はないよ、とか言っているうちに漸く首を振って頷くようになった。この子はきっとあとで両親にどやされるのが怖いのだろうと思い、大丈夫だ、おじさんが行って謝ってやる、何も坊やが悪いんじゃないや、というようなことを繰返したのだが、子供は焦点の定まらない瞳でぼんやりと僕の顔を見ているばかり。と、ぽつんと口を利いた。

——あの車はお父さんのだった。

僕はいっぺんに蒼くなり、まさか、何を言ってるんだ、そんな馬鹿なことがあるものか、と子供を説得にかかったが、しかし僕もその場を見ていたわけではないから次第に自分の言葉がうつろに響き始めるのをどうすることも出来なかった。

その晩が通夜だった。僕は初めて運転手の家、というより部屋と言った方が正確だが、そこを訪ねた。子供が前にも言ったように、その狭い部屋は壁際には箪笥や子供の机やその他沢山のガラクタが並び四人の家族が住む空間といってはほんの僅かしかなく、通夜の客も入口でお線香をあげて帰るのが大部分で、叱られないように行って謝ってやると子供に約束した手前、僕も暫く片隅に上り込んでソバ屋の亭主と話などをしていたが、それは決して心持のよいものではなかった。というのは母親がもう半狂乱で、殆ど完全なヒステリイを起して泣き喚いていたからだ。不断は大人しい無口な女だっただけに、何とも正視できない悲惨な感じがした。ちょうど僕がお悔みに行っていた間に運転手が慌てふためいて帰って来たが、彼の腐った魚のそれのような目玉を見ると、果してそれが男泣きに泣いた結果なのか、それとも打撃を持ちこたえるのに充分なだけ何処かで一杯やってから帰宅したためなのか、何とも僕には見当がつかなかった。ちっとも知らなかったもんで、どうもお世話を掛けました、と彼はソバ屋と僕とが並んで坐っている方に向けて挨拶したが、その時顔を起して父親を見た子供の眼が、きらりと光ったようだった。

——とんだ災難だったねえ、とソバ屋の亭主が言った。

——いや知らぬが仏という奴さ。まさか自分の悴がこういうことになろうとはね。

——轢いた奴は分らないのかね？

——警察でも色々調べている最中だが、まだどうも掴まらないようだ。

運転手が帰って来たので母親は今までよりも一層大声で泣き始め、良人の方はひそひそ声でそれを宥《なだ》めにかかったが、僕は長居しても役に立つ筈がないと思い早々に引き上げることにした。この分では、子供が弟の災禍についてかれこれ言われることもまずないだろう。ところでその晩のいつ頃から僕の気分が悪くなったのかよく覚えていないのだが、寝床にはいってみると頭が重たくて身体じゅうがぞくぞくし始めた。僕はありったけの夜具を積み重ねて震えていたが、夜中に犬が気味の悪い声で吠え続けているのを聞きながら、今度は身体中がかっかとほてって来て、それから朝まで汗まみれになったまま一睡も出来なかった。

それからの一週間というもの、僕は高熱にうなされて覚めているのか眠っているのか自分でもよく分らなかった。僕の病気は何でも現代医学ではまだ原因不明のヴィールスによるものらしく、どこで伝染したのか見当もつかなかったが、ちょうど猩紅熱《しようこうねつ》のように身体中の皮という皮が完全に一皮剥けてしまった。まことに情ない有様で、恋人が初めて見舞に来てくれて、ドアのところで、あらあなたの顔赤まだらよ、とすかさず言われた時にはまさか僕もそれほど見っともない様子をしているとはつゆ思わず、彼女に鏡をつきつけられて我が顔ながら茫然と見守った。ああこれじゃ百年の恋も覚めちまうな、とせめて冗談のようにでも言うほかはなかった。

ところで僕が寝込んでいた間に、運転手の一家には更に怖るべき災難が訪れていたので、僕はそれをアパートの隣室の男から聞かされたのだが思わず息がとまる位のショックだった。通夜の晩から母親がヒステリイ気味で、父親との間に口論めいたものが毎日のように交されていたらしいが、あげくの果に母親が首を括ったというのだ。隣室の男はこう言った。

——僕も詳しいことは知らないが、何でも発見したのは子供らしいよ。学校から帰ると母親が鴨居からぶら下っていたので、死ぬような悲鳴をあげたそうだ。君は聞かなかったのかな。

親父は仕事に出ていて留守、この辺の連中もあんまり事が事なので気味悪がって寄りつかないんだ。一番気持が悪いのはその子供なんだな。普通の子供なら母親が死ねば泣くところだが、怖い顔をして物も言わん、何かこうじっと見詰めているだけで、ちょっと気でも変なのじゃないかと心配だよ。

——どうしてまた首を括ったんだい？　下の子が自動車に轢かれたのがそんなにこたえたのかな？

——この辺の噂じゃ赤ん坊が死んでからはずっとどうもおかしかったと言うよ。あの赤ん坊は蒲団で圧死したんだ。狭いところに家族が一緒に寝てればありがちなことだ。どっちにしても政治が貧困なんだな。政治が。

僕はまだ熱も下らず、身体中が奇妙にけだるくてしょっちゅううとうとしていたから、隣室の男の話というのが半分は夢の中の出来事のようだったが、それからもすぐ裏の物干場でのおかみさん連中のひそひそ話が、時々前後の脈絡もなく僕の頭脳の中に飛び込んで来た。

——あれは赤ん坊を殺したんだよ。蒲団で押し殺せば何の証拠もないからね。

——亭主の方が悪者だよ。きっと亭主にそそのかされたのさ。

——あの人はまた身重だったようですわね。

——あの運転手は相当の悪者だよ。ああいうのが子供を轢き殺しておいて知らぬ顔をきめこむんだよ。

——あのおかみさんは本当に気の毒だわ。まだ大きな子がいるというのにどうして早まったものか。

——あの御主人、毎晩やけ酒を飲んでいるようね、怖いわ。

——子供も可哀想に。子供が一番可哀想よ。

僕はこの熱病の間じゅう殆ど食うや食わずで寝ていて、見舞に来てくれる人たちの好意で生きていたようなものだが、その間不思議でならなかったのは例の子供だけが一度も見舞に現れなかったことだ。といって何も僕があの子から好かれていたという自信があるわけでもなく、あの子の方にしても相次ぐショックに僕の顔なんか見に来る気にはならなかったのかもしれないし、それより僕がうとうとしている時に来て、黙って帰って行ったのかもしれないとも考えられるのだ。しかし僕の方は、ひょっとすると僕の恋人のことを思う以上に、その子のことばかり考えていたのかもしれず、次のような奇妙なことを聞いたり見たりしたというのも、その子のことが念頭にあって僕の空想癖に病中の異常妄想が重なり合ったものかもしれないのだ。

夜も相当に更けていたが、僕の耳に次第にはっきりと聞えて来たのはその子供のやや甲高い声と、押し殺したような父親の返事だった。

——……ちゃんを殺したのはお父さんだ。

——馬鹿なことを言うんじゃない。

——でも、僕見た。

——見る筈がないじゃないか。お父さんはその頃はこっちの方には来てないんだから。

——嘘だ。僕見たんだ。

——そりゃ運転手がお父さんに似ていたんだろう？　もうその話はよせ。

——お母さんは赤ん坊を殺した。だから死んだんだ。お父さんは……。

——お母さんは気がふれて死んだだけだ。赤ん坊なんか殺すものか。

——あれはお父さんが殺せと言ったから、お母さんはそうことなしに殺したんだ。お父さんが悪いんだ。

——馬鹿。そんなでたらめを！

——本当だ。僕眠っている振りをしてみんな聞いた。お父さんが言ったことだ。

子供の眼が敵意にきらきら光った。あの小さな拳が固く握り締められているのを僕は見た。

——つまらんことを言うんじゃない。人が聞いたら本気にするじゃないか。

——お父さんはみんな殺すんだ。お父さんは誰も彼も殺すのだ。

父親の蒼ざめた顔の上に、あらゆる毛細血管が一筋ずつ膨れ上ってどす黒く浮び上り、異様に血の気の引いた唇が湧き上って来る言葉を押し殺すかのように固く結び合された。

——お父さんは死神の馭者だ。みんなに死を配って歩くのだ。

父親はゆらりと立ち上った。

——殺すの、僕も殺すの？　よし僕はみんなに言ってやるぞ！

子供は逃げ出した。人通りの尠い夜の町の中へ一目散に駆け出した。小さな拳を握り締めたまま、息をも継がずにひた走りに走った。父親は駐めてあったタクシイに飛び乗ると、そのあとを追い掛け始めた。春の靄《もや》が灯火を滲ませているコンクリイトの夜道の上を、子供は飛礫《つぶて》のように飛び、車は黒い翼の鳥のように羽ばたいた。子供と車とは何処までも何処までも走り続けた。子供の悲鳴と、自動車のエンジンの唸りとが、夜の町を真一文字に引き裂いた……。

僕がようよう窓のところまで立って行き、何ごともなかったように満艦飾のおむつをぶら下げた物干場を見下して、おかみさん連中の日なたぼっこを眺められるようになったのは、十日間ばかり苦しい思いをした後のことだった。僕は子供たちが大ぜい集って飛んだり跳ねたりして遊び廻っているのを、珍しいもののように、多少は懐しげに、眼で追っていたのだが、その腕白共の間に例の子供の姿は見えなかった。僕は毎日のように注意していたのだが、そういえば運転手の家、というより部屋なのだが、そこの戸も締められたままのようだった。僕が漸く外へ出られるようになって、めっきり暖くなった春の日射を愉しみながらソバ屋まで行くと、ソバ屋の亭主は事もなげに、運転手とその息子とが夜逃をした話を聞かせてくれた。

――やっぱり恥ずかしかったんでしょうな。しかしひどい奴だ。あたしに一言の挨拶もなしでどろんですからな。結局一番損をしたのはあたしですよ。

――それはどういうわけ?

――何ね、あそこの長屋はあたしの持家でね。運転手のところはもうだいぶ家賃がたまっていたんです。香奠だと思えば帳消しにしてやってもいいのに、黙って逃げ出すとはね。

――行先は分らないんですか？

――全然分りませんな。田舎へでも行ったんでしょう。

そこで僕は一人になって考えたのだ。あの子供はどうしただろう。相変らず敵意の籠った眼指で、ひっそりと父親の顔をうかがいながら、田舎の小学校へでも通っているのか。僕はその子供をちっとも可愛いとは思わなかったが、母親も亡くなり、弟も喪って、あの酒飲みの父親と二人きり顔をつき合せているのかと思えば、何やら不憫のようにも思われるのだ。

僕が流行性の熱病を煩って赤まだらの顔を恋人に見せてからというもの、彼女は次第に僕によそよそしくなり、とうとう僕は失恋してしまった。この話も、子供が自動車に轢かれたり、赤ん坊が圧死したり、母親が首を括ったりするのと同じ悲惨な話なので、隣室の男に言わせればこれもまた政治が悪いというところに落ちつくのかもしれないが、僕は長い間くよくよと思い悩んでいたものだ。しかしこれは全く別の話だ。僕はその後あの北向の、薄暗いアパートの四畳半から他へ引越したが、あの頃のことを思い出すと、僕の恋人だった児童心理学者のホボさんのことよりも、栄養の悪そうな、無口の、眼ばかりぎょろぎょろしたあの子供のことの方を余分に思い浮べる。今でもきっとあの裏手の空地では、洗濯物が物干台の上で風に靡き、おかみさん連中がお喋りをし、子供たちがあたり構わず大声をあげて遊び廻っていることだろう。

一時間の航海

わずかに一時間の航海だった。

四月の初め、沼津から戸田《へだ》へ通う定期船の船室に、一人の大学生が乗船していた。くしゃくしゃのレインコートを着たまま、傍らに置いた小さなリュックサックの上に、汚れたレインハットをのせ、胡坐をかいて船室の硝子窓の方を見詰めていた。

それはひどく狭い船室で、けばの立った畳を六枚ほど敷いたばかり。両側に、汽車の窓を思わせる四角に区切られた硝子窓が、片側に五つずつ、向いあって並んでいた。船の進行して行く方向には、中央に曇った鏡が懸っていて、その左右に粗末な木のドア、畳の前が幅一尺ほどの板の間になって、乗客の脱ぎすてた下駄や靴が並んでいた。客は全部で六人ほどしかいなかったが、思い思いに畳の上に陣取っていた。ドアの反対側の壁には広告が何枚か貼りつけてあり、「不二洋子大一座来る」という広告が中でも一番大きかった。

大学生は船室の中を見廻し、それからまた自分の前の硝子窓を眺めた。彼はその動作を、さっきから三度ほど繰返した。鎖《とざ》されている、と彼は考えた。しかし一時間ほどすれば、僕は明るい、開かれた風景の中にいる。それは簡単なことだった。去年の春休みにも、その前の年の春休みにも、彼はリュック一つ持って戸田の大学寮に滞在した。彼は馴れっこになったコースを踏んで、今や戸田に行きつつある。格別、去年や一昨年と変ったことがある筈もなかった。大学生は四角な硝子窓に吹きつけた飛沫《しぶき》が、糸を引いて流れ落ちるのを眺めていた。隣の窓も、その隣の窓も、この外海の方に面した硝子窓はどれも飛沫で汚《よご》れ、それが部屋の中を書間でも暗くしていた。定期船は十二時半に出航する予定が三十分ほどおくれ、今は一時十五分過ぎだった。身体を延びあがるようにして外を覗くと、海原には白い三角波が無数に立って、その上に烈しい雨脚が落ちていた。風の音が、船室の中に立ち込めた機関の音を圧倒して、吠えるように喚いていた。打ちつける一波ごとに、硝子窓がざあっと洗われた。対岸の方はどんよりと曇り、見渡す限り白ちゃけた海がひろがっていた。今日はしけるよ、と乗る前に船員が喋っていた。

鎖されている、と一つ覚えのように大学生は口に出して言った。今迄来た時は、この航路はいつもうららかに凪いでいて、遠くに富士を眺めながら航海したものだ。いつも甲板をぶらぶらするかベンチに腰を下すかして、こんな薄暗い、便所くさい船室の中にもぐり込んだことはなかった。一時間の航海は爽快だったから、戸田への往き復りにバスを利用する気になったことは、一度もない。今、狭い船室の中に閉じこめられると、相客たちの不安がお互いに感染して、重苦しい意識の罠に掛けられてしまったようだった。大学生は帽子の上に置いた手を神経質に動かし、それから自分の生きられる範囲を確かめるように、また船室の中を見廻した。そこには何かしら彼を不安にさせるものが隠れていた。不安は、飛沫のかかる窓の外から来るのではなく、窓の内側に澱んでいた。

向う側の硝子窓に、対岸の内浦湾の陸地がかすかに海の上に浮んでいた。雨が横なぐりに窓に吹きつけた。その窓の足許に、艫《とも》の方を枕にして母親らしい女が五つ位の男の子と並んで横になっていた。母親の方は蒼ざめた顔をして、子供を腕の中に抱きしめた。その横の、不二洋子の広告の下に、五十年輩の女と三十位の女とが、向い合うようにして坐り、小さな声で話をしていた。若い方は陽焼した顔が油紙のように光った。船には強いらしく、年寄の方も平気な顔で煙草をふかしていた。この二人は何となく魚くさいにおいを漂わせていた。大きな風呂敷包が、畳の上で首を傾けた。

船は更に揺れ始め、もう畳の上に坐っていても、外海の側の窓の向うに、盛り上った海原を見ることが出来た。船は片側に傾《かし》いだまま、雨にいためつけられながら、一層烈しく機関の音をとどろかせた。大学生は、漁師のつれあいらしい二人づれから、怖る怖る眼を自分の横の方に向けた。今までにも、彼が何度も船室の中を見廻したのはそのためだった。

大学生の隣り、やはり窓の方を向いて、彼と同じ年頃の若い娘が一人、つつましく坐っていた。たたんだレインコートと、小さなバッグと、雨傘とを膝の前に置き、じっと下を見詰めていた。黒っぽいワンピースを着ていた。いるのかいないのか分らないように、いつでも俯いていた。

綺麗な人だ。それが大学生の単純な第一印象だった。この小さな汽船に乗り込んだ時に、大学生はなぜということもなくその娘の側に座を占めた。娘はその時も顔を起さなかった。今でも、彼はまだ娘の顔を見ることが出来なかった。ただ黒い、素直な髪が、長々と肩の上に垂れ下っているばかりだった。その頸すじは細そりして、身体つきも花車《きやしや》だった。船が揺れても、両手を膝の上に置いて、きちんと坐っていた。どうして綺麗だということが分ったのだろう。さっきちらっと見た横顔は、明かな印象を彼に残さなかった。しかしこの狭い船室の中で、娘のいるところだけが別の空間を形づくっていた。鎖された場所の中で、その空間は無限に開いていた。しかし彼には、どうすればこの開かれた空間に近づくことが出来るのか。分らなかった。

船は大瀬崎を過ぎ、左手の窓の向うに岩や小石の多い海岸が雨に洗われながら展開したが、船は前よりも一層烈しく揺れ始め、殆ど斜めに傾いた。子供が奇妙な声をあげ、一緒に寝ていた母親が用意した紙袋を急いでその口に当てがった。部屋の中に生ぐさい臭がこもり、その臭は機関の音に掻き乱されながら、白ペンキを塗った低い天井板と、畳との間で、次第に濃くなって行った。二人の女づれは話を止め、年を取った方が風呂敷包を枕にして身体を延ばした。その足袋は汚れていた。壁に貼った広告の中から、不二洋子が大きな眼を剥いて見下した。

綺麗なことは分っている、と大学生は考えた。綺麗だということは容貌だけの問題じゃない、その人の与える全人格的なものが、僕の中に喚び起したこの不思議な情緒、と言ったらおかしいだろうか。僕の感じているこの不思議な情緒はどこから来たのだろう。久しぶりの旅行とか家から離れた解放感とか、この鎖された船室とか、春らしくないこの風や雨とか、そんなものが僕の点を甘くしたのだろうか。女になんか僕はちっとも関心がない。高校の時の女友達とか、妹たちとか、映画スターとか、そんなものは空気みたいだった。一度だって女の人に胸をときめかしたことなんかない。だいたい勉強したいことが山ほどあるのに、ダンスだとかハイキングだとかに潰す暇なんかあるものか。旅行は一人がいい、人と話をする位なら黙っている方がいい。僕はいつでも自由でいたい、鎖されているのは真平だ。この人がどんなに綺麗でも、それは戸田までの一時間の間だけだ。ただそれだけのことだ。

大学生はそこでまた船室の中を見廻し、最後に、少し大胆になって隣の娘の方を見た。娘は今までの姿勢とは変って、バッグの上に身体をかぶせるように俯いている。大学生は急に不安になった。黒い髪がバッグを掴んだ両手の上にさっと散って、露《あらわ》になった頸すじの色がおどろくほど白い。

不安が急に決意を促して、呼び掛けた。

「君、気持でも悪いんですか。」

口にしてから自分の大胆なのに驚いた。見ず知らずの人に、それも若い娘に、自分から口を利いたことなんか一度だってありはしない。彼ははにかみ屋だった。彼の渾名《あだな》は「お嬢さん」

というのだ。しかし一度口を利いた以上、それきり黙ってしまうわけにはいかなかった。

「君、大丈夫？」

顔を近づけてもう一度呼んだ。その時、娘が顔を起して彼の方を向いた。乱れた髪を指の先で払いのけ、小さな声で答えた。

「ええ、大丈夫ですわ。」

大学生は赧《あか》くなった。どうして予感というものはこんなに当るのだろう。黒くて深い、どこまでも澄み切った眼、高い鼻梁《びりよう》、やや痩せた頬と顎《あご》、割に大きな色の薄い唇、しかしそれらの部分が一つの綺麗な顔として統一され、彼に向って一息に飛びかかった。彼は眼がくらくらした。その黒い瞳の向うに無限の空間がひろがっている。それは何かを訴えている。

娘の顔がやや微笑を含んだようだった。しかし瞬時にそれが消え、悲しげなものが霧のように顔の全体を取り囲んだ。眼は伏せられ、ちらっと見えた白い歯は唇の中に隠れ、長い髪が頬の上に垂れた。大学生は急いで尋ねた。

「君は戸田まで行くんですか。」

娘は顔を起し、眼にやや嘲るような色を浮べた。

「ええ、これは戸田行の船ですもの。」

大学生はまた赧くなった。彼は大急ぎで喋り始めた。

「戸田はいいですねえ。僕は御浜《みはま》にある大学の寮に毎年のように行きます。ほんにいいところだ。桜だって綺麗だし。しかしこんなに雨が降ったんじゃもう散っちまったでしょうか。僕は何もお花見に行くわけじゃないけど、桜の散ったあとじゃつまりませんね。海へボートを出すと、公園の桜が水に映って素晴らしいですね。しかしお天気がよくならなくちゃ。君、お天気よくなると思いますか。」

娘は窓の方を見た。暗澹《あんたん》と曇った空が、飛沫に濡れた硝子窓にこびりついている。娘はやや眉をひそめた。その白い顔の上にも、雨雲が影を落している。

「こんなに雨が降ったんじゃ、達磨越《だるまごえ》のバスはとまったでしょうね。」

娘はかすかに頷いた。

「あのバスはとても怖いんだそうですね。道が狭いし、ちょっと雨が降ると峠では道が滑って、ひやひやするそうじゃありませんか。バスで行ったことありますか、僕はないけど?」

「わたくし、バスは知りません、」と娘が言った。「子供の頃はいつも船でした。大きくなってから行くのはこれが初めてです。」

娘はそう言ったなり、黙って俯向いた。取りつくしまのないような静かなものが、その娘の身体から滲み出ている。機関の音が、単調なままに急に高くなった。窓の外に海が傾く。

大学生は考え始めた。大きくなってから初めてというのなら、この人は村の人じゃない。そんなことは初めから分っていた。東京の女子大かなんかの学生くらいだろう。春休みに旅行に出たのだろう。僕と同じように独り旅が好きで、子供の頃に遊びに行ったことのある戸田へ、久しぶりに訪ねて行くところだろう。言葉遣も丁寧だし、上品だし、きっとちゃんとしたところのお嬢さんなのだ。こういう人と友達になったらどんなに素晴らしいだろう。もしこういう人と恋をしたらどういうことになるだろう。

空想がそこからふくらみ始めた。二人は御浜《みはま》の石の堤防の上に腰を下して、外海の方を見ている。小さな灯台が岬の先の方に白っぽく光っている。岩と岩とのはざまを、波が踊るように流れ込んで来る。風が冷たい。

「僕は明日東京へ帰ります、」と彼は言う。

彼女は答えない。風がその髪を弄《なぶ》って、さらさらという音が聞えるような気する。しかしそれは松の頂きを吹き過ぎる風の音だ。沖の方で鷗が鳴いている。

「東京でまた会えますね？　君はいつ帰るんですか。」

彼女は彼の方を向く。その眼に敵意のようなものが燦く。

「わたしは帰りません、わたしはもうお会いしません。」

「どうして？」

「だって、これでいいじゃありませんか。戸田でだけのお友達で。あなたはわたしを知らず、わたしはあなたを知らないで、さよならをして、それだけでいいのですわ。」

「僕は厭だな、そんなこと、」と彼は強く言う。勇気が彼の心に湧いて来る、それから今まで知ることのなかった不思議な感情が。

「僕は君とこれっきりになるなんて厭だ。それじゃほんの行きずりみたいなものだ。」

「でも、そうでしょう、わたしたち？　戸田行の汽船で偶然一緒になった、それだけのことでしょう？」

「しかし……。」

しかし僕はもう君がこんなに好きなのに、——彼はそう言うだろう。そう言うだけの勇気が、果して彼に確実にあるだろうか。彼女の寂しげな眼が、いつまでも海の遠くを眺めている……。船が揺れて、硝子窓を波が白く洗った。それはもう曇った鏡のように風景を映さない。大学生は自分に復る。こんなにも好きなのに、——本当に、もう、自分の心はそんなにも捕えられてしまったのか。彼は娘の着ている粗末な黒一色のワンピースを見る。飾りらしいものは何一つない。華かな色は何一つこの娘には見られない。勝気な人だ。それでいてどこか寂しそうな翳がある。この人の着ているのは喪服ではないだろうか。

空想が再び大学生の意識の中に育ち始める。二人はボートに乗っている。達磨山《だるまやま》が青い影を水の上に落している。彼がオールを動かすたびに、ボートの位置が動く。ボートの中に、二つの若々しい感情が、常に同じ方向を目指して動いて行く。

「しかし僕は君のことは何も知らないんだよ、」と彼は言う。

「教えたげましょうか、」と娘が彼の顔を真直に見詰めて言う。

彼はオールを放す。ぼんやりと頷く。僕が知りたいのは僕の好奇心ではない、僕の愛情なのだ。僕は君のことは何でも全部知りたい。

「話してくれたまえ、」と強く言う。

なぜ娘の蒼白い顔に、その時、嘲るような色が浮んだのだろうか。

「去年の暮に、わたしの父が肺炎で亡くなりました。そして母が、先月の初めに、後を追って亡くなったんです。母は戸田村の人間ですけど、まだ父が大学生の頃、お互いに好きになって家を出てしまったのです。初めのうちは、母もわたしを連れて時々、此処へ機嫌を取りに帰って来たものですが、わたしのおじいちゃんやおばあちゃんは昔気質の、とても頑固な人間なのです。父のことを怨んで、決していい顔を見せないのです。それで母もとうとう諦めて、わたしが小学校へはいった頃から、もう夏のお休みにも決して実家へは戻らなくなりました。それでもわたしたちは仕合せに暮していました。父と母とは、子供のわたしがひやかしたほど、それは愛し合っていました。けれども漁村で育った人間は、東京なんかに行くとかえって病気になることが多いんです。母は胸を悪くして、ずっと療養していました。ですから父が死んだということは、母の持っていた希望を、精神的にも肉体的にも根こそぎ奪い取ってしまったのでしょう。母は死ぬ時に、わたしに田舎に帰って、おばあちゃんと暮せと言いました。おじいちゃんが亡くなったあと、おばあちゃんも気が弱くなっているだろうし、それにわたしのことは、昔からそれは可愛がってくれたのです。わたしにはお金もないし、頼るような親戚も他にはないし、結局学校をやめて、此処へ戻って来るよりほかしょうがなかったんです。わたしがむかし考えたような希望は、もう何一つ残っていないのです。わたしは此処の人間になって、次第に磯くさくなり田舎言葉がうまくなって、そのうち漁師のおかみさんにでもなるでしょう、もし貰ってくれる人があったら……。」

彼女の声が次第に低くなる。嘲るような光も消えてしまう。ボートの舷側を波がぴちゃぴちゃ叩く。

「そんなのは駄目だ。」

自分でもびっくりしたほどの大きな声で彼は叫ぶ。

「君は気が弱くなっているんだ。それはお父さんとお母さんとが続けて亡くなったりすれば、誰だって気が弱くなる。僕、とても気の毒だと思う。けれど、負けちゃ駄目だ。君がこんなとこに引込んじまったら、今までの君の勉強はどうなる? 全く無駄じゃないか。どうしてアルバイトでもして、とにかく卒業して、一人で働こうという気にならないんだ? 僕、どんな加勢でもするよ。」

「あなたには、こんな打撃を受けた時に、人がどんなに惨めになるか分らないのよ。」

「分る。だけど……。」

「分らないのよ。あなたは我儘に育ったお坊っちゃんでしょう。不幸なんてものは御存じないでしょう。生きるってどんなことか御存じ? 大変なことよ。わたしの父は苦学をして大学を出たわ。わたしたちいつでも貧乏だった。母はずっと寝ていたから、わたしは母の看病の隙を愉んで本を読んでいたわ。でも、どんなに苦労をしても、親子三人いっしょだった。貧乏だからって惨めではなかった。今は独りよ、独りきりよ。惨めだわ。あなたには分らないわ。」

「だから僕が何でもしてあげる。僕に出来ることなら何でも。勇気を出したまえ。」

彼は熱して叫ぶ。と、娘が冷たく言う。

「なぜあなたがしなければならないの？」

娘の眼に、また嘲るような色が浮ぶ、それは僕が君を愛しているからだ、――彼はそう言う。そう言うだけの勇気が、果して彼にあるだろうか。

彼は再びオールを握る。ボートは向を変えて、村の火《ひ》の見櫓《みやぐら》の方向を目指して進み始める。しかしボートの中の二人は、二人の心は、もう別々の方向を向いている。二人の心は近づかない……。

船がひとしきり揺れ、機関の音がとどろき、幻想がまた現実に復った。母親と子供とは抱き合って寝ている。二人の女づれも苦しそうに臥っている。船室の空気は濁って、広告の不二洋子だけが、きつい顔をして見得を切っている。腕時計を見るともう二時になっていた。予定の一時間は既に過ぎた。しかし汽船は、まだ戸田湾にはいるような気配を見せない。

大学生は娘の方を見た。身体を前屈みにして、両足を横の方に出している。前に垂下って散った髪と飾りのない洋服と、それはまるで黒い花のようだ。そこだけが別の空間をつくり、その空間が小刻みに震えているのだ。大学生は自分も嘔気《はきけ》を感じた。

「君、苦しいんじゃない?」

娘は顔もあげず、返事もしない。大学生はその側に寄った。

「君、横になった方が楽でいいよ。みんな寝てるんだから、何も恥ずかしいことなんかないんだ。よかったら僕の膝を枕にしたまえ。僕はちっとも構わないから。」

娘の身体が傾いた。大学生は自分でも驚くほど大胆になって、その肩に手を廻した。一瞬、ぞっとするほど冷たい髪が彼の頰に触り、彼の胸に首が重たくあずけられた。娘の身体が横に倒れ、胡坐をかいた彼の膝の上に、その首が横向に落ちた。曲げた両足が黒いスカートの中に隠れた。大学生は肩を抱いた手を離さなかった。仄かな暖かみがその部分から彼に伝わって来た。

この人はいま不安に耐えている、と大学生は考える。生きることの不安とは、しけの海を航海する不安と同じことだ。不安の中では意識は鎖される。この人はいま鎖されている。しかし僕は、今、もう鎖されてはいない。この狭い船室、濁った空気、飛沫に汚れた窓、その中に閉じこめられても、僕の心は開いている。それは僕がこの人を抱き、この人に愛を感じ、この愛に自分というものを集注しているからだ。もしこの人が僕を愛し、僕を信頼し、どんな危険をも僕に任せてしまえば、この人は不安から救われる筈だ。もし僕を愛しさえしたら……。

娘が抱かれた手の中でかすかに身じろぎした。

「大丈夫ですよ、もうすぐ着きますよ。もう少しじっとしていらっしゃい、」とやさしく言った。

そこから空想がまた開いた。

「駄目、わたしを抱いちゃ駄目、わたしをやさしく御覧になっちゃ駄目、」と彼女が狂おしく叫ぶ。

「どうしてそんなことを言う？」

「どうしてでも。わたしは詛《のろ》われているの、わたしの好きな人はきっと不幸になるの。」

「じゃ君は僕が好きなんだね？」

「あなたは御存じない。わたしがどんなに不幸か、どんなに人を不幸にしたか。わたしの好きだった人は死んだわ。なぜなのかわたしは知らない。わたしが愛して、生命がけで好きになって、その人のためになら死んでもいいとまで思うと、きっとその人は不幸な災難とか病気とかで死んでしまうの。わたし、怖い。」

「そんなことは偶然だよ、」と彼は笑いながら言う。

「そんな眼でわたしを見ないで、もしわたしがあなたを好きになりでもしたら。わたしにやさしくしないで。わたしを放っといて。」

彼女の身体が彼の手の中から離れ、黒い髪が前に散って顔を隠す。彼は指先でその髪を払ってやる。その瞳を真直に覗き込む。

「君は間違っている。そんな迷信じみたことを信じてはいけない。君がどんなに僕を愛しても、僕は決して死にはしないよ。僕は大丈夫生きる、君のためにも、僕のためにも。だって僕は……。」

こんなに君を愛しているんだから、――彼はそう言う。そう言うだけの勇気が彼にあるだろうか。ある。今こそはある。

「だってこんなに君を愛しているんだから。」

彼の腕の中に抱き込まれたこのしなやかな肩。たとえ彼女の愛が死を約束するとしても、この力強い、開かれた、生き生きした愛の前に、果して何だろう……。

娘は不意に身体を起した。畳に手をついて坐り直した。

「もう大丈夫、ありがとう。」

大学生は赧くなる。彼はもとの「お嬢さん」に戻る。幻想の中ではあんなにすらすら出て来た言葉が、今は咽喉の奥につかえてしまった。

汽船はいつのまにかあまり揺れなくなっている。戸田湾にはいったのだ。二時二十分。もう二十分も延着した。御浜《みはま》に着くのはもうすぐだ。

「僕は御浜で下ります。君は村まで行くんでしょう?」

娘は頷き返した。それ以上、彼には何と言えばよいのか分らない。彼はレインハットを手の中に握りしめた。さっき抱いた時にこの人の肩はあんなにしなやかだったのに。

「それじゃさようなら。」

娘は大学生の顔を見た。何かを言いたげに少しほころびた唇、素早い眼の光、しかし光は消え、唇は平凡な言葉を呟いている。

「お世話を掛けました。ほんとにありがとう。」

まるでそれ以上のことを口にすれば、何か不吉なことでも起りはしないかというように。大学生は帽子をかぶり、リュックサックを肩に掛け、板の間にしゃがんでゆっくりと靴を履いた。彼の前の鏡は曇ったまま、歪んだ像を映している。彼は立ち上り、もう一度娘の方を見た。

「さよなら。」

黒くて深い瞳がさ迷うように動いて、彼を見詰めた。何かを訴えたいような、何かを恐れているような。

大学生はドアを引いて舷側に出た。風が横なぐりに彼に飛びかかった。御浜の船着場はすぐ眼の前だ。公園の桜が白っぽく向うの山に咲いている。汽笛が鋭く二声鳴り響いた。汽船は急速にスピードを落し、ゆるやかに舳を小さな桟橋に近づけた。

「切符を貰います。荷物を踏んでも構いませんよ。」

大学生は船員に切符を渡し、舳に積み重ねた船荷の上から桟橋の上に飛び下りた。汽船はすぐに後退を始めた。此処で下りたのは彼一人だった。

二時三十分。雨は依然として降りしきり、リュックの肩紐に掛けた手の甲を濡らしている。わずかに一時間の航海だった。よし実際には一時間半かかり、雨や風にいためつけられても、それはやはり空想をふくらませるに足りる航海だった。

汽船は村の船着場を指して出発した。船室の窓は雨に濡れて、娘の姿は見えなかった。大学生は呟いた。見ず知らずの人だ。僕はただ空想してみただけだ。

しかしひょっとしたらその空想は本当だったかもしれない。大学生はリュックの肩をゆすり、冷たい雨の中を、大学寮を目指して歩き始めた。

鏡の中の少女

広い洋間の片隅に、床の上にじかに古風な燭台《しよくだい》が三つほど置いてあり、その各々の上に、太い蝋燭が三本ずつ、焔を揺らめかせながら燃えていた。蝋燭の火に囲まれて、右手に絵筆、左手にパレットを持った一人の少女が、絨毯の上に胡坐《あぐら》をかいて、せっせと手を動かしていた。小さなカンヴァスが彼女の坐ったすぐ前の床の上に寝かされ、彼女の右手はなるほどその上を素早く動いてはいた。しかし絵を描いているにしては、その眼が決してカンヴァスの方を見ないのは不思議だった。カンヴァスの向う端、そこはもう壁になっていたが、その壁に、やはり古風な、木の飾りで縁取られた大きな鏡が立てかけてあり、少女が一心に見詰めているのは、その鏡の中だった、鏡の中には、さかさまになって、描きかけのカンヴァスが映っていた。そして燭台の灯に照された、蒼白い顔色のこの少女の姿も、やはりそこに映っていた。

部屋の中は、その片隅の燭台の置いてあるあたりの他は、ぼんやりと暗くて、蝋燭の数に応じて少しずつずれた影が、それでも三つだけ大きく固まって、壁と天井とに黒い汚点《しみ》を投げ掛けた。右手の影だけが素早く動いた。晩春らしい澱んだ空気の中に、少し開かれた窓の間から、しっとりした若葉の匂と、海の気配を含んだ微風とが流れ込んで来た。絶え間なく波の寄せる音が、すぐ近くから聞えていたが、少女は耳を貸そうともせずに、せっせと絵を描いていた。

それは奇妙な描きかたという他はなかった。少女は決してカンヴァスを見ない。パレットの上で絵具を溶き、それを筆に含ませると、鏡の中に映ったパレットの上に、ためらわずその色を置いた。絵は抽象的な模様のようなものだった。さまざまの色彩が、その上に重なり合って塗られていた。

「お前は本当に上手になったわね。」

少女は手を休めてそう呟いた。鏡の中の少女も、手を休めてこちらを見た。

少女が話し掛けた相手は、広い部屋の中で、この鏡の中にしかいない。それはやはりお行儀悪く胡坐をかき、蒼白い顔色をして、彼女の方を見ていた。

「私よりもお前の方がうまいのね。」と少女は言った。

麻里《まり》が、この海岸に近い別荘に移って来たのは、去年の秋だった。それからもう半年近く経っていた。麻里は東京の或る美術学校に通っていたのだが、去年の秋、健康を害した。父親は高名の画伯だったから、直に知人に相談して、一人きりの娘を海岸へ送った。それは夏場が過ぎてしまえば森閑としてしまう避暑地で、このだだっ広い別荘の中には、麻里と、父の義理の妹に当る佳子おばさんと、それに女中一人とが、心細く冬を過した。おばさんは何かと口実をつくっては東京へ遊びに出掛けた。父親は月に二三度、泊り掛けで様子を見に来た。しかし麻里は、それほど嬉しそうな顔もしなかった。いつでもきつい、怒ったような眼つきで父親を見た。そして父親は、お前さえ丈夫なら私はパリへ出掛けるのだが、と考えていた。

五百木《いほぎ》画伯は、若い頃に滞在したパリほど、世界中でいいところはないと本気で信じていた。彼は十年ほどパリにいて、青春をパリ女と遊び暮した。それでいながら、ふと日本人の外交官のお嬢さんと恋愛をして、パリで結婚し、娘の麻里を得た。この妻は日本へ帰って暫くしてから死んだ。彼は成人した麻里に、亡くなった妻の面影を認めた。それを感じるたびに、奇妙なほど、もう一度パリへ行きたいと思った。彼は自分を天才だと自惚れることもなく、ただの職業的な絵かきなのだと考えていたが、麻里の眼が自分の中の弱点を見抜いていることに、時々気がついた。久しぶりに別荘に現れる度に、麻里がじっと見詰めるその眼の表情に、惰性のように絵を描きながら、東京で遊び暮している自分を咎めるようなものを感じた。しかし己は天才じゃないんだからな、と五百木画伯は無言の眼に心の中で抗議した。彼はロマンチックな肖像画や、デコラチーヴな静物などを描いて、人々にもてはやされた。彼はその名声が空疎なものだとは思っていなかった。父親と娘とは、互いに理解し合わない世界に住んでいた。

それは不意に来た。

麻里はいつものようにクロッキブックを開いて、裸体のモデルを見詰めていた。彼女の周囲には、幾人もの学生が、黙々と手を動かしていた。教室の中はあたたかく、紙の上をさらさらとコンテの走る音の他には、誰かが時々小さな咳をしているのが聞えるだけだった。麻里の手だけが動かなかった。

麻里はやっと、紙の上にゆるい線を引いた。そしてまたモデルの方を見た。大きい。その裸体は大きすぎた。それは見ているうちに、大きく、より大きくなった。紙の上に引かれた線、それからはみ出して、もっと大きくなった。すべすべした、白い背中の皮膚が眼の中でぐんぐん容量を増し、ざらざらした毛穴が感じられるほどに拡大され、死んだ、鉛色の巨大な拡がりとしか思われなくなった。それは刻々に大きくなり、彼女の紙の上には収まり切れなかった。

麻里はまた線を引き直した。しかしそれでも、この次第に大きく膨れあがって行く背中の皮膚を、輪郭だけで捕えることは出来なかった。

「あのモデル、大きいわね。」

麻里は隣にいた女子学生にそう呼び掛けた。

「何言ってるの?」

友達はうるさそうに呟き、それから麻里の方を見た。

「あのモデル、だんだんに大きくなるわ。あたしには我慢が出来ない。あたし。」

友達は、二本の線が引かれただけのクロッキと、恐怖に怯えた麻里の顔とを代る代る見た。そのわけの分らぬ恐怖が、友達の上にも感染した。

「どうしたのよ、一体?」

あたりの学生がみんな麻里の方を振り返った。彼女はもうモデルの方を見る気力もなかったが、不安にこわばった友達の顔の向うに、刻々にひろがって行く鉛色の皮膚を感じた。それは今や教室の中いっぱいに大きくなり、麻里が息をすることも出来ないほど、覆いかぶさって来た。それは彼女を押し潰した。その不可解な、巨大な物は、ぐんぐんと彼女の身体の中へ侵入した。そして彼女は、眼を見開いたまま、この巨大な物をまじまじと見詰めていた。

教室の中が急に騒がしくなった。

麻里は鏡の中の少女を見詰めていた。暗い鏡の中に、こっちを向いているのは彼女ではなかった。彼女である筈がなかった。なぜなら、彼女は確かに、鏡の外にいるのだから。しかし鏡の中の少女は、彼女の妹と言ってもよいほど、彼女に生き写しだった。彼女とよく似ていながら、いつまでも年を取らない、全く別の少女だった。その子は彼女のように、怯えるということはないだろう。物の形が次第に大きくなり、物が自分を押し潰し、物が自分と一つになってしまうことに、恐怖を感じるようなことはないだろう。その子は、自分のように絵が描けなくなることはないだろう。

「お前に教えたのはあたしだった。」

麻里はそう呟いて微笑した。だからお前は上手なのだ。あたしはもう描けないけれど、お前は上手に描ける。あたしは死んでいるけれど、お前は生きている。お前はあたしではないから。
「もうアブストラクトも飽きたから、今度はお前の肖像を描きましょう。」
鏡の中の少女が、微笑して頷いた。

どうしてそんなに苦しむ必要があったのだろう。絵なんてものは愉《たの》しみでいいんだよ。愉しんで描いて、それが商売になるんだから、こんな割のいいことはないさ。そう父親が、御機嫌のよい時に呟いた。そんな筈はない。愉しみ？　パパのは要するにカンヴァスの上に絵具を並べてみるだけだ。絵はそこに新しい物を創ること、オブジェの中にシュジェを発見すること、自分が物になることだ。だからパパみたいに、口笛を吹きながら色を塗るだけで絵になるのなら、そんな悦びはペンキ屋の商売と同じことだ。

しかし麻里は口に出して父親を非難したことはない。パパは天才じゃない。それを御自分でも認めているんだもの、あたしが口を出すことはない。だけどあたしは違う。あたしはペンキ屋じゃないんだから。

麻里は描く前に、物たちをじっと見る。いつまでも、自分の気の済むまで、見据える。気が済むというのは、対象が自分の一部に、いな自分自身に、なってしまうことだ。裸体ならば、そのモデルは彼女の肉体になる。静物ならば、彼女は壺を、花を、卓子を呼吸する。風景ならば、彼女は緑の樹々と共に揺れ、青空と共に輝き、建物と共に大地の上に存在する。そこから初めて、カンヴァスの上に、物が写し出されるのだ。見られた物たちと自分との間に、その時、距離というものはなくなり、世界は一つに収縮し、彼女は自分が此処にあると共にそこにあることを感じる。いな、もう此処もそこもなく、彼女の筆がカンヴァスに下される度に、向うにある物が、影に変り、彼女の捕えたものが実体となるのだ。それが絵というものだ。物を見詰めることの苦しみの中から、最後に、ほんの少しばかりの悦びが生れさえすれば……。

しかし物は素直に捕えられはしない。物は死んだまま、そこに、彼女の手の届くところに、寝ているのではない。物は反抗する。物は厭だと言って呻き、捕えられようとすると逃げる。物は大きくなる。物は一定の形として見られることを拒否する。物は全部になる。彼女よりももっと大きな、形のない、大きすぎて空気のように眼に見えないものに変る。彼女は次第にそれに気づく。

そして、それは不意に来て彼女を打ち倒した。

麻里は新しいタブローにかかる。鏡の中の少女。大きな鏡の中に、彼女がモデルにしている少女も、またその姿を写し出すための裸のカンヴァスも、共に存在する。ただ、カンヴァスはそこに、さかさまになって映っているのだ。麻里はモデルを見、絵具を溶き、鏡の中を見詰めながら、カンヴァスに筆を下す。もう彼女は此処にはいない。彼女は鏡の中にしかいない。

夜が更けて行き、蝋涙がしずかに垂れ、焔がゆらゆらと揺めく。夜の中にいれば、麻里は少しも怖くはない。この大きな部屋の上に、更に大きな夜があり、宇宙がある。しかし此処に、この鏡の前にいる限り、彼女の世界は鏡の中に鎖されるのだ。夜は彼女が鏡の中に閉じこもることを許す。鏡の中だけで彼女は生きている。鏡の中の少女こそは実在なのだ。鏡の中の絵は確実な存在なのだ。鏡の外にひろがる現実は、ただの影にすぎない。

「お前は影じゃない。」

麻里は呟く。鏡の中の少女は笑う。なんてお前は若くて、きらきら光る眼を持って、美しい歯を見せて笑うのだろう。あたしの眼はもう硝子の眼だ。あたしの口はもう笑わない。あたしはもうおばあさんになってしまった。あたしのことなんか考えてくれる人はいない。誰も？しかしお前は、若くて、美しくて、生きている。

「あたしはお前に綺麗な肖像画をつくってあげるね。いつかお前が恋をする時のために。」

そしてふと現実の感覚が、時間の向うの思い出が、彼女に復って来る。

「内山さんはこっちを向いてもくれないんだもの、嫌いよ。」

麻里はしげしげと相手の筆の動きを眼で追いながら、甘い声で言う。

狭い部屋。まるで物置みたいな、乱雑な、採光の悪い、板敷の部屋。その中で一心にカンヴァスに向っている若い青年。その絵を見ている麻里。

「よくそんなに喋ってばかりいて、絵が描けるわね。」

内山は振り返らない。麻里が遊びに来ても、彼はいつも一分一秒の時間も惜しいように手を動かし続けている。しかし口だけは、充分に相手を意識して、へらず口を叩く。

「いつもはこうじゃないんだ。麻里ちゃんだから喋るんだ。喋っていたって、僕の絵は決して内容空疎じゃないぜ。五百木画伯みたいに、中みの何にもない絵を描くわけじゃない。考え抜いたあげくだから、せめて口ぐらいは遊ばせてやっても、手の方はちゃんと命令通り動いているんだ。五百木画伯なんか……。」

「パパの悪口は止めてよ。」

「構うもんか。五百木画伯は、或る程度の技法を習得すれば、手の方が勝手に描いてくれるつもりでいる。そんなメチエ、実は何の役にも立たないんだ。メチエ《メチエ》は眼の方にある。眼というより、眼を意志づける頭脳の方にあるんだ。問題は、見ることによって物の存在を確認することにあるんだ。」

「よくそれでパパのお弟子で通ったわね。」

「破門されたのも当り前かな。」

内山はにやっと笑って、お茶でも入れてくれないかなあ、と独り言のように呟いた。

麻里はいそいそと立ち上り、もう休めばいいのに、と口の中で言った。せっかくあたしが遊びに来たのに。

「麻里ちゃんの方が大物だよ。君の方が天才だ、」と内山が追い掛けて言った。

「急にどうしたの、それお世辞？」

「勿論、僕に較べてじゃない、五百木画伯に較べての話だがね。」

「何だ。バカにしてる。」

「君はきっと天才だよ、僕ぐらいにはね。但し、これからもっと勉強をして、五百木画伯ぐらいの年になって、初めてそれがきまるのさ。今のところは、僕等はまだ絵かきの卵さ。僕たちは忙しいよ。」

小さい電気コンロに薬缶を載せて、その前に蹲《うずくま》って青年の方を見ていた麻里は、相手が付け足すように、小さな声で言ったのを聞きとめた。

「僕等には恋をする暇もないんだからな。」

その言葉が心の上に落ちてゆるい波紋を投げた。

麻里はせっせと描く。彼女の手は早い。しかしその手は麻里の手と言えるだろうか、それはもう一人の少女の手だ。

「そうね、あたしがお前を描いているんじゃなくて、お前が自画像を描いているのね。」

鏡の中で、その少女は真剣な表情を俯かせて、早いタッチで色彩を置いて行く。あたしは影にすぎない。あたしにはもう絵は描けない。しかし、考えるのはあたしだ。内山さんのことでも何でも。

「お前は内山さんを識らないでしょう?」

鏡の中の少女は答えない。

「それゃいい人よ。天才なの。変り者よ。」

そう呟くと心の底が疼き始めた。長い間忘れていた感情が返って来る。あんなに好きだった人、あたしの中に住んでいる物たちが、あたしの眼から愛情を見えなくしたのか。それとも内山さんは、もうあたしのことを忘れてしまったのか。

「あたしは忘れてやしない。」

会わなくなってから、もう半年も経っている。どうして来てくれないのだろう。たった一時間、汽車に乗りさえすればいいのに。パパよりももっと薄情だ。芸術家というものは薄情なものだ。

「でも、あたしたちはみんな、自分だけの世界に住んでいるんだから。」

鏡の中の少女が頷いた。しかし急に燃え始めた心の中の焔は、そこだけが希望のように輝く。あの人は来ない、しかしあたしの方から行くことは出来る。意識が次第に焦点を結んで行く。

「あたし、明日、内山さんに会いに行く。」

鏡の中で、眼が光った。そんなことが出来る筈はない。少女はおびやかすように、こっちを見詰めている。

「あたしには意志がある。あたしは自由だ。」

「意志なんかない、自由なんかない、」と少女が答える。

「あたしは何も此処に閉じこめられているわけじゃない。何処へだって行ける。今までは、行きたいと思わなかっただけだ。」

「行けない。行くことは出来ない、」と少女が答える。

暫く二人は顔を見合せていた。それから麻里が呟いた。

「お前なんか嫌いよ。」

鏡の中の少女が悲しげに麻里を見た。


麻里は立ち上った。足がしびれていてふらふらした。窓の側へ行って大きく窓を開き、夜の空を見上げる。波音が近くなり、樹々の梢が黒く聳え、空は暗く大きい。この夜空には星がない。あたしのように、と呟く。この夜空の下に、海も、街も、人々も、眠っている。あたしは眠らない。あたし一人は眠ることが出来ない。

蝋燭の火を一つずつ吹き消して行き、芯《しん》のくすぶる匂を嗅ぎながら、最後に残った燭台を左手に持って、鏡の前の描きかけのカンヴァスを壁に立て掛けた。さかさまに肖像が描かれている。麻里はそれを見ても何も感じない。そのまま燭台を持って寝台へ行く。寝衣に着かえる彼女の影が、壁で揺れている。そして、三本脚の燭台の火を全部吹き消した。

あたしは眠らないのだ。暗闇の中で色々なものが見える。あらゆるものは大きくなる。それが一晩じゅう、彼女の上に覆いかぶさって、彼女から睡眠を奪い取ってしまう。彼女は見る。いつも見馴れている、不確かな、ぐんぐんと大きくなる物たちを。

しかし明日は、あたしはもっと別の物を見るだろう。

五百木画伯は片手で頬杖をついて、空いた方の手の中の空になったウイスキイ・グラスを弄んでいた。すぐ前で、若いバーテンが気取った手つきでシェーカーを振っている。棚の上に並んだ洋酒の壜が、ゆるやかに揺れている。揺れているのは画伯の頭の方だ。隣の客は相手もいのにダイスを転している。画伯は若いバーテンに呼び掛けた。

「もう一杯くれ。」

時々こういうことがある。自分だけが世界から孤立して、風の吹く原っぱに一人きり立っているような気持。友達も、女たちも、何もかもが煩わしくなり、飲んでいる酒さえも苦い。自分の心の底の方へとぐんぐん落ち込んで行く。そういう厭な気持を避けるために、画伯はことさらに人好きで、遊び好きで、いつも陽気に笑っている自分を演出する。しかし、疲れた時には、もう仮面をつけることは出来なかった。

パリへ行ったら、と思う。何だかそのことだけが、腐って行く自分を救うような気がする。昔パリにいた時には、野心もあったし、生きる目的もあった。名声への憧れもあった。今のように気持が落ち込むことはなかった。麻里があんなになってからか、と画伯は考える。しかし麻里のせいではないのだ。何かが自分の中で死んでしまったからだ。

明日は麻里に会いに行ってやろう。いっそのこと己も、麻里と一緒に別荘で暮すか。そうすれば。しかし麻里の冷たく見据えるような眼つきが思い出される。あいつの眼は狂っている。あいつと一緒にいたら、己まで狂ってしまうだろう。

「あら先生、おひとりなの？　何だか寂しそうにしていらっしゃるわね？」

はすっぱな声と共に、しなやかな手が肩にかかる。画伯は急いで仮面を取り上げて顔につけた。

「年は取りたくないもんだよ、誰も構ってくれん。」

風景が硝子窓の外で刻々に変化する。流れて行く、流れて行く。樹が、道が、林が、広告が、家が。硝子の白く曇った面。この向うには風があり、このこっち側には風がない。それでもあたしの眼の中を、風が吹きすぎる。早く、早く。風のために眼が押されて痛い。眼はあたしの大事なもの。眼の中に、あたしがいる。眼の外の世界は大きい、大きすぎる。流れて行く、風よりも早く、あたしの眼、外側、硝子の向う。

麻里は眼を閉じる。我慢さえすれば内山さんに会える。手にしたハンドバッグの金具をぎゅっと握り締める。すると大きくなるのだ。大きくなる。暗闇の世界が、眼の中で次第にひろがり、そこに果しない夜をつくる。身体が気持悪く揺れている。客車の中には物たちの匂が充満する。それは硝子窓の外からも押し寄せて来る。彼女の頭の中に、乗客たちの鞄や、靴や、新聞紙や、洋服や、帽子などが押しあいへしあいする。そこに、樹も、道も、林も、何もかもが侵入する。

あたしはやっぱり来るんじゃなかった。

汽車が揺れる。もう遅い、もう遅い。汽車の振動がそう話し掛ける。眼の下に口、その下に食道、そして胃。すべての神経が縦の一つの線を形づくる。眼は見えない物をも見る恐怖に、口は下から込み上げて来る嘔気に。そしてそれだけの部分が、麻里のうちの生きている全部だ。手はバッグの金具を握り締めたまま死んでいる。足は靴の中で死んでいる。客車の車体の中で、麻里の身体は縦の一つの線の他は、感覚もなく切り離される。

五百木画伯は駅からの道を歩きながら、海岸の潮気を含んだ大気を、のびのびと呼吸した。己も此処へ来て暮すか。昨晩ふと考えたことを、今も思い出している。しかし根からの都会人である彼が、一日も東京を離れて暮せないことは、誰よりも自分がよく承知しているのだ。どんなに娘が可愛くても、此処では三日と我慢が出来ない。そして娘のことを思い出すのも、月に二三度、疲れて、気が滅入って来た時だけだった。

画伯は玄関で女中に土産物を渡して、みんな元気かねと訊いた。

「あら兄さん、珍しいんですのね?」

義妹の佳子が愛想のいい顔で客間に現れた。

「うん忙しくてね。あなたも御苦労さま。麻里はどうです？」

「麻里ちゃんも元気。これからは季節もよくなるしするから。」

「神経の方、あいかわらずですか？　近頃は一体何をしています？」

「さあ？　例によってお部屋に閉じこもったきり。わたしなんか寄せつけないんだから。」

画伯は苦笑した。佳子は、呼んで来ましょう、と言い捨てて奥へはいって行った。

画伯は客間の中をぶらぶらと往ったり来たりする。これではまるで病人の見舞だ、親子というものじゃない。どうしてもっと打ち解けないのだろう。小さい時から、いっぷう変った、取りつきにくい子供だった。何を考えているのか分らなかった。今も分らない。己が独りを通しているのも、みんな麻里のためなんだが。

荒々しくドアが開き、佳子が息をはずませて帰って来た。

「いませんのよ、どうしたのかしら？」

麻里は懐しげに狭い部屋の中を見廻した。何もかもが半年前と同じだ。乱雑に積み重ねた画集やクロッキブックの上に、自分のバッグを投げるように置くと、よろめいて椅子に腰を下した。

「誰だい？」

カンヴァスの方を向いたまま、内山が声を掛けた。壁にぶら下った幾枚もの絵、むっとする絵具と油の匂。

「いてくれてよかったわ。もし留守だったらどうしようかと思った。」

内山はゆっくりと顔をこっちへ向けた。筆を置いて立ち上った。

「麻里ちゃんか、よく来たね。」

「会いたかったわ。随分久しぶりね。あたしすっかり疲れちまった。」

「遠いからね。」

内山は無雑作に卓子の向うに腰を下した。

「内山さんはどうして一度も来て下さらないの？　ひどいと思うわ。忘れたの？」

「忘れはしないさ。そんなことどうでもいいのさ。」

内山の意志の強そうな、冷たい顔。半年も会わないでいたその時間。張りつめていた心の上に、また波紋がひろがり始める。どうでもいい？　どうでもいいことのために、こんなに苦労をして、怖い思いをして、一時間も電車に揺られて、会いに来たのだろうか。

「だってあたし。あたしがこうして来ても内山さんにはどうでもいいの？」

麻里の声が泣声になる。内山は急いで立ち上ると、麻里の側へ歩いて来て、その肩に手を置いた。

「そんなことはない。前だったら、麻里ちゃんが来ても絵を描いていたろう？　今日はさっそく中止して、お相手申してるじゃないか。」

「それだけなの？」とすねたように訊いた。

「僕たちは平凡な恋人どうしじゃない筈だ。僕たちには芸術というものがある。ちっとは我慢もしなけりゃならない。それに本当の恋人というものは、いつだって心の中にいるんだから。そうだろう？」

「いつだって？」

「そうさ。僕たちは毎日会ってるのさ。昨日だって、一昨日《おととい》だって会ってるんだから。」

やさしく、肩に手を廻して、内山が言った。

肩が重くなった。昨日だって、一昨日だって。昨日という時間が不意に実体を持った。時間が少しずつ大きくなった。昨日は何をしていたろう。一昨日は何をしていたろう。過ぎ去った時間が、意識の中で物に凝固し、その形のない物が、少しずつ大きくなる。昨日だって、一昨日だって会ってるんだから。でも、あたしは会わない。あたしは今日、初めて別荘から此処まで来たのだ。昨日の時間に誰がいたのだろう。誰が昨日、内山さんに会ったのだろう。あたしじゃない。

鏡の中の少女がおびやかすように彼女を見詰めた。

「お前なのね。」

麻里の中で、過ぎ去った時間が夜よりも巨大にふくれ上った。肩の上の手が、万力《まんりき》のように彼女を押し潰した。

五百木画伯は麻里の部屋の中にいた。

いつもは決して此処へはいったことはない。どんなに言っても、麻里は頑固に父親を自分の部屋へは通さなかった。あたし描きかけの絵をパパに見せるのは厭。

部屋の中には秘密と不安との匂がした。画伯は窓を大きく開き、部屋の中を見廻した。壁に向うむきに立てかけられた幾枚ものカンヴァス。そして鏡の側に、一枚だけこっち向きに置いてある不思議な絵。

「さかさまなんだな。」

画伯はそう呟き、それを普通のように置き直した。肖像が顔を起して、闖入者《ちんにゅう》を見た。色彩というより、一種の暗い光が、そこから滲《にじ》み出て来た。

何という不安そうな顔。痩せた、蒼白い表情。嘲笑と憐憫とを湛えた口。鱗光のように輝いている眼。影のように散った髪。全体が縦に長く、頭も、顔も、首も、異常なほどひょろ長い。そしてその顔は生きていた。

「麻里か？」

いな、麻里ではない、別の少女、気味の悪いほどよく似てはいるが、画伯のまるで知らない別の娘だ。それは生き、呼吸し、すぐそこに画伯を見据えている。嘲るように、父親を睨んでいる。

画伯は打ちのめされたように、その未完成の絵を見た。画家としてのメチエが、次第に冷静に、職業的関心を喚び起す。これは天才の絵だ。これが芸術というものだ。己が久しい以前に諦めてしまった芸術、それはつまりこれだ。名声とか、尊敬とか、そんな空虚なものと全く関係のない、それ自体が生きている芸術、それが此処にある。そしてこれを描いたのは、己の娘の麻里だ。己じゃない。

画伯は素早く空想した。もしこの絵の背景を描き足して、己の作品だと言って展覧会に出品したなら、批評家どもは何と言うだろう。おどろくべき傑作、五百木は遂に此処に達したか。これが彼の新しい出発だ。みんなそう言って騒ぐだろう。

彼の顔にシニックな微笑が浮んだ。天才か。天才と呼ばれて早く死んだ友人たちの顔が、次々に浮んだ。無名の天才たち。貧しく、惨めだった奴等。己が選んだのは職業としての絵かきだ。芸術としての絵画じゃない。しかし麻里は？

画伯は気を取り直すと、急いで部屋を出て行った。

「お前なのね？」麻里は鋭く呼んだ。

彼女は走っていた。彼女は逸散に走った。自動車の明るいヘッドライト、飾り電灯のついた窓、ネオンサイン、あらゆる光線が明滅し、交錯し、流動する。驚いたような通行人の顔、吠える犬、軋る自動車のタイヤ、警笛、一切のものが自分の方に突き進んで来る。明るい、まぶしい街、その上で夜が重々しく揺れている。渦巻のように、色彩と光線とがくるくる廻る。

「そうよ、あたしよ。」

それは鏡の中の少女の声だ。

「お前なのね、お前が内山さんに会っていたのね？」

「そうよ、あたしよ。」

夜が次第にその触手を伸して麻里の身体を包む。しかし少女の冷やかな声の方が、麻里には一層恐ろしい。

「でも内山さんはあたしの恋人よ、どうしてあたしに黙って内山さんに会いに行ったの？　内山さんがあんなひどいことを言うのは、みんなお前のせいね？」

「そうよ、あたしよ。」

夜の空には星がない。夜は暗い。今は夜さえも不安なのだ。星は地上の街に落ちて、狂気のように燦く。火花が舗道の上で飛び散る。

「なぜなの？　お前に絵を描くことを教えたのは、あたしじゃないの？　あたしがいなければ、お前なんか何でもないじゃないの？」

夜の空には音がない。夜は沈黙だ。音は街々に錯裂する。

「内山さんはあたしのことなんかもう忘れた。内山さんの好きなのは……。」

「そうよ、あたしよ。」

夜が充満する。光が消え、鏡の中の少女の声がいつまでも波音のように響いている。

「お前は一体誰なの?」

麻里は自分の力の尽きて行くのを感じながら、鋭い声でそう訊く。

「あたしよ。分らないの? あたしよ。」

鏡の中の少女がゆっくりと麻里の前へ歩いて来た。その少女は笑った。その笑う顔が次第に大きくなる。夜のように大きくなる。それは夜よりも巨大になり、彼女を無慈悲に押し潰す。

夜になって、別荘に電報が来た。五百木画伯は、佳子と共に、急いで家を飛び出した。

麻里の部屋の窓は開いたままだった。月明りが暗い部屋の中に射し込んでいた。壁に立て掛けたままのカンヴァスの上に、月の光がくっきりと落ちた。

少女の肖像は、生きている者のように、真直に前を睨んでいた。月光に濡れた髪が、潮風にさらさらと揺れた。その眼は、嘲るように遠くの方を見詰めていた。

心の中を流れる河

1

それはごくかすかな物音だった。門間良作は机の上に肱を突いたまま、顔を起した。机の上には、使い馴れた聖書や聖書講義のノートや辞書などが、乱雑に散ばっていた。彼はもう長い間かかって、明日の説教のための草案を作り悩んでいた。夜の遅いことは、机の端に置いてある古風な懐中時計が、既に十一時を過ぎているのを見るまでもなかった。家の中は寝しずまり、書斎の片隅の小さなルンペン・ストーブも、既に火が細くなったとみえて寒さが一段と増した。

かすかな物音は玄関の戸を明けて出て行った。

門間良作は、その物音を最初から心の隅で聞いていたのだ。それは二階から、階段を忍びやかに降りて、廊下を通り、玄関から出て行った。二階にいるのは梢《こずえ》だから、それは梢なのに違いない。しかし彼は無意識にそう分っていながら、どうして呼びとめも、咎めもしなかったのだろう。彼が考えていたのは全く別のことだった。「……門《かど》を守る婢女《はしため》、ペテロに言う『なんじも彼《か》の人の弟子の一人なるか』かれ言う『然らず』時寒くして僕《しもべ》・下役ども炭火を熾し、その傍らに立ちて煖《あたた》まりいたり。」……彼の眼の下に、聖書のその箇所がひろげられ、彼は繰返してその数行を眼で追っていた。ペテロは弟子の一人だった。そのペテロでさえも、主を否認して、空しく炭火の上に手をかざしていたのだ。主の苦しみと、彼は全く無縁だったのだろうか。彼はそのことに無関心だったのだろうか。「……シモン・ペテロ立ちて煖まり居たるに、人々いう『なんじも彼が弟子の一人なるか』否《いな》みて言う『然らず』」……いや、ペテロは恐れたのだ。恐れるのが当り前だ。もし自分がペテロの立場にあったとして、「然り」と答えることが出来るだろうか。出来ると言い切ることが、――自分のような無力な者が？「……大祭司の僕《しもべ》の一人にて、ペテロに耳を斬り落されし者の親族なるが言う『われ汝が園《その》にて彼と偕なるを見しならずや』ペテロまた否《いな》む折しも鶏鳴きぬ。」

彼はふと気を取り直し、耳を澄ませた。あたりはひっそりして、ストーブの上に掛けた大きな薬缶の湯が煮えたぎっている。さっきのあの物音は何だったのだろう？　二階から玄関を出て行った物音、こんな夜更けに――もしあれが梢だったとしたなら？

門間牧師は、急に椅子を後ろに引いた。自分は何をぼんやりしていたのか。勿論あれは梢だ。梢が表に出て行ったのだ。何のために、何処に？　そしてこの疑問の上に、ペテロの否認が二重に重なった。明日、自分はこのペテロの主題を説教することができるだろうか、自分にその資格があるだろうか。人間というものは弱いものだ。ペテロのように、自分のように? しかしそれで赦されるか。

彼は書斎を出て、ちょっと寝室を覗いた。妻の順子は二人の子供と並んで、暗い小さな電球のついた部屋の中で、すやすやと寝息を立てている。それを確かめてから、廊下を階段の下まで来た。ひょっとしたら空耳だったのかもしれない。梢は二階でやはりぐっすりと眠っているのかもしれない。それは階段を昇って一寸様子を見さえすれば、直に分ることだ。しかし、何かが一足昇りかけた牧師の足を掴んで引き戻した。彼はその足を玄関に向けた。

玄関の戸が少し明いている。

梢が出て行ったことは、それだけでも確かだった。こんな夜更けに、一体何の用があったのだろう。門間良作は不意に身震いした。そっと戻ってオーヴァを引掛けると、下駄箱から長靴を出してはいた。梢の履物が一つなくなっているかどうかは、彼には分らなかった。自分も音のしないように玄関の戸を明け、表に出た。三月の末だったが、この北の国では冬はまだ立ち去ってはいなかった。骨に沁みるような風に吹かれながら、広い通りの左右を窺ひみて、彼は考えた。通りには人っ子一人いず、ところどころ街灯がぼんやりした光を投げ掛けていた。

右へ二町ほど行けば踏切に出る。左へ四町ほど行けば寂代河《さびしろがわ》の橋に出る。しかし梢が死ぬ気だとは思えないし。右へ行って、次の通りを右に曲れば停車場に出る。たしか十二時近くに、引き続いて下りと上りとがある筈だ。それに乗る気だろうか。それとも、何となく眠れずに散歩にでも出たのだろうか。

考えるまでもなく、足が動いて右へ進んだ。更に停車場の方へと右に曲った。用もないのに出掛ける筈はないし、店はとうにしまった時刻だ。きっと停車場だろう。良人のところに戻る気になったのか。しかし黙って汽車に乗るとも思われないのだが。二階に昇って、彼女の持ち物をよく調べてみればよかったのだ。どうして階段のところで、急に気が変ってしまったのか。妻の妹なのだから、何の遠慮することもなかった筈なのに。しかし彼の空想は、その時、階段の麓で、寝乱れている梢の姿を思い描いたのだ。今も、彼は自分の空想に止《とど》めを刺すように、また別のことを考え始めた。ペテロよ、お前は寒さに震え、炭火に手をかざしながら、何を思ったのか。主の苦しみを痛いほど感じながら、なぜ主を否認したのか。三度も。人間が弱いということを、お前は後世に証明する必要があったのか。

十字路を二つほど越した。街路樹の根本に、白っぽく雪が残っている。気味の悪いほど整然とした町――寂代《さびしろ》の町。彼がこの、人口僅かに二万足らずの小さな町に来て教会の牧師館にはいったのは、戦争の始まる前だった。もう十年になる。昔は、縦横に太い道路がきちんと一町おきに走っているこの町に、言いようのないノスタルジアを感じた。リラの街路樹も珍しかった。いま、リラは枯れて幽霊のように立ち並んでいる。人のいない街並、夜の中では何もかもが不気味だ。私はこの町を、そしてこの寂代平野を、この未開の、野蛮な土地を、神に祝福された土地とするために来た。事はむつかしく、私は非力だ。私はペテロのように臆病だ。

牧師は停車場前の大通りへ出て、左へ曲った。もう一町ほど行けば停車場なのだ。この大通りはまだ明るい。人通りもちらほらとある。どこかの飲み屋から出て来たらしい酔っぱらいが、三人ほど、連れ立って側を通った。梢らしい姿は何処にもない。既に停車場に行き着いているのか。それとも、まるで別の方へ行ったのか。そして何のために自分はこうして、明日の説教草案もそのままに、夜更けの町をほっつき歩いているのか。

「先生。門間先生じゃありませんか？」

その人影は何処からともなく現れたので、牧師は思わずぎょっとして立ち竦んだ。私は見ていなかった。眼をつぶって歩いていたのだ。立ち止ると、情けないほど息遣いが荒く、口から吐き出された息が、不定形のままに白く凍りついた。

「何だ、太郎君か。」

「先生でしょう？　どうも先生らしいと思った。駅へお出掛けですか？」

「君は？」

「僕ですか。ちょっと。」

若い男は会釈し、「では明日、」と言って、すたすたと歩き出した。

あの学生は、こんな夜更けに何処に用があったのだろう。真面目な学生なのに。ひょっとしたら。それから自分でも、その空想が馬鹿げていると思った。

停車場の中は異様なほど明るく、人影は疎らにしか見えなかった。

改札口の大時計の下に、次の列車の時刻が出ていたが、それで見ると下りはもう出たあとで、上りにはまだ十分ほど間があった。門間良作は待合室の方へ進み、中を覗いてみた。中はがらんとして人の姿はなかった。客はみな、既にプラットフォームにはいってしまったのだろう。煙草と、湿った革のような臭いとが、待合室の中にまだかすかに籠っていた。梢がもしも良人の許に帰る気になったとすれば、下りに乗る筈だ。だからもう汽車に乗って行ってしまったあとだ。しかし彼は、また改札口の方へ戻って来た。改札の駅員が彼の方をじろっと見た時に、自分だということが分りはしないかと少し不安になった。自分が門間牧師だと分ったところで、何の気にすることがあるのか。何が自分を不安にさせているのか。それから理由もなくさっきの空想がまた甦った。もし梢が、鳥海太郎と会うためにしめし合せて、家を抜け出して来たのなら。しかしそれは、他愛もない空想だった。

彼は入場券を買って、改札を通った。馬鹿げている、と自分でも考えた。上りということはあり得ない。しかし物事を徹底させなければ、此処まで来ただけのかいがない。ひょっとしたら自分の空耳だったのかもしれない。それとも、ちょっと頭でも冷しに外に出ただけかもしれない。フォームの上に、汽車を待ち合せている人の数は尠《すくな》かった。その一人一人を確かめるまでもなかった。彼はベンチに腰を下し、無駄足を踏んだと考えた。

では、梢は何処へ行ったのだろう。

「三番線に、二十三時五十五分発函館行急行が、もうじき参ります。少し離れてお待ち下さい。」

何処へ行ったって、放っておけばいいのだ。もう子供ではない。結婚もして、梶田信治という良人まであって、たとえ自分たちが今の彼女をあずかっているからといって、私に責任があるわけではない。梢が、生きようと死のうと、自分で責任を持つべきことだ。ペテロが否認したのは、ペテロ自身の弱さだ。しかしペテロは、自分の責任を、自分の義務を、あとになってはっきりと知った筈だ。

疾風のように列車がホームに滑り込んで来た。

「寂代——さびしろ。十分間停車。」

しかし、ひょっとしたら死ぬ気なのかもしれない、と不意に牧師は考えた。

2

鳥海太郎は外套の襟を立て、ポケットに両手を埋めて、大通りを停車場から次第に遠ざかった。途中で一度振り返ってみたが、もう相手の姿は見えなかった。

門間牧師は停車場へ行ったのだろう、と彼は考えた。誰かを見送りに行ったのだ。しかしそれにしては、馬鹿に落着きがなかったようだ。教会の儀式を取り行っている時以外は、いつもにこにこしている人だが、今晩は何だか怖い顔をしていた。

身体の中は暖かだった。アルコールが血管の中をぐるぐる廻って、頭脳の中から不断の憂鬱な気分を吹き飛ばしていた。学校が休みになって、この寂代の町に帰省して来る度に、いつでも何かに捉えられたような、厭な気分になる。春の休みは特にいけなかった。東京ではもう梅の花も散り、桜の蕾のふくらむのを日毎に数えているような日和なのに、この北国では、誰もがルンペン・ストーブを囲んで、鉛色に曇った空を見上げていなければならない。食べるものといっては、こちこちになったミガキニシンと、しみの入った馬鈴薯と、――そしてそこが故郷なのだ。自分で選びもしなかった故郷なのだ。

道は真直だった。人通りは数えるほどしかなく、車道を一台の自動車も通らなかった。この広い通り、この星一つ見えない暗い空、背の低い街並、灯の消えたショーウインドウ、どうしてこんなところに生れて来たんだろう。

彼は自分の家の前まで来た。白い看板の上に電灯が点いて、道端にくっきりした大きな文字を浮き出させている。「鳥海病院。内科、小児科、レントゲン科……。」そして一番端のところに、「急患はこの限りに非ず。御用の方は入口の呼鈴を鳴らして下さい。」これを子供の時から何度見たことか。その度に、入口の呼鈴をじいんと鳴らしてみたい奇妙な欲望が、彼をこそぐるのだ。これをじいんと鳴らしてやれば、何だまた患者か、と不機嫌に舌打ちしながら、父が枕の上から頭を擡《もた》げるだろう。何にでも不器用な、忘れっぽい母が、物の置き場所を訊きに父のところへ顔を出した時のように。「何だそれ位のことで。私は忙しいのだ。」そうだ、父は眠っている時でも忙しいのだ。

勝手口の戸をそっと明けて、鳥海太郎は中にはいった。家じゅうの者はもう寝ている筈だ。家の中は静かだった。彼は二階に昇り、自分の部屋の戸を明けた。とたんにぎくっとなって、閾《しきい》のところに棒立ちになった。寝ているとばかり思っていた父が、白衣のまま、自分の机に凭《もた》れていた。こちらを振り返った。

「太郎か。何処へ行っていた？」

眉間の皺は、医者の場合、伊達にあるわけじゃないんだ。彼が子供の時から、父を見る度に感じるのはそのことだ。権威ということ、鳥海病院の院長としての権威、寂代市医師会の会長としての権威。

「なに、ちょっと。」

「何処だ？」

「うん、百代さんのところに。」

こんなに簡単に嘘が出て来るとは思わなかった。さっき飲み屋にいた時に、百代さんに電話を掛けておいた方が安全だと考えていたのだが、まさかとたんに訊かれようとは。彼はなるべく父から離れたところに腰を下して、酒くさい息に気のつかれぬようにした。

「そうか、私も実は、今晩ちょっと会があって、多々羅君にも会って来た。家に帰ると、また患者でね。」

鳥海医師は眉の太皺を引き締めた。あぶないぞ、百代さんの親父とうちの親父とが一緒だったと知っていたら、別のところにしたのに。しかし医師は、息子が酒を飲んでいることも、出まかせを言ったことも、全然気がつかないらしかった。

「全くこう忙しいと厭になる。お前のお袋も……。」

僕も近頃は、親父に隠れて酒を飲むことがうまくなったな、と彼は考えた。さっきの門間牧師も、僕が足許をふらふらさせていたのには気がつかなかっただろう。みんな僕のことを、真面目な、善良な、クリスチャンの学生だと考えている。親父に言わせれば、酒というものは学生の身分で飲むべきものではないそうだ。私が学生の頃には、か。しかし、寂代《さびしろ》の寒さは、酒なしでは冬を越せぬ、と親父だって言う位だから、親父がもしも学生の頃に寂代にいたのなら。

「お前聞いているのか?」

「聞いています。」

一体何の話なのだろう。お説教の時は、いつでも前置が長すぎるのだ。

「……私もこの寂代に来てから、もう三十年以上だ。昔は、名前の通り寂しいところだったよ。私はこの土地で開業した三人目の医者だった。あとの二人は、一人はとても駄目だと言って札幌に引き上げたし、もう一人は死んだ。だから今では、私が一番古いのだ。多々羅君も、薬屋としては一番の古参だ。何と言っても、初めての土地に来たのだから、私たちはそれはそれは苦労をしたものだ。とてもお前なんかには見当もつかないよ……。」

これは親父のおはこだ。それから、しっかりやれという結論になるのだ。小さな、未開の町だ。戦争の被害がちっともなかった代りに、戦争が終っても旧態依然たるものだ。映画館が一軒、本屋が二軒、大学もなければ図書館もない。もうかるのは医者と薬屋だけだ。親父たちにはさぞ面白かっただろう。

「……これからは、何と言ってもお前たちの時代だ。この鳥海病院も、いずれはお前の代になる。だからお前にはよほど頑張ってもらはなくてはならん。」

「卒業までにはまだ一年あるんですよ。」

「それは分っている。しかしお前のお袋も、近頃はめっきり物忘れの度がひどくて……。」

一体何の前置なんだろう、と彼はまた考えた。お袋まで引合いに出すようじゃ。眠たくなって欠伸を噛み殺した。明日の説教で、門間牧師もまた分りきったことを喋るだろう。いつでも新しみのない話ばかりだ。今晩、先生は何で僕を見てあんなに驚いたのかな。あの先生の奥さんと、妹だという梢さんとはあまり似ていないな。年も十以上違うんだろう。しかしあの梢さんという人は、何を考えているのか分らない、変に人を引き込むような影がある。奥さんの方が明るくて陽気なのと較べると、同じ姉妹《きょうだい》とは思えない。あれは亭主のせいかな。女というものは結婚すると、みんな亭主に似て来るというから。一体どんな亭主なんだろう。

「……お前が東京へ行ってる留守というのは、それは寂《さび》しいのだよ。お母さんもこぼしてばかりいるし。うちには女手が不足なのだ。だから少し早いとは思うのだが。」

「一体何の話なんです?」

医師は息子の声の鋭さに、ちょっとどぎまぎしたようだった。息子の方も、父の眉間に刻まれた皺がぴくぴく動くのを見守っているうちに、いつものお説教とは違うらしいと気がついて来た。何かもっと重大なことだ。

「お前、百代さんをどう思う？」

「どうって？　百代さんがどうかしたんですか？」

たかが幼馴染の小娘が。

「あれはいい子だ。お前のお袋もお気に入りだし。多々羅君も乗気になって……。」

「ちょっと待って下さい。変だな。百代さんとどんな関係があるんです？」

「お前の嫁にどうかと言うんだよ。」

彼はあっけに取られ、それから笑った。

「馬鹿馬鹿しい。僕はまだ学生ですよ。百代さんの方だってまだ子供だ、まだ……。」

「あの子ももう二十だろう。いやね、婚約という形だけでもいいのだ。一つよく考えてみてくれないか。」

「馬鹿馬鹿しい、」と彼は繰返した。「滑稽ですよ、その話。」

「私たちには滑稽ではないんだよ。」

この降って湧いた話というのは、どういう根拠に立つものか。父も子も沈黙し、お互いに相手が口を切るのを待っていた。遂に、鳥海医師の方が根負けしたように立ち上った。

「よく考えてみてほしいな。」

「お母さんはどうなんです？」

「勿論、賛成だよ。」

「百代さんは？」

「さあ。多々羅もまだ話してはいないだろう。」

「無茶だな、そんなの。」

父は黙って部屋を出て行った。

やれやれ。憂鬱のたねがまた一つふえた。鳥海太郎は、今まで父の腰掛けていた自分の椅子を占領した。その椅子は暖かだった。父は此処で、自分の帰るのをぼんやり待っていたのだろうか。多々羅百代か。可愛い娘だ。しかしそれだけのことだ。若さというか子供っぽいというか、それだけの魅力しかない。しかし魅力というものは、――例えば梶田梢だ。梢さんの中にある何を考えているのか分らない、底の方で冷たく燃え続けているものだ。何かを突きつめた、暗く澱んだもの、それだ。ぺらぺらとお喋りする百代さんなんかとはまるで違った、変に奥底の知れないもの。しかしそれは一体何だろう？

彼は百代のことはそっちのけにして、寝てからも梶田梢のことばかり考えた。しかし、ああいう人を奥さんに貰ったら、きっと辛いだろうな。彼は会ったこともない梢の良人に、奇妙な同情を覚え始めていた。

彼が電灯を消した時に、夜はもうひどく遅かった。

3

梶田梢は、列車が轟音を立ててはいり込んで来た時に、フォームの上にある待合所の蔭から、門間牧師が素早く自分の方に眼を向けたのを見た。見つかったのだろうか。見つかったら何と説明すればいいだろう。兄さんは怒るにきまっているし、信治さんとこんなところで喧嘩でも始めたのじゃ、信治さんにも気の毒だ。梢は止ったばかりの列車の窓を大急ぎで端からずっと見て行った。いない筈はないけど。

「寂代——さびしろ。十分間停車。」

いない。眼を返すと、牧師の後ろ姿が、列車から降りた客たちに混って、階段の方へ歩いて行くのが見えた。深夜の急行列車は、乗る客も降りる客も尠かった。がらんとしたプラットフォームの上を、睡そうな声をした物売が歩いている。その時、梢は自分の方に真直に歩いて来る梶田信治の姿を認めた。一瞬、懐しいような、不思議な気持がした。

「梢、よく来てくれたね。どうしてまた、こんなところにいたんだい？　いないのかと思って心配したよ。十分だ。たった十分の停車時間だ。時に元気かい？」

上気した顔で、脈絡もなく喋り始めた。それが癖の、片脚だけ貧乏揺りをして、両手をこね廻している。手袋はしていなかった。この人の手は、手袋をしなくても暖かいのだ。生暖かく、いつも汗ばんでいるのだ。

「どうしたの？　私こっそり来たのよ。乱暴じゃないの、あんな電報を打つなんて？」

「乱暴？　だってどうして悪い？」

信治はむっとしたようだったが、直に気を取り直した。

「十分だ、たった十分しかないんだ。余計な話は止そう。」

いつでも勝手な人だ。電報が来たのは午後の四時頃だった。「コンヤ十一時五十五分、サビシロエキ通過。ゼヒ会イタシ。信治。」都合よくその時家の中にいたのは、梢と小さな素直《すなお》ちゃんだけだった。牧師は用があって朝からいなかったし、姉の順子は上の子を連れて、買物に出掛けていた。「小母ちゃん、どうしたの？」と電報を手に考え込んだ梢を男の子が袖を引いて促した。「ええ遊びましょう。さあ絵本の続きを読んであげましょうね。」勝手な人だ。ゼヒ会イタシ。もう会いたくないから、私が姉のところに帰って来ているのに。

「私、あなたに会いたくて来たんじゃないのよ。こんな電報なんか、もうよして頂戴。兄さんが気がついたらきっと怒るわ。」

「ふん、牧師さんか。それでも君は来てくれたさ。何と言っても僕は亭主だからね。だいたい僕には君の料簡《りようけん》が分らないよ。」

「あなた、そう言うことをおっしゃりたいために、夜中に私を此処へ呼んだの？　じゃ兄さんのとこへ来ればいいのに。」

「いや、喧嘩はよそう、」と信治は急に意気地がなくなった。「あと……七分しかない。実は僕は、これから東京へ行くんだ。」

梢は相手の顔を見た。いつでも本気なのか嘘なのか分らない顔。生きることに責任を持たない、自分で自分をはぐらかしてばかりいる顔だ。

「本当なんだよ。僕はとても真剣なのだ。東京にいい就職口があってね、友達が急いで上京しろと言って来たから、それで取る物も取りあえず駆けつけるわけさ。君にも苦労を掛けたけれど、今度は大丈夫だ。」

苦労を。私が苦労をしたから、それで別れたと、この人は考えているのだろうか。弥果《いやはて》の町での、一年間の幼稚園の先生。そんなことが私にとって苦労だったろうか。あなたには分らない。私がどんなにかあなたを嫌っていた、顔を見るのも厭だったことが、あなたには分らない。すぐ前にある、この無感動な、卑屈そうな顔。

「実は君がいなくなってからはね、」と一層烈しく揉み手をしながら、信治は早口に喋った。「あの弥果《いやはて》という町の寂しさは、本当に我慢がならんよ。僕だって一日も早く逃げ出したかった。君の気持だって僕は分るさ。それは僕もいい亭主じゃなかった。身体も悪くしたし、くびにはなったし、何しろ希望がないんだから気持もすさむさ。しかしもう大丈夫だ。これからは僕もしっかりやる。東京へ行って一働きだ。ね、どうだろう、そしたら君も僕のところへ帰って来てくれるか？」

「どんな就職口なの？」

「まだよく分らないんだ。何しろ急な電報でね。しかし大丈夫だ。東京にさえ行けばね。君と一緒に、あんな弥果なんてところへ行ったのがそもそも間違いだった。空襲ぐらい何でもない、東京で頑張ればよかったんだ。……お、あと二分ぐらいしかないな。どうだい梢、約束してくれよ。僕がちゃんとしたら、来てくれるって？」

梢はかすかに笑った。列車の窓から、物珍しげにこっちを見ている乗客たちの顔。この汽車はもうじき出るだろう。この人は東京へ、私はこの寂代に。

「一体どうして君は飛び出しちまったんだ？　そんなに僕が厭だったのか？　そりゃ僕は牧師さんには嫌われ者さ。酒は飲むし、乱暴なことは言うし。しかし何も君が逃げ出すほどのことは、僕はしてやしないぜ。君みたいに人情のない女は見たことがないよ。もっともあの弥果へ行ったのが悪かった。冬は長いし、何の愉しみもないし、気がめいる。君はつまりあの土地が厭になったんだな。」

「寂代だって同じことよ、」とぽつりと言った。

「そうなんだ。東京でなくちゃ駄目だ。ね、行こう。来てくれるだろう？」

「今？」

「うん、今来てくれるか。ありがたい。行こう。一緒にこの汽車に乗っちまおう。」

発車のベルが鳴り出した。

「冗談よ、私は行かないわ。行かれないわ。」

もし私が、もう一度あなたのところに帰るつもりがあったら、寂代になんか来るものですか。私は決心をしたから、姉のところへ来た。あなたの気持をためすとか、時機を待つとか、そんなものじゃない。あなたが嫌いなのだ。こんなにも嫌っているのだ。それがあなたには全然分らないのだから。

ベルが鳴り続けていた。

「お早く御乗車下さい。お見送りの方は……。」

梢は待合所の蔭を離れて歩き出した。

「あなたの客車はどれ？　早くお乗りなさい。もう発車よ。」

フォームの上を歩きながら、信治はまだ梢を口説いていた。

「どうだ、一緒に行かないか、厭か？」

デッキに足を掛けて、信治はこちら向きに立った。ベルが鳴り終り、汽笛がフォームの前方で甲高く響き渡った。汽車がごとりと動き出した。

「それじゃ呼ぶからね。そうしたら来てくれよ。」

梢はデッキに立ったその顔を見ていた。昔は愛していた人だ。信治さん、東京から遠い遠い北の国の果まで行くのも、その人と一緒だったらちっとも厭とは思わなかったのだ。いつからか？

「さよなら。」

顔が小さく、列車のデッキから覗いている。見る見るうちに小さく。さよなら。もう私は二度とあなたに会うことはないだろう。あなたは勘違いをして行ってしまった。私が今でも、ほんの少しでも、あなたを愛していると。もう愛してはいない。もうとうに愛してはいない。弥果の町で、私の愛はすっかり凍りついた。私は誰も愛してはいない。

汽車は行ってしまった。フォームに残った見送りの人たちが、階段の方へ歩いて行く。梢は一番あとから、ゆっくりと階段を昇った。

4

「……ペテロは、三度も、自分が主の愛弟子であることを否認したのであります。それは一体なぜでありましょう？　しかも彼が、ペテロが、主を否認することを、イエスはちゃんと知り給うていたのであります。イエスは、『なんじらは我が往く処に来ること能《あた》わず』このように申された。この時イエスは、既に死ぬ覚悟であります。ペテロ言う『主よ、いま従うこと能《あた》はぬは何故《なにゆゑ》ぞ、我は汝のために生命《いのち》を棄てん』イエス答え給う『なんじ我がために生命を棄つるか、誠にまことに汝に告ぐ、なんじ三度《みたび》われを否《いな》むまでは、鶏鳴かざるべし』このように言われても、恐らくペテロは、それを信じなかったでありましょう。彼は進むを知って退くを知らない性質であり、剣《つるぎ》を抜いて大祭司の僕《しもべ》に切りつけ、その右の耳を斬り落したほどの向う見ずな男であります。深くイエスを愛し、イエスのために死ぬことを少しも厭わなかった。そのシモン・ペテロが、キリストの捕われるのを見るや戦き恐れ、三度も、自分が弟子の一人であることを否認したのであります。なぜでありましょう？……」

門間良作は聴衆の方を見廻した。俯いて考え込んでいるような者、真直に彼の顔を見詰めている者、約三十人ほどの信者がしんと鎮まり返って彼の話を聞いている。これが牧師にとって、一番生きがいを感じさせられる時間なのだ。彼の言葉の一つ一つが露のように信者たちの心の上に滴り落ち、信仰の芽をはぐくみ育てて行くのだ。言葉は澱みなく彼の口から流れ出し、彼自身のものでない力が、彼を導いて行くような気がする。

「……この時のイエスはただ一人であります。彼の愛する弟子たちといえども、イエスの悲しみを知らない。ユダの手に売られ、大祭司カヤバの許からピラトの許えと引かれて行く間に、ペテロは三度否認します。この弟子が不断は如何にイエスのために死んでもいいとまで考えていたところで、この大事な時に当って、彼は自分がイエスの弟子であると言い切って、共に死ぬことは出来なかったのであります。彼はそのようにしてイエスから逃れた。この意志弱きペテロが、後にエルサレム教会の柱石たるペテロに成長し、遂には自分の死を選び取るのであります。しかし時はいまだ来らない。ペテロが死ぬのはなお数十年かの後であります……。」

我が羊をやしなえ。私がやしなうものは羊たちだ。教会の中のこの静けさ、私の説教に耳を傾ける人たち。その多くは私のよく知っている人たちだ。オルガンの前には妻の順子がいる。入口に近い端の席には梢がいる。梢はゆうべ私よりも遅く帰って来た。私は呼びとめて、その理由を問いただすことが出来なかった。なぜだろう？

「……私たちは皆、弱い者である。風に吹かれてそよぐ木の葉のようなものであります。信仰は我々を強くはするが、それでも尚、私たちは弱いのであります。大祭司の僕《しもべ》の耳を斬り落したシモン・ペテロでさえも、この時は決して強くはなかった。彼は恐れたのであります。ペテロは恐れた、その点に、私たちは人間の持つ弱さをはっきりと認めなければなりません……。」

ゆうべ停車場の近くで会った鳥海太郎がいる。あの真面目な学生を疑ったのは私の間違いだ。梢がそのために出て行ったとは思われない。とすれば、梢は何のために出掛けたのだろうか。帰って来たのは、私よりも遅かった。

「……私たちはしばしば己《おのれ》の信仰を忘れるのであります。どんなに強く、一筋に、信仰に生きているつもりでも、誘惑のために心の惑わされることがある。また、心の中に全く別個の感情が湧き上って、信仰を覆いかくしてしまうことがある。恋愛というものもあります……。」

顔を起したのは鳥海だ。何か恋愛でもしているのだろうか。

「恐怖もまた、しばしば信仰を危くします。不安、危惧、絶望、そうした感情に捉えられた時に、私たちはしばしば信仰を忘れます。しかし信仰を一番必要とするのは、実はそういう時に他なりません……。」

梢が顔を起した。何という暗い顔。彼女の必要としているものは、熱烈な信仰なのだ。しかし梢は、一体神を信じているのだろうか。私と同じ家に起き伏しし、あの順子の妹なのにもかかわらず、梢には信じることが全く欠けているのではないだろうか。何という不安そうな顔。今此処に私の話を聞いている聴衆の中で、ああいう顔をしているのは彼女ひとりだ。

「……そこで私もまた思い出すことがあります。戦争中に、私のあずかっておりますこの教会も、幾度か信仰の危機に見舞われました。私は憲兵隊に呼び出されてこう言われたことがあります。『今や我が国は、国民心を一つにして外敵に当らねばならん。キリスト教なんてものは何の役にも立たん。いや、それは米英思想のあらわれだ、有害無益だ。以後信者を集めて説教をしてはならんぞ。』こういうふうに申し渡されたのであります。私は教会の門を閉じ、毎日曜日の朝、ひとりこの段に昇りまして、神の前に額づき、祈禱を捧げました。一人の聴衆もないところで、私は神の福音を説きました。それを聞いておりましたのは、私の妻ばかりであります……。」

順子が顔を起した。深い共感をもって頷いているその顔。

「そのうちに、こっそりと一人、信者が見えました。お名前は申し上げますまい。また一人、また一人と、日曜日の朝、こっそりと教会に見える人たちの数が次第にふえて行きました。表の門は閉されているのに、此処には幾人かの、熱心な信者の方が集まって、私の説教を聞き、共に神に祈ったのでありました。この熱烈な信仰、これはネロ皇帝時代のローマを偲ばせるものがありました。戦争中の、あの弾圧の厳しかった時代に……。」

感激に燃えている眼。そうだあの人も、あの人も。しかし。

「しかし、ここでお恥ずかしいことを申し上げれば、信者の方々は弾圧を物ともしない勇猛心をお持ちではあったが、この私は、この門間良作は、主を否認した時のシモン・ペテロの如く弱かったのであります。いな、ペテロは後に、ネロ皇帝時代に、イエスによって約束された如くに信仰に殉じました。私はとうてい、ペテロと同じ信仰を持っていると、言い切ることは出来ません。毎日曜日に信者の方が集まるということが、憲兵隊のほうに知られて、私はまたまた引張られました……。」

顔。多くの顔。

「……私はその時、断固として信ずるところを述べるべきだったのであります。私はイエスの弟子だと、そう言えばよかった。いな、そう言うべきであった。私は何も反戦運動をしたわけではない、米英思想を鼓吹したわけではない。ただ信仰を同じうする人たちと、神の福音を説き、共に祈っただけであります。その名前を一人ずつ言え、と私は命じられました。教会を閉鎖しろ、と私は命じられました。名前を言うことは、皆さんにどのような危害を与えるやもしれず、それは私には出来ないことです。私は遂に、教会を閉鎖することに同意してしまいました……。」

私を見詰めている顔、顔。

「従ってこの寂代教会も、やむなく閉鎖させられた不名誉な一時期があります。やむなく、と私は申し上げましたが、それは私が至らなかったから、弱かったから、恐れたからであります。私は信仰に殉じることが出来ず、この教会の歴史をけがしたのであります。そして私は直に徴用に取られ、終戦まで工場で働かされました……。」

しかし一人だけ、無感動に私を見ている者がある。

「このような私事にわたることを申し上げたのも、シモン・ペテロが三度イエスを否認したヨハネ伝のこの箇所が、私には常に深い感銘を与えるからであります。ペテロは、私などとは比較にもならない、深い信仰を持ち、イエスに最も愛された弟子の一人であります。『ヨハネの子シモンよ、我を愛するか』と、三度も主に呼び掛けられ、『わが羊をやしなえ』と命じられた弟子であります。そのペテロでさえもが、危急の際に主を否認した。しかもイエスは予めそのことを知り給うた。イエスは、どのように信仰の厚い者であっても、人間である以上は、恐れて過《あやま》ちをし出来《でか》すことがあるのを知っておられた。それを咎めようとはなさらなかった。そこに、私たちはイエスの限りない愛情と、またその悲しみとを知るのであります……。」

この、すべて同胞《きょうだい》であり家族である聴衆の中で、一人だけが違う。梢だ。梢だけが全く別のことを考えている。私のこの切実な告白とは無関係に、自分ひとりの心の中に気持を鎖しているのだろう。何をああやって考えているのだろう。何が彼女を捉えているのだろう。皆が信仰の熱い火に焼かれている時に、梢の心を捉えているもの？　良人の信治のことか。まさか。鳥海太郎のことか。そんな筈はない。彼女の現在の生活は平和な筈だ。姉とも仲よくやっている。子供たちとも親しんでいる。あれの結婚生活は失敗だったとしても、その傷痕は今では癒されている筈だ。

「……私たちの信仰は脆《もろ》いものです。それはいつ危機に曝されるかも分らない。しかし我々が、ああ誤った、自分は間違っていた、このようなことではいけないと思い返して、再び猛然と信じるならば、イエスは必ずや赦して下さるのです。つまずくことは人間の宿命であります。つまずく故に、私たちは一層強くなり、私たちの信仰は一層強固に、くじけないものに育って行くのであります。」

門間牧師はその時、聴衆の後ろの席で、梶田梢が口許に薄すらと微笑を浮べたような気がした。

5

「梢はどうした？」と門間牧師は訊いた。

妻の順子は、陽の当るところで馬鈴薯を選り分けていた。一つずつ手に取ってくるくる廻してみながら、「もうこんなにしみが出て、」と言った。

「梢は？」と牧師は側に坐りながら、訊き直した。

「あらいませんか。さっき馬鈴薯を取りに、一緒に室《むろ》にはいったんだけど。きっと素直ちゃんを連れて公園にでも行ったんでしょう。」

それから手を休めて、「何か御用なの？」と良人に尋ねた。

牧師は黙ったまま考えていた。ゆうべのことを妻に話したものだろうか。彼が妻に黙っているようなことは何もなかった。妻はいつでも、信仰生活の忠実な伴侶だったし、彼の気が挫けかけた時に、彼以上に勇敢に闘ってくれた。しかし梢はその妹なのだから。

「あれはどうするつもりなんだろうね？」とぼんやり言った。

「さあ。今のままで落着いているんでしょう。幼稚園の方もそれはよくやってくれるし、私とても助かりますわ。」

「こっちの都合じゃないさ。何だか思いつめているようなところがあるじゃないか。」

「まさか。のんきにしてますわ。」

「沈んでいるんじゃないかな。」

「今頃は誰だってそうですわ。三月頃が一番いけないわ。雪が少し消えかかって、ガスがかかって、青い物がまったくなくなって、それでやっぱり寒くて、誰だって憂鬱よ。もう少ししてニシンでも獲れるようになれば。梢ちゃんは大体、北海道の冬に馴れてないから。」

「しかし弥果《いやはて》にいたんだろう？　あそこはもっと寒いところだよ。」

「でも一冬か二冬でしょう？　私だって此処に来た初めの頃は苦労をしましたわ。しもやけだらけになって。」

そう言いながら、順子は自分の手を見て笑った。「馴れてしまえば平気なもの。」

「梢の主人はまだ弥果にいるのかね?」

「さあ。そう言えば近頃は、うるさく手紙をよこさなくなりましたわね。一時は困ったものだったけど。でも私、梢ちゃんの気持がよく分らないんだけど、一体どうしてあの子は別れたんでしょう。それは信治さんと結婚したのは失敗かもしれないけれど、あんなに思い切りよく逃げ出して来られるものかしら?」

牧師は手持無沙汰に、畳の上に投げ出してある子供の絵本を取った。見るともなしにそれをめくってみた。

「そういうことは、お前の方が詳しい筈だよ。何と言ったって姉妹だもの。お前はあれとよくお喋りをしているじゃないか。」

「でも訊けないこともありますわ。梢ちゃんは子供の頃から変に強情で、それは手こずったものでした。大人になっても同じだわ。でも今んとこは、何も心配する必要はないんじゃないかしら。」

お前は何も心配しないたちさ、と牧師は心の中で呟いた。お前は本当に楽天家だ。しかし梢の方は。あれは心の底で何を考えているのやら、それが分らない。牧師は絵本をぽいと投げ出した。

「梢はまだ、あの亭主が好きなんじゃないかな?」

「まさかそんなことは。信治さんがやいやい言って来た時でも、木で鼻をくっていたじゃありませんか。」

「しかし夫婦というのは分らないもんだからなあ。」

「それはそうよ。でもきっぱり別れたんでしょう?」

「きっぱりとは言えないさ。要するに梢が此処へ逃げ出して来ただけだろう。本当を言えば、もう一遍よりが戻る方がいいのだ。離婚というのは好ましくないからね。それに離婚するだけの正当な理由もないのだ。」

「だいぶ風向きが変りましたね。あなた、信治さんをとてもお嫌いだったくせに。」

「それとこれとは違う。何しろああして放っておくのは危険だ。あれはね、誰かに縋っていなければ一人では暮せないんだよ。夢を見ていなければ、と言ってもいい。ところが梶田にすっかり失望して、少しやけになっているんじゃないかな。」

「せいぜい私たちに縋らせておけばいいわ、」と順子がのんびりした声で言った。「大丈夫よ、あなた。子供と遊んで、けっこう気楽そうにしていますわ。あの子は素直ちゃんととても気が合うらしいの。」

「お前は気楽すぎるんだよ、」と牧師が言った。

6

「もっと押して、もっと押して。」

甲高い子供の声。

「駄目よ、素直ちゃん。あぶないわよ。」

あれは梢さんじゃないだろうか、と鳥海太郎は考えた。考える間もなく、ブランコのある公園の一隅へと自然に足が向いていた。次第に足が早くなるのを意識しながら、わけもなく、ゆうべの父の言葉を思い出した。「お前の嫁にどうかと言うんだよ。」それから、後で考えたことも。あんな人の亭主は辛いだろうな。どうしてだろう？

陽当りのいい公園の片隅で、ブランコが三台揺れていた。二人の小学生が勢いよく漕いでいる二台の横に、小さな子供の乗ったブランコが、申訣《もうしわけ》ほどに揺れている。

「素直ちゃんはそれ位でいいのよ、」と背中を押してやっている少女が言った。

少女。遠くから見ると、梶田梢はまるで少女だった。細そりした体格の上に、よく身に合ったスェーターを着て、しなやかに身体を前に屈めていた。それは走り出そうとする鹿のようだった。手が子供の背中を軽く押した。その横顔と、断髪にした髪との上に、午後の陽射が射していた。

「梢さん、」と側に寄って呼び掛けた。

「だれ？　何だ太郎さんか。」

その声も女学生のようだった。眼をまぶしそうに細めて、彼の方を見た。鳥海太郎は牧師夫妻とは馴染だったから、いつも太郎さんと呼ばれつけていたが、日頃あまり口を利いたこともない梢からそう呼ばれると、ひどく親密なような気がして来た。

「今朝、教会でお会いしましたね、」と言った。

「太郎さんはいつもお見えになるのね、ここのところずっとでしょう？」

「以前はいませんでした。今は春休みだから帰って来てるんです。もっとも冬休みの時もお会いしましたよ。」

「そうかしら。あなたはそれじゃ信者？」

「気紛れなんですよ。」

本当は、彼の言いたいのは次のようなことだった。——僕は何も信者ぶって教会に行くわけじゃないんです。このところ真面目に通うのも、理由は極めて簡単なんですよ。つまり教会に行けば、必ずあなたの顔が見られますからね。

「小母ちゃん、もっと押してよ。」

「はいはい。」

梢はお留守になっていた子供の背中の方に手を延した。そっち向きのままで話し掛けた。

「太郎さん、今日の兄さんの説教をお聞きになったでしょう？　どうお思いになって？」

「どうって、なかなか雄弁だったじゃありませんか。」

梢はちらっと彼の顔を見た。

「お世辞は抜きにして。あたし、よそ行きのお話を聞きたいんじゃないの。あなたの正直な感想を聞きたいのよ。」

「弱ったな。それで梢さんはどうなのです? なにか特別の感想があるんですか?」

梢は含み笑いをした。

「そう言えば、太郎さんのお父さんはこの寂代《さびしろ》の開拓者の一人ね。」

「開拓者も大袈裟ですがね。父はきっとその気でしょう。」

「あたし考えるんだけど、この町はそうした名士で固められているのね。病院長、薬屋、製材所や製粉所の旦那、中学校や女学校の校長先生、お寺の坊さん、それから牧師。そういう人たちの権威というものが、町を動かしているのでしょう?」

「それはそうでしょう。牛耳っているようです。」

「だから此処には何の活気もないんです。自分たちの安全な地位の上に立って、ただ現状を維持して行けばいいんだから。兄さんのお説教なんかそのいい例ですわ。」

彼は少し鼻白んだ。やっつけられた中には彼の父もはいっていたから。しかしそれは、彼自身が不断から考えていることでもあった。

「素直ちゃん、今度は砂場に行って遊びましょう、」と梢が言った。

子供は初めは駄々をこねていたが、梢にブランコから抱き下されると、手を引かれて歩き出した。そのうちに、手を振り離して、砂場の方に駆け出して行った。残された二人はそのあとから、砂場の横にあるベンチへ行って腰を下した。

日射はまだ弱く、公園の中に春らしい気配はどこにもなかった。樹々は枯れたままつくねんと立ちはだかっていたし、その根許には薄汚れた雪が固まって残っていた。小鳥も鳴いてはいず、緑の色もなかった。しかしあたりは静かで、子供たちのはしゃぐ声が時々聞えて来るほかは、何の物音もしなかった。梢はベンチに腰掛けて足を組んでいた。そうすると鳥海太郎は、自分がいま寂代に、彼の嫌いな故郷に、帰って来ていることを忘れてしまった。いつも心の中にあることを、むしょうに喋りたくなった。

「梢さんは、勿論此処の人じゃないんでしょう?」と訊いてみた。

「あたし去年の秋よ、此処へ来たの。」

「寂代は厭なところですよ、特に僕は厭だなあ。僕は此処で生れ、此処で育ったんですがね。第一が土地です。冬が長くて九月の終りから六月頃までストーブを焚いている。いいのは短い夏だけ、それもガスがかかるから晴天の日は僅かだけれど、とにかく、その夏のために一年中我慢をしているとも言えるわけです。夏は活気がある。二毛作だし、穀類はたくさんとれるし。ところがその夏が終ってしまうと、誰もがストーブを囲んで、カストリを飲んで、馬鹿話をするだけです。文化らしいものは何もない。寂代劇場に古ものの映画がかかるだけで、芝居もなければ音楽会もない。新刊の本だってわざわざ註文しなければ来ない。娯楽といってはラジオだけしかない。愉しみがないから教会へ行くということにもなるが、それだって信仰に迫られたものじゃない、要するに退屈しのぎですよ。そういう人間たちだから、従って下らぬ会が多い。特に梢さんの言った名士たちは、集まっては酒を飲んで騒ぐ。うちの父なんか、毎晩のように出掛けています。つまり鳥海病院というものが出来るまでは、父も苦労をしたでしょう。しかし病院の名前が人に知られてしまえば、もうあとは放ったらかし、放っといても儲《もうか》るんです。どんな患者にだってB剤さえ注射しておけば、それで患者は結構ありがたがっている。だからもう勉強する必要もない、本も読まない。僕がやあやあ言って、やっとレントゲン科をつくって、北大出の優秀な人を呼びましたが、それまではどんな結核患者でも、聴打診だけです。療養所には前からレントゲンがあるんだから、怪しいと思った患者はそっちへ行ってもらえばいいのに、決してそんなことはしない。それは沽券にかかわるし、商売にならない。そこで毎日、B剤の注射というわけです……。」

「随分辛辣なのね。」

「これは何も父の悪口ばかりじゃなく、此処の医者にみんな当てはまることなんですよ。大体この寂代ぐらい、医者と薬屋との多いところを僕は見たことがない。これは風土のせいなんです。冬の期間が長く、それも零下二十度にも三十度にもなる厳寒地で、夏は重労働、冬はストーブのある閉め切った部屋で暮すんですから、健康には最も悪い土地でしょう。従って医者や薬屋にとってはこんないいところはないんです。患者はいくらでもいる。一つ面白い話をしてあげましょうか。これは親父のことじゃありませんよ。或る患者が重態になってAという医者を呼んだ。あとどのくらい持つでしょうか、と家族が先生に訊いたところ、半年くらいでしょうね、と答えた。そしてせっせと治療してみたところ、半年経ってもまだ丈夫だった。すると家族はB先生に取り換えた。ここがまた、この土地の人の癖、悪い癖なんですが、直に医者を取り換える。このB先生は、あと二ヶ月しか請合わなかった。そして治療らしい治療もせずにせいぜいB剤を注射するくらいだった。そこで患者は二月経って予言通り死んだ。そうするとです、この二人の医者は、Aはやぶで、Bは名医ということになる。つまり良心的な医者よりも、千里眼で死期を見分けた医者の方が偉いということになる。しかしこれは見分けたんじゃなくて、患者の死ぬのを放っといたということでしょう。実に情ない。この土地の医者は万事この手なんです。僕はこの話を聞いてすっかり厭になっちまった。」

「太郎さんもお父さんの跡をお継ぎになるの？」

「僕は医学部にはいったし、どうにもならないでしょうね。父は全然その気ですよ。」

彼の心の中に、またも父の言葉が甦った。「お前の嫁にどうかと言うんだよ。」多々羅百代か。

「でもあたしたちはみんな、どうにもならないことばかりなのよ、」と梢が言った。

砂場の上で、素直ちゃんはせっせと砂の塔をつくっていた。その小さな手はかじかんで、掌からこぼれ落ちる砂は如何にも冷たそうだった。彼はそのはかない砂の塔を見詰めていた。

「僕が鳥海病院を厭なのも、結局はこの寂代というところが好きじゃないからです。一生此処に縛りつけられるのかと思うと。この町で自慢に出来るのは道路だけですよ。縦横《たてよこ》十文字に、一町おきに整然と並んでいる広い道路。それからリラの並木。六月になってリラが白や薄紫の花を咲かせる頃に、ここの道を歩き廻ると花の匂がたまらなく心をそそる。しかしそんなものでしょう、此処の魅力は。東京から帰って来て、この広い、人通りの尠い通りを散歩すると気がせいせいする、電車もなければ自転車だって数がないんだから。しかし直に飽きてしまいます。東京のように坂とか、路地とか、小川とか、つまり変化がない。平べったい原っぱの真中に、太い道路を縦横にめぐらして、人が自然と集まった場所、それだけのことです。町としての歴史があるわけでもない、文化史的な建物とか遺跡とか公園とかがあるわけでもない。せいぜいアイヌ部落ぐらいのものだ。要するに金儲けに来た人間たちが、便宜上の町をつくっているだけです。こんなところで一生を送るのかと思うと、僕はやりきれないな。せいぜいましなのは、いや、ましなものなんかありはしない……。」

「随分くそみそね、」と梢は笑った。

「何処かへ行きたいものだ。」

「何処だって同じでしょう。あたしは弥果《いやはて》、ご存じかしら、もっと北の方よ、そこに二年ほどいました。さみしい、陰気な、小さな町。それよりは此処の方がどれだけましかしれないわ。オホーツク海に面して、冬になると港が凍って毎晩のように音を立てて軋るのです。初めはロマンチックな気がしていたけど、ロマンチックなんてのは、生活にゆとりがあって、暮すのに困らない人の言うことだわ。石炭が減って行く、貯えた馬鈴薯が凍って駄目になる、主人が病気になる、あの心細い気持といったら。海が気持の悪い音を立てて唸っていて……。」

「どうしてまた、そんな処へ行ったんです?」

「よく分らないの。戦争が烈しくなって、みんなが疎開したでしょう。あたしの姉さんが来いって言うから、主人が乗気になって寂代へ来てみたんだけど、主人が兄さんと喧嘩して、弥果にちょうど学校の先生のくちがあったので、そこへ行きました。主人もあたしも、何となく夢を見ていたのね。けれども夢は長く続きませんでしたわ。あそこは人間の暮せるようなところではなかった。そんなこと、初めから分っていた筈なのに。」

梢は眼をつぶった。ゆうべの汽車で東京へ立って行った信治の顔。灰色の雲の垂れ下った無表情な海。二重ガラスの隙間から洩れて来る冷たい風。煙ばかり出ていっこうに熱して来ないルンペン・ストーブ。そして不機嫌に黙りこくったまま話をしようともしない良人と妻、——自分たち。「誰のせいでこんなところに来たんだ?」貧しい暮し。

「弥果には僕は行ったことがない。そういえば寂代河に橋が懸っているでしょう。教会から南に四町ほど行ったところに? 僕はよくあそこまで散歩に行くんだけど、今頃は、氷の混った水が流れていて、あの音を聞いていると身体中が寒くなる。海まで凍るというのは、随分悽惨なものでしょうね?」

「あたしはあそこで苦労をしました、」と暗い声で梢が言った。

「僕は何処でもいいから何処かへ行きたい。寂代に帰って三日もすると、もうとてもたまらないような気がして来る。一つその弥果まで行ってみようかな。」

「ちっともいいところじゃないわ。」

「でも初めはよかったんでしょう。あなただって最初から気に入らなかったわけじゃないと思うんだ。一つところにじっとしていて、そしてそこが飽きて来る、厭になる、それには自然とか風土とかいうだけじゃない理由があるんですよ。」

「なに、それ?」

鳥海太郎は自分の横顔を見詰めている梢の視線を感じた。

「それは愛がなくなるからじゃないんですか、人間的な愛が? つまり人は、自分の心の中に愛が燃えているのを感じれば、何処にいたって満足して暮して行ける。寂しいとも辛いとも思わない筈なんです。けれども愛がなくなれば、もう何処にいても同じことだ。僕がこの寂代が厭でたまらないのも、結局は僕という者の中に愛がないからでしょう。家族は僕には煩わしい。父の顔を見ていると腹が立って来る。友達はみんなこの土地に満足し切っている。僕だけが異分子で、この気持を分ってくれる者は誰もいない。と言っても、東京で勉強している時でも、この気持は同じです。僕はそういうふうに生れついているんでしょう。何処かへ行きたい。何処かには、自分を豊かにしてくれる愛があるのかもしれない。いつでもそういうありもしない愛を求めて、此処ではない別のところに憧れている。」

「それが夢ね。あたしもそうだった。」

子供は独り遊びをやめて、梢の側に寄って来た。「もう帰りましょうね。お母さんが待っているから、」と梢が言った。「太郎さんはどうなさるの?」

「僕は此処で人と会う約束があるんです。」

「あら御免なさい。お邪魔したのかしら?」

「ちっとも。まだ来ないんでしょう。」

梢は公園の中を抜ける道を見渡し、ベンチから立ち上った。その細い道には誰もいず、枯れ枯れとした樹が道の両側に連なっているばかりだった。鳥海太郎は一緒に立ち上った。両方から素直ちゃんの手を取って、二人は表通りの方へと歩いて行った。

「何処かへ行きたいものだ、」と彼はまた独り言のように呟いた。

「あたしと一緒に行きましょうか?」

彼はぎくっとなった。何げなく、平静に言われたその言葉が、焔のように彼の心の中で燃えた。もしこの人と一緒に行くことが出来たら。何処でもいい。海まで凍るという弥果の港でもいい。

「梢さんも……此処が厭なんですか?」

梢は黙っていた。それから吐息のように呟いた。

「いくら厭だって。あたしはもう夢を見ることが出来ないわ。夢を見てもきっと覚める、その覚める時のことをつい考えると……。太郎さんなんかまだ若いのね、きっと。」

「若いったって、あなたと同じくらいでしょう。」

「若いし、それに男の人は違うんでしょうね。経験というものが、あたしたちのように傷になって残らない。直に傷が癒えて、新しい冒険の中に飛び込むことが出来る。あたしは傷つくのを恐れてびくびくしているのは嫌いだけれど……。」

「そうでしょう。あなたはどうも勇敢な人ですよ。」

「そんなおてんばに見えるかしら。でも前みたいに無鉄砲じゃなくなったわ。つまりは何となく諦めているんでしょうね。自分だけでは動き出せない。動き出したいとは思っても、経験が、夢の覚めた時のあの厭な気持を、直に思い出させてくれるから。ひとりで、じっと自分の心の中を見詰めているだけよ。」

それじゃ僕となら動き出せますか、僕となら何処へでも行けますか？　鳥海太郎は殆どそう叫び出しそうになった。

「それじゃ……、」と口を切り、思わず息を飲み込んだ。

その時、公園の入口のところから、明るい弾んだ声が、彼の意識の中に飛び込んで来た。

「太郎さあん――。」

彼は見た。多々羅百代が、それこそ子供っぽい声を張り上げて、手を振っている。と思うまに、走り出して来た。

「お約束の方が見えましたわね、」と言って梢は笑った。さっきの言葉はすっかり忘れたように、明るい表情に返っていた。その眼の中には皮肉もない、嘲りもない。それはもう他人を見ている眼だ。

「さよなら。」

多々羅百代は側まで走って来ると、鳥海太郎と並んで立ったまま、子供の手を引いて遠ざかって行く梢を見ていた。

「どなたなの？」と好奇心を隠し切れない声で尋ねた。

「教会の奥さんの妹さんさ。」

「ふうん。あたし邪魔したらしいわね。」

「そんなことはない、偶然ここで会ったんだ。君があまり来ないものだから。」

「あたしそんなにおくれたかしら？」

二人はぶらぶらと小道を歩き、また砂場の前のベンチに行って腰を下した。

「君のお父さん、君に何か言ったかい？」

「何を？　何のこと？」

百代は黒い大きな瞳をしていた。わざとその瞳をくるくる動かす癖があった。よせよそんな子供っぽい真似は、と彼はよく注意したものだ。しかしこの末っ子の甘えっ子は、女学校を卒業してもまだその癖が直らなかった。

「お父さんがどうかしたの？」

「いや、何でもない。聞いてなければいいんだ。」

彼は百代の兄とは、小学校も中学校もずっと一緒だった。従って百代のことも、赤ん坊の時から知っていた。この兄は、少年航空兵を志願して、終戦の間際に戦死した。彼は時々、仲良しだった友人のことを思い出して変な気持がした。まるで自殺しに行ったようなものだ。死ぬために生きて来たようなものだ。

百代は尚も尋ねたそうな顔をしていたが、どうやら鳥海太郎の不機嫌の原因がさっきの女性にあると気がつき始めた。

「今一緒だった坊やは、あの人の子供じゃないんでしょう？」と訊いた。

「あれはお姉さんの子さ。」

「綺麗な人ね。あたし会ったことないわ。」

「そうかい。僕もよく知らない。まだ寂代へ来てから半年ぐらいなんだろう。」

「ふうん。あれが太郎さんの意中の人か。」

「何だって。」

百代が早口に言ったのがよく聞き取れなかった。百代はけたたましく笑った。

「ほら赧くなった。」

「馬鹿。あれはよその人の奥さんだぞ。」

「奥さん、あれで？　誰の奥さん？」

「知らない。とにかく僕は何でもないよ。」

彼は黙りこくって砂場を見詰めていた。百代は側で尚もくすくす笑っていた。こんな奴を嫁にしろなんて、親父もどうかしていると考えた。

「ゆうべ、実は君と一緒だったことにしといてくれよ。」

「何だ、またそんな頼みか。さては。」

百代は手真似で酒を飲む恰好をした。

「太郎さんも臆病ね。ばれたっていいじゃないの。お父さんが怖いの？」

「怖くはないが。いいじゃないか、何も。」

「でも不思議よ。近頃のクリスチャンはお酒ぐらい飲んだって地獄へ墮ちはしないわよ。太郎さんがびくびくしてるの、とても滑稽だ。死んだ兄なんか、いつだっておおっぴらだった。」

「僕は親父に心配させたくないだけさ。」

「親孝行ね。口止め料出す？」

「君は仮に結婚したとして、亭主が大酒飲みでも平気かい？」

「平ちゃらよ。でもなるべくなら、太郎さんぐらいの適量の人がいいな。」と適量というところに皮肉なアクセントを置いて言った。

どうも切り出しにくいな、と彼は考えた。僕はおかしくて君を嫁には貰わないよ、とそう言ってしまえばいいのだ。百代はきっと一緒になって笑うだろう。しかしもし気があったら。多少は気があるのかもしれない。こんなことを考えるのは自惚れかな。とにかく、言ってみろ。

「そう言えば……。」

どうも言いにくい。子供の手を引いて遠ざかって行った梢の後ろ姿。何処か遠くへ。「あたしと一緒に行きましょうか?」

「変な太郎さん。何よ。」

「何でもないんだけど、親父たちはどうも僕等を結婚させたがっているらしいね。」

遂に言った。何と答えるだろう。

あっと思った時に、百代がベンチから立ち上っていた。急に駆け出し、五六歩行ったところで振り返って叫んだ。

「馬鹿。お父さんに、太郎さんのお酒飲むこと言いつけてやるから。」

それから、またどんどん走って行った。

子供なんだ、要するにまだ子供なんだ。と後ろから急いであとを追って歩いて行きながら、彼は気むずかしい顔をして考えた。何処か遠いところか。遠い……。

7

「梢、何をしている?」

すぐ側でそう呼び掛けられるまで、梢は少しも気がつかなかった。眼を起すと門間牧師がほんの二三歩のところに立っているのが、ぼんやりと分った。あたりは暗い夜で、その声を聞かなければ人影をはっきりと見分けることも出来なかった。

「兄さんなの?」

「こんなところで何をしているんだ?」

こんなところというのに、ふさわしい場所だった。寂代河の橋の上で、時刻はもう夜中の十二時を廻っている筈だった。梢はひとりきり、橋の欄干に凭《もた》れ、暗々とした夜の中に溶け込むようにひっそりと立っていた。

「兄さん、わたしのあとをつけて来たの?」と手摺に凭れたまま訊き直した。

その晩、昨日と同じ時刻に、梶田梢は牧師館を抜け出した。そして門間良作は、今度は素早くそのあとを追った。梢の足取は格別の行先もきまっていないらしく、ふらふらと気紛れだった。どこか夢遊病者のような頼りないものがあった。門間牧師はいつ声を掛けたらいいものだろうと考えながら、暫くの距離を置いてあとをつけて来た。夜更けの通りには人影もなく、肌を刺すような風がしきりと街路樹の枯れた枝々を震わせ、吠えるような叫びをあげさせた。何処へ行くのだろう、と牧師は考え続けた。毎晩のように、こうして出歩いているのか。次第に河音が近く聞え、梢の足は寂代河の方へ向うようだった。もしかしたら、と考えた。梢の姿は、橋の上でぴたりと止ったまま、いつまでもそのまま動かなかった。牧師は息を凝してその側へ近づいた。

一体何をしているのだろう。欄干の上に肱を突き、梢は素早く彼の方を見た。暗闇の中で、じっと自分の方を見ている気配を感じることが出来た。牧師は思わず身震いした。

「こんな橋の上で、お前は何をする気なんだ?」

そして一歩近づいた。

梢はかすかに笑ったようだった。冷笑するような小さな笑い。

「まさか飛び込みはしませんわ、」と言った。

彼女の態度にはいささかの動じた色も慌てた色もなかった。

「何をしているんだ?」

「兄さん、そんなに同じことばかりおっしゃるものじゃないわ。わたしはこうして河の音を聞いているのよ。」

「河の音?」

二人の前を、欄干の下遥かなところに、寂代河が流れていた。この大きな河。むかしまだここに町が出来ず、アイヌが我物顔に鮭を取りに来た頃から、そしてもっと昔、原始林がすくすくと茂り、熊がここに水を飲みに来た頃から、音高く流れていた河だ。人間たちが震え上ってストーブを囲み、ひっそりとちぢこまっている間も、氷の破片を浮べ、雪融《ゆきどけ》の水を集めて、夜も昼も流れているのだ。この暗い橋の下で、岩にぶつかり砂を削りながら、半分凍った水が渦巻きながら流れて行く。

「そうよ、河の音よ、」と梢が言った。「でもひょっとしたら、わたしの心の中を流れている河の音かもしれないけど。」

「梢、あんまり心配させるものじゃない。帰ろう。」

「何も心配なさる必要はないのよ。びくびくしたってしかたがないわ。」

「何を言うんだ？」

暫くの間、梢は黙っていた。如何にも河音に耳を澄ましているようだった。それから、低い、冷たい声で話し始めた。

「兄さんがわたしのことを心配して下さるのはありがたいけれど、兄さんが心配なのは、わたしが詰まらないことをし出来して、例えばこの橋から飛び込んで、寂代じゅうの評判になることなんでしょう。牧師さんの妹が自殺したんじゃ、兄さんも立場に困る、そういうことでしょう。あたしはひがんで言ってるわけじゃない、兄さんがわたしのことを思って下さる気持は分るの。しかしその中には、どうもわたしそのものよりも、兄さんとわたしとの血族的関係に於て心配している、と思われる節があるの。」

「詰まらない理屈をこねるんじゃない。」

「信治さんとのことでもそうです。兄さんにとって心配なのは、わたしが離婚して物嗤いのたねになることでしょう。だから兄さんはあの人が大嫌いなのに、わたしによりを戻せって言ったのでしょう。わたしは一度決心したことは変えない。あの人のところに戻る気はちっともありません。けれど兄さんは、離婚には賛成して下さらなかった。つまりそんなことで、兄さんの名誉に傷がついてはいけないからです。」

「私は何もそういうつもりじゃない。離婚ということは、キリスト教では……。」

「でもあたしたち、何もキリスト教に従って結婚したわけじゃないんです。勝手に恋愛して勝手に結婚したのです。それはあたしと信治さんとの責任だから、あたしたちだけで片をつけました。そのことはもう終っています。兄さんがよりを戻せなんておっしゃる必要は何もありません。それに兄さんは、本当は、よりを戻させたくないのでしょう？　兄さんは信治さんが嫌いだから、今みたいにしてわたしが暮していれば、その方がずっといいのでしょう？　違いますか？」

「私も順子も、お前がいてくれると嬉しいのだよ。」

「但し、大人しくして、でしょう？」

「それはそうだ。こんな夜中に黙って出歩くようじゃ……。」

「困るのね。そこが兄さんの気の弱いところね。兄さんは臆病なのです。兄さんは今日ペテロのお話をなさったけれど、ペテロが三度も主を否認したのは、決して臆病だったからではないとわたしは思います。イエスは一人で死ななければならなかったし、弟子たちは生き残って福音を伝えなければならない義務があったのです。弟子たちの中でも一番勇敢で、直に刀なんかを振り廻すペテロは、きっと日本ふうに殉死する気になって、自分は主の弟子だと公言して掴まって殺される、そういう危険が多分にあることを、イエスはきっと見抜いていたのです。今死ぬのは私だけで沢山だ、ペテロにはペテロの義務がある、イエスはそう考えたのでしょう。今はお前は私と共に来れないが、後には来るだろうとか、鶏が鳴くまでにお前は三度も私を否認するだろうとかいうイエスの言葉は、乱暴者のペテロを一種の暗示に、一種の催眠術みたいなものに、掛けたんじゃないでしょうか。そしてペテロはその暗示の通りに行動した。弟子だと言って一緒に殺されることを免れ、甦った後のイエスに会って『わが羊をやしなえ』と言われ、最後に自分の死を選んでネロに殺されたのでしょう。わたしはそういうふうに考えることが、自然のような気がするのです。」

牧師は何か口を利きそうになったが、梢が鋭く、それにかぶせるように、言葉を続けた。

「しかし兄さんはそうはお考えにならない。それは兄さんが気が弱くて、臆病だからです。自分が臆病だから、ペテロまでも臆病者にしてしまうのです。一体キリスト教の信仰は、本当はもっと強いものなのでしょう。憲兵隊に引張られて教会を閉鎖させられたことなんか、恥ずかしくて、おおっぴらに言えることじゃないんでしょう。しかし兄さんは、ペテロから人間一般の弱さを論じて、信仰の必要を抽き出した。しかし兄さんの信仰は、日向水のように、ぬるま湯のように、生活の安全地帯に巣をつくって、あったまっているだけじゃありませんか。わたしのことを心配して下さるのなら、どうしてわたしの魂をつかまえて、ぐんぐん引張って行って下さらないのです？　わたしが毎日曜の礼拝に出席するのも、決して兄さんや姉さんにお義理を感じてのことじゃありません。わたしは救われるものなら救われたいのです。兄さんのお説教を聞いて魂をゆすぶられたなら、わたしは悦んで洗礼を受けましょう。信じられたら、こんな為合《しあわ》せなことはないと、勿論わたしだって考えています。しかし兄さんみたいにしょっ中びくびくしている人が、どうして人の魂をゆすぶることなんか出来るものですか。信治さんも臆病でした。人を愛し切ることの出来ない人でした。そして兄さんも。兄さんは信仰のぬるま湯の中で、説教の草案をつくったり、姉さんや子供たちを可愛がったり、讃美歌を歌ったりしていればいいのです。わたしのことなんか構って下さらなくて結構です。わたしのことはわたしでします。」

風が一層烈しく吹き、橋の上は吹きさらしになって風が梢の短く截った髪をそよがせた。牧師は黙ったまま身動き一つしなかった。暗闇の中の河音が一層高くなった。

「もういい。帰ろう、」と牧師は言った。

梢は橋の欄干の上に相変らず肱を突いていた。低い、悲しげな声で呟いた。

「信じることの出来る人は……。」

牧師は心の中で祈っていた。この娘を救いたまえ、主よ。この暗き心に光を与えたまえ……。

「帰りましょう、」と梢が言った。

二人は並んで歩き始めた。通りには人一人いず、遠くで犬が吠え、他の犬がそれに和した。牧師は歩きながらなおも祈っていた。河音は次第に聞えなくなり、二人の跫音だけが凍りついた道の上で響き渡った。

夜の寂しい顔

入江も小さかったが、岬よりの端に近いコンクリートの白い桟橋も小さかった。それは波止場と呼ぶことさえ出来なかった。しかし村の人たちはそれを波止場と呼んでいた。

彼は中学校の制帽をかぶって、ズボンのポケットに両手を入れたまま、その桟橋の突き出た端に立っていた。西風が岬を廻って外海から泡立った波浪を運んで来た。この桟橋は防波堤を兼ねていて、波浪は彼の立っている足許にぶち当り、それをゆすぶろうと懸命に身悶えし、その度に波の死んで行く荒々しい呼吸を立てた。しかし彼のいる処は波の高さよりずっと高かったから、飛沫が白く舞い上っても、それは彼の足まで跳ね上ることはなかった。況や顔や手を濡らすこともなかった。波浪がどんなに繰り返しゆすぶったところで、岩を積み重ねコンクリートで塗り固めたこの桟橋は、びくともする筈はなかった。これが存在というものだ、と彼は考えた。そして僕に欠けているのは、存在の感情なのだ。この言葉、存在という何か重々しい言葉を彼は最近覚えたばかりだった。勿論、前から知ってはいたのだ。それは小学校の国語読本にさえ出ていた。しかし今、痛切にそれを感じているようには、——それを感情と結びつけて、存在の感情というふうに理解したことは、今迄になかった。お前に欠けているのは存在の感情なのだ。それは外国の偉い詩人の書いたものの中にあった。彼はそれを最近、翻訳で読んだのだ。彼は中学校の三年生で、もう何でも読むことが出来た。

しかしコンクリートの桟橋はびくともしなかったが、西風は、ポケットに手を入れて立っている彼の身体を、時々ぐらつかせた。靴の中の足の爪先があまり力を入れるので痺れたようになり、靴下が湿って来た。「春になってならいが吹く迄は、」と一郎さんが言った。それ迄は、冬の間は、沖風すなわち西の季節風が、毎日のように空で唸り、白波の立つうねりを岬の向うから浜へと運んで来た。空には鉛色の雲が隙間もなく覆い、水平線のあたりでは水と雲との区別もつかないほど、海は鉛色の空の影を映していた。桟橋には船はなく、右手の浜の側の岩壁に、桟橋の蔭になって、小舟が幾つか繋がれたまま、舳《へさき》とか艫《とも》とかを互いに時々ぶつけ合って身体を暖めていた。機帆船が二艘、更にその向う側に錨を下していた。そこには乗組員の姿もなく、旗を立てたマストが風に揺られて、赤や白の旗だけが飽きもせずに震えつづけた。沖を通る船もなかったし、振り返ってみても、浜の、僅かばかりの砂浜を黄色く濁らせたカーブの上に、人らしいものの姿はなかった。この小さな漁師村は、午後の曇り日と、西風の吹き荒れる中に、活気なく死んでいるようだった。

しかし夏はこうじゃなかった、と彼は考えた。夏は何もかもが素晴らしかった。空には陽を遮る雲一つなかったし、もしあっても、それはぎらぎらした眼に痛い入道雲だった。子供たちは裸になって水の中に飛び込んだ。入江の中ほどに飛込台の櫓が立ち、その上に昇ると、コンクリートの桟橋が、岬を背景に、横長の白い影を水の中に落していた。波止場の方に泳いで行ってはいけない、と言われていた。桟橋には必ず機帆船が泊っていて、モーターのぶるぶるいう音が、はしゃぎ廻る子供たちの声に混って聞えて来た。砂浜が焼けた砂で子供たちの肌を狐色に染め上げた。

しかしこの入江では、避暑地の海水浴場のような賑かさは見られなかった。茶店が出ることもない。いや、避暑客と呼ばれる人たちさえ殆どいなかった。入江に面した漁師の家から、子供たちが裸のまま飛び出して来るばかり、たまに都会から親戚の家に泊りがけで来ている連中が、洒落れた水着姿で現れるとしても、ビーチパラソルを砂浜に立てることはなかった。土地の人たちは、一人前の男はそれぞれの仕事に忙しかったし、大きくなった娘たちは、昼間から水泳ぎなどをすると嗤われた。泳ぐのは子供たちに限られていた。女たちは朝早くか、でなければおおかたは夕方に、古風な水着を着て素早く水を浴びた。彼女等は陽の翳って来た海をひっそりと泳いでいた。

それでも、夏は活気があった。今みたいじゃなかった、と彼は考えた。彼は夏休みになると、母の実家であるクニ叔父さんの家に預けられ、自分と同じ年頃の子供たちと、毎日、のんきに暮したものだ。おばあさんが彼の面倒を見てくれた。母親が一緒の時もあった、が父親は、――もしその人を何とか呼ぶとすれば。しかし彼は、決して小父さんともお父さんとも呼びはしない。呼び掛けるような名前をその人は持っていない、――その人だけは決して来なかった。母親も来ると二三日で帰ってしまった。そして彼はけっこう寂しいとも思わなかったのだ。

今は――。冬の西風がこうして吹き荒んでいる頃にこの村に来たのは、初めてだった。今は寂しいと思った。しかしそれは、自分がこの正月のお休みに、独りでクニ叔父さんの家へ来ているから寂しいのではなかった。存在の感情が僕に欠けているから、それで寂しいのだ。それが彼の論理だった。「我慢することさ、」とおばあさんが言った。何も我慢することなんかありはしない、と彼は考えた。「飽きたかい?」と二郎が訊いた。「冬の間は寒くてつまんねえや、」と三郎が言った。「おこたにはいってお出で、」と叔母さんが言った。しかし彼は勉強に疲れてしまうと、「何処へ行く?」と一緒について来たそうに呼び掛ける三郎に返事もせずに、靴をはいて、「僕、散歩に行って来ます、」と言って、さっさと浜へ出て来てしまった。「浜も寒いに、」とぽつんとクニ叔父さんが、こたつの中でうたた寝をしながら声を掛けた。もう三日もすれば、お母さんが迎えに来てくれるだろう。

彼は桟橋の上をゆっくりと戻った。コンクリートの上を靴が固い音を立てて叩いた。彼はごつごつした岩を踏んで、岬の方へ行ってみた。岬へは、渚づたいに行くことはむつかしい。大きな岩が、外海の波浪に浸蝕されて、ぎざぎざに尖ったまま幾つも幾つも転がっている。彼はポケットから手を出し、滑らぬように用心しながら進んで行った。岩と岩との間に、波がはいり込んだまま捉えられて、ところどころ小さな水たまりをつくっている。その辺は風が遮られて、水たまりには漣《さざなみ》も立ってはいなかった。小さな磯物《いそもの》と呼ばれる貝や、黒いうになどが、水の中にこびりついていた。彼は次第に岬の方に近づいた。大きな岩の蔭を、両手で抱くようにしながら廻った。すると急に風が正面から吹きつけて来た。それは或る種の感情のように、彼の心の中を吹き抜けた。存在の感情。彼は水に落ち込みそうな危い岩の麓を、恐る恐る通った。水は蒼くて如何にも深そうだった。白い泡が表面で沸騰していた。彼はそこを通り抜けた。風が前よりも強くなり、帽子の庇に当ってさえも音を立てた。しかし帽子は風で飛ぶようなことはなかった。彼はやや広い岩のはざまに出た。小高い丘のように盛り上ったその一番高い岩の上に這い登った。そこからは外海が一眸《いちぼう》の下に見えた。

こんな処まで来たのはこれが初めてだった。夏の間に、此処まで来たことがなかったというのが不思議みたいなものだ。浜で入江を見ていた時とはまるで違った、生きている海がそこにあった。波浪は岩に噛みついて、牙をむき出しにして吠えた。まるで彼をおびやかすように。僕は何も怖くはない、と彼は考えた。それは嘘だ。彼には怖いことが沢山あるのだ。しかし僕は、怖いとは言うまい。海は沖の方まで暗く濁っていた。空と雲との間は見きわめもつかなかった。そして岩の上に、磯釣をしている男たちの姿さえ見ることが出来なかった。雲だけが早く走って行き、走る雲のその上にまた別の雲が覆いかぶさっていた。その風景はじんとするほど寂しかった。或る種の感情のように。しかし僕は寂しいとは言うまい。そしてこの風景も、夜になって彼を訪れる夢の中の見知らぬ顔ほどに寂しくはなかった。

お母さんは僕が邪魔だから、それで僕をクニ叔父さんの家にあずけたのだ、と彼は岩に凭れながら考えた。お正月の休みを、自分の家ではなく、いくらおばあさんがいるからといって、ひとの家に滞在して過すなんて。勿論、理由はあった。「僕、このお休みにはうんと勉強しなくちゃ、」と彼がつい口にしたのが、そもそもの原因なのだ。高等学校の入学試験を春に控えている以上、冬休みが大事なのは当り前だった。しかし、何も今更くそ勉強をしなければならないほど、自信がなかったわけではない。「そうね、うちだとお正月は、お父さまのお客さまが多勢いらしてうるさいから、クニ叔父さんのとこで勉強したらどう？」とお母さんが甘い声で言った。彼は眼をぱちぱちさせた。「そうよ、それがいいわ。あそこなら気兼もないし、たんと勉強が出来ますわよ。」しかしどうしてそんなにうまく、答が用意されていたのだろう。まるで僕が勉強しなくちゃと言うのを待ってでもいたように。

しかしもし試験に落っこちたらどうだろう、と彼は考えた。波の荒れている、ひと気のない岬の麓では、不安な感情が風のように突き刺った。見上げると、不具《かたわ》なひねこびた松が、岬の上の方で苦しげに身震いした。斜面にぎっしりと生えた松が、一斉に、風のために屈んだり伸びたりしていた。雲の間に、太陽のある位置が、そこだけ明るい円形をつくっていた。波の穂が一層高くまで盛り上って、次第に潮が満ちて来るようだった。もし潮が満ちれば、両手で抱くようにして通った岩の足許を、波が洗うようになるだろう。しかし僕は、不安だとは言うまい。試験に落ちてしまえば、僕はうちに毎日いて、お母さんの顔ばかり見て、お話をしたり遊んだり出来るだろう。「恥ずかしいわ、この子は高等学校の試験に落ちましてね、」とお客さまにお母さんは言うだろうか。「どうも頭の悪い子で、」とあの人は言うだろう。困ったような顔で。「あなたは大丈夫よ。だって出来るんだもの、」とトシ子さんは言った。ひとりで承知して、まるで何でも自分の思う通りになる、自分が大丈夫と言えば試験官だって満点をくれる、というように眼をぱっちり開いて。トシ子さんがそう言ったって、それはひょっとしたら僕が特別に分けてあげたドイツ製色鉛筆のお礼のつもりかもしれないのだ。トシ子さんは、いつまでも俯きになって、丹念にその色鉛筆を削っていた。どんなに自信があるからといって、試験に受かるとはきまっていないのだ。それに自信なんて。一体どの位出来たら、それで自信があると言えるだろう。

沖合の遠くを船が一艘走っていた。遠くに、遠くに。その小さな身体が波の間に隠れて見えなくなったかと思うと、次の瞬間には喘ぎ喘ぎ空を目指して伸び上った。高等学校にはいっても、まだその先に大学というものがある。まだ幾つも試験を受け、何度もびくびくし、少しずつ大人になって、それでどうなるのだろう。大人になれば存在の感情を身につけて、もう何も怖いことはなくなるのだろうか。夜訪れて来る見知らぬ女の顔も、もう見ることもなくなって。船は既に小さくなり、波の間に全く没した。雲の間から、ふと太陽が覗いて、海の面の白い波の穂が明るく輝き出す。顔が潮風にひりひりした。お父さんは死んだ。今僕が此処にいるようにはもういない。

彼は戻った。腰を半分ほど曲げ、岩の上を滑らないように靴をきしませながら、そろそろと進んだ。もう何も考えない、考えたって始まらない。来た時よりも水が一層岩の間に踊り込んで来る。飛沫がかかって靴下が濡れてしまった。両手で抱くようにして大きな岩の廻りを廻った。風が背中を押した。眼の下の、靴の踏む場所のすぐ横に、深淵が青ざめた水を湛えている。魚たちはきっと沖合遥かに逃れて行ってしまっただろう。魚たちは此処にはいないだろう。生きることはどういうことなのか、僕には分らない。彼はまたコンクリートの桟橋のところまで戻って来た。

彼は岩壁に沿って歩いて行った。誰もいなかった。小船が身体をくっつけ合って暖をとっていた。僕は寒い、僕には誰もいない、と彼は考えた。お父さんはとうに死んだ、お母さんはあの人のものだ。夢の中で見た寂しげな女の顔。慰めることもなく、慰められることもなく。「ほんとにこの子は大人しくて、」とお客さまにお母さんは言った。「でも早熟な子ですわ。」内緒のように小声で付け足した。僕が聞いているのに何が内緒話なものか。二人の女の人は笑った。まるで面白くてたまらないことのように。お母さんは僕が好きじゃないのだ。少くともあの人とまた結婚してからは。だからお客さまの前で僕を嗤いものにして、それで平気でいたのだ。機帆船のマストで、旗がものうげに風に靡いていた。岩壁が尽きて、彼は小さな橋を渡り、砂浜の上に出た。

夏とは違った湿りけを帯びた砂だった。波が烈しい勢いで押し寄せては引いた。水の洗って行ったあとの斜面だけが、ところどころに貝殻を残して、夏の日に見るように濡れていた。その他のところはよごれていた。松飾りの余りを切り捨てたらしい松の小枝、沢山の蜜柑の皮、硝子や瀬戸物の破片、流木、そして割れた貝殻。花車な桜貝を拾い上げると、その薄い貝は掌の上にくっついて離れなかった。彼はそれをまた足許に振落し、砂の上をゆっくりと歩いた。お母さんだって、昔は僕を大事にしてくれたのだ、と彼は考えた。まだ僕が小さくて、お父さんがいて、お姉さんがいて、そして僕たちは日曜になると家じゅう揃って遊園地に遊びに行ったものだ。「怖いから厭、」と僕はウォーターシュートの前で駄々をこねた、「お馬鹿さんねえ、」とお姉さんが言った。「大丈夫だよ、しっかり掴まっていれば、」とお父さんが言った。「そんな臆病な子でどうします?」とお母さんがきつい顔で睨んだ。お母さんはきっと自分が乗りたかったのだ。だからお父さんが困ったように僕の御機嫌を取っていた間に、さっさと切符を四枚買って来てしまったのだ。「さあ早く乗りなさい。何も危いことはないよ、」とにこにこした小父さんが、僕の身体を抱き上げてボートの中に乗せてくれながら、みんなに言った。高い、高い。じいんと気が遠くなるほど。ずっと下の方で、池の水に太陽がきらきら映っていた。「大丈夫?」と言って僕はお姉さんの手をぎゅっと握った。池の中まで、レールが一直線に白く光っていた。「弱虫さん、」とお姉さんが言った。「さあ出ますよ。」レールの上のボートは傾いたまま滑り出した。心臓がぎゅっと縮んだ。遠くでの叫び声も笑ひ声も、みんな聞えなくなった。滑って行く、滑って行く。お母さんの腕が僕の身体を抱きしめた。早く、早く。そしてお腹にぐんとショック、水煙りが宙に舞い上り、ゆっくりゆっくり散って行った。小腰を屈めていた小父さんが、手に竿を持ってよいしょと立ち上った。ボートは揺れながら水の表に円を描いた。「何でもなかったね、」と僕は言った。「面白かったわねえ、」とお姉さんが言った。お姉さんはまだ小学生だった。そして僕はまだ小学校にもはいっていなかった。お母さんは若々しく笑った。「ね、面白かったでしょう？」

彼は蜜柑の皮を蹴飛ばした。砂の上に半屈みに屈んだ。西からの風が、彼の足許に飛沫のようなものを撒き散らした。お姉さんは誰からも好かれていた。ちょっとお澄ましで、威張ったような口を利いて、それなのに優しくて涙もろかったお姉さん。夏になってこの村に来ると、漁師のおかみさんたちが、感に堪えないようにお姉さんを見詰めていた。お姉さんが死んだから、それでがっかりしてお父さんまでが死んだのだ。それから僕たちは、——僕もお母さんも、幸福ではなくなったのだ。誰も僕に対して親切ではなくなったのだ。彼は砂の上に指で字を書いた。それから書いた字を靴の先で消した。僕は段々大人になるだろう。高等学校にはいって、大学にはいって、そして大人になるだろう。僕に欠けているものは存在の感情だ。僕は存在しているのだ。彼の靴を波が試すように洗った。引いて行く時に、波はかすかな音を立てた。

彼は砂を踏んで波打際を歩いて行った。途中から折れて道の方に出た。材木の上に腰を下した男が、酔っぱらって歌のようなものを歌っていた。その男は一人きりで、彼の方を血走った眼で睨んだ。睨んだような気がした。通りでは綺麗に着飾った女の子たちが羽根を突いていた。

どんな着物を着ても、顔はみんな漁師の子供だった。小さな子たちが幾人もくるくる廻って遊んでいた。彼はその群の中に三郎がいるのを見た。三郎は走り寄って来て、彼の背中をぽんと叩いた。

彼は硝子戸をがたごといわせて、土間にはいった。乾魚の臭いがしていた。彼は「ただ今、」と言った。

「寒かったろうに。早くおこたにおはいり、」とおばあさんが言った。

叔父さんはもうそこにはいなかった。一郎と二郎とがこたつの中で餅を食っていた。叔母さんはお勝手でことことやっていた。おばあさんがこたつの側に七輪を置いて餅を焼いていた。一郎が早口に喋っていたが、彼には方言が多すぎてよく意味が掴めなかった。彼は餅を口に入れ、ぬるいお茶を飲んだ。一郎は汚れたジャンパーを着て、腕まくりをしていた。しかし部屋の中は寒かった。

彼は土間の端にある殆ど垂直の梯子段を踏んで、二階に昇った。奥の方の小さな部屋にはいって机の前に坐った。彼は二郎の勉強机を借りて勉強していたが二郎は机を取られても平気だった。二郎は勉強なんかしない。こたつの中で、ちょっとぐらい冬休みの宿題を見ることがあっても、それを直に投げ出した。「お前もちっとは見ならって勉強せにゃ、」とおばあさんが言った。「漁師の子は漁師だ、」とクニ叔父さんが言った。彼はどんなにか二郎を羨しく思った。村の漁業会が漁船を出す時に、叔父さんと一郎とは機械の係で乗り込んだ。そういう時には二郎も、一役持って網引を手伝うのだ。水揚げの四分は役づきと呼ばれている網元で分けるし、叔父さんもその網元の一人なのだが、残りの六分は諸雑費を差し引いて、漁に協力した人たちの間で等分に分ける。しかし誰でもが、叔父さんや一郎のように、一人前ずつの頭数の中にはいるわけではない。中には大人の漁師でさえその七分や六分しか貰えないのもいた。二郎はまだ中学の二年生だったが、必らず八分は貰うことが出来た。小柄でほんの子供なのに、先天的に機敏な漁師の才能を持っていた。冬休みの宿題なんか、二郎にとって何の心配のたねでもなかった。彼はそれを羨しく思った。

二郎の勉強机の前に坐って、彼はそういうことを考えた。二郎はいい漁師になるだろう。三郎もまたいい漁師になるだろう。そこには存在というものがある。しかし僕は何になるだろうか。勉強をして、高等学校にはいって、それから何になるだろうか。何一つまだきまってはいないのだ。入学試験の試験官が、僕の答案に八十点をつけるか六十点をつけるかで、僕の運命はどんなふうにでも変ってしまうだろう。僕にはまだ存在というものがない。

部屋の中は薄暗かったから、彼は電灯を点けた。この奥の部屋は南を向いてはいたが、庭らしい庭もなくて前がすぐ山になっていたから、一日のうちにたとえお天気でも殆ど陽の射すことがなかった。表向きの六畳は海に、すなわち西北に面していた。この二階は冬の間は寒かった。そしてこの漁村が全体として西北の海に面している限り、村の中で暖かい場所というものは何処にもなかった。その上この頃は不漁が続いて、村の中には活気がなかった。

彼には、初めて冬休みにこの村に来て、そういうことが分った。夏休みに来た時には、ただ遊ぶだけで何にも気がつかなかった。彼はまた、クニ叔父さんを初めおばあさんまでがその人に恩義を感じていて、そのために彼を前以上に大事にしてくれるのだということを察した。その人がきっとお金でも貸してあげたのだろう。その人はお金で自分の存在をつくっているのだ。そしてクニ叔父さんや一郎さんや二郎なんかは、漁師で存在をつくっているのだ。

彼はぼんやりと参考書を開いて残りの頁数を確かめた。まだこれだけ読まなくちゃ。死んだお姉さんは、とまた考え始めた。お姉さんは可愛らしい綺麗な子というので存在をつくっていた。トシ子さんは、誰にでも親切な少女という存在を段々につくって行き、そのうちに、――トシ子さんはいつか、ファッションモデルになりたいんだと言った。そういうことを今からきめてかかるなんて、僕はおかしいと思う。しかしファッションモデルだってちゃんとした存在なのだ。それからお母さんは、――昔は愛によって存在をつくっていた。

愛。そこで思考が止り、暫くの間、参考書の活字の上を眼が往ったり来たりしていた。さっき砂浜の上で指で書いた字。彼はそれを心の中で再び消した。それから一心に本を読み始めた。窓の外が次第に暗くなり、下から魚を焼く臭いが漂って来た。彼は何も考えずに書物の中に没頭した。

「御飯だよう、」と叔母さんが呼んだ。

彼は本の頁を閉じ、その間に色鉛筆を挟んだ。トシ子さんはあの色鉛筆を大事にしているだろうか。階段は下りる時の方が一層急で危なかった。彼はもうこの階段にも馴れてしまった。それをとんとんと音を立てて巧みに下りた。

彼は家族の人たちと一緒に茶ぶ台の前に坐った。彼の前にだけまたお刺身がついていた。どんなに彼が恥ずかしく思っても、彼はお客さまだったし、この家ではそれが当然のことのように思われているらしかった。「いいから食べな、」と叔父さんが言った。「何の遠慮することがあるものかね、」とおばあさんが言った。「いい刺身がなくてね、」と叔母さんが弁解した。家族の共通の話題は、入江にはいって来た鰯の群のことだった。それはもう少し陸地に近寄って来ない限り、網にかかりそうになかった。彼は昼の間に一郎が何度も、そのあたりだけ黝《くろ》ずんで盛り上って見える海の表面を、眼で追うのを見ていた。「明日はかかるさ、」と一郎が言った。

食事が終ると、叔父さんは役員会があると言って出て行った。一郎はラジオの前に寝転び、二郎は宿題を少しめくっているうちに、眠そうな欠伸をした。三郎は膝の上に厭がる猫を抱き上げて遊んでいた。叔母さんは繕い物を始め、おばあさんはラジオを聞いていた。彼はまた急な梯子段を踏んで二階に上った。

彼は雨戸を締め、机の前に坐り、参考書を開いて読み始めた。意識はすっかり書物の中にはいり込んだ。時々階下で鳴っているラジオが、彼の頭の中に滑り込んでは消えて行った。叔母さんが火鉢に炭を足しに来てくれた、「よくそんなに勉強が出来るねえ、」と叔母さんが言った。彼は少し笑った。「今日はお風呂がなくてね、」と叔母さんは言い、彼の背中のところで床を取り始めた。彼が何度も自分でやるからと言ったのに、叔母さんは一晩も承知しなかった。床を取り終ると、おやすみを言って下へおりて行った。

それから彼はまた本を読んだ。隣の部屋に二郎が来て寝支度をした。小さな声で歌をうたっていた。一郎がその後から来た。この辺では夜寝る時刻は誰も早かった。三郎は階下で叔母さんと一緒に寝た。鉄瓶の湯がたぎり始めた頃には、家の中は静かになり、表側の雨戸を叩く風の音が、波音と共に、響いているばかりだった。

僕も寝よう、と彼は考えた。そうするとまた寂しい感情が心の中に満ちて来た。昼の間はまだしも我慢が出来た。しかし夜になると、西風の吹きすさぶ音と波の寄せては引く音とが、彼の存在をゆすぶった。今晩もまた、いつもと同じ顔を夢に見るだろう、と彼は考えた。彼はそっと階段を下りて小用に行った。階下でももうひっそりかんとして、土間の電灯が隙間風に少し揺れていた。物の影がその度に動いた。

彼は寝支度を整えると、少し黴くさい蒲団の中にもぐり込んだ。足の先が冷たかった。また同じ顔を夢に見るだろう。怖いような愉しみなような、期待と不安との入り混った気持。彼は電灯を消し忘れたのに気がついて、また蒲団から抜け出してスイッチを捻った。暗闇の中でごそごそと動いた。今日の一日も終った。しあさって位になれば、お母さんが迎えに来てくれるだろう。彼は眠ろうと思い、それから昨晩見た夢のことを思い出した。

彼は何処ともしれない街の中にいた。夜なのか昼なのか、彼にはよく分らなかった。果物屋の前を過ぎた時、彼はつかつかとその店にはいって、少しばかりの蜜柑を買った。果物屋の主人は、中学の英語の先生だった。彼はうしろめたいような気持でその店を出た。果物屋の主人は背中から彼の出て行くのを見ていた。彼は小脇に蜜柑のはいった紙袋を抱え、さっさと歩いた。「船が出るよう、」と誰かが言った。それに乗りおくれては大変だ。彼は足を早くしたが、どっちが桟橋なのかは分らなかった。「船が出るよう、」とそれは繰返した。その時、彼は耳許にささやく声を聞いた。「あたしが連れて行ってあげる。」彼は見た。黒い、じっと見詰める瞳がすぐ側にあって、唇を少しばかり開いていた。「船のところに連れて行ってあげよう、」と言った。痩せぎすの、眼ばかり大きな少女だった。女といった方がいいのかもしれなかった。幾つ位なのか年のころは彼には見当もつかなかった。ただ黒っぽいものを着ているというほか、顔以外のところはぼうっとしていた。女は彼の手を掴み風のように走り出した。空を飛んでいるように早かった。やがて海が見え、桟橋に人がたくさんいた。一万トン位の大きな船が桟橋に横づけになっていた。「さあ早くお乗り、」と女は言った。彼は切符を出して、船員に鋏を入れてもらった。彼はタラップをあがろうとして振り返った。「君も一緒にお出でよ、」と彼は言った。女はいやいやをした。「お出でよ、でないと僕心細いもの。」女は黒い大きな瞳で彼を見た。「私は行けないの、」と女は言った。船はモーターのかしましい音を立てていた。汽笛が鳴り、彼の側を人々が駆け上った。「それじゃこれ君にあげる。」彼は手にしていた蜜柑の袋を女に渡した。「私はいいの。お船の中で咽喉が渇くわ、」と女は言った。「でもあげる。」女はそれを受け取った。寂しい顔をして彼の方を見た。「さよなら、」と女は言った。その色白の顔が彼の視野の中で次第に小さくなった。その顔は小さく遠ざかって行った……。

誰だったのだろう、と彼は考えた。それはお母さんのようでも、亡くなったお姉さんのようでも、トシ子さんのようでもあった。しかしその誰でもなかった。誰だか知らない顔だった。その顔は寂しげに彼を見詰めていた。

毎晩のようにその女の夢を見た。彼はそのきれぎれの破片を思い出した。或る時は、その女はインディアンたちの手に捕えられていた。これからひどい目に会わされるのだ。彼は助けに行かなければならなかった。しかし樹に縛られた女は、それが映画の中なのか、それとも実際に助けを求めてそこにいるのか、彼には分らなかった。その光景を見ている彼は、空気の中に溶け込んででもいるようだった。太鼓の音が単調に響いた。女は身悶えをした。小さな白い顔。そしてその顔は、やはり空気のように溶けて行った。眼が覚めてから、彼はその女の苛められるところを見なかったのを、少し残念に思った。

或る時は、沢山の女たちが踊っている中にその女がいた。その女は彼にお出でお出でをした。女は彼の手を取って高い高い階段を昇った。「この一番上まで行けばそれは面白いのよ、」と女は言った。しかしその階段は無限に続いていた。「上には何がある?」と彼は訊いた。「天国よ、」と女は答えた。女はきらびやかなレヴィユの衣裳を着ていたが、お姉さんのようにも見えた。しかしお姉さんの下ぶくれの顔と違って、もっと痩せぎすで眼が大きかった。「僕もうくたびれた、」と彼は言った。しかし見廻すとそこはもう天国だった。綺麗な羽をした鳥が原っぱの上を無数に飛んだり歩いたりしていた。色んな花が咲き乱れていた。しかし彼は一人きりでその女はもういなかった。「どこにいるの?」と彼は呼んだが、誰も答える者はなかった。「もし君がいないのなら僕は天国に来たって詰まらないや、」と彼は言った。

それからまた、彼は学校の教室の中に一人でいた。石膏の首や、大きな地球儀や、フラスコや、実験道具や、瓶にはいったアルコール漬けの動物や、血管と静脈の色を鮮かに塗り分けた人体模型や、そういった物が教室の廻りに幾つもあった。彼は一つ一つ見て廻った。お母さんが迎えに来る筈なのに、いつまで経っても誰も来なかった。彼は厭きて教室の入口のドアを明けようとした。しかしそれは外から閉っていた。彼は不安になって教室の中を見廻した。その時、石膏のベートーヴェンの首が、眼を開いて彼の方を向いた。その顔は生きていた。赤と青とに塗られた人体模型がゆっくりと歩き出した。アルコール漬の蛇が瓶の口から這い出て来た。「お母さん、」と彼は叫んで、ドアを両手で叩いた。ドアが開き、髪の黒い、唇をきゅっと引き締めた女が急いではいって来た。しかしそれはお母さんではなかった。女は黒板からチョークを取ると、千切ってベートーヴェンの首に投げつけた。首はまた元へ戻り、眼を閉じた。女は何度もチョークを投げつけ、その度に動き出していたものたちは、それぞれ静かになった。「ありがとう。僕どうすればいいかと思ったよ、」と彼は言った。女は憂わしげに彼を見詰め、厳しい声で言った。「そんな弱虫なことでどうします?」しかしそれはお母さんではなかった。

もっと若く、痩せていて、寂しげだった。

幾つも幾つも、同じ顔を夢に見たのだ。どれも見知らぬ女の顔で、しかもそれは同じ顔だった。その女は蒼ざめた、やるせなげな、そして遠くの方を見詰めるような眼をしていた。彼の手を取った時に、その手は冷たかった。「私はもう駄目なのよ、もう走れないのよ、」と息をはずませて言った。「でももっと逃げなくちゃ、」と彼は言った。二人は追いかけられて、やっと此処まで逃げて来た。「私は駄目、あなた一人で行って。」彼の眼の中を覗き込んで、早口に言った。「早く。」しかし彼は、その女のわななく手を握りしめた。廻りでは波の音がしていた。「僕はどうしても君と一緒でなくちゃ厭だ、」と彼は言った。「君は僕の存在なのだ、僕は君を置いて行くことは出来ない。」女は感謝に溢れた眼で彼を見た。寂しげな顔をしていた。「そうよ、私はあなたの存在なのよ、」と女は言った。女は何処からか小さな手鏡を取り出して、そっと化粧を始めた。鏡の中にその女の顔が映り、その側に彼の顔が映った。小さな鏡の中に、二つの顔が——寂しげな二つの顔が映っていた。そしてそれはどちらも同じ顔だった。その女の顔は、彼自身のものだった。「僕?」と彼は言った……。

彼は目を覚ました。暗闇の中だった。ああ僕はいつのまにか眠ってしまった、と彼は考えた。僕は同じ顔を夢に見た。

しかし今や彼には分った。初めて、彼が夢に見ていた見知らぬ顔をした女が誰であるかが分った。僕の本当の存在が毎晩僕を訪れて来るのだ、と彼は呟いた。西風が荒れ狂って、表側の雨戸をごとごといわせていた。波の音も無限に単調に夜の渚に響いていた。そして暗闇の中でじっと仰向に寝ている少年の顔は、彼が夢の中で毎晩見た女の顔よりも、一層寂しげだった。

未来都市

1　自殺酒場

僕はそれが何時だったのか、また何処だったのか、今はもう正確に思い出すことが出来ない。特に、それが何処だったのか、もう僕の記憶では探り出せない。僕の記憶が衰えたのは、そこへ行った時の僕の体験があまり異常で生ま生ましかったために、細部が確実な印象として残った代りに、周囲の事情が反対に強烈な光線に眼をくらまされて、忘却の中に沈んでしまったからかもしれない。

それに僕は画家だったから多くの旅をした。旅をしたような気がする。そういう点でも、僕の記憶は実に僕に対してそらぞらしいのだ。時々ふっと異国の風景や人の声や馴れない部屋での生活の匂のようなものが甦る。しかし、それはほんの暫くの放心状態の間だけ続き、次の瞬間にはさっぱりと、頭もなく尻尾もなく、消えて行ってしまう。僕は喪われた記憶に対して、どんなにか口惜しく、後ろ髪を引かれるような気持になる。それはみんな僕の奇妙な体験、そこばかりが太陽のように光り輝いている記憶のせいなのだ。

さて、それは僕の旅の間の出来事だった。僕はその時、たしかヨーロッパの大きな都会にいたような気がする。しかしそれが、パリだったのかローマだったのか、それともロンドンだったのか、それがはっきりしない。もっと小さな都会だったのかもしれぬ。僕は無国籍者のように、あっちこっちを放浪した。僕はいたと言ったが、それはそこに住んでいたということだ。暫くそこに住んで、僕は他の場所にいた時と同じように絶望していた。僕がそうした過去の記憶を殆ど思い出せないのも、僕にはいつも生きようというはっきりした信念もなく、小手先の絵を描きながら、自分の頭脳の内部に閉じこもって、この無意味な、宿命的な、「生」という奴と、隠れんぼ遊びのように戯れていたせいかもしれない。「生」が隠れていれば、顔を出すのは「死」だ。どうやら僕は、いつもいつも死に憑かれて、都会から都会へと放浪していたのかもしれない。

こんな前置きはどうでもいいのだ。要するに或る晩、僕はひどく参った気持で、薄汚い盛り場を歩いていた。全くこうして歩いている自分も惨めだったし、行き交う連中もみんな惨めに見えた。陽気にお喋りをして行く若者たちも、物欲しげに街灯の蔭に立っている女も、実直そうな会社員も、じだらくな恰好をした遊び人も、みんな生きることの愚劣さを仮面の下に隠していた。僕はやりきれない気持になり、どこかで一杯引っかけようと思い、細い横通りの、とある酒場の前で足をとめた。その時、僕は小さな木製の扉の上に、豆電球が次の文字を綴っているのを読んだ。

BAR SUICIDE

つまり「自殺酒場」だ。僕がぎょっとして眼を疑ったのも無理はないだろう。その名前はあまりにも奇抜だった。しかし次の瞬間、僕は吸い込まれるようにそのドアを押していた。中はごく狭くて、薄暗い照明の中に煙草の煙が立ちこめ、場末の安酒場によく見る通りの、不潔な、湿った空気を漂わせていた。客が三四人、とまり木の上に居眠りをしている鳥のように翼を休めていた。僕は端の方の空いた椅子に自分もよじ登ると、強い酒を注文した。そしてバアテンの顔を見、横にいる客たちの顔を見廻した。

バアテンは相当の年輩の禿頭の親父で、普通はバアテンという奴はすらりと痩せて、きびきびした動作を見せているものだが、彼はゆっくり、というよりのろのろと動いた。その顔はふくれ上ったボールのようで、無表情な糸のような眼が、どこを見るともなく開かれていた。しかし生気がなかったわけではない。眼を客たちの方に移すと、彼等はすっかり疲れ切って酒という人工楽園の中に現世の憂苦を忘れているように見えたが、バアテンの方は生き生きと、それも客たちを催眠術に掛けて眠らせるとんでもないペテン師のように、底深い思慮を隠しているかに見えた。しかしそんなことはどうでもいい。僕は強い酒を一息に傾け、それによって忘却を買い取ろうとした。しかしこのバアテンが、僕の前に、無言で、どこを見るともない眼つきで僕を睨んでいるような気がして来ると、この沈黙が——というのは客たちは思い思いに瞑想に沈んでいたから——我慢がならなくなって来た。何も「自殺酒場」だからといって、深刻ぶる必要はないだろう。死にたい奴はさっさと死ねばいい。僕の知ったことじゃない。とにかく僕はまだ生きている……。

——しかし君は死にたいのだろう?

急にそう声を掛けられて、僕は巌のように自分の前に立っているバアテンが口を利いたのかと思った。しかし口を利いたのは、僕の左隣の、それまで顔を俯けてグラスの上に屈み込んでいた客だった。顔を起したのを見ると、それはごく平凡な、眼に狡そうな素早い影の動く、身なりのいい若い男で、いきなり早口に喋り出した。

——みんな死にたい奴ばかりだ。どうして近頃はこう死にたい奴が多くなったのか。そういう己だって、何も生きているのが面白いわけじゃない。実に退屈きわまりない。ただ自殺するには何かしら動機が必要だし、その動機が己にはまだ見つからないんだ。

——僕には動機はたくさんある、ただ死ぬだけの決心がつかないんです。

そう言った声は、もっと若くて、如何にも弱々しかった。それは更に左隣にいた客で、見たところまだ学生のようだった。細い声であとを続けた。

——しかし動機なんて、何の役にも立ちませんよ。現代は死ぬための動機に充満しているんです、そういう時代なんです。問題は、生きるための動機を見つけ出すことで、死ぬための動機じゃありません。

——生きるための動機なんかあるものか、と最初の男が怒鳴った。我々は生きてるんじゃない、生きさせられているんだ。だから死ぬ権利だってある筈だ。

その声は随分大きく、酒場の中に響き渡ったが、僕の前に黙々と立っているバアテンは顔の筋一つ動かさなかった。それから僕の右隣にいた客も、居眠りしているのか瞑想に耽っているのか、これまたぴくりとも動かなかった。

——そういう偉そうなことを言うものじゃない。

声を出したのは、今まで話し合っていた僕の左側の二人の、更に左手にいる赤ら顔の男だった。

——自殺するだけの動機もないのに、何が死ぬ権利だ。だいたい動機がないというのが不思議だ。この学生さんの言う通り、己たちには死ぬための動機はいやというほどある。お前さんはきっと、酒や女を弄ぶように論理を弄ぶことの好きな金利生活者《ランチエ》なんだろう。我々働く者の気持なんか分る筈がない。

——働く者？　生きる者と言ってもらいたいね。すべて生きる者は生きることに飽きているのだ。何といい人生だ。ねえ君？

そう言って最初の男は、また僕に呼び掛けた。

——僕か。僕にとって人生とは悔恨だ。この世は不安と後悔と失望とに充ち満ちている。しかし死んでしまえば、もうその悔恨さえないのだからな。

——何とかして生きた方がいいんです、と学生が呻くように言った。

口に含んだ酒が苦くなった。生きた方がいいだろう、それだから今日まで生きて来たのだろう。僕の中の忌わしい、絶望的な、暗い過去がふくれ上った。死んだ女、別れた女、取返しのつかないもの、過ぎ去ったもの。生きることへの不満と拒否。こうやって、強い酒が咽喉元を通って行く時だけが、眩暈のように生きているのだ……。

その時だった。塑像のようにじっと僕等の前に立っていたバアテンが、初めて重々しく口を開いた。それは幾分嗄れた、深い地の底から轟いて来るような声だった。

——死にたければ、特別のカクテルをつくりますよ。

僕等は一斉に首を起したに違いない。が、真丸くふくらんだその顔には感情らしいものはつゆほども現れていず、本気なのか冗談なのかさっぱり分らなかった。僕等四人は、急に身近な気持になって、互いに顔を見合せた。しかしその時でも、僕の右隣の男だけは動かなかった。

——しかしこのカクテルは特別上等だから、私の言う条件を満足させる人でなければ差上げられませんよ。私はメフィストでも悪魔でもないのだから、魂を売れとか影をよこせとかは言いませんよ。ただ、あとで私が迷惑するんじゃ困りますからね。

——どんな条件なのだ？　とさっき金利生活者と呼ばれた男が、せっかちに訊いた。

——第一に、係累のない人に限ります。精神的にも肉体的にも孤独な人。私は善良な人間ですから（そう言った時、この男の表情に初めてかすかな微笑のようなものが浮んだ）そのために誰かが泣くようなことがあっては困ります。

僕以外の三人はた易く頷いた。僕一人がとまどっていた。誰が僕のために泣くだろう、ローザか？

――第二に、とバアテンは言葉を続けた。忌わしい、思い出すのもぞっとするような過去を持っている人に限ります。抹殺しても少しも惜しくないような人生を送った人。

僕は頷いた。それはまさに僕だ。この人生に何の意義があったのか。孤独に押し潰され、愛することにさえ希望を見失った僕。

――第三に、何よりもまず決意です、勇気、未知へ一足踏み込むその勇気のある人に限ります。

――勇気か、と学生が呻いた。

――勇気ですよ。死が終りとは限っていない、それはひょっとしたら初めかもしれないでしょう。それは虚無ではなく希望かもしれませんよ。どっちにしたって勇気さえあればね。

――虚無しかないことは分っている、と金利生活者が叫んだ。

――お前さんのような人間にはそうさ、と赤ら顔の労働者が反対した。お前さんは頭の中で、虚無とか絶望とか、埒もない観念を弄んでいるのだ。己たちには、死ぬことが一つの希望かもしれないのだ。

――初めということはありませんよ、と学生が叫んだ。もしそれが初めだったら、この人生のあとにまた人生があるだけじゃありませんか。

――現実に絶望した人間が、希望を信じて死ぬというのは矛盾だ、と金利生活者が言った。

――死は希望だっていい筈だ、その方が勇気を持てるのなら、と労働者が叫んだ。

――君は論理を辿ることが出来ない。君の頭はキャベツ同然だ。

――お前さんこそ思い上っているのだ。

そして彼等は口々に議論を始めたが、それは勇気という三番目の条件が彼等にとって一番の難物だったからだろう。その間に禿頭のバアテンはゆっくりとシェーカーを振り、その中身をグラスの中にあけた。僕はそれを見詰めていた。

――一つだけですよ、とバアテンは言った。

そのグラスの中には、きらきら光る液体が重たげに澱んでいた。急に沈黙が落ち、客たちの眼はすべてこのグラスに集中した。しかし敢て手を出す者はいなかった。バアテンは紙とペンとを出し、グラスの前に置いた。

――ここに一筆書いて、それから飲んで下さい。

その細く見開かれた眼は、どうやら僕を睨んでいるようだった。僕はもう一度彼の言った条件をおさらいしてみた。確かに僕は、第一、僕のために泣く者はいない、第二、悔恨に充ちた過去を持っている、第三、勇気もある、もしそれが勇気と呼べるならば。それに僕は考えることも出来ないほど疲れているのだ……。

僕は手を延してペンを取り、紙の上に、これは僕の意志だ、と書き、署名した。そしてグラスを掴んだ。バアテンの眼が僕の眼と会い、ふくれた顔の中の二つの穴に鈍い光が増した。その時、初めて、僕の右側でそれまで眠ったように動かなかった男が、身を起し、横合から叫んだ。

――待て。

僕はその一瞬に彼を見た。善意に充ちた聡明な瞳が力強く僕に語りかけていた。しかしもう遅い。僕はグラスを急いで口へ運んだ。その男が叫び、バアテンが叫び、他の客たちが一斉に立ち上った。酒場が揺れてぐるぐると廻り始め、僕は急激に落下するものの中に身を投げ込んでいた。

2　接近

僕の中に意識は尚も残っていた。僕は結局、あれを飲んだのだろうか、それとも飲まなかったのだろうか。その疑問が夜の霧の中に滲み出る灯火のように、単調に繰返し浮び上った。そして夢のように、意識の面の上に、僕のよく知っている一つの顔が浮んだ。明るさの中にかすかな憂いを漂わせたその微笑。ローザ。僕は疲れ切って彼女と話していた（昔も、そうやって話したのだ）。

——もう終りだよ。最初から終りなことは分っていたのだ。それを承知で僕たちの愛が始ったのだから、それは終るのが当り前だ。早いも遅いもないのだ。

——わたしは厭よ、どうして終らなければいけないの。わたしはあなたを愛しているし、あなただって……でしょう？

——それは僕も愛してはいるさ。しかしあなたには秩序というものがある。あなたはちゃんとした政治家の奥さんで、良人を愛している、その属している世界も、あなたの家庭も、あなたの子供も、愛している。そして僕をも愛しているという。そんなものは愛じゃない、ただの飾りだ。

——いいえ、ひどいことをおっしゃる。それは違うのよ、一番大事なのはあなたなのよ。わたしの心の自由だけは、良人にだって子供にだって、手を触れられないのだもの。

——あなたは、この恋愛が初めから絶望的だったから、それで僕を愛したのだ。僕だってそうだ。あなたはあなたの秩序の中で、その何でもある、何不自由のない、立派な秩序の中で、僕を愛している。僕は僕の孤独の中で、この無一物の、救いのない、暗い孤独の中で、あなたを愛している。あなたはあなたの秩序を棄てることは出来ないし、僕は僕の孤独を棄てることは出来ない……。

ローザは微笑した。彼女はそういう時でも泣くことはなかった。しかしその微笑は歪んだ唇と濡れた眼とでどんなに彼女を美しく見せていたことだろう。僕がいま喪うものは、全世界に匹敵するのだ……。そして映像が消え、夜が意識を覆い、それは絶望を喚び起した。アンナ、かぼそく優しかった泣き顔のアンナ。お前は死んだ、お前は首をくくって死んだ。なぜだったろう……。夜が意識を覆い、滲み出る灯火のように、疑問が次々と走り流れた。一体僕はあの酒を飲んだのだろうか。もしこれが死とすれば、死とは要するに同じ絶望、同じ悔恨、同じ虚無にすぎないのではないか……。

——あなたは死んではいませんよ。

耳許で呟かれたその明るい声が、僕を現実の意識に引き戻した。僕は硝子窓の向うに、夜と、仄かに浮んでは流れ去る灯火とを眺めていた。僕は速度感と細かい振動と轟く車輪の響とを聞いた。僕は汽車の中にいるのだ。僕は窓から顔を引き離し、声のした方を振向いた。そして僕は狭いコンパルティマンの向いの座席に、あの禿頭のバアテンを見、僕の横に、あの時、待てと叫んだ男を認めた。その男はにこやかに笑った。

——あなたはあれを飲まなかったんですよ、飲んでたら勿論おしまいでしたがね。

僕の眼はその男からまたバアテンの方に移った。彼は肥った身体をだらしなく傾けて、ぐっすりと眠っていた。車輪の音に混って彼の鼾声が高くなったり低くなったりした。このコンパルティマンの中にいるのは、僕たち三人だけだった。僕はまた隣の男を見た。

——一体これはどうしたんです、僕等は何処へ行くんです、あなたは誰です？

続けさまに僕は疑問をぶちまけた。

——どうしてあのバアテンが一緒なんです？　他の連中はどうしたんですか。

相手はゆっくりと頷いた。思慮深そうな面持で僕を見詰めながら答えた。

——僕のことはおいおいに分ります。僕はいわば案内者です。僕たちはこれから未来都市へ行くところです。

彼の口にした「未来都市」という言葉は、耳触りのよい響を持ち、同時に為体《えたい》のしれない不安を僕に惹き起した。

——それは何です？　つまり天国とか地獄とかいうことですか。それじゃ僕はやっぱり死んだわけですか。

——大丈夫です、あなたは生きてますよ、と言って、この自称案内者は無邪気な笑いを見せた。あなただってそれはお分りでしょう。つまりあなたは酒場にいた連中の中で最も勇気があった。つまり、最も深く生に絶望していた。そこであの毒酒に手を出したわけです。それを僕が邪魔しました。実際あなたはすんでのところで、この悪党のために地獄へ行くところだったんですよ。

彼はちらっと眠っている禿頭の方を眼で合図した。それが僕にまた疑惑を喚び起した。

——しかしこいつが悪党なら、どうして一緒にいるんです？と僕は訊いた。

——それは僕が、あなた、つまり絶望者と、この男、つまり凶悪な悪党とを、未来都市へ連れて行く使命を持っているからです。こいつは全くとんでもない悪党なんです。殺人の常習犯で、偽造、詐欺、誘拐、何でもござれ、それに催眠術の名人と来ている。目星をつけた男にあの酒場で酒を飲ませて眠らせます。そして死後の世界にいるような錯覚を与えてしまう。この男のつくり出す死後の世界は、単に虚無というだけじゃない、悪と破壊と絶望との世界です。人はそこでは何でも許される、何をしようと勝手次第だ。この男は犠牲者をそうした錯覚の中に陥れて、自分の意のままに悪事の手先にする。最後には殺してしまう。あなたも実際あぶないところでした。

しかし僕には、その危険の実感があまり強烈ではなかった。現にいま、こうして汽車の中で揺られている僕は、危険ではないのだろうか。硝子窓の向うを、夜が飛ぶように走って行く。

——その使命というのはどういうものなんです？　と僕は訊いた。何のために僕はそこへ行くんです？

案内者はそれに答えなかった。暫くして窓の外を手で指した。

——御覧なさい。もう夜が明ける。

空が次第に明るみを増し、田園の風景が少しずつ朝靄の中に浮び始めていた。

——僕たちはもうじき目的の停車場に着く。そこからあなたを、この悪党も一緒ですが、未来都市へ御案内します。僕は案内者で解説者じゃありませんから、詳しいことは後で聞いて下さい。ただ決して御心配は要りません。あなたは決して後悔なさることはありません。未来都市はまだ建設中の、大して大きくはない都会ですが、そこには平和と幸福と希望とが輝いているのです。あなたを裏切るようなものは何もありません。そこでは、人類が久しく望んでいた理想の生活が行われています。綺麗な町ですよ。海に面して、古くからの歴史のある町です。しかし、この未来都市は今ではもう過去の歴史とは何の関係もありません、それは完全に未来に向いているのです……。

3　衛生委員

僕たちは停車場から自動車に乗って、もう相当長い間、ところどころに小さな畑のある原野を走っていた。灌木の茂みが見渡す限り続き、白や黄の花々がかたまり合って咲き乱れていた。空は静かに青く晴れ、人けのない原野の上を雲が悠々と流れていた。どうしてこんなに平和な気持なのか、自分でも分らないほど清々《すがすが》しい風が心の中を吹き渡った。悪党と呼ばれた禿頭の肥大漢は、無言のまま、大人しく窓の外の単調な風景を眺めていた。案内者も自動車に乗ってからはもう口を利かなかった。僕たちはいつまでも走り続けた。やがて原野が尽き、よく耕された畑がひらけ、丘の間を道は右に左にうねって、やがて急に、城門に達した。それは古代ローマ風の石のアーチで、そこに鮮かに「未来都市」の文字が刻まれていた。そこを越えると、石だたみの広い通りが真直に走り、両側には新しく建てられたコンクリートのビルと、古くからの石づくりや煉瓦づくりの商店とが、一種の調和を見せて並んでいた。昔ふうの教会もあり、その角を曲ると公園だった。通りにも公園にも、ゆっくりと愉しみながら散歩している人たちの姿が見られた。

僕たちの車が止ったのは公園からほど近い病院の前だった。それは近代的な、堂々たる建物で、陰気な影は少しもなかった。ただ、それがホテルではなくHOTEL-DIEUだったことに僕はちょっとびっくりした。いきなり病院に連れ込むというのは、少し無礼ではないかしらん……。

――いや気を悪くなさらないで下さい、と僕の気持を見抜いたように、案内者は僕と悪党(とでも呼ぶ他はない、何しろ僕はその男の名前を知らないのだから)とを建物の内部に導きながら、言った。これは形式的な問題ですが、この都市の滞在客が万一にでも悪い病菌をお持ちでは困りますからね。

彼は柔和な微笑を見せ、僕等を応接室に案内した。そこへ行くまでの間じゅう、僕は壁という壁を壁画で飾られたこの病院が、実に清潔で明るく、だいいち患者らしい人間に一人も出会わなかったのを不思議に思った。数人の女たちが廊下にいたが、恐らく看護婦なのに、それらしい制服も着ず、せかせかと動き廻る様子もなかった。

――僕の役目はここまでで終りです。あとはここの医員からお聞き下さい。では御機嫌よう。

僕等二人が広い応接室のソフアに落着くと、案内者はそう言ったなりドアから消えてしまった。部屋の中には僕と悪党と、二人だけが残った。しかし僕は汽車の中でこの男の悪業を聞かされていたにも拘らず、なぜか少しも怖いとは思はなかった。

――これは一体どういうことなんだい？　君は何か知ってるの？

僕がそう訊くと、相手は真丸い顔の中の二つの眼を一層細くして、如何にも不思議そうに僕に答えた。

――それがさっぱり分らないんで。

僕は何だかこの男に急に親しみを覚えた。

――あれは本当なのかい、君がとんでもない悪党で、催眠術にかけて僕を悪事の手先に使わうとしたってのは？

――まさかね、私は決してそんな悪人じゃありませんよ。

しかしそれが嘘であることは疑いを容れなかった。案内者は確かに真実を語ったのだし、この大人しそうな、禿頭に手を当てて恐縮している男が、名うての悪党であることは、僕には決して間違いのない事実だった。それなのに、僕の中にこの男への憐憫のようなものが強く湧き上って来た。それは不思議な感情だった。

――僕はあの時死んだってよかったんだ。

僕はそう呟き、僕がまだ生きていることを少しばかり後悔した。しかしその少しばかりの後悔は、好奇心に取って替った。一体これからどういうことが始まるのだろう。

ドアが開き、中年の、真面目そうな男が二人連立って応接室にはいって来た。

――あなたがたは今日着いた旅行者ですね。形式的にちょっと診断させて頂きますから。

そう言って、僕等をまた廊下の方へ導き出した。悪党はどうやらびくびくしている模様だったが、僕は全く平気だった。僕と別れる時に（僕等は別々の部屋へ案内されたから）彼は頼りなさそうに僕の方をちらっと見た。僕は前よりも狭い、しかし調度のよく整えられた部屋に通された。一緒に来た男は僕に椅子をすすめ、自分も窓際の椅子に腰を下した。それは全く診察室とか病室とかいった感じのものではなかった。事務机も、医療器具も、薬くさい臭いも、何もなかった。男は白衣を着てはいなかった。看護婦らしからぬ若い女がお茶を運んで来た。部屋の隅にラジオがあり、そこから僕の聞いたこともない音楽が響いていた。

——あなたはお医者さんでしょう？　僕の診察はいつ始まるんです？

僕は待ち切れなくなってそう訊いた。

——診察はもう済みました。それに私は医者というわけじゃありません。

僕はあっけに取られた。

——さっき案内してくれた人が……。

——医者が来ると言いましたか。あの悪党の方は医者も必要ですが、あなたの方はいいんです。私は衛生局の衛生委員です。特別命令であなたの接待をするように命じられました。まあ楽にして下さい。煙草はどうです？

僕は煙草をもらってくゆらせ、お茶を飲み、言われた通り暫くの間気を落着かせてから、また質問した。

——じゃあの診察というのは嘘だったんですね？

衛生委員はきっぱりと答えた。

——未来都市では人は嘘は吐きません。これはよく覚えておいて下さい。診断はもう済みました、さっきそう言ったでしょう？

——しかし……いつです？

——あなたが応接室にいた間です。

僕にはさっぱり分らなかった。

——あなたが応接室にいた間に、あなたたち二人の意識内容はすべて記録しました。ここまで案内して来た男が、道々、適当な暗示を与えて来た筈ですし、この都市に到着してからは、当然あなたたちの意識活動に変化があった筈です。あなたの場合、それは明瞭に看取されました。あなたはあの悪党に対して恐怖を持たなかった、憐憫を感じた、そして死ななかったことの後悔よりは生きていることの好奇心の方が強かった、そうじゃありませんでしたかね？

——どうしてそれが分ったんです？　と僕は驚いて叫んだ。

——あなたの中の悔恨や絶望は、これからもっと減少して行くでしょう。ここではFulgurationと呼ばれる一種の緩慢な放射が、常に都市全体に働いていますからね。

——あの男の考えていたことも分ったんですか？　と僕は訊いた。

——勿論ですとも。あの悪党は自分は悪人ではないとあなたに嘘を吐いた。その時彼は、前に警察につかまった時に、どういう手を使ってごまかしたかを一生懸命に思い出そうとしていたのです。これはよくない徴候です。彼の記憶がうまく回復しなかった点には、精神匡正の効果が多少とも認められるが、完全ではありません。彼には強力な Fulguration を与える必要があります。

——僕には何のことかさっぱり分らないんですが、と僕は情ない声で呟いた。

衛生委員は暫く考えていたが、やおら立ち上って僕に呼び掛けた。

——あなたはもうここには用がないのだから、これからホテルへ御案内するわけですが、そんなにあなたが好奇心をお持ちなら、一つ市役所へ出掛けて、そこで説明をお聞きになったらいいでしょう。私にはこれ以上説明する権限はありませんから。

——いや結構です、と僕は答えた。何もそんなに好奇心が強いわけじゃありません。それに僕は疲れているから。

——そうですか、好奇心というのも、実は必ずしもいい徴候とは限りません。本質的な悪を別とすれば、好奇心が異常ノイロンを刺激することもありますからね。

さっきの難しい単語同様に、この「異常ノイロン」という言葉も僕には分らなかった。しかしいずれは分るだろう。僕は衛生委員と一緒に病院を出た。あの悪党の身の上が気にかかったが、彼が危い目に会っているのでないことは確かだった。この未来都市では誰だって安全な筈だ。そういう確信がいつのまにか僕の中に育っていた。

4 新聞記者

通りに出ると、既に夕暮に近い黄ばんだ光が漂い、勤めを終ったらしい会社員や女事務員がビルの入口から流れ出て来た。電車やバスが走り、自動車がせっかちな警笛を鳴らしていて、それはどこの都会でも見られるような風景だった。

——ホテルは近くだから歩いて行きましょう。

衛生委員はそう言うと、僕等はプラタナスの並木のある石甃《いしだたみ》を敷いた人道を、勤め帰りの人たちに追い越されながら、ゆっくりと歩いた。僕はふと思い出して訊いてみた。

——さっきの診察のことですが、身体の健康のこともあの時分ったんですか?

——ああそのことですか。ここでは肉体の病は問題じゃないんです。精神の病だけが問題なのです。衛生局としては、地方からの滞在客はまずその精神健康に注意します。肉体の病の方は、発見次第じきに癒すことが出来ますからね。

——じきにですって? と僕は驚いて叫んだ。

——そうですよ、と衛生委員は自慢げに頷いた。未来都市の医学研究は非常に進歩したものです。レプラはもうありません。結核は必ず癒ります。癌の療法も発見されました。その他の危険な病気には殆ど予防医学が発達しています。しかしその点は、この都市だけでなく、一般に他の国でも次第に研究が進んで行くことでしょう。もしこの都市が特に他の都市よりも未来に進んでいるとしたら、それは精神医学の面です。あなたは文明世界で、最も死亡率の高い病気は何だか知っていますか?

僕は考えてみたが見当がつかなかったので、あっさり降参した。

——それは自殺ですよ、と相手は事もなく答えた。自殺と狂気、これが現代の文明病です。しかるに未来都市には、自殺もなく、狂気もないのです。さあ着きました。

僕等は大きなホテルの入口の前にいた。衛生委員が先に立って帳場で掛け合ってくれ、それから僕等はエレベーターで昇って、明るい廊下に行儀よく並んだドアの一つにはいった。それは浴室の付いたこじんまりした部屋で、ベッドを一目見ると、もう一足動くのも厭なほどどっと疲れが襲って来た。しかしまだ質問しなければならない肝心なことが残っていた。何しろ五里霧中なのだから。

——それで、僕は一体これから何をするんです?

帰りかけていた衛生委員は、大きな声で笑い出した。

——お好きなことをなさるんですね。たしかあなたは絵かきさんでしょう、それじゃ絵をお描きになるんですな。

僕はその時まで、奇妙に自分の職業のことを忘れていた。絵か、それも僕を絶望させているものの一つだった。しかしこの時、僕は不意に絵が描けそうな予感がした。

——すると僕は全く自由なんですね?

——勿論です。未来都市では誰だって自由です。何処へ行こうと、何をしようとね。私のように勤めを持つ者は、勤務時間に縛られることもありますが、あなたはその点羨しい。時に、私の勤務時間はもう終りですよ。

そう言って彼はちらっと腕時計を見、ごく善良な、妻子思いの小役人の表情をした。僕はそれ以上、質問で彼を引き止めるわけにはいかなかった。

僕は一人になり、バスを使い、それから食堂に行って食事をした。再び自分の部屋に戻って、ぼんやりとラジオをつけてみた。音楽が聞えて来た。それは病院で聞いたのと同じような、奇妙な旋律を持ったシンフォニイだった。僕が奇妙というのは、その曲はバッハやモツアルトのような古典音楽とそっくりみたいに似ていながら、しかも全く別のものだったからだ。それは古典音楽をいわば合成した、という感じだった。もしも音楽がこんなに他と違っているのなら、絵だってきっと変ったものなのだろう。それは僕の胸を期待でふくらませた。僕の中の芸術家はまだ死んではいない、と僕は呟いた。

僕がまだラジオの音楽に耳を傾けていた時に、ドアがノックされた。知人なんかいる筈もないから、きっと部屋を間違えたのだろうぐらいに考えながら、ドアを明けてみると、胸ポケットに鉛筆を一本挿した男が、大きなカメラを持ったもう一人の男を従えて、挨拶もなく部屋に飛び込んで来た。

——ちょっと写真を写させてもらいます。

そう言ったかと思うと、フラッシュが僕の眼をくらませた。僕はあっけに取られ、眼をぱちぱちさせ、どもりながら訊いた。

——この都市では一人でいる自由はないんですか、さっき衛生委員の人が、ここでは何でも自由だと言ったばっかしだけど。

——いや気を悪くしないで下さい、と最初の男は胸の鉛筆を引き抜き、左手に手帳を開きながら、言った。怒るのは精神衛生上よくないんですよ。ところで自己紹介がおくれましたが、我々は未来新聞社の者です。あなたのことはたった今、その衛生委員に聞いたばかりです。

——ここには新聞もあるんですか？　と僕はちょっとびっくりして訊き直した。

——当り前ですよ、と相手は憐むように僕を見た。当市には未来新聞と理想新聞との二つがあります。僕等は理想新聞の奴等を出し抜くんで、ちょっとばかり急いでるんです。

カメラマンがまたフラッシュを焚いたので、僕は今度は怒らずに、平静に相手に訊き返した。

——どうも分らないんですがね、一体僕なんかを写真にとってニュースになるんですか。

——あなたはしかし、当市へは初めてなんでしょう。インターヴュウするだけのことはありますよ。

——ここではそんなにニュースが少いんですか？　と僕は精いっぱいの皮肉を言った。僕なんか、大して有名な絵かきじゃありませんよ。

——謙遜は美徳です、しかし自己卑下はよくありません、と新聞記者は言下に答えた。あなたの身分が芸術家なら、一つ芸術的訓練について感想を述べて下さい。

——芸術家か。こいつは僕にとっては苦のたねなんですがね。僕が苦しんでいるのは、芸術家の天分は果してのびるものかどうかということです。天才というものは先天的なものだ、僕は、猛然と描きたい気持になった時にだけ自分の天分を信じるけれども、その他の時には、自分は全く才能がないと考えて絶望してしまうんです。一体どうすれば成長があるのか、僕はどうにも懐疑的で、目下のところは全く描けない状態が……。

——ちょっと待って下さい。あなたは如何なる方法によって、その天分という奴を訓練するんですか？

——訓練はただ僕個人の勉強にかかっていますよ。芸術は要するに個人の実力の問題で……。

新聞記者もカメラマンも急に笑い出した。

——古い、古い。それじゃあなたの芸術はただの自己満足でしょう。というより、自己不満があなたを芸術に駆り立てているのでしょう。それじゃ、あなたはこの音楽をどう思います？

彼はそう言って手で僕の注意を促した。それは例のラジオの音楽だった。

——さっきからこれが不思議だと気になっていました。古典音楽のようで全く違った……。

一体誰の作曲ですか？

新聞記者は鉛筆を胸ポケットにしまった。

——これじゃインターヴュウになりませんね。この音楽は、主として当市の芸術大学を卒業した、音楽部員の共同作曲によるものです。合成音楽と呼ばれています。音楽は最高芸術で精神衛生とも関係がありますから、実際には音楽部員だけじゃなく、衛生部員や哲学部員も協力していますが。しかしあなたは、随分旧式な芸術観をお持ちのようですな。いずれもっといろいろ御勉強なさるでしょうが。

新聞記者はカメラマンと共にさっさとドアの方へしりぞいた。出て行きがけに振向いて言った。

——お疲れのようだから、早くお休みになった方がいいですよ。理想新聞の奴等が来たって起きてやる必要はありませんよ。

僕は奴等を送り出してドアに鍵を掛けた。言われるまでもなく、この上理想新聞の記者にまで苛められてはかなはない。僕はラジオのスイッチを捻り（どうもこの音楽は虫が好かなかった）、それから着替をしてベッドに横になった。そして僕は直に眠ってしまった。その晩、僕は夢を見なかった。

5　素人画家

あくる朝、僕は快く目覚め、創作欲が身体中にみなぎっているのを感じた。僕は朝食を済ませると、モチイフを探すために街を散歩することにした。

街の描写などは必要ではないだろう。僕は昨日覚えた道順を辿って公園の方に足を向けた。

途中で新聞を買ってポケットに突込み、公園のベンチでそれを読もうと考えた。しかし花壇の横を通って、小石を敷いた道を歩いて行くと、ひとりでに小高い丘へ導かれそこが展望台になっていた。

僕はうっとりとこの都市を眺めた。特にその場所が高みにあったわけではないが、よく晴れた青い空の下に、古いローマ式の小さな教会が公園の隣にあり、その向うに屋根屋根を越えて、わずかに海が見えた。新式の高層建築と昔ながらの古ぼけた住宅や店舗などが、巧みに調和し、緑の樹々がその間を点々と色づけていた。反対側の方は丘の向うに山があり、その山もゆっくりしたカーヴを空の背景に描いていた。丘に、まぶしいように陽光に照らされて、白い石づくりのロマン様式のカテドラルがこの都市を見下していた。僕はこの未来都市が、古い歴史的な遺跡に充たされているのを不思議なもののように思った。それから、どういう点が新しいのかを知るために新聞を読むことにした。

鉄の細長いベンチが展望台を囲むように並べられ、頭巾をかぶった女が幾人か、編物をしながら腰を下していた。若い恋人どうしというようなのもいた。僕は空いているベンチに腰を掛け、未来新聞を開いて早目に頁を繰った。僕はじきに、びっくり顔で写っている自分の小さな写真を見つけ出し、興味をもってその記事を読んだ。

「……画家＊＊＊氏は、合成音楽について大いに関心を示し、芸術がここまで到達したことに深い敬意を払うと言った。氏が更に、古代ローマの遺跡と超現代的構成とを共存させた我々の合成建築を見たならば、何と言うであろうか。美術の点に於ても、氏はまだまだ多くのものを学ばれるであろう。氏はいまだ、芸術は誰のためにあるかという第一命題について、あやまった認識を持たれているようであるが、氏が決意されて当市に移住された以上、必ずや未来芸術のために尽力されることを、我々は確信している……。」

あの新聞記者の奴、と僕は呟いた。勝手なことを書きやがった。しかしこの記事はどうも引っかかるところが多かった。だいたい僕は「決意して移住」したのだろうか。その辺の記憶が僕にはどうしても曖昧だった。僕は新聞の他の頁を読んでみたが、外電の部分が少くて、都市内のニュース（例えば勤労者住宅の詳細な解説とか、道路修理の予定とか、工場設備の改造築とか、個人的消息とか）、科学記事、教養欄、論説などが大部分を占めていた。広告は割に少なかった。論説は一頁全部を埋めた哲学論文で、「理性の進歩」という題がつき、僕にはさっぱり意味がつかめなかった。もし誰でもがこれを読むのなら、市民の知的水準は恐ろしく高いわけだ。

その時、公園の隣にある小教会から、よく澄んだ鐘の音が空に響き渡った。僕は合成建築とやらを見学しようと思い、ベンチから立ち上って教会へ通じる細い道を下りて行った。すると、一人の男が道の側に三脚を立てて絵を描いているのが眼にとまった。僕は急に嬉しくなり、その絵を後ろから覗き込んだ。

その描きかけの絵は、前景に小道と樹々とがあり、教会の白い石の壁が左端を占め、右にひろがって街の屋根屋根が、そして背景には空と海とが眺められた。大してうまいとも思わなかったが、部分的には素晴らしいタッチがあった。特に教会の壁のざらざらした物質感は、感動的だった。しかし全体としては、未完成のせいもあるが、ちぐはぐで、構成が常識的な上、画家の個性というものが殆ど感じられなかった。

——壁のところがとてもいいですね、と僕は呟いた。

相手は手に筆を持ったまま、その部分をしげしげと眺めていたが、僕の声に振り返って嬉しそうに叫んだ。

——あなたもそう思いますか？　普通ならここはユトリロで行くところでしょう、私は特にルオー的なテクニックを採用したんだが、これは成功でしたね。

なるほど、ルオーの絵のタッチが、この壁の部分に更生されていた。

——屋根のところはマチスで行くつもりです。海と空はどうしたもんですかね、やっぱり印象派がいいでしょうか、それともぐっと超現実派ふうに処理したもんですか？　ボナールの書いた空も……。

僕は驚いて相手を見ていた。六十をとうに越した老人で、白髪がふさふさと頭を覆っていたが、顔は若々しく、眼は少年のように無邪気な熱っぽさを堪えていた。

——それじゃ、これは合成絵画というわけですか、と遅まきながら気がついて、老人のお喋りを遮った。

相手は怪訝そうに僕を見返した。僕は慌てて弁解した。

——なにしろ僕は、この都市へ来たばかりなのです、と言って未来新聞の僕に関する記事のところを相手に示した。分らないことだらけでね、少し教えて下さい。

——お安い御用ですとも、と老人は愉快そうに叫んだ。

——あなたは画家ですね、絵画委員とでもいうんですか？　と僕は訊いた。

——いやいや、私はただの素人画家ですよ、私はもともと靴屋ですが、息子がそっちのあとを継いでくれたので、暇潰しに好きなことをして暮しています。絵画委員になるには、芸術大学を卒業するか、理論なり作品なりを発表して委員会をパスしなければなりませんのでね。私は建物の壁の部分だけは、あなたもお認めになったように、相当に熟練しているから、ひょっとしたら壁専門というのでパスできるかもしれない。何といっても、委員になれば大したものです。

——するとそれぞれに専門があるわけですか？

——勿論ですとも。風景ならば、海専門とか、樹専門とか、道専門とか、それもデッサン専門とか、地塗り専門とか……。

——全体の構図はどうするんです？

——構図の専門委員は他の人よりも位置が高いのです。

——すると、一枚の絵をそれぞれ分担して描くわけですか？

——あなたは外来者だから、当然、病院で診察があったでしょう？　あの病院の壁画を御覧になりませんでしたかね。ここでは、芸術はすべて合作です、その方がいいものが出来上るにきまっていますからね。

——しかし、それなら個性というものはどうなるんです？

——一人の個性よりは、十人の個性を合せた方がはるかに未来的ですよ。

僕はまた、老人の描いている絵の方に眼を移した。それはどう見ても全体的な没個性を、つまりちっとも未来的でない平板さを、示していた。

——ああこれですか、と老人はきまり悪げに言った。私は何しろアマチュア画家ですからね、だからこういう個人的な絵を書いているんですよ。この都市では芸術教育が進んでいて、誰でもこの位の絵は描きます。

確かに僕たちの傍らを、今迄にも何人か散歩しながら通りすぎたが、彼等は老人の絵に見向きもしなかった。僕はまた尋ねた。

——壁画のような場合には、誰か中心になって指導する人もあるわけでしょう？　十人の個性と言ったって、それじゃ絵に統一というものがなくなる筈だから。

——それは絵画委員会の委員長の責任です。もし委員長できまらなければ、芸術局の局長が決定します。

——その人は天才というわけですね。なるほど。やっぱり市役所に属しているんですか？

――それはそうです、市役所には、芸術局、科学局、衛生局、生産局、行政局と五つあって、それぞれ多くの委員会を持っています。五人の局長と、「哲学者」と呼ばれる偉大な智慧を持った人との六人で、最高会議を開いて万事を決定する仕組ですよ。

――市長はいないんですか？

――市長は局長たちの一人が兼任します。目下は行政局長の兼任です。

――目下というんでは、その人たちは独裁というわけじゃないんですね。

――すべて選挙です。各々の委員が委員長を、委員長が局長を、局長が市長を、それぞれ選挙するのです。但し、哲学者だけは別です。この人はかけがえがありませんからね。

老人はそう言って、指で丘の中腹にある白い壁のカテドラルを指した。

――哲学者はあそこに住んでいます。あの建物は、市民たちから神殿と呼ばれていますが、未来都市の生命はあそこにあるのです。

僕はその時、不意に異様な印象を受けた。神殿に住む哲学者。偉大な智慧を持つ、かけがえのない人物。終身の最高指揮者。それは未来というよりも、寧ろ中世的な感じではないだろうか。

――それは宗教と関係があるんですか？　と僕は訊いた。

――この都市では、宗教は各人の自由ですがあまり関心はありません。神殿は全く別のものです。

しかし老人はそれ以上説明しなかった。急に生き生きした声で僕に呼び掛けた。

——どうですか、うちへ来て昼飯でも一緒にやりませんか？　そうだ、それよりうちへ来てお泊りなさい。アトリエむきのちょうどいい離れの部屋が空いています。そうなさい。遠慮は全く要りませんよ。

老人は白髪頭を揺すって熱心にすすめたが、これほど善意に充ちた表情を、僕はちょっと記憶の中に思い出すことが出来なかった。

6　生活

僕は靴屋の離れに、老人から一室を貸してもらって、一人の市民として暮すようになった。日は早く過ぎ、僕はどうしてこの都市に来る羽目になったのか、次第に思い出すことも少くなった。僕は毎日カンヴァスや三脚を抱えて、見晴らしのいい高台や、教会や、石づくりの古びた住宅や、そういった僕の興味を惹く風景を写生して廻った。靴屋の店も僕のモチイフの一つだったし（この店でつくるような手づくりの高級な靴は、委員クラスの上流階級の履物だった。一般の市民たちは、工場製の品物をデパートで買った）、この靴屋の娘、老人にとっては孫娘に当る少女も、僕が頼めば恥ずかしそうにモデルになってくれた。編物などをしながら、黙りこくって椅子に腰を下したまま、時々僕が話し掛けると首を振って頷いた。かぼそい身体と、大きく見開いた眼、その眼は母親から叱られたあとなど、いつまでも涙ぐんでいた。少女の名前はアンナだった。僕の記憶の中で、その名前は奇妙に揺らぎ、お下げの髪も、色白な皮膚も、訴えるような眼指《まなざし》も、どこか彼女の持つ微妙な点に、僕の記憶を促す何かが隠れていた。しかしそれは何だったろう。

僕は昔、やはり今と同じような、薄暗くがらんとした部屋の中で（窓は大きかったが、そのすぐ向い側に建物の壁がふさがっていて、光の射し込む時間は一日中でもごく僅かだった）せっせと絵筆を動かしていたものだ。そういう気がする。アンナ、くたびれたかい？　と時々いたわりの言葉を掛け、アンナは微笑し、僕はその微笑の影をカンヴァスの上に捉えることに努力する。しかし彼女の微笑のうちに、暗い無言の訴えがあることを、昔も気がつかなかったように、今も気がつかないでいるのだ。もしその記憶が返って来れば、僕はすべてをもっとよく理解するのだろうが。

そう言えば、こういうおかしなことがあった。或る日、僕は例の悪党と呼ばれた男に出会った。それは意外な場所だった。というのは、僕がたまたま市内電車に乗って、都市のはずれにある博物館へ出掛けて行った時に、彼は僕の前にその電車の車掌として現れた。両肩から前に黒い鞄を下げ、手に鋏を持って、ごく職業的な顔つきをしていた。あの禿頭の（そこに阿弥陀に小さな帽子をかぶっていた）、動作ののろのろした肥大漢が、小さな鋏をちょきちょきいわせながら、次は市役所前、乗り降りはお早く、などと真面目な顔で怒鳴るのは、どうにも滑稽でならなかった。僕は彼の肩をぽんと叩き、元気かね？　と親愛の情をこめて訊いた。彼はさっぱりわけの分らぬという顔をした。

――ほら、自殺酒場で、と僕は小声で教えた。

車掌はてんで僕を理解しなかった。それどころか、

――切符を切らせて頂きます、と相変らず地の底から轟くような声で、僕の前にその大きな手を突き出した。

僕は博物館へはよく出掛けて行き、そこに蒐集された古典的な絵画や彫刻を見ることを愉しんだが、その途中の電車で、尚も二三度、同じ車掌に切符を切って貰った。その度に彼は僕を識っている素振も見せず、いつも僕は、場所柄が場所柄だから知らない振をしているのかと疑った。何といっても海千山千の、危い橋ばかり渡って来た男だ。しかし僕は次第に、彼が本当に僕を覚えていなかった、彼は昔の記憶を喪ってしまった、と考えるようになった。それは病院で彼ひとりが別室に呼び込まれ、診察を受けたせいかもしれなかった。しかし僕の方も、次第に記憶力が減退して、自殺酒場での出来事もいつしか忘れ去って行った。僕は新しい生活に次第に順応した。

僕は毎日絵を描き、また市内のあちこちへ行った。博物館の他にも、病院や、市役所や、大学講堂や、芸術局などへ行き、内部を飾った壁画を見て廻った。市役所というのは古い中世の建築をそのまま使ったごく小さな建物で、芸術局や衛生局や生産局などは、それぞれ別の、現代的なビルディングを占めていた。僕は古代建築、特にゴチック式やロマン式の教会へも行き、

また劇場や競技場などへも出掛けた。合成絵画や合成建築はなるほど大したもので、そこには一種の個性、つまり人類の個性とでも呼ぶべき、善意と明快と友愛との感情が溢れていた。劇場で見た芝居はあまり面白くはなかったが、観客は誰しも感動していた。多くは明るいコメディで、人間性の美しさ、強さ、希望、といった主題を強調するものだった。

僕の描いた絵を老人は嬉し気に批評してくれたが、批評の尺度は常に未来的か否かという点に懸っていた。そして僕にも次第に分って来たのだが、未来的というのは、芸術は市民に奉仕すべきだということだったらしい。芸術は市民の魂を清める、美しくする、幸福にする、そういう点に目的を持ち、しかもそれは健康で、明るく、翳のないものでなければならなかった。僕が老人と議論する度に、老人は自作のタブローを持参して来て僕の絵と比較したが、なるほど老人の作品はどれも完璧に陽気で明快だった。ただそこには個性がなかった。そして僕の絵は、暗く沈んで、モチイフも色彩も老人のいわゆる未来的ではなかった。しかし僕にはどうしてもそれ以外には描けなかったのだ。

僕はまたしばしば公園に行き、展望台の鉄のベンチに坐って、遠くの海や、神秘的なカテドラルのある丘などを眺めていた。確かにその風景は明るく、また都市の公共建築の内部を飾った壁画も、すべて明るさという点で個性的だった。しかしいくらお手本がそのようでも、僕の描くものは、もっと違ったふうに個性的だったのだ。それはまるで僕の絶望的な過去の記憶が次第に薄れて行くのに、僕の手、この絵筆を握る手だけが、僕の過去にそのままつながっているかのようだった。僕の絶望は（生活の上ではもう影をひそめていたが）そこから少しずつ萌し始めていた。

――面白い絵ですこと。

僕は樹蔭に三脚を据えたまま、いつものようにやりきれない気持でパレットの上に絵具を溶いていたが、ふと呟かれたその声に思わず振向いた。若い女がじっと僕の絵を眺めていた。

――面白いとおっしゃるんですか？

女は無言で頷き返し、それから僕の方に眼を移した。晴々とした賢そうな瞳がきらきらと光った。それは僕の記憶をどこかで促した。

――僕の絵は未来的じゃないんですよ、と僕は自ら嘲るように呟いた。

――でも、この風景の中には、お描きになった人の魂があります。

どこか女学生のような、一本気の感情がその声の中に剥き出しになっていた。顔を少し傾け、短く切った髪が耳許で風にそよいだ。

――暗いんですよ、しかしこの風景はもともと暗いんですからね。

僕が描いていたのは、公園の続きの小教会の墓地だった。墓地の向うに、教会の塔が蒼ざめて聳えていた。

――こんなモチイフは本当は選んじゃいけないんでしょうがね。

――でも面白いわ、と女は言った。

——絵画委員に見せたらきっと怒られるでしょう、と僕は付け足した。

——あの人たちには絵が分らないのです。あの人たちは魂のない絵を描くだけです。

僕はその強い言いかたにびっくりした。僕は市民の一人が委員の悪口を言うのを初めて耳にした。

しかし女の方も言い過ぎたと思ったのだろう、会釈して僕の側から遠ざかった。僕は自分でも気がつかないうちに彼女を呼びとめていた。

——またお会い出来ますか?

——明日また来ます。

女はそう言い、微笑した。その微笑は僕をひどく幸福な気持にした。僕は遠ざかって行くその後姿を、自分もまた微笑しながらじっと見送っていた。

あくる日、僕は同じ場所に三脚を据えて待っていた。もうこれ以上絵に手を入れる余地がなくなってから、女はやっと風のように現れた。

——僕はもうあなたは来ないのかと思っていました。

——でもお約束しましたもの。

女はハンカチを出して額の汗を拭い、わたし走って来ましたのよ、と言った。僕等は草叢の中に並んで腰を下した。僕等はそれから合成音楽や合成絵画の話をした。モツアルトの主題や、ラファエロの技法などを巧妙に写して、そういったものを幾つも組合せて新しい芸術をつくったところで、それは一人の人間の魂の奥底にまで沁み渡るような芸術にはならないだろう、と僕は言った。多くの市民たちはそれで満足するとしても。

――わたしは満足しない一人だとおっしゃるの？　と女は訊いた。

――そういう気がします。

――わたしは、もし一つの作品がただ一人の人にしか共感を与えないとしても、その一人が本当に感動するのなら、それも許されると思うんですの。

そうした感動は、愛している場合にだけ起るのではないだろうか。僕はそう考え、それを口にすることを憚った。僕はただ冗談を言った。

――そういう個人的な芸術は、つまりたった一人しか救えないような芸術は、どうも未来的じゃありませんね。

女は笑わなかった。思慮深い瞳で僕のカンヴァスを見詰めていた。

――あなたの絵は描き手の孤独を証明しているのですわ。未来都市には、孤独な人はいないのです。

――しかしあなただって孤独なのでしょう？

女は意外にも、じきに首を横に振った。僕等は暫く黙ったまま同じ方向を眺めていた。女は立ち上った。

――わたしもう行きます。

――またお会い出来ますか？　と僕は昨日と同じことを訊いた。

女は微笑し、でもこの絵はもう完成でしょう、と言った。どこか他にいい場所はありませんかね？　と訊いた僕に、女はちょっと考え、あそこはどうかしら、と小さな声で呟きながら、船着場に近いその場所を教えてくれた。

――それじゃ明日からそこへ行って描きましょう。来てくれますね？

――ええ、いつか。明日は駄目。

女は謎のような微笑を浮べ、歩き出した。僕はとっさに呼びとめ、彼女は小首を傾げながら振り返った。

――僕にあなたの名前を教えて下さい。

――ローザ。

その一声がまた僕の記憶の中に波紋を喚び起し、僕は夕暮の墓地の中で、しきりと僕を揺すぶっているものを甦らせようとした。さっき僕が、あなただって孤独なのでしょう？　と訊いた時に、どうして彼女は首を横に振ったのだろう。それもまた、過去の何かにつながっていた。ローザ、その耳に快い響。そしてその暗い木霊《こだま》。

しかし僕は思い出さなかった。

僕の中に新しい希望が生れ、翌日から僕は船着場の倉庫の蔭に三脚を据えてローザの来るのを待っていた。海は穏かに凪いで、ボートが幾艘も波の上に浮んでいた。ローザはなかなか来なかったので、僕は毎日、絵筆を手にするよりはぼんやり海を見詰めて時を過す方が多かった。靴屋の離れに帰っても、僕は彼女の面影ばかり追っていた。

——どうしましたね、元気がないようだ。

そう老人が訊いても、僕ははかばかしい返事をしなかった。そして老人の孫娘は、その訴えるような瞳で、僕の心の動きを見抜いているようだった。

心の動き、確かに僕の心は今やローザに捉えられていた。遂に彼女が船着場のその場所に現れた時に、僕は力を籠めて言った。

——どんなに僕はあなたを待ったことだろう。

——御免なさい。でもわたし、そんなには抜けられないの。

ローザは思いやりのある、暖い眼指で僕を見ていた。そこには僕の待った長い時間を帳消しにするだけの、ごく親密な感情があった。それが僕に、自然に、次の質問を用意させた。

——どうしてなんです、ローザ？　どうして抜けられないんです？　僕はこんなにあなたを必要としているのに。あなたが来なくちゃ、僕はもう絵を描く張合がなくなってしまった。

——あら、そんなお弱いことじゃいけないわ。

——でも此処で僕の絵を分ってくれるのは、あなた一人なんですよ。僕はあなたのために描いているんです。一人きりのため、それでも許されるとあなたはおっしゃいましたね。

ローザは黙っていた。立ち上ると、砂浜の方へ下りて行き、足許から小さな貝殻を拾い上げた。微風が彼女のスカートに戯れ、彼女の片手がそれを押えていた。

——僕はあなたと海の向うへ行きたい、と僕は言った。

ローザは僕の方を振り返り、それから黙ったまま指先で、僕の後の方の空を指した。僕はその示す先に、丘の上に白く輝いているカテドラルを見た。それは屋根屋根の彼方に、威圧するように聳えていた。

——あれは神殿でしょう、あれがどうしたんです? あそこには哲学者という不思議な人物が住んでいるんだそうですね。

——哲学者はわたしの良人です、とローザは一息に言った。

7 実験

未来都市での僕の生活は、ローザとの時々の短い逢引を中心にして、僕の心にかすかな不満とはっきりしない不安との輪をひろげて行った。僕は表面的にはここの生活に馴れた。靴屋の店では、老人も、靴屋夫婦も、アンナも、みんな僕に親切だった。いな、ここでは市民たちは誰も親切で、善意に充ち、悪意の影も絶望の影もなかった。未来新聞と理想新聞とは、競争のように、難しい論説と新しい都市計画とに頁を割き、科学はあらゆる領域に発展し、芸術はひたすら市民のために奉仕した。その中で僕ひとりが全く異邦人だった。僕ひとりは、市民たちと同じ笑いを笑い同じ希望を夢みることが出来なかった。

それはローザと僕との間の愛が、その源をなしていたのだろう。ローザには良人があり、家庭があり、たとえ僕を愛していると彼女が約束しても、二人は束の間に、慌しく出会って、短い言葉を取り交すだけにすぎなかった。しかしこの愛が僕の思う通りにならないから、それで僕が不満だったわけではない。何かしら奥深い澱んだもの、自分が自分でないような不確かな感じ、それが僕に付き纏っていた。僕はちっとも未来的でない絵を描いていたが、たとえ自分の絵が絵画委員に認められなくても、そんなことはもう苦にならなかった。ローザが僕の唯一人の理解者である限り、そして僕の絵に僕自身が全力を傾けている限り、他人の評価はどうでもよかった。しかしもっと別の、どこかで、何かが間違っているという感じは、次第に僕を悩ませ始めた。ローザは確かに僕を愛していたが、それは彼女にとって良人への愛とは全く違った、もっと別の種類のもの、何の苦しみも伴わないような愛だった。まるで一種の子供の遊びのような。それは僕を慰めはしたが、それが生命を賭けた愛であるとは思われなかった。生命を賭けると僕は言ったが、この都市では、自殺とか狂気とかいうものはなかった。病気で死ぬ者さえ殆どなかった。多くの市民は天寿を全うして死んだ。生命はここでは安全そのものだった。

あまりにも安全な、それが僕をかえって不安にしていたのかもしれぬ。僕にはもっと不安に充ちた、生きることが常に深淵を覗き込むことであったような、ぼんやりした記憶があった。それなのに僕はそれを思い出すことが出来なかった。なぜなのだろう。僕の記憶は病院で衛生委員と交した会話まで溯ることが出来、またその病院へ案内者が僕と悪党とを連れて来たところまで溯ることが出来た。しかし何処から来たのか、その悪党とは何処で識り合いになったのか、その点はもう消えてしまった。

僕が一番不思議に思ったのは、ここでは夢を見ることがないということだった。僕はごくたまに、ほんのきれぎれの、じきに忘れてしまうような夢を見たが、それは現在の生活の破片で、過去の僕の記憶とは関係がなかった。アンナに訊いても老人に訊いても、彼等は全然夢なんか見ないらしかった。僕はこの都市に来る前に、たしか長い、陰鬱な、過去の夢を見たような気がする。多分夜汽車の中ででも見たのだろう。ただそれが何だったのか、僕はもう思い出すことが出来なかった。

僕はローザと時々会い、ローザの幸福そうな顔を見ながら、その心と溶け込まないのをもどかしく感じた。この愛はもっと違ったふうにあるべきだ、と思い、この僕という人間も、もっと違ったふうにあるべきだ、と考えた。そして或る日、僕は決心してもう一度あの衛生委員に会いに行った。彼からもっと詳しく、現在の僕の存在理由を訊き出すために。

僕は病院を訪ね、そこに目指す相手がいなかったので衛生局の建物まで出掛けて行った。この壮大なビルディングは、その一階のロビイの、素晴らしく大きな壁画の中央に、「自由・善意・希望」という標語を浮彫で示していた。僕は受付で来意を告げ、応接室に案内された。ラジオが合成音楽を響かせていた。

——久しぶりですね。ここの生活にもうお馴れになったでしょう。

衛生委員はばかに愛想がよく、人なつこそうな微笑を浮べていた。

——お蔭さまで、と僕は礼を言い、しかし僕の描く絵はどうも未来的じゃないらしいんです、と愚痴をこぼした。

——段々によくなりますよ、と彼は楽観的に言った。どうかゆっくりして下さい、特に御用でいらしたわけではないんでしょう？

彼は呼鈴を押してお茶を運ばせ、煙草をすすめた。どうやら彼は、執務時間中に客が来て時間が潰れるのを悦んでいるらしかった（ところが実際は、僕を観察することは彼にとって重要な職務だったのだ。僕はそれに気がつかなかった）。

——僕は近頃、昔の記憶が全然なくなりましてね、と僕はやっぱり愚痴っぽく言った。恋愛をしても、幸福なことは幸福なんだが、自分が本当の自分でないような気がするんです。

——それが本当のあなたなんですよ、幸福なら結構じゃありませんか。

——しかし、何か違ったものが……。

——大丈夫です。未来都市に生活しているあなたが正真正銘のあなたですよ。あなたのケースは成功でした。我々はいつでも成功します。

——いつでも？　僕は、時々、どうして此処に来ているのか不思議に思うんです。一体どういうわけなんですか？

衛生委員はゆったりと椅子に凭れ、両手をこね廻していたが、やがて次のように喋り始めた。

——実は今度の改選で、私はひょっとすると委員長に選挙されるかもしれないんです。これは私の功績が大きかったためですが、特にあなたのことに関して、私の実績が認められたせいもあるでしょう。だからお礼心に、一つ私の言っていい範囲だけお教えしましょう。本当はあなたは御存じない方がいいのですが……。この未来都市が未来的なのは、人民が自由・善意・希望に充ち、忌わしい情熱や、罪深い本能や、破壊的な感情に身を委ねることがない、という点です。あなたもこの点にはじきに気がつかれたでしょうね？　あなた御自身だって、絵は別として、次第に未来的になって来ている筈です。これは人間の頭脳が、そういう傾向を助長するように、絶えず刺激されているからです。

——刺激ですって？　と僕は訊き直した。

——そうですよ。衛生局は病院や研究所を監督して常に衛生管理を行っていますが、この発明は哲学者がなしたものです。原理は極めて簡単なのです。人間の頭脳には、大脳だけでも九十億に近い神経細胞があることは御存じでしょう。これはノイロンと名づけられていますが、哲学者はこのノイロンの化学的研究をすすめて、その電波・音波・光波・放射線・宇宙線等による物理的変化をすべて実験してみた結果、異常ノイロンの破壊に遂に成功したわけです。異常ノイロンと言ってもさまざまの種類があり、一概には行かないのですが、あなたが理解するためには、精神病の治療に用いる電気ショック療法を思い出して頂けば結構です。電気ショックは確かに異常ノイロンの一部を破壊させるが、その代り患者を逆に不安にしたり、パーキンソン型運動障害を起させたりします。我々のはそれとは全く違う。一般の、健常な人間を治療するのです。いや治療といえば如何にも患者相手ですが、これは我々すべてを対象としています。哲学者はあらゆる放射について研究した結果、遂に或る種の宇宙線放射が緩慢に行われた場合に、人間の頭脳に変化を及ぼすことを発見して、そして人工的に、この新しい宇宙線を放射する方法を発明しました。それを我々はライプニッツの用語を借りて、Fulguration と呼んでいます。神性放射とでもいうのですかね。ライプニッツに拠れば、神は原始的な一《いち》で、すべての創造された派生的な単子《モナド》は、その生産物として神性の不断の Fulguration によって、刻々にそこから生れて来るのです。つまり我々は、この放射によって、常に新しく現在を生きつつあるわけです。

——するとそこには神があるんですか？　と僕は煙に巻かれて尋ねた。

——一種の神でしょう。我々はこの発電所（というより宇宙線の発信所ですが）、それのことを神殿と呼んでいます。そこに哲学者の設計になる機械が据えつけられ、そこからこの都市の上に、昼も夜も絶え間なく、微弱な神性放射が行われているのです。この人工宇宙線は人間の五感には感じられないが、しかし我々の頭脳の中の異常ノイロンは、そのために弱められ、滅ぼされ、反対に健常ノイロンの方は一層機能が強められます。時にあなたはもう夢なんか見ないでしょうね？

――そうなんです。それも……。

――健常ノイロンはこの刺激によって、大脳内転轍器の完全な切り換えを行います。睡眠は完全であり、覚醒時にはそれは活動的です。もっとも睡眠には、合成音楽も利き目があります。合成音楽が睡眠にいいことが証明されてから、芸術局のうちで音楽委員会の発言権がぐっと高まりました。

僕は合成音楽に対してはどうも虫が好かなかったから、ラジオを聞くことは殆どなかった。そこに、僕がまだ少しは夢を見る理由があったのかもしれない。衛生委員は部屋の隅から聞えて来るラジオに、暫く耳を澄ませていた。

――我々は、神殿から常に放射されているこの人工宇宙線によって、善に目覚め、悪をしりぞけます。我々の中の悪しき記憶や、悪しき無意識もまた、活動することはありません。ただ、この作用はまだ微弱なので、有効範囲は未来都市の内部だけに限られていますが、これがもっと強力になって、全世界に及ぼすことが出来るようになれば、最早世界は戦争ということを知らなくなるでしょう。この仕事には、今や哲学者が懸命に取り組んでいる筈です。科学研究所や衛生大学でも研究していますが、何といっても哲学者は最高の頭脳ですから……。

――その神殿から放射するものの効力は、絶対なんですか、つまり完全に異常ノイロンとやらを破壊できるんですか？

――例外はあります。もし非常に悪質のノイロンが働いていると分った場合には、特に病院で、患者に強力な放射を加えて異常ノイロンを一挙に破壊させます。といっても、精神病の電気ショック療法なんかと違って、全然無害で、レントゲン撮影ほどにも感じないんですよ。市民の中で少しでも思考や行動が普通でないと反省した人間は、みな自分から進んで病院に来て強力な放射を受けます。自発的意志でそうするんです。あなたも御心配なようなら、手配しておきますが。

——いや結構です、と僕は慌てて断った。すると僕と一緒に来た悪党が受けたのも、つまりそれだったんですね？

——ほう、あの男にお会いでしたか？

——市内電車の中で二三度ね。しかしあの男は僕が誰だか全然分りませんでしたよ。

——その筈です、あの男は成功でした。しかしあなたの方も、当然忘れていていいのですがね。おかしいな。あの男の過去が悪党だと覚えているのは、人権侵害ですからね。それにあなたはまだ好奇心がお強いですね。やはり一度、病院へいらして……。

——いやそんなことはありません。僕は大人しく絵を描いているだけですから……。

僕は衛生委員に疑われない程度に、早々に引き上げた。僕は或る程度まで、自分の置かれている立場を理解した。しかし、どうして自分が未来都市へ来たのかという疑問は、衛生委員に説明してはもらえなかった。それを尋ねる相手は、僕をこの都市へ連れて来た案内者しかいない筈だ。僕は市役所や交通案内所や自治委員会や（ここでは警察というものはまるで必要がなく、自治委員会がその仕事を代行していた)、あちこちをせっせと歩き廻ったあげく、偶然に道の真中で彼に行き会った。僕は彼と久闊を叙し、近くの喫茶店で話をした。

——僕はあなたを随分探しましたよ。あなたはどこにお勤めなんです? そう僕は訊いた。

——行政局の秘書課ですよ。何でまた僕を探したんです?

——僕はね、どうして自分が未来都市にいなければならないのか、そのわけがよく分らなくて。

——厭なんですか、幸福だと思いませんか?

——何かこう自分が違ってしまった感じがあるんです。わけさえ分れば……。

——弱ったな。あなたは知らない方がいいんですがね。

——しかしあなたは、決して後悔はしない、平和で幸福になる筈だと約束したでしょう? ところがこの点が気になる限り、僕はここの市民になりきることが出来そうにもありませんし。

——それじゃ教えましょう。ここだけの話ですよ。未来都市では、放射による有効な頭脳革命が絶えず行われていて、それが成功したために市民の全部が異常ノイロンを喪ってしまった。つまり異常ノイロンの実験材料がなくなってしまった。そこで一歩実験をすすめるために、最も異常な悪を持った人間を一人、連れて来てみようという決議が最高会議でなされました。そして僕がその任に当ったわけです。僕はそれらしい適当な人物を探り当てた。しかしその悪党の犠牲にされそうだった人物も、絶望者として、やはり異常ノイロンの持主でした。つまりあなたのことです。それに我々はすべて善意に充ちていますから、僕もあなたを見殺しには出来なかった。放っておけば、あなたは明日にでも自殺しかねなかった。だからあの悪党と、それに僕の一存であなたと、この二人を未来都市に案内した次第です。実験はどちらも成功でした。あなただってそうして元気にしているし、僕も鼻が高いわけです。あなたが後悔なさることは何もないじゃありませんか……。

8 愛

絶望者、明日にでも自殺しかねない絶望者、それがこの都市に来るまでの僕の存在だった。今や僕は単なる実験の一材料として、緩慢な神性放射に曝されて、一日ずつ過去の記憶を喪い、一日ずつ内部の暗い情熱を喪って行き、家畜のように大人しい一市民となるだけなのだ。その日はもうじき来るだろう。あの悪党が市内電車の車掌になったように、僕も未来的な絵を描く尊敬すべき市民として、石ころ専門の絵画委員にでもなるだろう。僕はぞっとなり、自分を取り返すための唯一の方法として、過去の記憶を思い出すことに努めた。異常ノイロンも、神殿からの魔法によって、必ず破壊されるとは限らないのだ。僕にはまだ、僕が僕自身である権利がある筈だ。その夜、僕は必死になって記憶を探り、案内者と共に過した夜汽車の中で、たしか見た筈の夢を思い出そうとした。そして僕は、遂に、夢ともなく現《うつつ》ともなく、二つの顔を思い出すことに成功した。

アンナ。その沈んだ眼指。僕がむかし親しくしていた可愛い少女。しかしその彼女が、心の奥底でそれほどまで僕を愛していたとは、僕はつゆ知らなかったのだ。彼女はその愛を僕に告げようともせず、ひとりそれに耐え、ひとり決心して首をくくって死んだ。何ということか。どんなにか僕は嘆き悲しみ、返らぬ夢を追った。アンナが死に、それが傷手となって祖父も死んだ。僕は二人の人間を、自らの意志ではなく、自らの過失によって（彼女の愛に気づかなかったことも重大な過失に違いないから）殺してしまった。その悔恨が僕の魂を暗く染めた……。ローザ。その明るい微笑。しかし彼女には良人があり、子供があった。どうしても離れられず逃れられないもの。彼女はその家庭を愛し、同時に僕を愛した。この矛盾、この困難、この絶望の中で、僕は苦しみ、彼女の微笑もいつしか凍りついた。お互いの心への疑惑が信頼をゆるがせ、愛はしばしば傷つけ合った。それは不可能な愛だった。僕等は一緒に逃げることも出来ず死ぬことも出来ず、お互いに愛し合っていることをよく承知していながら、ふと、理由もなく別れてしまった。心の中に、重たい澱《おり》のような愛を持ちながら……。

それが僕の前身、そして僕の回復した記憶の中の二つの顔だった。僕は深い嘆息を洩らしたが、しかし僕の日常の中で、この過去の記憶は何等働きかけるものを持っていなかった。靴屋の離れに於ける僕の生活にはいささかの変化もなかった。それは依然として単調だった。老人は僕の絵の批評をし、息子の靴屋はせっせと働き、そのおかみさんは食事をつくり、アンナは訴えるような眼で僕を見た。そして僕には今こそ、この未来都市というものの性格がよく分ったのだ。アンナは永久に訴えるような眼で僕を見守り続けるだろう。そして彼女は、決して首をくらないだろう。彼女が死ぬこともなく、それが傷手で老人が死ぬこともないだろう。ここでは市民は必ず幸福なのだ。アンナも自殺しないし、僕も自殺しないし、市民は誰一人そんなことを考えたりはしない。ここでは愛は常に充ち足りて、そのために生命を賭けることはあり得ないのだ。そしてローザは……。

次の逢引の時に、僕はこの気持をローザに打明けた。僕等はその時、船着場からボートを出して、沖合から都市の方を眺めていた。全体が明るくパノラマのようにひろがり、平和な陽光を浴びて、屋根屋根や、塔や、ビルディングの白い壁がきらきら光っていた。丘の上に、神殿がそれだけ孤立して、権威の象徴のように市民たちを見下していた。

——もしあなたが僕を愛しているのなら、一緒にここを逃げよう。ここでは何かしらが本当ではないのだ。あなたは僕を理解してくれたたった一人の人だし、僕もあなたを他の誰よりも、自分よりも、愛している。しかし此処にいる限り、僕等は次第に、生ぬるい、幸福な愛の中に溺れて行くだけだ。そんなものは愛じゃない。愛は、苦しみもせずに、こんなふうに都合よく生きて行くことである筈がない。ねえローザ、僕等は何処かへ行き、二人だけで暮そう。

——でも、今のままの方がいいのよ。此処を離れたら、あなたはあたしを棄てるかもしれないわ。

——決してそんなことはないよ。けれどもね、いつ棄てられるかもしれないというそういう危険な要素も、愛することの本質の中にはある筈だ。だからこそ愛が真剣なのだ。ところがあなたはいつだって安全だ。ここでは誰だって安全なのだ。僕はそいつが気に食わない、そんなものは生活じゃない。

――まるで駄々っ子みたいね。

ローザはかすかに笑い、それから波を越えて神殿の方を見た。僕はその眼指にさえ嫉妬した。

――一体、哲学者はどう思っているんだろう？　あなたは僕たちのことを話したことはあるの？

――勿論あの人は知らないわ、わたしはわたしで自由ですもの。それに知ったたって、あなたみたいに嫉妬なんかしないことよ。それは未来的な感情じゃないから。

――つまり異常ノイロンか、と僕は悪口を言った。あなたはその人を本当に愛しているんだろうか？

――あの人は人類の未来にとって大事な人なのよ。人類が戦争と狂気とによって滅び去ってしまわないためには、あの人の実験がもっともっと成功しなければならない筈よ。わたしは心からあの人を尊敬しています。

――じゃ僕は？　これは愛ではないと言うのかい、これは単なる遊びなのかい、ローザ？

僕等は小刻みに揺れているボートの上で、ひっそりと黙り合っていた。愛し合っていることは分っている。しかしこの沈黙は僕には我慢がならなかった。僕はまだ未来都市の市民じゃな今の僕は意志的であらねばならぬ。たとえ昔の僕が意志薄弱な、投げやりな、諦めやすい人間だったとしても、今の僕は意志的であらねばならぬ。たとえ昔（僕の朧げな記憶の中で）ローザと僕とが為すこともなく別れたとしても、今の僕はローザと別れることは出来ぬ。僕はどうしても逃げ出すのだ、彼女と一緒に此処から。彼女が僕を選びさえすれば……。

——ローザ、もしあなたが哲学者も尊敬し僕をも愛しているというのなら、僕はそういうのは厭だ。愛するというのは選ぶことだよ、選ぶために苦しみ、選んだことによって苦しむことだ。そして選んだ以上は、自殺の危険も、発狂の危険もあるそういう血みどろの場所で、心と心とが争い、ぶつかり、そしていたわり合って、少しずつ成長するのじゃないだろうか。僕はひと思いに選んでほしいんだ、あなたの良人か僕か。あなたの良人の側には、めぐまれた地位、暖かい家庭、経済的な豊かさ、それこそ病気も貧乏も知らない未来がある。僕の側には、ここから逃げて行くための冒険、危険と恐怖と不安と、そして喪ったものへの悔恨と、とにかく未来とは違ったもの、現実がある。しかしそこには愛もあるんだ。どっちを選ぶ？

彼女はじっと沖の方を見詰め、それから僕の顔を見、そのまま眼を動かして陸の方、神殿が白く聳えている未来都市の方を見た。それは渾沌と虚無とを象徴する海と、平和と繁栄とを約束する都市との間で、決心のつかない彼女の心のためらいを示しているようだった。

——わたしにはきめられないわ、と彼女はやはり微笑を含んだ声で言った。

——そうか、それじゃ僕が哲学者に会ってみよう。

不意にローザの顔に素早い動揺が現れた。彼女はすぐさま僕の方を振り返った。

――何のために？

――君には選べない、とすれば僕と哲学者とが、お互いの愛の強さを較べてみるほかにはないじゃないか。決闘だよ。

――そんなことは出来ないわ。

――出来ない筈がない、それがあなたにとっても一番いい証明になるよ。

――いいえ、あの人は、良人は、いわば全能者なのよ、何でも出来ないということのない人、とても勝負になんかならないわ。そんな馬鹿なことは止めて頂戴。

――愛することは別だ。僕は決して負けはしないさ。

――でももしや何か危いことが……。

――あなたは此所が未来都市で、人は誰しも善意しか持ち合せていないことを忘れているのだ。何の危険もある筈はないじゃないか？

――いいえ、わたしはあなたが負けるのが怖いのよ、そしたらあなたは……。

――自殺するか、と僕は呟いた。

長い間忘れていた言葉の、その奇妙な意味。もしもローザを喪うとすれば、それはこの人生をも喪うということなのだ。昔は、僕等は別れ、別れたあとには搾り取ったオレンジのような、乾からびた人生しか残らなかった。僕に、そして恐らくはローザにも。喪ったあとになって、喪ったものが如何に大きかったかを知ったところで、それが何になろう。──ねえローザ、あなたは思い出さないかい、僕たちは、昔（前世で、と言った方がいいかもしれない）二人とも愛し合い、あなたには良人と子供との幸福な家庭があり、僕は絶望した芸術家だった。そして二人はつまらないことで別れてしまい、それから別々に後悔の重みを量ったのだ。そんなことをもう一遍繰返して何になる？　昔失敗したように、また失敗して何になる？　僕は厭だ。ローザ、あなたにそれが分らないのか？

9　哲学者

僕がローザを説得して、一緒にこの未来都市から逃げ出すことに相談がきまる迄に、尚も幾日かかかった。僕の熱心さが遂に彼女の心を動かし、僕等は二人だけの生活を求めて、未来都市の外へ、この神性放射の働く土地の外へと出発することに同意し合った。僕等は会うたびに、城門から出て行くのはどうも危険なような気がするとか、しかし城門以外に出る道はないとかいうことを話し合い、地図を研究して、結局、浜辺に沿って海を行き、未来都市を出はずれたところで陸地に上り、そこから何とか一番近くの汽車の停車場へ行く計画を立てた。それにしても、ボート以外に適当な船便もなく、また人に知られることはローザの身分上、危険なようにも感じられたから、ボートに載せられるだけのほんの身の廻りの品だけしか持って行かないことにした。僕はもともと裸同然でこの都市へ連れて来られたのだし、ローザの方も欲張りではなかった。そして二人が計画を立てている間じゅう、ローザはいつもの明るい瞳を少しも曇らせることがなかった。子供が遠足にでも行くような、ごく無邪気な、嬉しげな表情を浮べて。それが僕の愛に対する信頼を証明するもののように見えた。

その日、僕は朝早く起きた。僕は靴屋の一家にそれと気がつかれないように、身一つで消失せるつもりでいた。勿論今迄の恩恵を思うと、礼も言わずに出発することは良心が咎めたが、もし僕の出発を彼等が人に洩らすことがあれば、僕はとにかく、ローザは当然引き戻されてしまうだろう。僕は今迄に此処で描いた幾枚ものカンヴァスが、絵具の乾いたのも乾かないのも、乱雑に壁に懸っているのを一種の感概を以て見詰めた。どれも未来的でない絵だ。老人は首を横に振りながら、きっと塗り潰してしまうだろう。それとも一枚ぐらいは、不思議な旅人の形見として、保存しておいてくれるだろうか。

僕が自分の絵に別れを告げ、住み馴れた薄暗い部屋の戸を開くと、そこにあの小さな、泣き顔のアンナが立っていた。

――行ってしまうの？　と彼女は言った。

僕は当然、嘘を吐いて散歩に行くだけだとか何とか口にすべきだった。しかし僕には嘘は吐けなかった。僕は僅かに首を振って頷いた。

――あの人と一緒に？

僕は再び頷いた。どうしてそんなことまで知っているのだろう。アンナは暗い瞳で、少し上向き加減にじっと僕の方を見た。神秘的な影が、その瞳の底で揺らいだ。

——幸福になれるわけでもないのに……。

その言葉はよく聞き取れなかった。僕は素早く考えた。人は幸福になるために愛するのだろうか、それとも、ただ盲滅法に走り出すように愛に飛び込むのだろうか。僕はそっと彼女の細い肩に手を置いた。可愛いアンナよ、君には分らないのだ。

——じゃさよなら、アンナ。

——さよなら。

僕はもう振向かず、石甃の細い路地を船着場の方へと急いだ。約束の場所は、ローザが写生にいいといって最初に教えてくれた砂浜だった。建物に遮られて、そこまでは朝日の落ちない薄暗い路地を突き抜けると、眼に痛いように海と砂とそして太陽の輝く空とが、僕の前に一面にひらけた。僕は食料品を入れた小さな包みをボートの中に積み込み、ボートの日蔭の側に倚りかかって坐った。そしてローザの来るのを待っていた。

太陽は次第に中天に達し、砂は熱く焼け、東風が頰のほてりを冷やすように吹きつけたが、彼女は来なかった。気が変ったのか、それとも哲学者が……。僕は緊張のあまり膝ががくがくするのを覚えた。不安、これは久しく僕の忘れていた感情だった。

午後になってもローザは現れなかった。僕は何度も、屋根屋根の彼方に、謎のように聳えている神殿を眺めた。そして僕は遂に決心し、砂浜を後にし、タクシイを見つけてそこへ出掛けて行った。

車が次第に街を離れて丘の中腹のうねった道を登って行くにつれて、白い石と褐色の煉瓦とを積み重ねたカテドラルの正面が、僕を威圧するように迫って来た。車はその正面に達すると、横庭に廻って、蔦の絡んだ、煉瓦づくりの僧院の入口に止った。僕は車から下り、入口で案内を乞うた。黒っぽい長衣を着た僧侶ふうの男が、中庭の見える廻廊を通って、僕を夫人の私室に導いた。中庭の空から燕が一羽、礫《つぶて》のように舞い下りて来るのが見えた。

僕は採光の悪い、しかしよく整えられた部屋の中で待たされた。漸くローザが姿を見せた時に、彼女は昨日見た時とは別人のようにやつれ、顔色もすっかり蒼ざめて見えた。しかし、それは彼女の着ていた白いチュニックのせいだったかもしれない。彼女はその唇にいつもの微笑を浮べたが、それは直に凍りついてしまった。

——ローザ、と僕は一言呟いた。

彼女は僕の胸に倒れかかって来た。

——わたし、やっぱり駄目だった、と彼女は喘ぐように言った。どうか怒らないで。

——僕は怒りはしない。しかしどうしてなのだ、どうして気が変ったのだ?

——わたしにはあの人を見棄てて行くだけの勇気がないの。わたしを愛しているあの人の信頼を裏切ることは出来ないわ。

——問題はあなたの良人じゃない、あなただよ。あなたの愛しているのは誰だ? 僕じゃないのか?

ローザは答えなかった。彼女は僕の胸に顔を埋めたまま、小刻みに震《ふる》えていた。僕はやさしく彼女の背中を撫で、窓の外に、燕が鋭い叫び声を上げて飛び交うのを眺めていた。僕はそっと彼女の身体を押し離した。

——どうなさったの? と息を呑んで彼女が訊いた。

——僕は哲学者に会う。

彼女は悲鳴のような声をあげた。しかし僕の決心はゆるがなかった。

哲学者は僧院の一番奥の書斎に、ひとりだけ机に向って腰を下していた。その大きな部屋はあまりにひっそりしていたので、初めは人がいるのかどうかも分らない程だった。おびただしい量の書物が、人類のあらゆる智慧を集めて、周囲の書棚から眼を光らせていた。この書斎には黴くさい学問の印象はなかった。書物も、人も、潜在的な活動力を隠し持ってひそかに息づいていた。

哲学者は僕の想像していたような老人ではなかった。僕がドアを押して中にはいった時に、彼は机からおもむろに顔を起したが、その眉は濃く、その眼光は鋭かった。

——君は誰だ? と彼は太い声で尋ねた。

——あなたが哲学者ですね、つまりあなたが独裁者ですね? と僕の方も訊いた。

——私は独裁者ではない。私は最高会議のメンバーの一人というだけだ。

——しかしあなたがこの神殿とやらを作ったのでしょう？　緩慢な Fulguration とやらで市民を奴隷的精神状態に追いやる発明も？

——奴隷ということはない、市民はすべて自由だ。君は何か誤解している。

——自由じゃありません。僕にはもう自殺する自由も、狂気になる自由もない。

——そんなものは自由ではない。哲学者はそう言うと、かすかに笑った。君はここの市民ではないな、それでなければ自殺する自由だなどと馬鹿なことを言う筈はない。

——僕は実験材料にこの都市に連れて来られた男ですよ。僕はただ、此処では何か間違っていると言いたいだけです。少くとも僕にはね。僕はこういう善意や自由は信用できない。このラジオや新聞や合成絵画などは我慢がならない。

——しかし、人類はこういうふうに進歩して行くのだ。どうして君には分らないのだ、悪のない人間、罪のない人間、余計な自意識や、過去の失敗や、無意味な宗教や、そういうものに煩わされず、学問と芸術と日々の生活を愉しんでいる人間、これが人類の理想なのだ。私がその理想を実現させつつあるのだ。

——つまりあなたが神だと言いたいんだ、思い上った傲慢な神だ。

——私は一人の科学者、広い意味の哲学者というにすぎない、と相手は冷静に答えた。私は有効な発見と発明とによって、少しでも人類の進歩に役立ちたいと考えているだけだ。私は人類というものを、窮極の善に向って進みつつあるものと考える。私はそれを促進させたいだけだ。

——しかしそれは、人間が一人ずつ、自分自身で解決すべき問題です。悪の部分を機械的に抹殺して、それで残りが善だとどうして言えます？　人間は善と悪とを弁証法的に繰返して、ほんの少しずつ、善の方に進んで行くものです。

——私はそれをもっと早く、もっと確実に処理しようと思ったのだ。私は宇宙線を初めさまざまの放射線の研究に長い時間を掛けて、遂に一種の宇宙線が異常ノイロンを破壊せしめ得ることを発見した。異常ノイロンの破壊、これは久しい間の人類の夢だった。宇宙線というものは、久しく謎として扱はれて来たが、その中にあらゆる生物の脳細胞を善の方向に向わせる因子がある、また悪い遺伝子を絶滅させる能力があることを、私は発見したのだ。その次の仕事は、人工的にこの宇宙線を作り出すこと、それを放射して人類から一切の異常ノイロンを抹殺することだった。私は人類の夢に奉仕する一人の哲学者として、この都市の人たちを幸福にしてあげた。この都市には、異常ノイロンを持つ人間は一人もいない。

——そんな筈はない。じゃ僕はどうです？　僕は今でも悪を為すことが出来る、自殺することも出来る。

哲学者は笑った。

——君はこの都市にいる限り、決して悪を為すことはない。勿論自殺なんか出来ない。君は病院で強力放射を受けたことがないらしいから、君の異常ノイロンは完全に破壊されてはいない。だから色んな詰まらないことも考えるのだろう。それにまだ滞在期間も短いらしいから、Fulgurationの方も充分に働いていないかもしれない。しかし君に出来ることは、せいぜい許される範囲内の悪、つまり夢を見たり、過去を思い出そうとしたりすることだけだろう。

僕はそれを聞いているうちに、何だか頭がくらくらして、自分が先生の講義を聞いている幼い中学生に戻ったような気がした。ローザと一緒に逃げようと計画したのは、あれは悪ではなかったのだろうか。しかし、と僕は直に気がついた、その計画は現にまだ実現されてはいないのだと。

――しかし、しかし、と僕は夢中になって反発した。それじゃあなたはどうです、あなたは強力放射を受けたんですか？　あなたの異常ノイロンは完全に破壊されているんですか？

――私は強力放射を受ける必要がない。あれは自分自身に対して自信のない人だけが受けるものだ。

――それならあなたには過去の記憶というものがある筈だ。あなたのような偉大な頭脳が過去の記憶を完全に忘れ去る筈がないもの。

――私には忌わしい記憶はない。

――罪の意識もないと言うんですか？　それならお訊きしたいけど、あなたは人工宇宙線による異常ノイロンの破壊という発明を、化学的・物理的実験なしに、単なる理論だけでやってのけたんですか？　そんな筈はないでしょう。人間の頭脳が研究対象である以上、動物ではない人間が、実験材料に使われた筈だ。え、あなたは僕と一緒に凶悪な人殺しを未来都市に連れて来させた。それも実験のためです。しかしこの実験はまあ無害だった。もっとも僕はそれだって、人格に対する一種の侵害だろうと考えますよ。しかし、もっと以前に、研究が始められた頃に、あなたはどういう実験をなさったんです？

哲学者はそこで初めて沈黙した。

――未来都市では、人は決して嘘を吐かないと僕は教わりましたが。

哲学者は重々しく口を開いた。

――人類の夢を実現させるためには、多少のことは許されると私は信じた。

――それがあなたの論理なんですか？　神ならば許されるかもしれない。しかし人間には、決して許される筈がありません。

――私はそうは信じない。

――もし人間が理想世界をつくるために、同じ人間を材料にしてまで実験を試みる必要があるのなら、そうしなければ進歩が生れないのなら、僕は永遠に愚昧な、悪徳と狂気とに充ちた存在のままでいた方がいいのです。

――私はそうは信じない。

哲学者は再び沈黙した。長い時間が経ち、彼はそれまで閉じていた眼を開いた。

――君は何のために私に会いに来たのだ？　何を求めているのだ？

僕は一歩前に進んだ。

——僕はあなたの奥さんを、自分の命を捨てても悔いないほど愛しています。あなたには、あなたの研究がある、あなたの未来都市がある。もしあなたがあの人の幸福をお考えになるのなら、どうか僕と一緒に行かせて下さい。

——それは不幸になるだけだ。ローザは此処に、私と一緒にいる方が遥かに為合《しあわ》せなのだ。

——しかし僕の方が、あなたよりも深くローザを愛しています。たとえ不幸になったとしても、僕たちはそれでいいのです。愛はもっと真剣な、不安な、絶望的な欲求なのです。

——愛は平和な、静かなものだ。

——しかし僕は彼女のために死ぬことが出来ます。

深い沈黙が、哲学者と僕との間に深淵のように開いた。

——馬鹿げている、とぽつりと哲学者が呟いた。そんな愛が何になる?

——愛は目的なんか持ちません。

哲学者は天井の方を向き、

——ローザの方はどうなのだ? と訊いた。

僕は哲学者が眉間に鋭い皺を寄せて、じっと眼をつぶっているのを見た。彼は同じ問を繰返したが、それは如何にも答を待っている者のようだった。

——ローザは僕を愛しています。

しかし沈黙の底知れない深さに、慄然となって僕が視線を動かした時に、僕はいつの間に来たのか、ローザが白いチュニックを纏って、幽霊のように書棚の隅に立っているのを見た。

——ローザはどうなのだ?

その答は、明るく、強く、部屋の中に響き渡った。

——わたしはこの人を愛しています。わたしを一緒に行かせて下さい。

彼女は塑像のようにびくとも動かず、哲学者の方も身じろぎ一つしなかった。そのうちに哲学者は仰向いていたその顔をゆっくりと俯かせ、やがてローザと僕との方を見詰めた。その射るような眼指は、彼女と僕とを交る交る見据えたが、そこに燃えているものが何なのか、如何なる意志なのか、僕には分らなかった。僕は哲学者が何と答えるか、固唾《かたず》をのんで待ち構えていた。やがて彼は重々しく口を開いた。

——それなら行くがよい。もしお前たちがこのことを私に言い出さなかったなら、お前たちの善意は決してお前たちを行かせなかった筈だ。しかし、賽《さい》は投げられた。行け。早く。私に残された少しばかりの悪が私を裏切らないうちに。

10 終曲

大型のボートは船着場を離れると、生き物のように滑り出した。僕は必死になって漕いだ。もしも哲学者の気が変り、彼の異常ノイロンが少しでも働き出せば、僕等二人は直に追手に掴まってしまうだろう。既に夕暮が近く、太陽の傾いた光線が海の面を赤々と染め始めた。僕が漕ぐたびに、飛沫が舷側に飛び散り、ローザの髪や頬を濡らした。彼女は小さなハンカチで、短く切った髪を拭い、心配そうに陸の方を見た。僕も疲れた手を暫く休めると、振り返って未来都市の方を眺めた。山の端に今しも太陽が沈んだところで、丘の上の神殿は血のように赤く染っていた。空は無気味なほど凪ぎ、海の上にもゆるやかなうねりがあるばかりだった。海鳥が奇妙な啼声を立てて僕等の上を飛んで行った。

僕は方向を変え、陸に沿って更にボートを漕ぎ進めた。ローザの顔には、いつもには見られない不安そうな翳が滲んでいた。海の表に、漸く少しずつ夜がくだり始めた。

その時だった。思わず舟ががくんと揺れたほどの烈しい衝撃が、一度、二度、三度、相継いで起った。ローザが悲鳴をあげ、その身体が横に倒れ、危く海の中に落ちそうになるのを、僕は声にならない声で呼びながら、とっさにオールを放し、彼女の足許を抑えつけた。しかし彼女が悲鳴をあげたのは、自分の危険のためではなかった。彼女のわななく指が、陸の方を指していた。

そして僕は見た。宙に火を噴きあげて、神殿が、あの白いカテドラルが、真二つに割れ、崩れ落ちて行くのを。それは火を噴きながら丘の傾斜面を転り落ち、その麓にある街を、今や火焔で包んだ。空高く、黒煙が猛烈な早さで昇って行った。都市全体は騒然たる空気に包まれ、刻々に忍び寄って来る夜の中で、丘と、その周囲の森と、麓の街とが、見る見るうちに火の手をひろげて行った。早くもここまで、物の焼ける臭いが漂って来た。

——あの人は死んだ、とローザが呟いた。

僕は彼女の身体をしっかと抱き締めてやった。それでも彼女はいつまでも震え続けた。僕等はそうしたまま、ボートが波のまにまに漂うのに任せながら、未来都市の崩壊して行く有様を眺めていた。

哲学者は自ら死を求めたのだ、と僕は考えた。自らの死と共に、彼の愛した未来都市、この人類の夢をも道づれにして。それは彼の中の忌わしい記憶、恐らくは生体実験に関する記憶が、彼に甦ったせいだろうか（それを甦らせたのは僕だ）、それとも、妻がいなくなってから初めて、喪われたものの大きさに彼が絶望したためだろうか（彼女を奪ったのも僕なのだ）。善のために建設された筈のこの都市が、その発明者の異常ノイロンの中に残っていた僅かばかりの記憶、僅かばかりの絶望というこの悪のために、こんなにもあっけなく崩壊してしまうとは。それもこの都市に紛れ込んだ、一人の絶望者の行動と言葉とから。僕がこの時感じたのは、実に何とも言えぬ空しさだった。この上もないような空しさだった。ローザも、ローザさえも、この僕の感じている空しさを埋めることは出来なかった。

僕はオールを握り、機械的に漕ぎ始めた。ローザは悲しげに首をうなだれていた。夜は完全に海を覆い、未来都市を燃し続ける火災もいつしか見えなくなり、僕等二人を乗せたボートは、暗い波の上を行方も知らず進んで行った。

鬼

上

正親《おおきみ》の司《つかさ》に仕えている若者が、屈託のなさそうな顔付きをして、夕暮の京の町を、七条堀河から安衆坊に向けて歩いていた。供に連れているのは、眼の大きな、臆病そうな童《わらわ》ばかりで、童の足がつい駆け出しそうになるのを主人は笑いながら引き留めていた。

「そう急ぐな。」

陽が山の端に沈もうとして、血のように滲《にじ》んだ色が町並を酷らしい色合に彩った。品物を頭に載せて往来していた販婦《ひさめ》もとうに姿を消したし、帰りおくれた女車の側を行く雑色《ぞうしき》は、鞭を振上げてしきりに牛の歩みを急《せ》き立てていた。破れた鈍色の水干を着た乞食が、物欲しげにこちらを見ながらすれ違った。秋の初めらしい光の澄んだ空には、赤くただれた鱗雲が次第に赫きを失って行く。

「この間、応天門に何やら光り物が出たそうだ。お前ならまず気を喪うところだな。」

童はそう言われて、一層顔色を悪くした。つぶらな瞳を起して心配そうに暮れそめて行く空を見上げたが、主人の方はお構いなしに喋り続けた。

「応天門には鬼がいるらしいな。いや、あれは朱雀門《すざくもん》だったか、ひょっとしたら羅城門だったかな。御所にあった玄象《げんじよう》という琵琶が掻き消えて、それを弾く音が南の方から清涼殿まで聞えたので、博雅《はくが》の三位《さんみ》が音を頼りに朱雀門まで訪ねて行ったところ、鬼が縄をつけて、琵琶を手許まで下してくれたそうな。鬼というのは、なかなか変ったこともするものだ。」

「夜になれば、狐だって出ます。盗賊なんかも待ち伏せしているかもしれません。」

童は漸くそれだけ言い、主人の足の遅いのをじれったそうに横眼で見た。主人は今日、京極の端れまで所用で出掛けて、どうしたわけか、そろそろ日の暮れそうな時分になって、二条の我が家へ帰りかけたのだから。

「盗賊がお前なんかを相手にする筈がない。朱雀大路を走って行けば、大して怖いこともないさ。私は今日は他に泊るから。」

主人にそう言われて、童は口の中で思わず阿弥陀仏の御名を称えた。さんざ威《おど》かされた上、一人で夜道を帰されるのではたまらない。主人がゆっくりしているのには、何かしら魂胆がありそうだと思ってはいたのだが。

若者は七条大路の次の辻を右に曲った。その角近くに、かねて父の代から出入りをさせている夫婦者の家があった。亡くなった父が受領《ずりよう》を勤めていた頃に国から京に上った者で、旅人の宿を業としていた。平門をはいるといつもは客も少く、ひっそり静まりかえった家なのに、土間では下人どもが車座になって騒いでいて、身分ありげな若者を遠くから小腰を屈めて眺めた。言葉の中に、耳馴れない国の訛が多かった。

顔色の悪いのを愛敬で包み隠した中年の女が、若者を奥へ案内した。

「手筈はいいのかね。」

「本当に若様のお気の弱いこと。局《つぼね》にお通いになればお宜しいのに。こちらまで気を揉まされるんですからね。」

「なに気が弱いわけではない。これが風雅の道という奴だ。」

「どうですか。こんなあばら家では風雅でもございますまい。」

女は意味ありげに笑ってみせ、若者の方は気が弱いと言われて、道々その臆病さをからかって来た童の姿を眼で探した。しかし童は、下人どもの世話している馬を見る方が面白いらしく、主人の側からは離れていた。

「お方様が恐ろしゅうてなりませぬか。」

女は尚も若者を苛めていたが、ふと気を取り直して真顔になった。

「それが、実は今夜ばかりは家へはお泊め申せませぬ。」

若者は顔を起して、意外なことを訊くという面持をした。

「あの人に何ぞ……。」

「いいえ、あの方はお出でになれますが、実は田舎から、公事《くじ》があって都に上った縁つづきの者が、あのように沢山の下人を引き連れて参っておりますので、とても若様のお泊りになる場所がございません。全くわたくし共の都合で申分ございませんが、向うを断るわけにもいかず……。」

「それでは私の方はどうなるのだ。」

若者は一瞬相手が嘘を吐いてごまかすのではないかと思ったが、確かに下人も多勢いることだしその疑いは直に振払った。といって、事がうまく運ばないと分るや、久しぶりに逢うつもりでいた女への不憫さが、急に込み上げて来た。

「今夜はどうしても逢わずには帰らぬ。」

相手は暫く思案をめぐらしていた。

「実は一つ手だてがございます。」

「何だ。早く言え。」

「この西に当る大宮のあたりに、久しく誰も住み手のない御堂がございます。如何でしょう、今夜ばかりはそちらへお泊り遊ばしては。きっとこれも風雅でございますよ。もしお宜しければ、すぐにもお迎えに参りますから。」

若者には考えてみるまでもなかった。恋しい女の面影が、ここ暫く逢わないでいたために、一層鮮かに眼に浮んだ。それは気の小さな、いつもおどおどした、髪の長い女だった。どんな寂しい場所であろうとも、決してしりごみはしないだろう、私が一緒にいる限りは、――そう若者は思った。

若者は早く結婚したが、それは年も自分よりはずっと上で、顔の半面に痘痕《あばた》の残った、醜い女だった。初めのうちは、暗い几帳の蔭で逢っているばかりだったから、世馴れない若者には姑射山《こやさん》の仙女のようにも思われた。思えばその頃、若者は何も知らなかった。女はさる中納言の遠い縁つづきで家柄もよかったし、物腰も柔かで、若者はとうとう婿になることを承知した。心の隅に、何かしら心残りのようなものを感じながら。

それは予感というようなものだったかもしれない。若者は少しずつ気がついて行った、妻は容貌が醜いばかりでなく、心ざまも賤しく、若者の一挙一動に鋭い眼をくばっていることを。歌の道にも暗く、書もつたなく、言葉遣いも次第にぞんざいになり、女の童に優しい言葉を掛けることにさえ若者の心を疑った。そして若者の方は心の奥深く不満を育てながら、妻の眼を逃れて、心ばえの優しい、情のある女を愛人とすることを夢みていた。

或る日、若者が六条堀河の大路を歩いている時に、通りすがりの赤糸毛の女車を引いた牛が、不意に大路の向うから放れ馬が来たのに驚いて、急に横にすさった。そのはずみに車の轅《ながえ》がはずれ、すずしの下簾が翻って、楓重ねの小袿《こうちぎ》を着た女房が危く中から転り落ちそうになった。若者はとっさに車の後ろへ走り寄り、その肩を抱きとめた。顔色を蒼ざめさせて、細く見開いた眼、わななく唇、そして彼の手に纏《まと》いついた黒髪の冷たさ、……しかしそれも瞬時で、女は素早く簾の中に消え、雑色は車に牛をつけ直し、そして牛は何事もなかったかのようにのんびりした歩みを続けた。白昼夢のように若者は女車のあとを見送っていたが、ちらりと見た、恐怖と感謝との二つの感情を綯《な》いまぜた若々しい女の顔は、若者に嘗て覚えたこともない烈しい恋心を惹き起した。若者はその女車が大きな屋形にはいるのを見届け、七条まで歩いて、かねて町の事情に明るいことを自慢にしている、宿屋を営む女を訪ね、様子を訊いた。そして女房のはいった屋形が、若者の妻とは遠縁に当るなにがしの中納言の別宅だということが知れると、若者は小ざかしく引き受けた女の手を通して、その女房に文を送った。女房の方でも、女車の簾の蔭に見た男の姿が忘れられなかったのだろう、直に文を返して来た。幾度か文が交されてお互いの気持も分ったが、しかし若者にとっては、屋形の局まで忍んで行くことは危険が大きすぎた。それはどういう風の吹き廻しで妻の耳にはいらないとも限らない。そこで二人は、仲《なか》立《だち》をした女の家の一間に、御簾を下し、蚊帳を吊して、ひそかに逢った。蛍が蚊帳の外をはかなげに飛び交う夜、若者にとって、今まで生きて来た自分の命は、ただこの幼な顔の残った、悲しげな女ひとりのためのものであることが理解された。切なげに身をわななかせている女にとっても、怖れと愛との入り混ったこの一夜は、恐らくは初めての生きがいを感じさせるもののようだった。二人はしっかと手と手とを取り合い、そして夜はいつしかに白んだ。二人は稀にしか逢うことが出来ず、逢うたびに一層誓いを固くした。司《つかさ》に出仕している間にも、机の上に書類の頁をめくりながら、若者はうつけたように女の顔を記憶の中に描いていた。ややもすれば嫉妬深い妻の表情がその上に重なり合うのを、必死に振払おうとしながら。

青い袿《うちぎ》を頭に懸けた女房が、仲立の女に連れられて現れると、若者は童を呼び寄せて、女に案内されるままに、七条の大路を大宮の方に歩いた。既に日は全く暮れ、僅かばかりの明るみが西の空に漂っているばかり、人通りの全く絶えた大路には秋の初めの涼しい風が道端の柳の葉を吹き返している。童は寒そうに肩をすくめ、自分の前を、足弱そうに歩いて行く小柄な女房の、青ばんだ衣の裾のあたりを眺めていた。お方様が怖いから、それでこんなところでこっそりお逢いになるのだな、と考えた。お方様がもしも気がつかれたら、ただ事では済まされないだろう。それなのに御主人様のあの嬉しそうな顔。

一町ほども歩かないうちに、大路から横にそれると、破れた築地《ついじ》が長く続き、その尽きたところに如何にも古びた御堂が、ひっそりと戸を鎖したまま、夕闇の中に蹲っていた。案内役の女は入口の戸に手を掛け、こともなくそれを開いた。中はしんとして黴くさい臭いがぷんと鼻を衝き、内陣に今もなお仏が飾られているものかどうか、それさえ見定められない。女は若者の方を振り返った。

「此所でございます、暫くお待ち下さる間に、わたくしが畳を持って参りましょう。」

小柄な女房は尚も袿に顔を隠して若者に寄り添ったまま、怖そうに御堂の中をうかがっていた。その後ろ姿を童はぼんやりと見詰めながら、主人がいつになったら自分に帰れと言うのか、気が気でなかった。あたりは次第に暗くなって来て、萩の花が築地のあたりに咲いているのが、白々と浮び上った。

仲立の女が自分の家から畳一帖を持って走って戻って来ると、御堂の中に姿を消した。ついでに紙燭《しそく》をも持って来たらしくて、仄明い灯が、瞬きながらがらんとした御堂の中を照し出した。

「さあこれでお休みになれましょう。わたくしは暁方にお迎へに参りますから。」

女はそう挨拶すると、小腰を屈めて外へ出た。若者はそこで漸く、童が自分の命令を待って入口に佇んでいるのに気がついた。

「お前も御苦労だった。もう帰るがよい。明朝また迎えを頼む。」そして優しく付け足した。

「他言をしてはならないよ。」

童は悲しそうな顔をして頷いたが、その時、主人の側にいた女房が袿を取って童の方を見た。物に怯えたようなその表情が、童の心の中に、沈痛といったような一種の感情を喚び起した。

紙燭がかすかな音を立てて燃え尽きると、暗闇の中に濃い油脂の臭いが漂い、それが黴《かび》の臭いと混った。女房は若者の腕の中にしっかと抱かれていたが、その身体は、あたりが暗闇になると、一層わなわなと震え出した。風が御堂の破間《やれま》から吹き入って、戸をかたかたと揺すった。

しきりに虫がすだいて、それがこの夜を風情ありげにするよりも荒涼たるものに感じさせた。

「私がこうしているのだもの、何も案じることはないよ。私はこうやって、あなたと一緒にいるときが一番幸福なのだ。この時のために生きているのだ。私は今さえ幸福ならばそれでいい。あなたはそうは思わないか。」

女ははかばかしい返事をしなかった。

「私にもっと力があったら。私がもっと身分のいい家に生れていたら。今の妻のような嫉妬深い妻を持っていなかったら、――そういうことを考えると、私は夜でも眠られないのだ。私はあなたをこれ以上幸福にしてあげることが出来ない。こうやって人目を忍んで、ただあなたと逢っている時だけが、せめてもの私たちの慰めなのだ。しかし私たちは若いのだから、いつかはもっと愉しい、もっと為合《しあわ》せな日がめぐって来るだろう。もし此の世で駄目ならば来世にでも。」

「いいえ、わたくしは今だけで満足でございます。」

女はそれだけ言い、一層強く男の胸に身を任せた。今だけが愉しければいい、それが本来の若者の考えだったから、未来に幸福があるなどということは、実は思ってもみなかった。殆ど毎年のように悪疫が流行し、都大路にさえ腐れ果てた屍体《したい》が投げ棄てられているのを見ることに馴れていたから、明日というものが少しも頼みにならないことは、よく知っていた。どれほど仏を拝んだところで、病いや災いを避けることが出来ない以上は、今こうして女を抱いていることの他に、幸福があるべき筈もなかった。しかし女はやがて、心細そうな、張のある声で、訴えるように話し始めた。

「わたくしは今、心から満足しておりますし、このことを決して忘れはいたしませぬ。わたくしはたとえこれから尼になって暮しましても、御読経の合間合間に、あなた様のことを思い起して、わたくしの後生は極楽に生れ変らなくても、あの時のわたくしは極楽にいたのに等しかったのだから、これ以上欲ばることはないと、申し聞かせるつもりでございます。たとえ今わたくしの命が死に絶えて、地獄へ堕《おと》されることがありましても、わたくしはそれで満足でございます。なぜならばわたくしは、此の世にあなた様のような方にめぐり合って、こうしていとおしんで頂きましたことを覚えておりますから。」

不吉なことを相手が言い出したので、若者はそれを遮ろうとした。女は更に言葉を続けた。

「……けれども、わたくしと同じ心持を、あなた様もお持ちなのでございましょうか。疑ってはなりませぬ。それはよく存じております。けれどもあなた様はいつまでも、今のわたくしたちのこの幸福を、覚えていらっしゃいますでしょうか。わたくしは恐ろしげな場所で忍び逢いに逢うのも、少しも厭だとは思いませんし、あなた様が今、わたくしをいとおしんで下さいますのも、真心からのことだと存じております。ただ明日のことはわかりませぬ、明後日のことは分りませぬ。あなた様が後になって、中納言の局にいた女房と忍び逢いに逢ったことがあるが、何とも風雅なものだったなどと、もしや昔語りのたねにでもなされることがありましたならば、……」

「どうしてそんな悲しいことばかり言うのだ。私は決してあなたのことを忘れることはない。明日も明後日も同じだ。もしもあなたが死ぬようなことがあったなら、私も必ずや一緒に死んでしまうよ。」

「いいえ、そういうつもりで申したのではございませぬ。わたくしはただ、今のわたくしがどんなに幸福か、それを申したかったばかりでございます。」

女はそう言って喘いだ。若者の情熱が再び掻き立てられ、二人は言葉もなく抱き合った。長い鬚を生やした蟋蟀が破間からはいって来て、二人の上に掛けた直衣《なおし》にとまって鳴き始めた。虫は、そこに人がいるのも知らないように、いつまでも鳴き続けた。

そして長い時間が経ち、夜も更け、あたりが一層森閑《しんかん》と物恐ろしく感じられる頃あいに、ふと御堂の後ろの方にかすかな気配がして、虫の音が一時に止んだ。若者は奇妙な予感を覚えながら、そっと暗闇の中をうかがった。灯先がちらちらと影を投げ、誰かが裏口から御堂の中にはいって来る様子だった。

若者はそっと怖気立って、思わず抱きしめていた腕に力を入れた。女はそれまで眠っていたのか、驚いたように身をすくませた。若者は息を殺して、ちらちらと動く灯影の方に注意を集中した。

御堂の中がぼんやりと明るくなり、紙燭を手にした女の童《めわらわ》が一人、中にはいって来た。その背後の影が大きく壁に映り、その影が動くと見るまに、女の童は仏の座の前にあった燭台にその火を移した。御堂の中で燭台の火はゆらゆらと揺れた。若者は女を腕の中に抱きしめたまま、身を起してそっと後ろの壁の方ににじり寄った。

女の童がはいって来たその同じ場所から、風のように、萌黄の唐衣《からぎぬ》を纏った女房が一人、現れ出た。ゆっくりと前に進むと、御堂の隅に顔を隠すように横ざまに坐った。

若者は、腕に抱えている女と同じほど自分も身をわななかせていた。眼は吸いつけられたように、怪しげな女房から離れなかった。初めに現れた女の童はいつのまにか消え失せ、燭台の灯の仄暗い中に、その女は横向に坐ったまま、最早ぴくりとも動かなかった。そして時間が流れたが、鳴き止んだ虫はもう再び鳴き始めなかった。

言いようのない恐怖が若者を捉えた。この女はただ者ではない。生きた人間である筈がない。この夜中に、単身、人けのない御堂に現れるとは。これは私の女を食いに来た鬼かもしれない。若者は、むかし業平の中将が女を連れて山科の山荘に泊った時に、その女を鬼に食われたという故事を思い出した。そして、自分の力で必ずや守り通そうと、腕の中の女を固く固く抱きしめた。しかしその力も、ややもすれば崩おれそうになるほど、しんと静まり返った中に静坐している女房の姿は無気味だった。その女房は、此所に人がいると知ってか知らずか、横ざまに坐ったまま身じろぎ一つしなかった。そして不意に、細く、よく透る声で、口を利いた。

「そこにいるのは如何なる方々です？　わたくしは此所の主《あるじ》ですが、どうして主にも告げずに此所においりになりましたか。此所は昔から、人という人の来たことのない処です。」

その声は特に変っていたわけではないが、それだけにかえって恐ろしげな響きを持っていた。若者は震え声で答えた。

「此所にお住みになる方があるとは、つゆ存じませんで。今晩、此所に泊るよう人にすすめられたものですから。申訣《もうしわけ》のないことをいたしました。」

「早く此所を出て行きなさい。出て行かないと、よくないことになります。」

若者にしても、それだけ答えたのが精いっぱいだった。言われるまでもなく、一刻も早く逃げ去りたかった。腕の中の女は、着物の上に徹るまでに汗を流していた。若者が抱き起そうとしても、ぐったりして手応えもなかった。その身体を抱えるようにして引摺りながら、若者は御堂の入口の方へ少しずつにじり寄った。

漸く表に出ると、外はぬば玉の闇夜だった。若者は女の腕を肩に掛けて歩かせようとしたが、それだけの気力が女にある筈もなかった。何処をどう歩いたかも覚えぬうちに、若者は堀河に近い中納言の屋形の前まで辿り着いた。とにかく危いところを免れた、この女を鬼に食われないで済んだ、――それだけのことしか考えなかった。若者は門をしきりと敲いた。漸く警固の侍どもが門を開いた時に、若者は正体もない女を品物のように相手に渡すと、身を翻して走り去った。自分の家まで、物に憑《つ》かれたように駆け通しに駆けた。

次の日は一日寝ていた。思い出すだけでも毛髪が逆立つような気がした。しかし夕刻が近づくにつれ、昨晩の女のことが痛ましく思い起された。思えばあの恐ろしい事件のあとで、殆ど口ひとつ利かないで別れたのだ。歩くことも出来ないほど正体がなかった。今日の日に見舞に行かなければ、あまりに不実のように思うだろう。若者は決心して身仕度を整えると、昨日の童を供に連れて、何はともあれ七条堀河の、仲立をしてくれた女の許を訪ねた。女は待ち構えていたように若者を小脇に呼んで、その耳に囁いた。

「あの方は屋形にお戻りになってからも、まるで死んだようで、一体何事があったのかとどなたが尋ねても返事ひとつお出来になりませんでね。中納言様も御心配あそばされて、これは何ぞ穢れに会ったのだろうとの仰せで、仮屋《かりや》を造ってそこへあの方をお入れになりましたが、そこで間もなく息をお引取りになりました。わたくしは今朝ほど、心配なのでお屋形を訪ねましたところ、それはもう大変な騒ぎで。」

「お前はそれであの人に会ったのか。」

若者は顔色を真蒼にして尋ねた。

「それが、わたくしが出向きました時には、もう息を引取られたあとでございました。身寄もない方で、仮屋でお亡くなりになるとは、きっと前世が悪かったのでございましょうね。」

若者は茫然としてその言葉を聞いていた。

「鬼の住むようなところにあの人を泊めたのが、私の不覚だった。何という愚かなことをしたものだろう。」

若者はそう言って返らぬことを嘆いたが、仲立の女は、鬼が住むなどとは聞いたこともないと、真顔で繰返すばかりだった。

中

この話は、「今昔物語集」巻第二十七本朝の部附霊鬼の第十六「正親《おおきみ》の大夫若き時鬼にあいし語」を、私が小説ふうに書き直したものである。殆ど原文に忠実であり、私はほんの少々、例えば主人公に童《わらわ》を一人供につけたり、仲立の女に宿屋をやらせたり、また御堂で主人公が「女と臥して物語などする程に」という段に、会話を加えてみた程度の、潤色を施したにすぎない。原文はほんの二頁ばかりで、この直後に例によって didactique な結びを添えているから、その部分は原文のまま次に引用する。

「正親の大夫が年老いて人に語りけるを、聞き伝えたるなるべし。其の堂は今にありとかや。七条大宮の辺にありとぞ聞く。委しく知らず。されば、人なからむ旧堂などには宿るまじきなりとなむ語り伝えたるとや。」

これだけである。

ところで「今昔物語集」はかねてからの私の愛読書だが、この挿話には多少合点のいかない節を覚えていた。というのも、この中では鬼があまりにもあっけないからだ。巻第二十七には、霊、鬼、死霊、野猪《やちよ》、狐、迷わし神、産女《うぶめ》、などの怪異談が四十五篇含まれているが、鬼に関するものはいずれも凄惨である。例えば、私が右の話の中にちょっと引用した、業平の中将が女と共に北山科の旧い山荘に泊った時には、「にわかに雷電霹靂《らいでんへきれき》してののしりければ」という事態が起り、中将が太刀を抜いて身構えたにも拘らず、「女の頭の限りと着たりける衣どもとばかり残りたり」(第七)という悲惨な結果になる。このように、鬼の特徴は、一般に言って、その姿を現さずに、後に被害者のバラバラの屍体だけが残るというのが多い。「重き物の足音にてはあれども体は見えず」(第十)とか、「夜なれば其の体は見えず、ただ大きやかなる者」(第十四)とかいうのがそれである。しかしこの鬼なる者は、形を変じようと思えば何にでもなれるものらしく、例えば「此の板、俄にひらひらと飛びて、此の二人の侍の居たる方様《かたざま》に来る」(第十八)という板も、「車の前に小さき油瓶の踊りつつ歩きければ」(第十九)という油瓶も、鬼が形を変えたものである。最も形相の物凄いのは、「面は朱の色にて、円座《わらふだ》の如く広くして、目一つあり。丈は九尺ばかりにて、手の指三つあり。爪は五寸ばかりにて刀のようなり。色は緑青《ろくしょう》の色にて、目は琥珀のようなり」(第十三)とあって、だいぶ後世の鬼に近くなっている。この他に白髪の老女に形を現じたのもあるが、鬼が美しい女房の形をして現れ、いっこうに真の正体を現すこともなく、犠牲に選ばれた女は恐怖のあまり後になって悶死するというようなのは、此所に紹介した挿話の他に例を見ない。

そこで考えるのに、どうもこの鬼は死霊というよりは、生霊の方に近いらしい。生霊に関しては、「源氏物語」の「葵」に現れる六条御息所のもののけを初めとして、「栄花物語」の中にもしばしば描かれている。強度のノイローゼに伴う幻視幻聴であろう。もしこの話の中で若者と女とが見たものが、二人の共通の幻覚であったとすれば、鬼と錯覚したのも無理からぬところと言える。しかし更に一歩を進めて、この鬼が死霊でも生霊でもなく、人間業であったとしたならばどうであろう。私はこれについて、幾つかの場合を推理してみた。それをみんな書くのも曲がないから、一つだけを選んで次に述べることにしよう。もっとも「今昔物語集」の中の右の話を紹介するに当って、必要なだけの伏線は少々余分に張ってあるから、聡明な読者は早くもそれと気がつかれたかもしれない。

下

帰れと言われて、臆病な童は朱雀大路まで走って行ったが、そこではたと立ち止った。既に夜はとっぷりと暮れ、見はるかす限り大路に人一人見えない。さっき主人がからかい半分に言った応天門の鬼のことや、自分が口を滑らせた狐のことなど、知っている限りの恐ろしい妖怪が、この大路の向うで自分を待ち構えているような気がする。童は立ったまま震え出し、よくよく考えた末、もとの道を大宮の方へ駆け戻った。どうせあくる朝また主人の迎えに来るのなら、いっそあの御堂の側で夜明しをした方がましなような気がした。童は主人思いだったし、また主人の側にいさえしたなら、鬼が出ても狐が出ても、怖くはない筈だと自分自身に言い聞かせた。

童はこっそりと御堂に戻ると、裏手に廻って小さな壺屋《つぼや》を見つけた。これもすっかり荒れ果てて、入口には戸もついていなかったから、童はた易く中へもぐり込み板壁に凭れかかった。身体中が小刻みに震えて、どう息ばんでも震えはとまらなかったが、しかし声を出せば聞える範囲に主人がいるのかと思えば、少しは気が安まった。すぐ足許で虫がすだいていた。童はとうに両親に死に別れ、一人きりの身寄である姉も世をはかなんで大原の里で尼になっていた。怖いという気持を鎮めるために、亡くなった母や遠くにいる姉のことを思うと、ひとりでに涙が流れて来た。そして童は両腕の間に膝を抱いたまま、いつのまにか泣き寝入に寝入ってしまった。

どれほどの時が経ったのだろう、童はふと眼を覚した。どこかで幽かに人声が聞えて来る。と、急に自分の立場がぎょっとする不安の中に喚び起された。身体中ががたがた震えたが、それでも主人のことが気になったので、這うように御堂の方へ近づき、破間《やれま》の隙からそっと中を覗いてみた。薄暗い灯台の灯が大きな影を揺がせて、童はその中に、主人と、先程の小柄な女房とを認め、そして心臓の締めつけられるような恐怖と共に、見も知らぬ女が反対の側に坐っているのを見た。主人は女房の身体を抱きかかえるようにして、入口から表の闇の中に消えた。あの女は誰だろう、そして御主人様はどうして不意に行ってしまったのだろう。そうした疑問と共に、自分も早くお伴をして一緒に行かなければ、——そう考えはしたものの、どうしたことか奇妙に足腰が動かなかった。童は尚も破間に眼を押し当てたまま、見るともなしに中を覗いていた。御堂の隅に横ざまに坐った女は、主人たちが逃げるように走り去ったあとでも、じっとしたままでいた。もしやあそこにいるのは鬼ではないかしらん、それならばきっと見つけられてただの一口に食われてしまうだろう。童は口の中で一心に仏の御名を称えた。それでも震えはいっこうにとまらなかった。口の中がからからに乾き、眼に見えぬ手でじりじりと首を締められているような気がした。

ふと気がつくと、明いたままの入口の戸から、女の童を連れた女が一人、そっとはいって来た。それと同時に、今まで黙然と静坐していた壁際の女が、首を起し、声を掛けた。

「うまく行ったかね。」

「行ったもなにも。転るように逃げて行ったわ。さてさて臆病な若様なことよ。」

その声を聞いて、童は思わず自分の耳を疑った。紛れもない、この女は夕刻この御堂へ案内してくれたその同じ女ではないか。これもやっぱり鬼なのだろうか。

「あたしがうまくやったからさ。どうして、我ながら怖いくらいの出来だったよ。」

女たちは二人とも得意げに語り合った。

「お前さんは髪を振乱して、口許に紅《べに》でもこすりつけた方がいいという意見だったじゃないか。黙って坐っているだけで大丈夫だと言ったのはあたしだよ。もっともお方様もそれでよかろうとのお話だった。」

「あたしはもっと凄みのある方が面白かったと思うよ。それでもあのお女中の怖がりようと来たら。」

押し殺すような笑い声がその唇から洩れた。

「あたいだってうまくやったでしょう。」

女の童までが一緒になって笑った。その子供子供した声が、外にいる童の気持を急に鎮めた。さっきほど恐ろしいとは思わなかった。この女たちは決して鬼ではない。しかし何かしら、鬼よりももっと邪悪なものが……。

「お方様もこれで安心というものさ。若様も二度とあの女とはお逢いになるまいよ。」

「口惜しいほど綺麗なお女中じゃないか。いっそ息の根を止めてやればよかった。」

女の憎々しげな声が鋭く響き渡った。

「なにあの女はごくごく気が弱いとお屋形でも評判だから、怯《おび》え死《じに》に死ぬだろうよ。めったに手でも掛ければ検非違使《けびいし》がうるさいだけさ。そこがお方様のお考えの深いところじゃないか。」

「ふん。それで御褒美の方にも間違いはあるまいね。」

「それは大丈夫とも。今夜あたしがお方様のところに御注進に行ったら、いずれ首尾を見た上で礼は充分に取らせるが、取り敢えずというのでこれを頂いたよ。これは唐渡《からわた》りの珠だ。」

乏しい燭台の灯の瞬く中に、自慢そうに延した女の手の中できらりと燦《きらめ》くものが見えた。

「それはあたしにおよこし。」

「とんでもない。お前さんへのお礼は明日にでも……。」

「いいからおよこし。それは婆さまの持つようなものじゃない。」
「何をほざく。子持ちの傀儡女《くぐつめ》のくせをして。」
女二人は口汚く罵りながら掴み合いを始め、それと共に、女の童が不意に甲高い声で泣き出した。その泣声が真夜中のしずまり切った空気の中を、ぞっとするような寂寥感で貫いた。これはひょっとしたら夢じゃないだろうか。そう童は考えた。破間から見える諍いの光景は、そこだけが地獄図絵のように、悪夢じみて乏しい光線の中に浮び出た。

あくる日の夕刻、心配げに足を急がせる主人に従いながら、童は今でもまだ信じられない昨日の光景を思い浮べていた。あれからどうやって主人の屋形まで辿り着いたのか、さっぱり覚えていない。眼や耳にしたことを教えようと思っても、昨日はあんなに屈託のない顔付きをして、鬼の話で童を怖がらせた若い主人も、今日は不機嫌に黙り込んだまま眉間に皺を寄せて歩いて行く。そして主人の考えている不安は、童の心にも次第に空恐ろしいものとして伝って来た。

仲立の女が声をひそませながら、中納言家での騒ぎや不幸な女房の最後などを主人に告げている間に、童の心を襲ったのは、事の成行の意外さと共に、空とぼけたこの女の心持の恐ろしさだった。この悲しげな声、眼には涙さえ浮べているのに。ひょっとしたら自分の間違いで、御堂にいたのはやっぱり鬼だったかもしれない、この女は本当に何も知らぬ正直者なのかもしれない。そうした疑いが次々に浮んでは消えた。

しかしこれはみんな嘘だ、みんな企んだことだ。子供らしい直覚でそう見抜いて、童は思わず声をあげて叫び出しそうになった。自分だけの知っている秘密が、心の中で次第に重たくなった。しかしこの場で、声に出してそれを告げることは出来なかった。

若者はその日から、うつけたように病床に臥してしまい、妻はまめまめしく看病した。童は事の仔細を主人に告げようと思いながらも、容易にその時を得ることが出来なかった。

一度、例の仲立をした女が屋形を訪ねて来たが、奥でどのような話が交されたのかは童には分らなかった。ただ、女は嬉しげな顔をして出て来ると、庭先にいた童にお世辞を言った。きっと自分の顔を覚えていたのだな、と童は考えたが、それはあの日の夕刻、主人の伴をしていた時の自分の顔で、深夜に御堂の破間から覗いていた時の自分の顔である筈はなかった。もしもそのことを知ったなら、この女は自分をただではおかないだろう。童は眼に見えぬ蜘蛛《くも》の網《い》に捉えられているような気がした。

病いが癒えると、主人はまた何事もなかったように正親《おほきみ》の司《つかさ》に出仕し始めた。また前のように屈託のない、晴々しい表情にかえった。童を供に連れて都大路を歩いた。そして童の心の中に、初めて、言いようのない悲しみが萌《きざ》して来た。

あの女の人は死んでどうなったのだろう。仮屋《かりや》の中で誰にみとられることもなくはかなくなり、今はどこをさ迷っているのだろう。地獄だ。地獄の他に行くところがある筈もない。童は萩の咲いた御堂の入口で、夕闇の濃くなって行く中にぽっかりと浮んだ小さな白い顔を、まざまざと思い出した。その顔は物に怯えたように自分の方を見詰めていた。その短い、しかし鮮明な印象。それは地獄へ堕ちることを予め知っていた顔ではなかったのだろうか。頼る者もない諦めたようなその顔、しかし御主人様がいた筈なのだ。その人が頼りになるからこそ、あんな荒れ果てた、人も住まない御堂で逢引をしたのではなかったろうか。

頼りに？　そこで童は、今になって、御主人様が何の頼りにもならないことを理解した。妻の眼を掠めて、今や若者はせっせと別の女房に文を送っていた。まだあれから一月とは経っていないのに。いずれは童を供に連れて、こっそり通って行くことになるだろう。最早童にとって、あの夜の恐ろしい事実を主人に告げたところで、何の効果もないことが分って来た。そして亡くなった女房が、尚も無量の恨みを含んで地獄道をさ迷っているその気持が、切ないほど自分の心にも感じられた。

あの仲立の女も、あの傀儡女《くぐつめ》も、またお方様も、みんな鬼よりももっと悪いのだ。しかしどうしたらその罪を問うことが出来るだろう。検非違使に訴え出たところで、何の証拠もない。陰陽師に調伏してもらおうにも、童には何の資力もなかった。口惜しさに身のわななく思いがしても、どうすることも出来なかった。

童が主人に暇をもらって、ひとり大原へ向ったのは秋も末の頃だった。主人がその訣を尋ねても、童は眼を伏せるだけで、理由を告げようとはしなかった。姉に会いたいからと口にするばかりだった。

尼になった姉は、かねて寂光院にいると聞いていたが、高野川に沿って行くその山道は遠かった。紅葉は既におおかた散って、うそ寒い時雨が降りかかると濡れた道は滑って歩きにくかった。ひとりきりの旅でも、今は怖いとは思わなかった。心の中で、冷たい焔のようなものが、急《せ》きたて励ましていた。

長い石段を昇りつめて、漸く尼寺にまで辿り着くと、姉は寂光院の裏手の山中にある小さな庵室にいることが分った。童は痛む足を引摺りながら、竹林の間を抜けて更に歩いて行った。やっと姉の姿を認めた時には、疲れのために声も出ず、ただ涙ばかりがとめどもなく流れ落ちた。数年来会わなかった姉は、亡くなった母親とそっくりになっていた。姉の方は、弟の身に何ぞ不首尾でもあったのではないかと、まずそれを心配した。

その夜、童は心のたけを物語った。火の気もない庵室の中は凍りつくほどの寒さで、時雨もよひの風が竹林を吹き過ぎて行く音ばかりが、無気味に夜空に響き渡った。

「それでお前はどうしようと思うの。」

姉がそう訊いた時に、童は、まるでみまかった女房の霊が乗移ったかのように、口惜しげに叫び出した。

「私には我慢がならないのです。あんな罪のない、優しそうな人を、鬼の真似をしてたぶらかして殺してしまった奴等が。どうしてそんな無惨なことが出来るのでしょう。そういうことを頼んだお人も、仲立をした女も、鬼の代りをした女も、みんな何の咎めも受けないで、安穏と日を送っています。そして御主人様だって、もうあの女の人のことは忘れかけているのです。そんなはかない、情ないことってあるものでしょうか。私はあの人の仇を取ってやりたい。あの哀れな死にかたをした人を慰めてやりたいのです。」

「それには仏を念ずるより他にはありませんよ。」

「いいえ、私は仏に頼ろうとは思いません。」

「その人たちもいずれは地獄に堕ちるのです。もしもその哀れな女人のために仏を念じてあげれば、必ずや功徳になります。私たちに出来るのはそれだけです。」

「私はこの世で罰を与えてやりたいのです。」

「それが何になります？　そうすればお前だって地獄に堕ちるだけではありませんか。仏の御名を称えてその人の魂を救うほかに、お前に出来ることはありませんよ。」

竹林を吹く風の音が心に沁み入るようだった。不意に声をあげて泣き始めた童を、尼は数珠を爪繰りながら、いたわしげにじっと眺めていた。

寂光院に近い魚山大原寺に、翌年、修業に熱心な一人の沙弥《しゃみ》がいた。先輩の僧たちは彼の精勤篤学なのを愛《め》でたが、同時に、稀に見せるその鋭い眼指《まなざし》を怖れていた。そして地獄に堕ちた一人の女人を今もなお幻のうちに見ているのは、ただこの鋭い、無量の訴えを含んだ、沙弥の眼指ばかりだった。

死後

彼がその時見ていたのは一匹の小さな蜘蛛だった。それは山胡桃の下枝から殆ど飛沫のかかりそうな水面まで、細い一本の糸を頼りにするすると下りて来た。どうするつもりなのか、もう一寸か二寸さがれば、水に覆われてしまうだろうに。その蜘蛛は白っぽい腹をこちらに向け、湾曲した六本の脚を縮めて、必死になって糸にしがみついていた。そして彼の方も、奇妙な好奇心に駆られてじっとそれを見詰めていた。

宿屋の裏手にある小川のほとりだった。川幅は狭かったが裏山から急な斜面を流れ落ちて来るので、水嵩も多かったし、水底に沈んだ石に流れを殺がれて、盛り上った水が白い飛沫を飛び散らせた。岸辺に茂った山胡桃の下枝は、跳ね上った水滴に葉を濡らされて次第に重たくなり、水の上で鶺鴒《せきれい》の尾のように動いた。枝と枝との間には幾匹かの既に巣を掛け終った蜘蛛が、準備を整えて餌食を待っていた。彼等はものぐさに、ただ待てばよかった。しかし一本の糸で水面のすぐ側までぶら下った奴だけは、夕暮の風に山胡桃の病葉と同じように震えながら、ただ待っているだけでは済まなかった。しかしそいつは何時までも動かなかった。そしてその蜘蛛を見詰めている彼も、しゃがんだまま動かなかった。

蜘蛛はやがて活動を始めた。ところがそいつはもと来た方に糸を手繰って登り出すのではなく、そのまま下にさがった。何という馬鹿な奴だ、と思わず彼が叫んだ瞬間に、そいつは水に覆われ、みるみるうちに一尺ほど流れた。と思うや、ぐんと糸を引いて、水面を叩いている山胡桃の下枝に見事に這い上っていた。そこからまた元の位置まで、するすると糸を伝わって戻って来た。たった一本の、中枝と水面すれすれの下枝との間を結んだ糸を、そいつは休みなく往ったり来たりした。時々は葉から葉へと歩き、途中からぶら下っては新しい筋道をつくった。暫くの間に、水面の上わずか一寸ばかしのところに、ともかくも半欠けの巣らしいものが出来上りかけていた。確かに、水面に近ければ近いほど、小さな羽虫が輪を描いて沢山飛んでいた。こいつは危険な目を冒したが、それだけ餌食の多い場処に陣取ることが出来た。そして水の上は次第に暗くなり、眼の見えなくなった羽虫が、早くも未完成の網の上に掛っていた。

つまりそういうことか、と彼は呟いた。彼は足許から細長いしなやかな草を一本抜き取ると、それを網の上に投げた。その僅かばかりの重量でも、花車《きやしや》な巣はしない、中心にいた蜘蛛はたちまち草の重みで川の中に転り落ちた。そいつは急流に呑まれてみるみるうちに流れ出した。しかし今度も、見事に一本の糸に縋って踏み止ると、水から抜け出して山胡桃の下枝に這い上った。そしてまたせっせと破れた箇所を繕い出した。その蜘蛛の巣は、絶えず飛沫がかかるために白っぽく光っていた。川の表だけを残して、岸辺にはそろそろ夕闇が忍び寄って来た。

その時彼は不意にこういうことを考えた。こいつはさっき水の上に落ちた時に、或いはそのまま水に流されて行ったのかもしれない。山胡桃の下枝にうまく這い上ったと思ったのは単なる僕の錯覚で、実際は、あのまま水に呑まれて、今は屍《むくろ》となって下流の方を何処までも流れて行きつつあるのかもしれない。この僕の眼の前に、水上わずか一寸のところに、半欠けの巣の中心に、何でもなかった顔をして陣取っている奴は幻の蜘蛛、僕の眼が思い描いた妄想、実体のない観念なのかもしれない。それであってどうして悪いわけがあろう。最初に水に覆われた時に、或いは二度目に僕が草を投げつけた時に、こいつは確かに溺れ死んだのだ。そして僕が今見ている奴は、その時までの奴と全く同じ形をしてはいるが、別の蜘蛛なのだ。別のものであって、同時に同じものなのだ。実存というものはない、虚妄があるばかりだ。生というもの、或いは死というものはない、非連続の現実の意志があるばかりだ。それでどうして悪いわけがあろう……。

彼は尚もその一匹の蜘蛛を見詰めていた。それは次の瞬間には彼自身だった。彼は軽々と、白く光った糸の渦の中に身を置いて、暮れそめて行く空の方を眺めていた。足許のところで、流れ行く水が激しい音を立て、大きな葉の一枚一枚が身を震わせて揺れ、それと共に彼の身体も揺れた。待つことだ。待つこと以外には何もなかった。川明りに羽虫が飛び交い、高い空に蜻蛉が舞っていた。蜘蛛はその空を見ていた。彼も見ていた。何という易しいことだろう。人間だってそのように易しい筈だ、と彼は考えた。今さっき、どうして僕に危機とか、死の恐怖とか、虚無とかいう月並な考えが浮ばなかったのだろう。なぜただ死後ということ、日常と同じ形をした死後ということが浮んだのだろう。一筋の糸にぶら下った蜘蛛、そいつは死の危険の上に身を曝して、いわば死の踊りを踊っていたのだ。軽やかな草を投げられただけでも破れてしまう花車な巣の上で、そいつは不安そのもののように震えていた。しかし僕は不安だったのか、僕は僕以外の者の眼が僕を見守っていることを、邪悪な意志が（それを邪悪と言えるだろうか、ほんの気紛れにすぎなかったのではないか）僕の巣を破ろうと待ち構えていることを、知っていたのか。僕は知らない、僕は知る必要もなく、従って不安でもない。僕は僕の実体が虚妄であり、現実の生が死後も同じであることを、いな逆に、死後が現実の生と同じであることを知っているのだ。だから今の僕には、切迫した危機の感情も、ことさらしい絶望も、生きることの不安もないのだ。何という楽天的な奴だ、この蜘蛛は。ひょっとしたら、こいつは本当に僕なのかもしれない、古代人が輪廻と呼んだあの奇妙な願望の通りに、僕が生れる前の僕、僕が死んだあとの僕なのかもしれない、しかし、それは現に、この瞬間に、どうして僕であってはいけないのだろう……。

彼が立ち上った時に、川のほとりは既に全く夕闇に包まれ、その一匹の蜘蛛の姿はもう見分けることが出来なくなった。遠くから盆踊りの囃子《はやし》の音が単調に響き出した。彼は草を踏んで宿屋のある方角に歩き出した。

それは確かに徐々に来たのだ、この死後の観念は。彼はそれが何時から始まったのかを思い出すことが出来ない。今度の、この最後の、決心という奴が何時から始まったのかを知らないように。ひょっとしたら僕はまだ決心していないのかもしれぬ、と彼は呟いた。

「僕は図書館でちょっと調べ物をして来るから、」と彼は妻に言った。

「まあこの暑いのに。うちでなさるわけにはいかないの?」

「うん、気になっているところがあるからね、夕方までには帰る。」

「折角の夏休みなのに。わたし何処か涼しいところへ行きたいわ。」

「うん、そのうちに行こう。」

彼は機械的に返事をし、「君は午後は映画にでも行くさ、」と付け足した。妻は顔を赫かせ、それから溜息のような声を出した。

「午後は途中が暑いわ。それより早く帰っていらして。晩御飯のあとで一緒に行きましょうよ。」

彼は黙って頷き返し、ノオトや参考書などを入れた小さな鞄を手にして家を出た。駅までの間の十五分ほどの道のりに、午前の太陽が烈しく照りつけていた。妻は映画には行かないだろう。恐らくは実家まで歩いて行って母親と油を売るか、洗濯をしたあとで昼寝でもするだろう。それが日常というものだ。人には誰にでも、一人ずつの日常がある。一人の男と一人の女とが結婚すれば、そこに共通の日常が生れて来る。それは次第に積み重なる。それは次第に腐蝕する。しかし誰が悪いのでもない。それは日常というものが、それ自体持っている作用なのだ。しかし積み重ならないもの、共通の要素を持たないもの、それもある。魂だ。魂が真実で日常が虚妄なのだ。生成して存在しないものと、存在して生成しないものか。しかし魂に生成があるだろうか。僕にとってそれは既に決定したものだった。僕の魂は初めに与えられたまま、何の変化も持たなかった。

道路の片側に、日蔭に身体を半分ほど入れて、一匹の野良犬が舌を出して寝そべっていた。その赤い舌の先から、汗が点々と道路の上に垂れた。前脚の上に顎《あご》を載せ、眼を細く閉じ、その眼で通り過ぎて行く彼をじろりと見た。お前も不満なのか、と彼は心の中で犬に呼び掛けた。僕のように。しかし僕が不満なのは、僕が僕でないことだ。お前はこの暑さに、餓えに、渇きに、犬であることに、不満だ。僕は妻を愛し、妻の母を愛し、学生たちを愛し、夏を愛し、生きることを愛している。新制大学の哲学講師というこの日常をも愛している。けれども僕は僕ではない。僕があるべき筈の僕ではない。

中央線の停車場は、プラットホームの上に日射がかっと照りつけ、電車を待つ人たちが誰も疲れた、眠たげな表情をしていた。反対側のホームを、下りの列車が猛烈な轟音を響かせて通りすぎた。紙屑が風に舞って彼の足許を走った。遠くへ行くことは出来る。と彼は考えた。ただ、何処へ行っても、人は常に此処に帰って来る。

彼は電車に乗り、バスに乗り、やがて大学の図書館の前まで来た。この中にはいりさえすれば、日常はとどこおりなく廻転する。ギリシヤ哲学史。万物流転。一にして全。自然について。汝自らを知れ。そして彼は獲得した智識の上に僅かばかりの新しい智識を加え、それによって学生たちを悦ばせることも出来るだろう。彼はユーモアのある、軽妙な講義をした。「ヘラクレイトスにとって、魂とは火気、クセラ・アナトミアシスだった。だから乾いていればいるほど、魂は善良で賢明だと考えられた。すべてのものは、その内部に含まれる火気が、多いか少いかで価値がきまる。燃え上っていれば、そこに運動があり、生命があった。ところで酒という奴は、魂をしめっぽくさせるんだ。だからヘラクレイトスは酒を飲むことを非難したのだ。僕も同じ意見だがね。」そして学生たちは大声で笑った。しかしそうした講義を口にしながら、彼が何を考えていたのか学生たちには分らなかっただろう。「午後は映画にでも行くさ。」そのやさしい言葉の蔭に、彼は何を考えていたのだろう。申し分のない教師、申し分のない亭主。しかし僕の魂は、初めから湿っていたのだ。

新しい智識か、しかし悦ぶのは僕ではない、と彼は図書館の前の広場の、涸れ切った池を見詰めながら考えた。そのあたりは、正午に近い太陽を遮るものもなく、ベンチにもひとけがなく、野球場の方から喊声が聞えて来るだけだった。新しい智識が何になるだろう、魂が既に決定している以上は。それはファウスト博士のような、すべての書を読み尽しての感慨ではなかった。彼は三十代だったし、殆ど学問らしいものの緒口《いとぐち》に達したばかりだった。読むべきもの、知るべきものは無数にあった。しかしそれでどうなるというのだ。

彼は暑い陽射の中をぶらぶらと歩き出した。何処かで休んだような気もする。何かを食べたような気もする。電車や自動車の疾走する通りで、顔じゅう汗だらけの男が彼にぶつかり、文句を言ったような気もする。とにかく彼は何時のまにか上野駅に来ていた。スピーカーが鳴り響き、人々が雑沓し、むんむんする熱風が停車場の構内に澱んでいた。彼は遠い記憶から甦って来た地名を告げて、切符を買った。誰か友人から、古びた温泉があると聞かされたことのある場処。あとはただ汽車に乗るだけだ。偶然のようで偶然ではない。たとえ後になって、僕の行きそうなところ、僕に縁《ゆかり》のある場処を人が探したところで、決して思い当ることはないだろう。しかし偶然ではない。人間の記憶は無数の糸にからまれ、或る物はつながり、或る物は切れ、しかも微妙に現在まで続いているのだ。生きている限りは。彼は早くからホームに並び、客車の一隅に腰を下すことが出来た。つまりこういうふうにして人は決心するのだ。しかし何時、何が、僕をこの（最後の）決心に導いたのか。甘えたような妻の声、赤い舌を出して喘いでいた犬、紙屑を巻き上げて走り去った下り列車、涸れた噴水、汗みどろの男、……どこに決心させるだけのものがあったのか。何処にもない。理由というものは、常に何処にもない。

汽車が走り出し、窓から涼しい風がはいり、そして彼は妻の、別れ際の言葉を思い出した。

「早く帰っていらして、晩御飯のあとで……。」

妻は待っているだろう、何も知らず、何の予感も持たずに。可哀そうに。――お前は、お前の亭主がその内部に、腐蝕した、乾燥した、生成のない魂を持っていることを知らなかったのだ。それはお前の罪でも、また僕の罪でもない。僕は、僕自身も、なぜこうして僕が汽車に乗り、最後の決心をしてしまったのかを知らないのだから。

夕暮の田園がパノラマのように走り過ぎて行くのを、彼は窓からぼんやりと、疲れた眼指で眺めていた。

何時からそれは始まったのだろう。この死後の観念は。昔のことだ、まだ子供だったか、それとも青年だったか、あのことがある前だったか、それとも後だったか。とにかく彼はそれを何度も経験したのだ。

朝、眼が覚めかけて、途中で消えてしまった夢の筋を思い出そうとしている渾沌の中で、急に自分が「僕」であることを、同時に今寝ている部屋、昨日から続いている生活、つまり日常というものを、瞬間に、無理由に自覚する。その時に、不意と、奇妙に、その観念が彼に落ちかかって来たのだ。これは僕ではない。確かに僕の中に昨日の、一昨日の、その前の日の、……そしてずっと昔のぼんやりした幼年時代までの、記憶はある。昨日考えたのと同じ未来への希望もある。意識は眠りによって中断されることもなく、昨日から今日へと続いている。しかしそれは僕ではない、昨日の僕は既に死に、今この目覚めた瞬間から、僕は新しく生れたのだ、僕の新しい意識と共に。昨日の僕がどんな人間だったか、虫だったか鳥だったか、それともただの虚無にすぎなかったか、そんなことを誰が知ろう。あるものは今の「僕」、それだけだ。なるほど、昨日と同じように、父親や教師や友人たちは、僕を僕としてめるだろう、僕が今この瞬間から初めて生きているのではないことを証明するだろう。人はみな、そうした他人からの証明によって、自己を自己として承知するのだ。決して自分自身によってではない。なぜならば、彼に彼が「僕」であることを証明してくれる他者も、或いは僕の書いたもの、僕の記憶しているもの、つまりは僕の見るもの考えるものも、外界に存在するもの内界に浮んではは消えるものも、すべて虚妄であり、幻影であり、一種の夢にすぎないからだ。目覚めた瞬間の僕が、僕を証明するために持っているすべては、決して昨日も「僕」が在ったことを証明しているのではない。その僕は既に死んだのだ。世界は今の僕の意識にふさわしく作られている。世界は僕をつくり、僕の意識を過去から未来に及ぶ延長の上につくり、また僕を意識すべき他者までも作った。世界は常に、刻々に、無数の意識をつくる。しかしそれは、ひょっとすれば、唯この僕一人の意識のみを、偶然に、作ったのかもしれぬ。僕以外のすべて、あらゆる他者はただ僕の幻視であり、仮象であるのかもしれぬ。いな、この僕自身でさえも、他者の見る幻視の一つ、仮象の一部なのかもしれぬ。昨日の僕は既に死んだ。どのような死にかたをしたのか、深夜に自殺したか（あいつのように）、病院で苦しみながら死んだか、海に溺れたか、それとも死刑囚として絞殺されたか、誰が知ろう？　いっそ鉄砲に撃たれた山鳥であったか、太公望に釣られた川魚であったかもしれぬ。そして今の「僕」の意識が、虚妄の上に、あらゆる仮象を伴って、不意に生れて来たのだ。これは死後なのだ。しかしそれは同時に生であり、人が現実と呼ぶところのものであり、不確かな、曖昧な、瞬間の連続なのだ。従ってこの「僕」は、記憶の中にある「僕」と同じではない。後者にとっては今の「僕」は死後であり、前者にとっては昔の「僕」はただ一つの夢というにすぎない……。

この観念は、時々彼を襲った。そして彼を一種の憂鬱な気分に誘った。僕という人間の中には生成がない。多くの部分、多くの断片から成り立つこの魂には、持続ということがあり得ない。なぜならそれは、既に何処かで死んでいるからだ。僕の記憶が不確かなのはそのためだ。

例えば、彼は思い出す、彼は見渡す限り茫漠とした野原の中にいた。一本の道が一定の間隔を置いた電柱を路端に植えつけて、その原を縦断した。道は無限に小さくなり、電柱は次第に丈《たけ》を細くして、共に地平線に消えてしまった。野原には芒が靡き、電線には鳥がとまって、時々、気味の悪い声で啼いた。それは子供の頃のことだ。しかし彼はそれを正確に思い出すことが出来なかった。それは彼に与えられた仮象としての意識の一部なのだ。その一本道に立っていた少年は、「僕」ではなかった。それは現在の「僕」にふさわしく具象化された情緒にすぎなかった。

世界が僕の意識をつくった時に、それは作りそこなったとしか思えない場合もあった。子供の頃、可愛がっていた子猫が死に、彼は泣いた。泣いているうちに、泣声がとまらなくなり、何時までもしゃくり上げた。「そんなに泣く子はうちの子じゃありません。」そう言って母親が彼を叱った。きつい、厳しい顔で彼を叱った。叱ったのは私だったと、後になって叔母が自分で彼に教えた。しかし彼の記憶ではそれはどうしても母親だった。母親がごく稀に見せる、冷たい、威厳のある表情だった。どうして叔母であった筈があろう。もしそれが真実であるとすれば、その時の子供は彼ではなかった。「お前のお母さんはその頃はもう死んでいたのよ、」と叔母は言った。

どうしても真実とは一致しない記憶というものは沢山あった。夜、お祭りを見に行って、母や叔母にはぐれ、迷児になって泣いた記憶もある。しかしそんな筈はないと叔母は誓った。船に乗り、氷山があぶないというので船客たちが大騒ぎをし、船員がなだめていた記憶もある。しかし彼は船に乗ったことはない筈だった。すべてそうしたきれぎれの記憶から、彼は自分の意識が多くの破片を組み合せたものにすぎないことを知った。恰も色のついた紙をでたらめに並べても、それが一つの綺麗な模様になるように。

彼は学校に講義に行く途中で、道を行く人たちの顔をしげしげと見た。趣味らしいもののない彼にとって、それは唯一の、奇妙な、人の知らない趣味だった。色々の顔が街に溢れていた。美しいのも醜いのも、老いたのも若いのも、痩せたのも肥ったのも、すべて彼には興味があった。なぜ人は、或る特定の顔にふと親近性を感じるのだろう。なぜぞっとしたり、憎んだり、憐れんだりするのだろう。何の関係もない見知らぬ人間に。それは彼が前に生きていた時に識っていた顔、或いは、ひょっとすると、今の「僕」でない以前の「僕」の顔だったのかもしれなかった。今では相互の間に何等の意識の交流もないのに、この一つの顔と彼とは、同じ人間だったのかもしれなかった。

彼は人道を見下す喫茶店の硝子張の二階で、椅子に凭れ、いつまでも人通りを眺めていることを好んだ。群集が流れて行く。僕にとっての一つの風景として、魂の見る実体のない仮象として、これら無数の人間が歩いて行く。僕とは何の関係もなく、何処へ行こうと、何をしようと、僕の意識に一抹の影を落すこともなくて。しかし群集の中に、僕の転生した人物、或いは僕に転生すべき人物が、紛れていなかったとどうして言えよう。僕も知らず、その人物も知らないとはいえ、僕が眠り、彼が眠ったその後に、我々の意識が取り替えられていなかったと誰が言えよう?

彼はゆっくりと煙草をくゆらせ、一杯のコーヒーをすすり、そしてじっと硝子窓の外を見ていた。「先生がまた瞑想に沈んでいる、」と学生たちが後ろの方で噂した。

彼が高等学校の寮にいた頃、彼と机を並べた友人の一人が自殺した。それは青年にありがちな一種の自己陶酔が、懐疑と不安とに混り合ったものだったろう。その真の理由は、あらゆる自殺者の理由が確実でないように、誰にも納得の行く説明が出来なかった。ただ彼にとって、行為の持つはっきりした意味が分らなかっただけに、それは異様な印象を植えつけた。彼は隣の机でまだ本を開いていた友人に、お休みを言って先に寝室に行き、直に眠ったのだ。翌朝、彼が目覚めた時に、友人の万年蒲団は寝た形跡がなく、その男は自習室で、机に凭れたまま薬を飲んで死んでいた。

悲しみは次第に一種の羨望のようなものに変った。彼にとって、この死は悲しみよりは苦痛、それも自己に対する、このまだ生きている自己に対する苦痛として感じられた。あいつは別の生を選んだ。別の生というものがあり、別の意識というものがある以上、死とはただの虚妄にすぎぬ。あいつは眠り、別の自己として目覚めた。僕が目覚めてあいつの空の蒲団を発見したように、あいつは新しい自分を発見したのだ。一切の意識を新しく身につけて。彼はこの友人の死から、殆ど影響らしいものを受けなかったと信じた。しかも彼は大学に進む時に、哲学を選んだ。たとえ哲学を勉強しても、人生との違和感、この奇妙な死後の観念を解き明すことは出来ないだろうという、漠然とした予感を覚えながら。

彼は宿屋へ戻り、入浴を済ませ、食膳に向った。無口な女中が、横の方に坐って彼の給仕をした。

「盆踊りのようだね、」と彼は言い、女中は黙って頷いた。「君もあとで踊るのかい?」

「踊ります、」と女中は笑顔を見せないで答えた。

木曾節の囃子が、悠長に、鄙びて、繰返された。障子に夜気が忍び寄り、蛾が表でしきりに羽音を立てていた。彼は豆腐の味噌汁のお代りをした。

彼の母親は彼が子供の頃死んだ。死は不在にすぎず、やがて徐々に忘却が来た。忘却が即ち死だった。それは意識の一部分が(その数多い組合せの一つが)欠け落ちたことを意味した。

数年前に、彼はちょうどお盆の頃に戸隠に旅行した。この土地の風習では、迎え火を自分の家から墓地までの間のところどころに焚いた。白樺の皮に火をつけて燃やした。それは故人の霊が、墓地から家まで、この迎え火を頼りに帰って来るためだった。

夕暮に霧が立ち込めた。道のほとりで、白樺の皮はぱちぱちと音を立てて燃え、その濃い白い煙は霧に混った。道のあちこちから煙が上り、人々の暗い影が火の廻りを動いた。

彼はそれを奇妙な風習として見ていた。旅人として、やや無関心に見た。その時、彼は不意に母親のことを思い出した。彼の母親の霊もまた、この迎え火に誘われて、彼のところへ戻っては来ないだろうかと想像した。死後、一年に一度、故人が家に帰って来るというのは、古くからの美しい願望だった。人はそのようにして、この忘却という敵と戦ったのだ。しかし僕にはただ忘却があるばかりだ、と彼は考えた。僕には忘却にさからう意志もなく、記憶を美しくしようとする意志もない。意識はきれぎれの断片というにすぎず、それは或る瞬間に、世界が「僕」のために作ったものだ。僕が昨日の「僕」を信じられないのに、どうして母親の霊を信じることが出来よう。忘却は自《おのずか》ら来るところの死だ。組み合せの一片が欠け落ちたというだけのことだ……。

しかし彼は、一種の感情を以て、夕闇の中に立ち昇る幾筋もの白い煙を眺めていた。

彼は妻を愛していた。しかし一度だけ、最も熱烈に、別の一人の女性を愛した。恐らくは相手がそれと気づかないほどの狂おしさで。

それは初めから不可能であることが分っていたから、それで彼はそれ程までに熱烈に愛したのだろうか。彼女は結婚していたし、彼の方には妻があった。そして彼女は敬虔なカトリック信者で、良人と別れることは掟が許さなかった。二人はただ友達として、友情のような恋愛のような感情の中に溺れていた。ほんの暫くの間。そして彼は遠ざかり、忘却を自分の意志に課した。忘却が彼の掟だった。なぜならば彼女もまた彼の見た幻視、世界が彼に与えた仮象にすぎなかったから。ただ、愛に於ては、それが幻視であり仮象であることが分っているために、分っていればいるほど、人は一層深く愛するのではないだろうか。愛は二人の人間が共に見る幻影にすぎない。そして忘却は自《おのずか》ら来るところの死だった。恐らくは彼女もまた忘れただろう。しかし彼は、——彼はなおこの幻影を信じていた。僕がこのように生きているのでなかったなら、この愛も、たとえ絶望的にでも、とにかく愛として続いた筈なのだ、と彼は考えた。今あるものは愛ではない。なぜならば僕は、嘗て彼女を愛した「僕」と同じではないから。

彼は宿屋の下駄を突っ掛けて、広場まで道をくだって行った。この温泉場は、昔ふうの古びた宿屋が四軒ほど散ばり、それもバスが遠い国境いの方まで通うようになってからは、次第に人に忘れられて泊りの客も尠かった。彼が宿屋の入口を出た頃には、帳場もがらんとして、店の衆も泊り客も、みんな盆踊りの会場へ行ってしまったものらしかった。囃子に合せて、よく透る老人らしい寂のある声が、木曾節を歌っているのが聞えて来た。彼はその方角に歩き出した。

次第に声が近くなり、広場の中央に踊っている人たちの姿がちらちらした。彼の泊った宿屋は、この温泉場の四軒の宿屋の中で奥まった一番の遠くにあり、だらだら坂を下りると、ちょっとした高台から広場を見下せる位置に出た。彼は松の蔭に立ち止り、様子を眺めた。中央の櫓《やぐら》の周囲に、団扇を持った男女が、浴衣掛けで、輪になって踊っていた。それを取り巻いた見物人たちに較べると、踊り手の数はさして多いとは思われなかった。中に電球を入れた提灯が、広場の周囲の木立の間に幾つも吊され、踊り手の手にした団扇が動作につれてきらりと光った。歌い声は渋く、ゆっくりと、正調だった。踊りの輪もまたゆっくりと動いた。子供の頃に見たカレイドスコープのように、暗闇の中で、明るい浴衣の群が同じ動作を単調に繰返した。

「死ぬ時にならなければ、本当に愛したかどうかは分りませんわ、」と彼女が言ったことがある。彼はふとそれを思い出した。確かに、人は死ぬ時に、もう自惚もなく、虚栄心もなく、誇張もなく、人生を計算することが出来るだろう。その時になって、初めて、軽やかに過ぎたことが意外に重く、忘れたと思ったことが意外に意識の大きな部分を占めていたことに驚くだろう。僕は彼女を愛していたし、忘却さえも、この愛を消し去ることは出来なかったのだ。しかし、誰にも知られずに。彼女にさえもそれと知られずに。

理由というものはない。人は理由を発見することは出来ない。「全く思い当りません、」と妻も、妻の母親も、口を揃えて言うだろう。「あいつは奥さんを愛していたし、他に好きな女なんかいた筈がない、」と友達は言うだろう。「明るい楽天的な奴だった。魔がさしたとしか思われない。急に気でも変になったんじゃないか。遺書もないんだし。」そういうことを言うだろう。誰に分るものか、この僕にさえはっきりとは分らないのに。二十代に、人がいずれ形成すべき自我、いずれ生成する筈の魂、そういうものに対して持つ希望とか野心とかいったもの、そして四十代を過ぎて、最早あるがままの自我しか望めず、せめてそれを最大限に発揮しようと考える悟のようなもの、そのいずれもが、三十代にはない。理性の年代か。何が理性だろう。神の掟を信じることもなく、人間の掟を信じることもない人間が、自己の裡に神をつくり、それを理性と崇めたところで、一人の理性は彼一人にしか通じないのだ。三十代の人間には、それこそ理性的に自分を殺す理由があるだろう。自己の裡の神が理性である以上は。しかしこの僕は、全く別の理由で死を選ぶのだ。僕には形成すべき自我も、発揮すべき自我もない。僕には魂もない。僕はそれらを信じることが出来ない。なぜならば、僕は死後に生きているからだ。僕は昨日の魂と今日の魂との間に、何のつながりもないからだ。それは断絶であって、断絶の前にはすべてが虚妄だからだ。しかしその後は？　明日は？

もしも一つの眠りのたびに古い意識が死に、新しい意識が一つの生として生れるとすれば、生とはあの盆踊りの輪のようなものだ。円陣をつくって、踊り手たちは同じ動作を模倣する。その全体が一つの「生」であるように人は思い違っているのだ。それは決して同じではない。前の踊り手と後ろの踊り手との間には、明かに断絶がある。しかし人はそれを知らず、常にこの円陣の全体を彼自身の「生」のように錯覚する。そこには無数の小さな「生」が、世界のつくった無数の意識が、あるばかりだ。僕が我慢のならないのは、この、魂のない、平面的な、微小な「生」のかたまりだ。もし今晩僕が眠れば、今の僕は死に、明日は新しい意識を持つ別の僕が生れているかもしれない。しかし、それもまた「生」なのだ。不断に緊張した生の破片の一つ、任意に与えられた意識、生成のない魂というにすぎない。そしてまた一つの破片、そしてまた一つの……。その煩わしさに僕は耐えられぬ。僕が望むものは虚無、絶対の、輪廻もなく転生もない、完全な虚無なのだ。――これが恐らくは、僕と共に死ぬ僕の死の理由なのだ。

しかし誰がそれを知ろう？

彼は佇んでいた松の樹の側を離れ、道をくだって広場へと達した。何時のまにか霧が山から流れて来て、夜気の中に、吊した提灯の灯がぼうっと滲んでいた。木曾節を歌う声は一層哀調を帯び、囃子は一層高まり、白い浴衣の輪廓を霧に溶けさせて、踊り手たちの円陣は一層大きくなった。彼等は歌に合せてくるくると舞った。それは影絵のように動いていた。

「お客さん、踊りませんか？」

彼はすぐ側に、さっき給仕をした若い女中が、浴衣姿で手に団扇を持って立っているのに気づいた。

「僕は踊らない。君は？」

「あたしくたびれた。今は中休み。」

ぞんざいにそう答えると、初めて歯を見せて笑った。その笑い顔は小娘らしくて健康だった。彼はまた眼を円陣の方に向けた。しかし今や彼が見ているのは、この田舎びた踊りの光景ではなかった。彼は夜の暗い流れの上に、風に吹かれて魂のように震えている一匹の蜘蛛を見た。それは永劫に流れて行く時間の深淵の上に、危なっかしい網を張ってぶら下っていた。そしてそれと共に、彼はもう一つのもの、彼自身であるところのものを見た。それはこの夜の流れの中を、何処までも漂い続ける一匹の小さな蜘蛛の屍《むくろ》だった。

影の部分

ソシテ人間ノ一生ハ何処カラカ既ニキマッテシマッテイルノダ。人ハ運命トイウ。シカシソレヲキメルノハ彼（或イハ彼女）自身ノ影ノ部分ダ。シカシ誰ガ、何時、遅スギズニ、ソノコトニ気ガツクノカ。

もしこれが小説ならば、僕は事実だけを簡潔に語って、現実の持つ醜い恐ろしさをそのまま伝えただろう。その一日の（それは晩春の昼下りで、日射は暖かく、日が暮れても、やはり春らしい、うっとりした気分を感じさせる生暖かい夕べだった）僕の経験が、僕を時間の中に立ち止まらせさえしなかったなら、だいいち僕はこんなものを書くことさえもなかっただろう。しかしこれは小説ではない。僕は小説のようにこれを書くことが出来ない。

昼下りの盛り場の雑沓の中で、不意にそれが僕の心の全部を占めてしまった。衝動、という言葉でそれを表すのだろうか。それは僕であって僕ではない、何か為体《えたい》の知れない生き物が、僕を取り巻いている周囲の現実、つまり子供の手を引いた家族づれとか、ぴったりと寄り添った幸福そうな若い男女とか、急ぎ足で他人の背中を押しのけて行く与太者ふうの若い男とか、ショーウインドウの前で足をとめたがっている中年の婦人とか、そんな連中の間から忽然と現れ出て、僕の心の内部に守宮《やもり》のようにぴったりとくっつき、僕の眼をその生き物の眼で見せ、僕の心をその生き物の思考で考えさせてしまったと言えるようだった。僕にその衝動を用意する気分が、予めあったわけでは決してない。僕がそれまで考えていたことといえば、どうして今日はこんなに人が多いのか、そうか日曜日なのだな、春の名残の暖かい日射に誘われて、みんな浮かれ出して来たのだ、とそんな埒もないことで、合のスプリングを着ているどころか手に持っている人さえ少いとか、上衣なしの通行人も少くないとか、そんな計算をして、自分でも、久しぶりに外出して、微風が無帽の頭の髪を吹いて行くのを快く感じていたものだ。そこに全く理由もなく、その生き物が僕をつかまえると、まるで時間のない世界が、深淵のようにぽっかり口を開いて僕を呑み込んだかのように、僕は人込の間を泳ぐような手つきをしながら、車道の端に身を乗り出して、通りかかったタクシイに合図をした。次の瞬間には、一分前までは思ってもみなかった或る場処を運転手に告げて、車の中に乗り込んでいた。

「どの辺ですか?」と声を掛けられるまで、僕が何を考えていたか、さっぱり覚えがない。繰返して言えば、それは晩春の日射の暖かな日曜日で、自動車の走って行く間じゅうどの通りにも人が多く、若い木の芽の匂いが明け放した自動車の硝子窓からがそりんの厭な臭いにまじって鼻をつく(モウ藤ノ花モスッカリ満開ニナッタダロウ)、そんな何とも言えず平和な感じのする昼下りのことなのだ。僕が昼まから酒を飲むような男でないことは、それに、やたらに放心状態になるような、ぼんやりの忘れっぽい人間でないことは、予め断っておいた方がいい。僕は寧ろ神経質な、せかせかした、一日の仕事は（何という仕事か）一日に済ませるような律儀なところもある男だ。それが、日曜日を忘れて街へ出て来たと言えば、素性もおおよそ見当がつくだろう。毎日自分の机の上にしがみつく、といっても芸術家だ、自由業だと人に威張れる商売では毛頭ない。机の上で、詰まらない挿絵やカットや、それに怪しげな雑誌に怪しげな挿絵まで描きなぐる、それも名前を変えてやる仕事で、どっちにしても自分の満足の行くような絵を、久しく描こうと思ったこともない。油を使ってカンヴァスに向う仕事らしい仕事は、とうの昔に諦めた。要するに金を稼ぐだけの目的（というほどの稼ぎでもないのだが）、従って僕という人間はつまり rate だ。とここに外国語を用いるのが、僕の精いっぱいの見栄だ。ラテ、つまり人生の落伍者だ。まだ三十代の末なのにもうこんな弱音を吐くようでは情ない、と人は思うだろうが、それが僕の（何時からかの）固定観念なのだから、僕がその時、自動車の中から通りをぶらつく幸福そうな人たちを眺め、時々かすかに、しかしぷんと強く匂って来る爽かな木の芽の匂いに、自分から遠ざかって行ってしまったもの（時間とか理想とか情熱とか）を追い求めるような気分になっていたとしても、心の底にあったのはやはりこの rate という言葉だったに違いない。この言葉が当然喚び起すのは、僕の女房が僕と対照的に持っている輝かしい成功者のイメージだが、しかしその時僕は全く女房のことなんか考えてはいず、寧ろいつも頭の底にこびりついている不愉快な、自分で自分を堕《おと》しめたい気分を払い落していたことは断言できる。その名前を言えば、誰でもが知っていると思われるほど、女房は既にひとかどの閨秀画家として名を為してしまい、また確かにそれだけの天分と教養とを持ち（ついでながら、この rate などという洒落た言葉を僕が知っているのも、女房が僕をやっつける時の科白を借りたまでだ）、自分の好きな仕事で飯の食える芸術家なのだから、僕が下らない挿絵なんか描くのを眼の仇にして、「何もお金に困るわけでもないのに、そんな恥ずかしい仕事は止めて頂戴、」とか、「昔はあんなに熱心に絵を描いた人が、近頃のざまは何？」とか、「やってみないからいけないのよ、昔はあたしに教えてくれたんじゃないの、どうしてそんなに自信がなくなったものかしら？」とか、口癖に、しかもその実、僕がもう昔の、と言っても戦後間もなくの混乱した時代に、誰でもが見喪っていた情熱を再発見して新しい仕事をしようと張りつめていた頃の、あのみずみずしい活力をとうになくしていることは百も承知で、僕をやっつけることに快感を覚えているような女なのだが、僕は女房にやられて大人しくぺこぺこする人間ではないし、そうなると自分の空想の中に閉じ籠って現実にはわざと眼をつぶる、その空想の中では僕は自由だし、空想の中で描いた絵ほど美しいものはないと考える癖があり、二人は全く平行線を歩いているようなものだと思うが、それでも時々気を取り直して、こいつの論理なんてあやふやなものだと感じて、「もう一遍言って御覧、」と訊いてみたりすると、「なにそれ、開き直るの？」と忽ち声が高くなるから、「女の理屈は非論理的だよ、」と言い返す、「あなたがぼんやりしていたからよ、人の話を聞きながら、何を考えていたの？」と逆襲されることも度々なのだ、といって、僕は自分を、やっぱりぼんやりな、白昼夢を見るような人間だとは思わない。女房のことをこれ以上説明するのは気が進まないし、これがもし小説ならここらで僕の生活環境を伏線に出しておくのが常道なのだろうが、これは小説ではないのだ。要するに僕は、自分で自分に責任の持てない人間、従って自分が或る瞬間に考えていたことに対しても責任の持てない人間なのだ。しかし人はみな、いつでも、現在の思考に対して分析したり責任を持ったり出来るものだろうか。

そこで自動車から下り、やはり何も考えずに歩き出した。割合に大きな屋敷ばかり並んでいる閑静な道を、如何にも歩き馴れているようにさっさと歩いたが、もし足が考えると言っておかしくなければ、昔は、空っぽの頭の代りに足が、風景ガヒトリデニコチラニ近ヅイテ来ル、コウイウ感ジヲ持ツ時ニハ彼女ノ御機嫌ガヨクテ、キット肩ノ上ニ手ヲ置クダロウ、と考えていたものだ。しかしこの時も昔と同じであるような錯覚が働き、何やら一種の期待が、最初の衝動からずっと続いてまるで夢の中にでもいるように感じさせ、それが入口の呼鈴を押し、玄関の戸の開かれるのをもどかしげに待ち、ついで戸が開き、自分のよく知っている顔、瓜二つほどに似ている二つの顔のその一つが（期待していたのがそのどっちであったかがふと忘れられ、自分とその顔との間に一種の幕のようなものが横たわっている感じを持って）自分をじっと見詰めているのを見る時まで持続し、そして不意に、声が、僕の上に、僕がその午後の盛り場の雑沓の中で身を任せた生き物が瞬時に逃げ去ったのを感じ取るよりも早く、落ちて来た。

「死んだのよ、あの子。」

人ハ耐エ忍ビ、待チ、時間ノ過ギテ行クノヲ感ジ、何時カハソノ時間ガ彼（或イハ彼女）ニ酬イヲ与エテクレルコトヲ期待シ、ソシテ何処カラカ間違ッテシマッタ、タダ待ツコトノミガ残ッタコトヲ感ジテ、ソレデモマダ待ッテイルノダ。彼女ガ待ッテイタモノガ何デアッタカ僕ハ知ラナイ。彼女ハモウ待ッテナンカイナカッタノカモシレナイシ、耐エ忍ブコトニ疲レタノカモシレナイ。シカシ僕ハ、僕ガ、何処カラカ間違ッタコトヲ知ッテイル。

僕はその薄暗い玄関で、入口の戸をまだ締め切ることもせず、午後の日射が松の枝を透して半分ほど背中に射し込んでいるところから、その光りの筋の中に立って、奥の方の影の中にある顔、時間が少しも変質してしまうことが出来ず、短い言葉を口にしたあと、顔の表情をすべて凍りつかせてしまったその丸い、白っぽい、僕の眼がはっきり見定めることも出来ず、ただ間にある薄い幕のようなものによって、これは幾《ちか》ちゃんであって麻ちゃんではない、母親の方で娘ではない（ソンナコトハ初メカラ分ッテイタ筈ナノニ）と知っている顔を、昔と、それも一番昔の、といって何時だったのか、十年前なのか二十年前なのか記憶にないほどの昔の顔とごっちゃにして、そうか麻ちゃんという僕の恋人は、つまりは存在しなかったのに同じことなのか、というようなことを考えていたが、次の瞬間に、相手の顔がずっと僕に近づき、その手が僕の肩に触れるというより、その両手が僕の身体の上に崩れかかった感じの中で、僕は彼女を抱きとめ、彼女の方は一息にまた話し始めていた。

「あの子は結局うまく行かなかったのよ、可哀想に、それでも我慢をして、厭なことは何にもわたしに言わないようにして、会えば何時でもにこにこして、……でも親子なのに何も隠すことはなかったのに、麻子は結婚してからすっかり口が重くなって、わたしとも何だかよそよそしい口しか利かなくなっていたけれども、……だからきっとわたしが悪かったのかもしれないわね、帰って来て、蒼ざめた顔をして、次の日になっても向うへ戻ろうとしない、向うから迎えにも来ない、意地になってわたしも麻子に何時までも泊って行きなさい、いいのよあなたの気の済むまで帰らなくても、そのうちに折れて迎えに来るでしょうよ、と言っていたら、一週間経って朝起きてみると、……ねえそんなことってあるかしら、あなた分ってあの子の気持が、結局何にも言わないで、あなたのことも言わず、わたしにも事情らしい事情を説明せず、それでひと思いに、……それは冷たい仕打をされたことは分っているし、いくらあの子の意志で嫁に行ったからといって、結局はわたしに責任があることは分っています、あなたが怒るだろうってことも、御免なさい、わたしが気がつかず、ぼんやりで、あの子をみすみす殺しにやったようなものだけど、でもあんなにお嫁に行くといって聞かなかったし、初めは嬉しそうな顔もしていたのに、あなたは、あなただって……。」

僕も強情だったし、麻ちゃんも強情だったということか。いや、僕たち二人は何処からか間違っていたのだろう。そんなことはどうでもいい。僕が考えていたのは、いや僕は何も考えてはいなかったのだ。恐らくはそうだ。というのは、それから帰る時までの間に、僕は幾ちゃんの話を聞き、自分でも何か言い、恐らくは食事もした筈なのに、そういうことは何ひとつ覚えていないのだから。事実、つまり最も簡潔で充分な、容赦のない、そして取り返しのつかない事実というものは、覚えている。麻ちゃんは嫁に行き、良人やその家族と折合が悪くなり、ひとりで耐え忍び、実家に戻って一週間目に自殺した。僕は彼女が結婚してから一度も彼女に会わず、その良人がどんな人物であるかも知らず、完全な絶交の手段として彼女の母親の家へ行くこともやめ(唯一度の例外をのぞいて)、女房が嫉妬深い、それも特に麻ちゃんに対して嫉妬深いという口実で、一切の文通さえも禁じた。幾ちゃんに対してさえ禁じたのだ。だから彼女はその娘の死亡通知を僕に出すことさえしなかったのだが、これは彼女もまた誇りが高く強情な女だという証拠なのだろうか、それとも僕の言い出した完全な絶交という言葉の響きが、僕等二人(麻ちゃんと僕)はもう少しも愛し合っていないことを、彼女に見抜かせたせいだろうか。それでもこの母親は娘を愛していたし、娘を愛していた僕をも愛していたに違いないのだ。ソコニ何処カシラ間違ッタモノガアルコトヲ知ラナカッタノダ。しかし今でも彼女は僕が麻ちゃんを愛したことを、誰よりも(恐らくは僕の女房よりも)信じているのだ。

「可哀想な麻子。」

その声の異様に悲しげな語尾の震えが、急に僕に何かを告げ始めたのだが、それはまるで眼に見えない塊りのようなものが、無理にも僕の身体に押し入ろうとして皮膚という皮膚を圧迫し、風のように身体を取り巻いている気配だった。といって、僕自身もまた感動し、涙を流し、絶望的な気持になったということではない、寧ろ何等の感動もない状態、ただ舌の上に残った苦い後悔の味が、ちょうど僕等が麻ちゃんの部屋にはいって、彼女がその窓を明け、「この部屋に来ると、わたし窓を明けないと息がつまりそう。」と言い、その窓から夜の（もう夜になっていた）生暖かい微風が満開の藤の花の噎《む》せるような匂いと共に吹き込んで来た瞬間から、不意に突き刺すように強烈な意識を目覚めさせ、後悔でもなく、絶望でもないもっと別の味に変質し、もっと反対に生きた者どうしの持つ連帯的な磁力となって、僕の口に初めて僕の言葉を喚び起した。

「可哀想なのは幾ちゃん、あなただよ。」

その狭い部屋の中を窓から吹き込む藤の花の匂いを持った空気の流れが循環すると、そこに何時のまにか格子縞のワンピイスを着た若い娘、セイラー服を着た女学生、そして花模様の子供服を着た小さな女の子までが、しかも同時に同じ顔、同じ姿態を持ち、というよりもその若さ、烈しさ、ひたむきさが或る一人の永遠に同じ少女の像をモンタージュ写真のようにつくりあげて浮び上って来るのだったが、しかし僕がその瞬間に見詰めていたのは、麻ちゃんではない別の女、同じ血による相似が一層その少女の不在を印象づけるような顔、つまり自殺した娘にとっての母親の持つ、時間の停止した、凝然とした、しかし何かを告げようとして最早言葉の重みを失ってしまったわななく唇と見開いた眼、そして僕が少しずつ何かを理解し始めて来たこの顔の奥にある神秘な影だった。僕は彼女を抱きかかえ、二人とも重心を失って横ざまに倒れたところに小さなベッドが待っていたが、それが誰のベッドであり、また一つの生命の喪失という重大な事件が演じられたベッドであるかなどということは、後の瞬間まで僕にも幾ちゃんにも考えの中に浮ぶことはなかったし、僕は自分の顔のすぐ下に、この二十年来僕のよく知っている筈の、しかも結局は未知の顔、歳月が刻みつけ、情熱が富ませることもなく忍従と犠牲と沈黙との秒また秒、分《ふん》また分が次第に平静な未亡人として飼い馴らしてしまった顔の、不思議に輝かしい黄昏のような魅力に恍惚となりながら、殺してしまった、死んでしまった、と心の中で叫び続けていた。殺してしまった(麻チャンヲ)、死んでしまった(誰ガ? 麻チャンカ、ソレトモ幾チャンカ、ソレトモ僕カ?)と繰返すうちに、死のように抵抗の出来ない力が目前の魅力に呪縛されて、僕の唇が、「いけないわ、ゆるして、」と叫んでいる、しかし決して厭でもなく赦しを求める必要もない小さな口を封じ込めた瞬間に、あまりにも遅すぎて、僕は僕の人生を既に選び取ってしまい、彼女は、この僕よりも五つも年上の彼女の方は、更に一層昔から彼女の人生を選び取り、しかもその娘の人生までも選んでやってしまった以上は、こんなことはもう何にもならず、この接吻が昔へと時間を溯らせることも出来ない、と気がつき、同時に、幾ちゃんのまるで別人のような(昔どおりの)若々しい「いけないわ、ゆるして、」と繰返す声の中に、風の吹き込んでいる窓、壁に懸けた風景画、軋っているベッド、すべてに死んだという娘の亡霊がしんとして見守っている感じを受けて、亡霊を再び殺してしまうかのように、そして幾ちゃんの方も自分が何処に横になっているかに気がついて遅まきに抵抗を始めているのを、何かこの二人に（死んだ麻ちゃんと生きている幾ちゃんとの両方に）復讐したいといったような、わけの分らない感情に捉えられて、僕はあらゆる言葉を封じ込める行為の中に今のこの時間を忘れ去ろうとした。いけなくはない、赦すことは出来ない、とそこだけに褪めた、白々しい、狂暴な情熱が愛とは違った生き物のように頭を擡《もた》げ、窓から吹き込む微風が廻りじゅうの時間の壁を突き崩せと僕をせきたてているのに、しかし何かが何処かで間違っていることを僕は少しずつ少しずつ分って行くのだ。人は決して急に、掌《たなごころ》を打つように、分ることはない。それはいつでもゆっくりと、しかし確実に、健康な子供の背が伸び体重がふえるように、分って行くのだ。これが小説ならば、この光景の中で、この麻ちゃんの部屋の中で僕が、罪の意識を鈍痛のように感じながら麻ちゃんではない別の女を抱きしめているところで、そしてもしそれが愛ならば愛を分析し、自殺した娘の亡霊が見守っているのならば彼女に自殺の理由を問いただし、僕自身の分析と想像との上に事実そのものの結末の一行を書いてしまえば終りなのだ。小説はそういうふうに終る。しかし本当の現実は、何かが少しずつ分って行き、しかも何の解決もないことそれ自体のうちにあるのではないだろうか。僕の書くものは小説ではない。

人間トイウノハ愚カシイモノダ。何モ知ラズ、何モ分ラズ、ソレデイテ自分デ自分ガ何デモ知ッテイルヨウナ顔ヲシテ、ヤレ哲学ダ運命ダト言ッテイルノダ。僕モソノ一人ダ。シカシ君ニハ分ル、ソレハ君ガ死ンデイルカラダ、人ハ死ヌ瞬間ニハ何デモミンナ分ルノダ。死ヌ時ガ、人ガ自分ノ運命ヲ最後的ニ選ビ取ル大事ナキッカケナノダ。シカシ生キタ人間ハ、無智ト錯乱ト幻影トノ中デ、ソノ意味モ知ラズニ運命ヲツクッテ行ク他ハナイ。ナゼナラ、生キタ人間ハソノ一生ノ展望ヲ、死者ノヨウニ、同ジ平面ニ並ベテ見ルコトハ出来ナイカラ。

その時には、自分がどういう理由を持ってそこへ行くのか、はっきり自覚していたことは断言できる。理由もあり目的もあり、それでいて反面に、昔とは変ってしまった、昔は足が向けば出向いて行くのが当り前で理由や目的のある方がおかしかったと思い較べ、今は僕が内面的に腐敗したことを、澱んだ腐れ水のような倦怠を彼女のところにぶちまけに行っても、それで僕自身の魂の傷が癒される筈もないことを、予め承知していなかったとは言えない。だから足は例によって（一種の衝動を感じれば無意識に足が僕を運んでくれる習慣、それは長い時間の間にいつか本能のように僕に沁みついていたから）僕を彼女の家に運んで行ったけれども、さて彼女の寂しそうな眼許、それも玄関であんなに嬉しそうに若々しい声で出迎えてくれた表情が、急に老けこんだように翳ってしまったために、一層近づきにくい寂しさ、つまり娘を嫁にやった母親の一般的表情という奴に変貌したのを眺めているうちに、僕はふと時間を錯覚し、この日頃の、女房と重苦しい口喧嘩を続けている無能な亭主としての自分ではない僕、独身時代の、どんな可能性でも持ち、その可能性を少しずつすり減らしながらそれと気がついていなかった頃の、おめでたい僕にもう一度なれるような気がして来るのだ。彼女の口にするのは娘のことばかりで、まるで帰っては来ないしこっちから訪ねて行くのもとても厭がるという愚痴から始まり、先方の良人、両親、妹たち、親戚などの蜘蛛の巣のように張りめぐらされた関係の中で、古びた因襲と格式と見栄との中で、誰にも（母親にも）告げようとしないで踠《あが》いている娘の気持を、同情と想像とをまじえながら話しているのを聞いていると、幾ちゃん、苦しんでいるのは、あなたじゃないんだよ、とつい僕の口が勝手なことを言いそうになり、それから相手の寂しさと僕自身の倦怠とを思い合せて、同じ麻ちゃんのことでどうして別々の悲しさを感じるのだろうと不思議な気さえして来るのだ。しかし僕が黙ったまま、聞くというよりもただ相槌を打ちながら、馬鹿な女だ、馬鹿な女だ、と呪文のように心に呟くうちに、彼女がますます娘の代弁者のように見え、遂にはそこにいるのが幾ちゃんではなく麻ちゃんであるように見えて来るから、

「僕もそんなことはよく知っている。それでちょっとお願いに来たんです。でなきゃ来やしない。」と言った。

「どうして御存じ？」

「手紙が来るんですよ、麻ちゃんから。だいたい麻ちゃんが結婚する時に、僕はあれほどよせと言って、そんなことを言う資格なんかないとやられて絶交した筈じゃないんですかね。あなただって知ってる筈だ。それなのに、今あなたの言ったようなことを彼女が手紙に書いてよこすから、それが女房にばれちまって、僕のところ大変なんですよ。大いに家庭の平和が乱されている。やめてほしいんだ。」

それから僕は、女房の性格や態度や我が家の経済状態や僕の仕事や、つまり洗いざらい僕の目下の平静ならざる精神状態を語り、女房が他の女なら何とも感じないのに、こと麻ちゃんとなれば猛烈な、理由のない嫉妬をすることを力説したが、彼女（幾ちゃん）は少し色の褪めた顔でいちいち頷きながら聞いているので、てっきり僕の境遇に同情しているものと思い、自分の声が愚痴っぽくなって来たことを感じていると、

「あなたにはそんなこと言えないんじゃないの？」とゆっくりと彼女が訊き直した。

「なぜ？」

「女というものは、誰しも理由のない嫉妬をすることがあります。けれども、あなたについては理由があるのよ。当然でしょう、あなたはあの子を愛しているんだもの。」

「僕が？」

「そうよ、あなたよ。あの子が結婚する時に、わたし達は長い間お付合したお友達としてあなたに相談したら、あなたは頭からはねつけて、憤慨したあげくに絶交だとおっしゃった。なぜなの？　それから本当に一度もうちへはいらっしゃらなかった。わたしに会いに来ることさえなさらなかった。あなたは麻子を愛していたから、あの子がお嫁に行ったらわたしまで憎くなったのでしょう、違うかしら？　それまでは幾ちゃんと麻ちゃんだった。幾ちゃんの方がずっと長くあなたと付き合っているのよ。それなのに麻子が結婚したら、幾ちゃんという者まであなたの眼から見えなくなってしまった。それはあなたがどんなにか麻子を愛していた証拠じゃ

なくて?」

彼女の少し嗄《しやが》れたような優しい声が、今は少しも咎めるといった感じではなく、年下の友達に教えるといったふうに話すのを聞いているうちに、確かにその通りで僕は麻ちゃんが結婚してからやけになっているのだと思い、麻ちゃんを他人と結婚させるようにした何かが自分にあったことを、はっきりと分らないながらも探り出したいと思い、自分の心の底に錨のようにずんずん沈んで行くのを感じていたが、彼女はとどめを刺すように、

「わたしは昔から知っていたのよ、」と少しばかりの微笑を浮べて言った。

「それじゃ麻ちゃんが?」

「あの子は決して言いやしない。あなたはうちに来れば、わたし達二人の共通のお友達だった。けれども表で会う時には、麻子だけの恋人だった。そうじゃなかったかしら? プラトニックな恋人、でしょう? わたしがそれを知っているのは、……」

母親だからだ、と僕は思った。

ソレハ幾チャンガ僕ヲ愛シテイタカラダト、ナゼ思ワナカッタカ。愛シテイル女ノ嫉妬カラダト、ナゼ思ワナカッタカ。

結婚ニヨッテ二人ノ人間ガ堕落スルノハ、真ニ二人ノ共有スルモノガ、空シイ幻影ニスギナイカラダ。例エバ嫉妬、一人ガ一人ニ持ツ実体ヨリモ大キナ愛ノ幻影。例エバ快楽、一人ガ一人ズツ相手ヲ媒介トシテ想像スル性ノ幻影。ソシテ愛トカ理解トカ性トカ経済生活トカノ上ニ、

最モ大キナ家庭トイウ蜃気楼ガ聳エテイルノダ。

シカシ人ハミナ幻影ヲ求メル。僕モ、麻チャンモ、シカモ別々ニ。僕ハ僕ノ家庭ヲ尊重シ、女房ト喧嘩スルコトヲ怖レ、自分ガ腐敗シテ行クノニ任セル。麻チャンハ母親ニモ告ゲズ、自分ノ苦シミヲ自分ヒトリデ耐エル。ソレナノニナゼ、僕ニ手紙ヲ出シ、ワタシ苦シイト言イ、僕マデモ苦シメルノカ。ソレガ愛カ。愛トハ、ドウニモナラナイコトヲ後ニナッテジタバタスルコトカ。愛トハ後悔ナノカ。

僕の中には仕事という幻影があり、もう一度昔のようにとにかく手いっぱいの絵を描いてみたい、女房は名前だけは売れるようになったがあんなものは絵じゃないという気があって、そこでつい夕方から、何かしら気分を晴らす口実に表に飛び出すようになり、何時のまにか、麻ちゃんと外で会う習慣が出来てしまった。といっても彼女の勤め先に電話を掛け、一緒に食事をしたあとでせめて映画を見るくらいのもので、そのあと僕はひとりで酒を飲み、或いは飲み仲間と下らない議論をして、次第に堕落したのだが、奇妙に麻ちゃんとの短いあいびきが僕を倦怠から、というより下降して行く魂の傾斜から、ふせぎとめていたような気がする。つまりそれは二人だけの秘密で、彼女は幾ちゃんに対してさえも決して告げようとはせず、そのことは彼女が一人前の女性になったことの証拠だと自分で思っているせいだ、と僕は解釈していたが、僕が例えば日曜日などに昼まから彼女の家を訪ねて、母親と娘とを相手に詰まらない冗談なぞを言い、「麻ちゃん、ジェニファ・ジョーンズの映画見たかい?」「ええ、あたし会社のお友達と見たわ、」などというたちの悪い会話を彼女の母親の前で交して、「わたしもそれ見たい、」と言うのに、「幾ちゃんには面白くないわ、若い人むきの映画よ、」と娘が生意気な口を利くのを、僕も相槌を打ちながら聞いていたものだ。共犯者であることが、愛というよりも遊戯のような気持を起させ、あいびきをしても幼稚園や小学校の生徒の頃から知っている相手ではまるで肉体的欲望と結びつかず（と自分に言いきかせながら）、ただ秘密だけが、「麻ちゃん大丈夫かい、ばれないかい？」とひそひそ声で習慣のように尋ねることだけが、恋愛めかしい空気をつくっていた。僕には女房を裏切る気持はなかったし、彼女は小さい時から母と子との二人きりの生活を送って、幾ちゃん（と僕の呼ぶのを何時のまにか真似して呼んでいたその母親）を愛していたから、そして年齢からいっても僕と彼女とはどうにもならないほど離れて彼女はやっと成年、僕は分別盛りの「生の半ば」というところだったから、もしも彼女が急にお嫁に行くかもしれないと言い出さなかったならば、僕も自分の中の奥深く隠された気持に気がつかなかったかもしれない。

玄関のベルを鳴らしても、返事も、またそれが中で鳴っている音も聞えて来なかったから、二三度声を出して呼び、それから裏口の方へ廻ってみるとそこには錠が掛っていなかった。そこからはいって大声を出すと、お勝手の電灯が点き、びっくりしたような顔で幾ちゃんが顔を出した。彼女は慌てて詫《わび》を言い、ベルが故障したとか、裏の戸を閉め忘れたのは麻ちゃんの責任だとか、そして僕の方でも、「泥棒でもはいったんじゃないかと心配した、」などと冗談を言って、さて茶の間に通ると、不機嫌そうに眼を起しただけの麻ちゃんを見、幾ちゃんの方も困ったような落つかない表情を浮べているのに気がついたので、

「どうかしたの、二人とも?」と訊いた。

「あたしお嫁に行こうと思うのよ。」と麻ちゃんが眉も動かさず答えた。

僕はあっと驚き、それでもにやにやしながら「年頃だものね。」と呟いたが、幾ちゃんが今度は夢中になって娘の代りにその縁談について話し始めた。麻ちゃんの会社の重役が間に立ってその友人の息子に世話しようという話、それも向うの家柄とか財産とか家族関係とか、話がすこぶる微細に渡るので、今まで表でこっそり麻ちゃんと会っていても、またここへ来て幾ちゃんと世間話をしていても、ついぞこんなことは聞かされたこともないのに、何時のまに話が進行していたのだろうと心外にも思えば口惜しくもなって、

「幾ちゃんはどうなの? 嫁にやってもいいんですか? あなた一人きりになってしまうじゃないか。」

「お母さんはそしたら再婚すればいいのよ。」

「わたしなんかもう駄目よ。それよりこの話、わたしさっぱり気が進まないんだけど。」

応援を求めるように僕を見た幾ちゃんの、睫毛《まつげ》の長い、憂わしげな表情を、この人はどうして今まで再婚しなかったのだろうと改めて考え、客観的美人という点では幾ちゃんの方が上だとも考え、それから自分の思考がばらばらになって行くような気がして、やたらにこの結婚に

反対を称え始めた。早すぎる。お母さんが可哀想だと思わないのか、どんな男だかよく知らないんだろう、財産なんぞ問題じゃないさ、家族が多すぎる、大学出の少壮実業家と高校卒の女事務員か、何も知らない癖に。

「でもこれはあたしの問題なのよ。幾ちゃんにもあなたにも関係のないことだわ。特にあなたになんか、何にも関係はないわ。」

「結婚なんて、そんな結婚なんて、強盗にはいられて洗いざらい持って行かれるのと同じだよ。強盗に身を任せるのと同じじゃないか。」

「でもあたしが選ぶのよ、あたしの方でその決心をしてお嫁に行くのよ。強盗なんて。なんでそんなひどいことを言い出したの?」

そして麻ちゃんはわっと泣き出した。

ソレハ夢ダッタノカ妄想ダッタノカ、僕ハ知ラナイ。シカシソレハ僕ノ中ノ秘密ノ夜ダ。何処カラ、ドンナ理由デ、ソンナ忌ワシイ夜ガ生レテ来タノカ。……僕ハ玄関ノベルヲ鳴ラシタ。誰モ出テ来ナカッタカラ、僕ハ裏口ヘ廻リ、錠ノ掛ッテイナイ勝手口カラ中ヘハイリ、マタ声ヲ出シテ呼ビ、ソレカラ茶ノ間ヘ行ッテミタ。ソシテ見タノダ、眼ノクラメクヨウナ驚キノ中デ、部屋ノ中央ニ麻チャンガ両手ヲ後ロ手ニ縛ラレ、手拭ノ猿轡ヲハメラレ、横ニナッテ倒レテイルノヲ、箪笥ノ前ニ、幾チャンガヤハリ自由ヲ奪ワレテ、前屈ミニナッテ跪イテイルノヲ。幾チャンハ顔ヲ起シ、眼ヲ大キク見開イテ僕ヲ見詰メ、声ニナラナイ声ヲ洩ラスガ、麻チャンノ方ハグッタリト倒レタママ身動キモシナイ。ドチラヲ先ニ助ケレバイイノカ。反射的ニ麻チャンノ身体ニ手ヲ掛ケタノハ、彼女ガ気絶シテイルカラ先ニ介抱シナケレバイケナイト考エタカラカ。僕ハ麻チャンノ手ヲ縛ッタ扱帯《しごき》ヲホドキ、猿轡ヲ外シ、急イデオ勝手カラコップニ水ヲ持ッテ来テ、ソノ口ニ含マセタ、ソレヲ幾チャンハ熱ッポイ、燃エルヨウナ眼デ、早クワタシモ、ワタシモホドイテ、ト言イタゲニ見守ッテイルガ、無益ナ努力ノタメニ彼女ノ着物ノ裾ハハダケ、驚クホド白イツヤヤカナ脚ガ、隠ソウトスレバスルホドアラワニナリ、今ハ太腿ノアタリマデガ見エル。麻チャンハ正気ニ復リ、僕ニシガミツキ、泣キ出シ、ソレカラフト幾チャンガマダ箪笥ノ前ニ縛ラレタママ、惨メナ恰好ヲシテ呻イテイルノヲ見ル。麻チャンハ助ケニ行コウトシテ立チ上リカケルガ、僕ノ腕ニ引キ止メラレテ力ナク悶エ、不思議ソウニ、彼女ノ身体ヲ抑エツケテイル僕ヲ、僕ノコワバッタ顔ヲ見守ル。僕ノ見テイルノハ、縛ラレタママノ、恥ズカシサニシドケナク悶エテイル幾チャンノ姿態ダ。シカシ麻チャンハ、僕ガ彼女ニ欲望ヲ感ジテイルト思イ、腕ノ中カラ逃レヨウトシテ、恐怖ノ叫ビヲアゲナガラ悶エ始メル。

ソコカラ悪夢ガ一層無残ニ脚色サレル。最早僕ノ見ル者ハ、傍観者トシテノ僕デハナク行為者トシテノ男ダ。ソノ兇悪ナ、獣ノヨウナ男ダ。（シカシオ前ハ決シテ獣ニハナレナイダロウ、無益ナ夜ノ他ニハ。）男ハ二人ノ女ヲ縛リアゲル。彼ハ全能者ダ、彼ハドンナ（善意ノ）意志ニモ従ウ必要ハナク、ドンナ他人ノ意志ヲモ蹂躙スルコトガ出来ル。ソコデ彼ハドチラノ女ニ手ヲ出スダロウ。二人トモカ。トスレバドチラニ先ニ手ヲ出スダロウ。夢ノ中ノ論理ハ、モシソレガ僕ナラバ、麻チャンヲ犠牲ニ選ブコトヲ命ジル。僕ハ再ビ僕ヲ、行為者トシテノ僕ヲ見ル。麻チャンノ若々シイ肉体ガ虐ゲラレテ呻ク。シカシソノ間ニ、僕ガ焼ケツクヨウナ情感ヲ以テ吸イツケラレテイルノハ、ソノ肉体デハナク、一瞬モ離サズ見詰メテイル幾チャンノナマメカシイ縛ラレタ身体ナノダ。片肩ヲアラワニサレテコボレソウニナッタ乳房ヤ、ソコダケハ自由ニノタウチ廻ル二本ノ白イ脚ヤ、頬ノ上ニ乱レ落チタ髪ヤ、恐怖ニ見開カレタ眼。シカモ僕ハ決シテ彼女ニ触レヨウトシナイデ、彼女ノ娘ヲ苛メルコトニヨッテ、一層彼女ノ身悶エスル姿態ヲ眼ノ鞭デ打チ続ケル……。

コノ孤独ナ夜ハ何処カラ来タノカ。麻チャンガ結婚スルノハ、幾チャンヲモ一種ノ犠牲ニ供エルトイウコトカ。ソレトモ僕ノ復讐ナノカ。何ニ対スル復讐ナノカ。隠サレタ欲望ガ復讐ヲ求メルトイウノハ何故カ。

麻ちゃんがどうしても嫁に行くというその理由が、僕に納得されないままに、たまに（というのは彼女の方がそんなには会えないという口実を直に持ち出すので）二人きりで話の出来る機会があっても、気まずい沈黙と、ちぐはぐな思考と、そっけない別れとが、接吻ひとつ交さないこの奇妙な恋人どうしの間では普通のことだったが、結婚式の日取もきまり、殆ど最後的なあいびきの晩に、僕がそれではもう絶交だと言い出したことから、二人は決定的に破裂した。「あなたに何の権利があるの？」と麻ちゃんは唇に濡れた口紅の光沢のみが異様に目立つほどの蒼ざめた表情になって、僕に食ってかかった。「なぜあたしがあなたの言うことを聞いて、この縁談を止めなければならないの？　あなたとは関係がないって、前にも言ったじゃないの。それはあなたに言われなくても、あたしその人をちっとも好きじゃない。けれどもあたしの意志がそれを選ぶんだから、勝手にさせて頂戴。あなたが絶交すると言ってもあたしは厭よ。」

「権利があるかないかは知らないよ。しかし愛していれば、僕が君を愛していれば、……ね、そんなこと分っている筈じゃないか？」

シカシハッキリト愛シテイルト言ッタコトハ、一度モナカッタノダ。一時ノ興奮デ口ニシタノカ、ナゼ今マデソレヲ口ニシナカッタノカ、誰ニ憚ッタノカ、女房ニカ、ソシテ今モウ遅スギルト分ッタカラ、ソレデ言イ出シタノカ。

「あなたはあたしなんか愛してはいない」と平静な声で麻ちゃんは答えた。

愛トイウノハ、心ノ眼ニ見エナイトコロデ少シズツ少シズツ育ッテ行キ、何時カ心ノ中ヲ一杯ニシ、ソコデ初メテ愛トシテ自覚サレ、自覚サレタ時ニハ心ノ全部ヲ押シ潰スホドノ重味ヲ持ッテシマウモノダ。

「あなたが愛しているのは、あたしの上に差しているお母さんの影よ、幾ちゃんに似ているあたしの部分よ。あなたはあたしとこっそり会う、けれども決して愛してるなんて言いやしない、あなたが見ているのは、本当のあたしじゃない、幾ちゃんの幻影、実体の方には手も触れられず、神聖な女神のように思って、あたしの上に幻影を追っているだけよ。大丈夫かい、ばれないかい？　秘密？　何が秘密なの、あなたが秘密を愉しんでいるのは、あなたが幾ちゃんを愛しているからで、あたしは唯の道具というだけのこと。それがあたしに分った。あたしはあたしの勝手にする。そこを間違えないで頂戴。あなたに奥さんがあって、それであたしの結婚の邪魔をするエゴイストだなんて、あたしあなたを責めやしない。あなたは奥さんなんか全然愛していないんだから、あたしも愛してない、何時でも幾ちゃんだけを愛している。あたしが憎いのは、幾ちゃんの、お母さんの、取り澄ました、あなたに対して姉さんぶった、そして臆病な愛しかたよ、あなたの知らぬ振をした、友達ぶった、けれどやっぱり臆病な、プラトニックな愛しかたよ。あなたなんか嫌い、幾ちゃんなんて大嫌いよ。」

夢ノ中デ、僕ハイツモソノ道ヲ歩イテ行クノダ。何年モ昔カラ（戦争ノ前カラ）通イ馴レタ道、ドンナ風景ヲモ知リ尽シ、季節ノドンナ変化デモ素早ク眼ニツク道、イツデモ期待ガアリ、幾チャンハ僕ノ肩ノ上ニ軽ク手ヲ置クダロウ、麻チャンハ僕ノ手ニシガミツイテ来ルダロウト考エナガラ歩イテ行クウチニ、ハット気ガツク、モウ麻チャンハイナイ、嫁ニ行ッテシマッタ、幾チャントモ絶交シテシマッタ、アソコハモウ僕トハ関係ノナイ単ナル場処トイウニスギナイコトヲ。麻チャンノ会社ニ電話ヲ掛ケルコトモナケレバ、夜疲レテソノ家ニオ喋リシニ出掛ケテ行クコトモナイ。ソシテ僕ハ道ヲ逆戻リシ、悲シミガ胸イッパイニ広ガルノヲ感ジ、君ハ知ラナイト言ッタガ僕ハ君ヲ愛シテイタンダヨ、ト呟ク。シカシ誰モ答エナイノダ。オ気ノ毒ニ、ト言ッテ幾チャンガ僕ノ肩ニ手ヲ置クコトサエモナイノダ。ソシテ眼ガ覚メテ、自分ガ夢ヲ見タコトヲ知リ、側デ女房ガスヤスヤト寝息ヲ立テテイル間ニ、暗闇ノ中デ大キク眼ヲ見開イタママ、何時マデモ寝ツカレズニ無益ナ想イニ耽ッテイルノダ。

しかし僕が結婚すると告げた時の彼女の反応の方はどうだったのか。

「よかったわ、本当におめでとう。あなたも早く身を固めた方がいいのよ、」と幾ちゃんは言った。

「そのかた、例のあなたのお弟子さんね。いつかあたし達、銀座の喫茶店で一度会ったことのある？　あなたがあんな人と結婚するなんて思いもよらなかったわ、」と麻ちゃんは言った。

（こましゃくれた女学生め。）

「まだきめたわけじゃない。しかしあの人には才能があるし、きっと伸びて行くと思うんだ。僕も結婚して家庭を持った方が、二人の才能をそれぞれ育てて行けるような気がするものだから。」

「結婚なんて、才能なんかと関係ないと思うわ。あなたに必要なのは、優しい、世話女房型の、姉さんみたいに気のつく人よ、つまりうちのお母さんみたいな人、それはあのかたは一寸ばかしうちのお母さんに似ている、そと見には冷たそうな、どこか暗い、ロマンチックな翳のある人、ところがうちのお母さんは本当は暖かな心を持ち、引っ込み思案だからびくびくして冷たそうに見えるだけ、あのかたは、それは才能があるかもしれないけど、しんから冷たくてお高い人、まるで違う。よしなさい、そんな結婚。」

「麻ちゃんもなかなか言うようになったね。」

「だってあなたが好きだもの。だいたいあなたはスランプで、自分の才能を投げてかかっているのよ、目新しいものばかり眼について、お弟子さんが一寸変った絵でも描けば、自分なんか天才じゃないと思い込む、けれど大事なのは才能なんかじゃなくて、あなたという人よ、あなたを本当に分っているかどうかということよ、ねえお母さん？」

幾ちゃんは黙ったまま少し微笑した。確かにその微笑のしかたは、僕の結婚しようとする相手に似ていた。しかしもっとずっと静かに、秘密のように。

「お母さんみたいな素敵な人はいないな。あたしお母さんみたいになりたい、」とすっかり脱線して麻ちゃんがはずんだ声で言った。

「よかったわ、おめでたいわ、」と幾ちゃんは繰返した。

ソレハドンナ打撃デモナカッタ。ラジオノニュースノヨウニ、二人ノ耳ヲ通リ過ギタ。麻チャンミタイナ女学生ニハ何デモ文句ヲツケルタネニナルノダシ、幾チャンハ取リ澄マシテオメデトウヲ言ウダケデ、格別ノ感想モ述ベナカッタ。僕ノ予期シタ通リダ。僕ノ人生ヲ設計スル者ハ僕ダ。才能カ。僕ノ才能ガコノ結婚デ伸ビルカドウカハ、僕ダケノ責任ダ。

シカシ、僕ガ結婚スル理由ハ僕自身ニモヨク分ラナイノダ。アノ女ヲ愛シテイルカラカ、三十ニモナレバ平和ナ家庭トイウ奴ガ誰シモホシクナルカラカ、仕事ニ転機ヲ求メタイカラカ。ソノドレデデモアルダロウ。シカシ決シテコレハ復讐デハナイ。無力ナ自分ヘノ復讐、ソシテ女神ヘノ復讐。イナ、決シテソンナモノデアル筈ガナイ。

殆ど風らしい風もない午後、晩春の暖かな日射がその光線の重味を投げかけて、藤の花房が眼に見えぬかすかさで揺れると共に、優しい匂いが藤棚から降り注ぎ、その廻り一面の空気に一種の催眠的な効果をひき起しては広がって行く、その藤棚のあるヴェランダの椅子の上で、いつもここへ来る度に感じる何とも言えない気安さ、物静かなけだるさを感じながら、僕は向うの芝生の上でひとり大人しくままごと遊びをしている小さな麻ちゃんを見守り、こうした平和な幸福感が何時までも（まるで戦争なんてものはもう決して地上では起らないかのように）続くことを疑わなかった。僕は美術学校の制服を着て椅子の上にかしこまり、時々芝生の方から隣の椅子へと眼を移し、そこにもけだるそうな微笑を浮べて、この若い奥さん、というよりも何時からか僕が友達のように幾ちゃんと呼んでいる未亡人が、しかし未亡人と呼ばれる運命になったことでもう否応なしに一種の憂わしげな翳を刻み込まれてしまった眼で、やはりじっと子供のひとり遊びを見守っているのを、陶酔に似たやはり同じ幸福感の中に見ていた。

「幾ちゃんのそういう横顔、僕いつか絵に描きたいな、」と僕は呟いた。

「わたしなんか駄目よ、もっと素敵な人をお描きなさい。」

「どうして？　他に素敵な人なんかいるものか。あなたのその顔、その眼、うっとりした、夢のような。」

「いや、そういうこと言うの。」

「口に出して言うとどうしてこんなに月並なんだろう。やっぱり絵で描かなくちゃ、絵でなら幾ちゃんのその感じ、女神のような感じが……。」

「いけないわ、もうゆるして。あなたそんな詰まらないこと言いにうちにいらっしゃっちゃ厭よ。女神だなんて。」

「御免。それじゃ波の泡から生れたアフロディテエのような……。」

「やっぱし女神でしょう、それ。本当にもうゆるしてね。」

「でも僕、真剣なんだ。」

「二度とそんなことおっしゃっちゃ厭。」

そして咲き誇った藤の匂いが一層濃くなり、その花房が一斉に頷くように垂れ、その薄い紫色の花片という花片がものうい青空の平べったい色調の中に溶けて行くのを感じながら、僕が僕の真剣であることを心の中で誓い直している間に、幾ちゃんは椅子から立ち上り、ゆっくりと芝生の方に歩いて行くと、

「来て、ママ、二人とも来てお客さまになって、」と麻ちゃんが叫ぶ。

そこで僕も立ち上り、その芝生の上まで行くと、ごろんと横になってしまった。

「駄目よ、起きなくちゃ。お客さま、よくいらっしゃいました。こちら奥さまでございますか、よくいらっしゃいました。」

ソレハ未来ニ於テ完成スル絵ダ。ソノ絵ノ中ニハ時間ガナイ。不安モナク影モナイ。僕自身ノ感ジル幸福ノ中デ、ソノ肖像ハ、ソノ切長ノ眼、ソノ少シ開イタ唇、ソノヤサシイ頰カラ頤

ニカケテノフクラミハ、永遠ノ時間ノ中ニ定着サレルダロウ。悲シゲナ表情モ消エ、ウットリト、明ルク。女神万歳。僕ハタダ待テバイイノダ。

「はいお客さま、はい奥さま。」

僕は麻ちゃんから小さなブリキの食器を渡され、摘んだ芝草のはいっているそのきらきら光る食器を手に持たされたまま、若い母親を見詰めていたが、子供相手にお行儀よく芝生の上に坐って、暖かい日射を浴びて、おだやかな微笑を浮べながら丁寧にお辞儀を返している幾ちゃんの横顔が、その時、僕の眼にはそのまま一つの絵のようだった。

ソシテ……。

世界の終り

忘れられた過ちによる死刑宣告。恐怖の感情。
僕は告発に対して文句を言わない。夢の中の
説明の出来ない大きな過ち。

シャルル・ボードレール「散文詩草稿」

一　彼女

夕焼が美しい。

夕焼が気味の悪いように赤く燃えて美しい。こんな美しい夕焼を私は今迄に一度も見たことがない。私が歩いて行くにつれ、街の上に帯のように長くつながった雲が、焔のように燃え始めている。私の中の血を空に流したように赤い。空気の中にも物の燃える臭いが漂っている。いいえ、街は燃えてはいない。いつもの夕暮時の、ざわめいた街。人が買物に出掛けて行き、市場の前や通りの角でお喋りの小母さんたちが立話に飽きない時刻。街は暮れ始めて、陽の当らない蔭はもう黝《くろ》ずんで灰のように見える。私は市場の前は通らない。お母さんが買物に来ている筈だし、私はお母さんに見られたくはない。私は一人で歩きたいし、それも買物なんかに行くのは真平だ。私は忙しい。私にはいつも考えることがある。今日あの人が帰って来る。

空が燃えている。

何かの前兆のように空が一面に燃えている。前兆ということはない。要するに夕焼なのだ。しかし今日の空は特別に晴れている。今日の空は特別に赤い。私が今迄に一度も見たことがない程。私はどんどん歩く。私は歩かなければならない。私はこの大通りを出外れた寂しい岡の上へ行く。私が来るのは此処で市場じゃない。買物はお母さんがすればいい。私は真平だ。私は岡の上へ来る。何かを探すために、何かを考えるために。何を考えるのか私はもう忘れてしまった。今日あの人が帰って来る。お母さんは嬉しいだろう。私は嬉しくも悲しくもない。嬉しいということがどんなことなのか私は忘れてしまった。私は感情をどこかに置いて来てしまった。いいえ、それは家にある。私の家、あの人とそのお母さんとそして私とが住んでいる家、ちっぽけな田舎町の病院、その中にありあまる程の感情がぎっしり詰まっている。しかし私の感情はそこにはない。あるのはお母さんのそれ、あの人のそれ、看護婦さんのそれ、そして私のまわりには別の空間が透明な膜のように垂れ下っている。

火事がやまない。

いつまでたっても空の火事がやまない。消防自動車のサイレンの音がひっきりなしに聞えている。燃え続ける雲が火の粉のように降って来る。それは私のまわりの透明な膜に触れて溶ける。どうしてこういつまでも燃えるのだろう。何か特別のこと、大変なことでも起るのだろうか。岡の上から見ると、空は赤く燃えているし、枯れ枯れとした野原は灰色にくすんで、柏の葉っぱが風に一斉にふるえている。何て広い原っぱだろう。道が真一文字に遠くへ遠くへ。この道をどこまでも歩いて行けば、北の北の外れの国へ出るだろう。人一人住んではいず、熊や狐や兎や鴉などが我が物顔に威張っている雪の国へ。昔は私もそこへ行きたいと思っていた。それはいつの昔だろう。

お前はもうそこへは行けない。

私はもう決して北の外れの雪の国へ行くことはない。私の心の中で何かが死んでから、その遠い国は消えてしまったし、私のまわりには膜が垂れ下った。それは誰にも分らない、あの人にも分らないことだ。風が冷くなり、柏の葉が揺れている。それなのに空はまだ燃え続ける。何か変ったことが起るのじゃないかしら。

帰った方がいい。

そうだ私は早く帰った方がいい。お母さんはもう買物を済ませただろうし、私が外出したのを知れば心配してあれこれと訊くだろう。私は遠くまで来てしまった。あの人が前に此処に私を連れて来て、いい景色だろうと言ったのだ。街も見えるし、向うに山脈も見える。山脈にはもう雪が積っている。原っぱも見える。昔はこの辺は一面の原始林だった、熊のすみかだった、とあの人は言った。あの人は小さい頃からよくこの岡の上に遊びに来た、と言った。私を此処へ連れて来たのはあの人だ。だから私は、一人で此処まで来たのは初めてのような気がする。なぜこんなことをしたのだろう。

なぜだろう。

なぜあの柏の葉っぱはあんなにかさこそ揺れているのだろう。なぜ私の手はこんなに冷たくて、私の額は熱っぽいのだろう。なぜこの一本道は（通る人もないのに）山脈の方に通じているのだろう。まるで私を呼んでいるように。なぜ空の雲はいつまでも火の粉のように燃え続けるのだろう。なぜ私はひとりで此処にいるのだろう。

特別の意味があるからだ。

そうだ何か特別の、それと暗示している意味があるからに違いない。山脈も赤く燃えているし、ほら街だって屋根屋根があんなに赤く染っている。さっき私が街の大通りを通っていた時に、日蔭はもう灰のように翳っていたのに。街がまだあんなに燃えているというのはどうしたわけだろう。それに私のまわりには誰ひとりいないし、見渡す限り誰ひとりいない。

赤い、赤い。

どうしてこんなに赤いの、ともしもあの人がいたら私は訊く。そしてあの人はそのわけを私に教えてくれるだろう。しかし私はひとりだ。私はずっとひとりなのだ。あの人も私の父も私の妹も、みんな私とは関係がない。私が訊くのは私自身であって決してあの人でも父でもない。私は私に訊く、どうしてなの、と。

世界の終りなのだ。

誰が答えたのだろう、誰が私に世界の終りなのだ、などと答えたのだろう。私じゃない。私はそんなことは考えもしなかった。しかし本当にそうなのかもしれない。こんなに空が燃え続けて、私のまわりで私を包んでいる膜が次第にひろがって行って、そして私だけを残して時間が止ってしまっている。私だけが気がついている、時間が止って、世界が終るということを。不思議だ。私は少しずつ思い出して行く。私は街の大通りを歩いていて、冬支度に買物に出ている人たちを、その人たちの視線を、睨《にら》み返してやった。あの人たちは知らなかったのだ、野菜や塩鮭《しおざけ》や石炭なんかを幾ら沢山買い込んでも、何の役にも立たないことを。なぜなら世界が終ってしまうのに、冬支度なんか必要じゃないのだから。だから私は、市場の方へ急いで行く人たちを睨んだのだし、あの人たちも私を異端者のように睨んだのだ。私だけがそれを知っているから。

時間はもうない。

時間がもうないから、すべてが平べったく並んで私を取り囲んでいるのだ。空がこんなに赤くいつまでも燃え続けるのは、時間が止ってしまい世界がいま滅びて行く証拠なのだ。本当は今頃の季節は寒い冷い氷雨が毎日のように降り注ぎ、トタン屋根を濡らし、熊笹を濡らし、晴れ渡った空なんかまるで見ることが出来ない筈なのに。こんなに珍しく晴れたのも、夕焼が美しいのも、その夕焼がいつまでも燃え続けるのも、みんな世界が今終ることの証拠なのだ。それを知っているのは私だけで、だから私は怖いのだ。

お前は怖い。

いいえ私は怖いとは思わない。いいえ私は怖いということがよく分らない。私はずっと前から、怖いという一つの状態の中に生きて来て、それと怖くないという状態との間に、区別をつけることが出来なくなっている。どうせ世界はいつかは滅びるのだし、それが今だってもっと先だって大した違いはない。それに私はもうとっくに滅びてしまっているのだから、前に、ずっと前に。私はもういないのだ。私はもう影なのだ。

お前は死ぬ。

世界が滅びれば私は死ぬだろう、必ず死ぬだろう、あの人も、お母さんも、看護婦さんも、父も、母も、妹も、みんな死ぬ。しかしそんなことは何にも意味がない。私は走って帰り、大変よ世界の終りよ、と街の人たちに教えてあげるべきなのかもしれない。さあ大変です、私はそれを知っています。けれども誰もそれを信用してはくれない。世界が終っても、そんなことは何にも意味がない。あの人たちはみんなとうの昔から死んでいるのだし、私だって昔から死んでいるのだから。

お前はこれから死ぬのだ。

私はこれから世界と共に死ぬだろう。泣いたり喚いたりしながら。なぜなら私は私だけが生き残るとは思ってもみないから。しかしもしみんなが死んでいるのなら、もう一度死ぬというのは反対に生きること、生れること、になりはしないかしら。私には分らない、私には生きるとか死ぬとかいうことは分らない。私が怖いのはそんなことじゃない。

空はいつまでも赤い。

空はいつまでも赤いが、私はもう帰ろう。時間が止ってしまったから夜はもう来ないだろう。私は夜が怖いから、夜の闇に寂しい岡の上にひとり取り残されるのが怖いから、それで家に帰るのじゃない。お母さんに、世界の終りですわお母さん、と教えてあげるために帰るのじゃない。今晩あの人が旅行から戻るから、それで家に帰るのでもない。私は歩きたいのだ。街に通じるこの一本道を歩いて行きたいのだ。世界が終るというのに、どうして私の足はこんなにゆっくり動くのだろう。どうして駆け出さないのだろう。どうして私はもっと怖がらないのだろう。空は血のように赤い。街は夕焼雲の下でいつまでも燃えている。

後ろから誰かが来る。

私は後ろから誰かが来るのを感じる。私は道の真中で立ち止り、振向く。道のずっと向う、山脈に近い方の空間から誰かがこっちに歩いて来る。まだ芥子粒のように小さいが、夕陽に照されて次第にこっちに近づいて来るのが私に分る。私はそれを、その黒い影を、じっと見詰めている。晩秋の空気が限りもなく澄んで、厚い硝子の板でその姿を抑えつけたように見える。押し潰された標本の昆虫のように見える。御免なさい。私は何かを忘れていた。私はだんだんにそれを思い出しそうになる。

そらだんだんに近づいて来る。

小さな人影はだんだんに一本道を近づいて来る。私の中の不確かな記憶もしきりにうごめいている。私はすっかり忘れている。大事なことを忘れて、そして道の真中に立ち止って、振り返って、誰かが私の方に近づいて来るのを待っている。夕焼の空を背景に、その人の姿が黒い。不吉な前兆のように。滅びる世界のように。私の中の不在のものが少しずつ私の存在の方へ近づいて来る。私はそれを知っているのだ。

お前は怖くなる。

私は急に怖くなる。人影はどんどん近寄って来る。女だ。その女の長い髪が風に靡くのが見える。薄い外套の胸が開いて、黒っぽい色のスエーターが覗いているのが見える。どんどん近寄って来る。真直に前を見詰め、両手をだらんと下げ、私の方に歩いて来る。私は知っている、それが誰だか。

それはお前だ。

勿論それは私なのだ。前方を見据えた鋭い眼、固く結んだ唇、痩せた頰骨の出たその顔、長い黒い髪、——勿論私だ。その私は、殆ど私にぶつかりそうになる程近づいて来る。歩くのを止めようとはしない。私は鋭い声を立てる。もう一人の私は、私の方を見向きもしない。すぐ側を掠めるように通りすぎる。香水の香がぷんとする。それは私の愛用している香水の匂いだ。その私は行きすぎる。私は私の顔を両方の掌で抑えつける。そして見ている、もう一人の私が街の方に向かってどんどん遠ざかって行くのを。私の後ろから来て私に先立って歩いて行く者の姿を。何の前兆だろう。これに何の意味があるのだろう。しかし私はそれを知っている筈だ。

お前が探していたのはその女だ。

勿論私がしょっちゅう探していたのは、もう一人の私だったに違いない。私はその私を今までに一度も見たことがない。いつだって後ろ姿とか手の先とか足とか影のように動く形とか、ほんの一部分か朧げな全体しか見たことがなかった。初めてだ。初めてその私は私の前に現れ、通り過ぎ、早く早く歩いて行った。もう消えてしまった。私は決して会いたくはなかった。探してなんかいたわけではない。向うの方が私を探していたのだ。私の意志じゃなくて彼女の意志なのだ。でも何のために。

世界の終りだから。

世界の終りだから私に会いに来たのかしら。私に会って、早くお逃げ、大変なことが起るから、と教えてくれるために。いいえ彼女は意地悪だから決して教えてなんかくれない。それに私だってそのことは知っている。私は歩き出す。彼女の行ったあとから、街に向って歩いて行く。もし誰かがこの道を見ていたら、同じ私が二人、一人は先に、一人は後ろから、歩いて行くのを見るに違いない。その人は、そのことが世界の終りの前兆だということを知るに違いない。私が二人いるなんて。私はどんどん歩いて行く。夕焼が赤い。夕焼が私の心の中で赤い。私は、もう一人の私がどこへ行ったのか知っている。どこで私を待っているのか知っている。私の足はのろのろと動く。私は急に怖くなる。私は思い出す。

二　彼

彼が眼を覚ましかけている間じゅう、伴奏のように彼の暗い視野の外から響いていたのは、妻の声だった。その声は呪文のように響いた。「私は水の底へ沈んで行った。深い深い海の底の方へ。あたりがだんだん蒼ざめて行き、ねばねばした潮水が私の身体に絡み、眼をあげても水面のあたりの仄かな明るみがもうそれと見分けることも出来なくなって、落ちて行くの、鉛のように、一直線に。その怖いこと、さあ戻ろう、もう一度浮き上ろうと思って、くるっと水の中で身体を廻転させようとしても、水面の明るみは見る見るうちに遠ざかって、私は鉛のように落ちて行くのよ……。」しかし彼はその時、水の底にもぐる夢を見ていたわけではない。(多分。もうその時でも夢の記憶は彼から逃げ去ってしまっていた。不確かな、影のちらちらする灰色のスクリーンが眼の前にあり、そして伴奏のように声が聞えて来ただけだ。) その声は執拗に、いつまでも彼の中で響いている。「そしてもう真暗になる。私は海の底に着いてしまったらしい。かすかなぼんやりした蒼っぽい光が、周りじゅうに漂って、小さな魚の群がすいすいと私の身体を掠めるように過ぎて行く。しかし私の身体はしっかと海の底に根を生やしてしまい、もうどんなに踠いても自由にはならない。そして怖いのは、私を取り巻き、私を押し潰して来る水の圧力なの。ねばねばした水、どうにも抵抗の出来ない、逃げられない、厭らしい水の触手なのよ。それは私を抱きしめて離さない……。」――「それは夢なんだよ。」

彼は自分の声で目を覚まし、痺れてしまった手に力を入れ、あたりを見まわした。レールを走る車輪の音が高く響き、薄ぼんやりした電灯が煙草の煙で曇っている、がらんと空いた夜汽車の中だ。前の席は空っぽで、だいぶ前に降りた客が読み捨てて行った夕刊が、横の方に畳んでおいてある。通路を隔てた反対側のシートで、肥った男が意地きたなく鼾をかきながら眠りこけている。窓の外を暗い夜が埋め、そこを走る灯火一つない。ああ眠っていたんだなと思い、痺れた拳をためすように二三度握ったりゆるめたりした。どんな夢を見たのだろう。とにかく彼の耳に聞えていたのは列車の車輪の轟きではなくて、彼の妻の訴えるような声だったし、彼はそれが夢であることを彼女に教えてやったのだ。しかし彼が自分で見ていた夢の内容は今ではもう思い起すことが出来ず、不思議な物をでも見るように乗客の少くなった座席とか、暗い窓硝子とか、鼾をかいている男とかを見廻していたが、そこに何の不思議もある筈がなく、彼は三日間の学会の帰りにこうして汽車に乗り込んで、もう二時間もすれば彼の生れた土地、彼の育った土地である弥果《いやはて》に汽車が着き、そして自分の家、妻と母とが待っている家に着くであろうことが、彼にはよく分っていた。不思議なのは彼が今眼にしているこの現実、殺風景な三等車の中に彼が腰掛けていることではなく、彼が妻の声を聞き、「それは夢だよ、」と彼女に教えてやるような、そんな二重の夢を見たことだった。「夢か、」と彼はぼんやり呟いたが、思えば彼の妻は彼と結婚してからずっと夢を見ていたのかもしれず、彼の方も彼女と一緒に見果てぬ夢を追っていたのかもしれなかった。そんな馬鹿げたことを考えるというのも、夢には伝染性があって、彼もときどきは、悪夢の中で、手足がねばねばした潮水に絡まれて、いつの間にか自分の存在が深海藻に変ってしまっているのに気のつくことがあったからだ。夢とは記憶かもしれなかった。

一番初めに彼が驚かされたのはどれだったのだろう、と彼は記憶の中を探り始めた。あの「沈んで行く」だったのか、それとも「私は遠いところへ行っていた」だったのか、それとも彼女のあの恐るべき幸福感だったのか、結婚してから彼が妻の持つ異様な面に気がついたのはどれが一番最初だったのか。「遠いところ」というのも、「沈んで行く」と同じ位彼をびっくりさせ、狼狽させたのだ。

「私は遠いところへ行っていたのよ。寂代《さびしろ》でもない弥果《いやはて》でもない、もっとずっと北の、寂しい河のほとりだったわ。」彼はやはり目が覚めるなと感じながら、妻の声に導かれるように暗い視野の中から現実の方へ引き戻されて来たが、現実というのが二階の寝室で、自分が妻と並んで寝ていて、しかも妻が彼の片腕をぎゅっと爪が立つほど力強く掴んでいると気がついて行く間にも、妻のやや興奮した、しかし単調な低い声は、休みなく語り続けていた。それは何かに魅せられたように、ほんの一寸でも息をつけばその間に大事なものが消え失せてしまうとでもいうように、少しあせり気味の早口で続いた。「あたりには濃霧《ガス》が下りて森の中は死んだようだった。河がすぐ側を流れているらしいけれど、私はどうしてもその側まで行けない。ただ水の流れる音を聞いているだけ。あたり中に熊笹が生い茂って私の手も足も引掛るし、顔も頭も冷たくなって霧が玉のように顔の上を流れる。私はもっとどんどん歩いて河の方へ行きたいのだけど、身体がどうしても言うことを聞かない。そして冷たい滴《しずく》がひっきりなしに絡み合った枝や蔓《つる》や葉っぱの上から落ちて来るの。静かで、私はひとりきりで……。」――「それは君が夢を見たんだよ、」と彼はやさしく諭すように呼び掛けたが、彼がその時急に怖くなったのは、彼女にとってそれは夢の話なのではなく、現に今、彼女が原始林の中をさ迷っていると、彼女が実際に信じているその凭かれたような話し振りだった。いやそうではない。彼はその時、徐々に思い出して行ったのだが、本当に恐ろしかったのは前の晩に（つまりこうして目を覚ますよりも五時間か六時間前に）彼と彼の妻とは全く理解の出来ない他人どうしのような喧嘩をして、二人とももう口も利かなくなり、背中と背中とを向け合せて寝たということだった。つまりこの数時間を溯れば彼は妻にやさしい言葉を掛けてやる気分ではなかったし、妻の方も彼の片腕をしっかと掴んで助けを求めるような気分ではなかったに違いない。しかし助けを求めているのかどうかは、今も、彼にはよく分らず、「大丈夫だよ。もう君も目が覚めたんだろう、怖い夢を見ただけなんだろう、僕が付いているからね、誰だって魘《うな》されるということはあるさ、」などと慰めの言葉を口にしていたから、彼女の助けになっていると自分では信じていたものの、彼女の方はただ「此処ではない遠いところ」にいたことを無感動に表白するばかりで、そして彼はひどく不安になり、枕許のスタンドのスイッチを探し、電灯の光が妻を悪夢から引き戻すことを願って、まるで知らない顔のように、ぴくぴく震《ふる》えている目蓋《まぶた》や鼻翼や血の気のない唇や乱れて顔の半分ほどを隠している髪などを見る。

しかしどんな喧嘩をしたのか、その前の晩の記憶はさっぱり浮んでは来ず、ただごたごたと幾つもの似たような記憶の破片が混り合って頭の中に湧き上って来たが、彼はそれを押しのけるように慌てて現在に戻った。（とにかく結婚したばかりの頃ではなかっただろう。）汽車が急激にスピードをゆるめ、小さな停車場に滑り込んで行くのを、彼は曇った硝子窓を人差指の腹でこすって小さな覗き窓を作り覗いて見た。過去も、そうして意識的に覗いて見る時に、その時には感情に押し流されて気にも留めずに言ったり聞いたりしたことが、実は何か別の深い意味を以て思い返されて来るということがあるものだ。小さな停車場で、人影の疎なプラットフォームを駅員がゆっくりと駅名を呼びながら歩いて行き、ベルの音が鳴り渡り、助役が呼子を吹いて片手をあげた。そして発車。

どうして海の底へ沈んで行く夢なんか見たんだろう、と彼は考え始めたが、彼の見た夢の内容は今はもう暗いスクリーンの向うに消えて行ってしまい、実際にその夢を語ったのは妻の声で彼はただ「それは夢なんだよ、」と呟いたにすぎなかったのに、そのことはもう忘れていた。海の底へ沈む夢の中にどんな願望が隠されているのか、フロイドならば海の底は子宮の象徴だとでも言うのだろうか、それは生れる前の平和な眠り、母胎の中の静けさ安全さ、というふうにも取れるし、またねばねばと纏いつく潮水は狂気の象徴なのかもしれない。「夢判断」でも調べればはっきり分るだろうが、しかしもっと簡単に、それはぐっすり眠りたいという人間の願望を示すだけのことかもしれない。石のように眠る、水に沈む石のように眠る、海の底深く沈んで行くように眠る……。そして彼は「夢判断」の、というよりフロイドの著作が幾冊か並べて置いてある自分の書棚を思い浮べ、隣り合った医学書の金文字のはいった背とか、合本になった医学雑誌のずっしりした列とか、そしてそれを取り巻いたしんとした空気、白い蒲団を敷いた診察用ベッドや机や廻転椅子や古風なシャンデリアや白いカーテンやストーブや、つまり診察室を、嘗ては彼の父親の物であり今は彼自身の物である診察室を、手の先に感じるように思い浮べた。子供の時はその部屋は神聖なタブーであり、決してそこにはいって遊ぶことを許されなかった部屋、「お前も大きくなったら、お父さんと一緒にあそこで診察するんですよ。偉いお医者さんになったら、」と母親が口癖のように言い、消毒液くさい父親の手に掴まえられるのが厭で、折角自分を抱き上げようと笑顔を見せている父親の手からすっぽりと逃げ出し、「厭だよお医者さんなんか、僕はね、」と自分の成りたいものを考えているうちに「坊主」と抱きかかえられ、そして神聖な診察室の中へ（患者の来ていない時に）連れて行かれたその記憶はどんなにか愉しかっただろう。彼が大学へ行ってこの土地を離れていた間に、しばしば彼が思い出したのは、幼い頃、父親の腕の中から見下した机とか書棚とかベッドとか衝立とか体重秤とかの位置だったし、父親が亡くなり彼がこの小さな病院の代を継いで初めてした仕事は、診察室の中を目立たぬ程度に模様変えして、特にもう時代おくれになった医学書を自分の蔵書と取り替えることだった。そして彼の持っていた、背を金文字で飾った洋書の中の幾冊かのフロイド。海の底へ沈んで行くのは、眠りへの願望であると共に死への願望であるかもしれない。夢のない眠り、それは死だから。

汽車ががたごといってスピードを増し、乗客の誰かが、さっき停車中に硝子窓を明けて今もそのままにしていると見えて、冷たい風がすうすうと窓に沿って流れて来た。彼は窓際を離れて通路寄りに席を移し、しかし僕の心の中に死への願望なんかがある筈はない、と打消した。不安はいつでも妻のこと、妻に関することから来る。そのために彼は三日間の学会が終っての帰り途に、今日、わざわざ寂代で汽車を降りて、妻の父に会いに行ったのだし、そのために夕食に引き留められたからこんな遅い汽車で夜中過ぎに家に帰るような羽目にもなってしまったのだ。「あなたは医者じゃありませんか、医者として診てどうだったんです？ 不審の点でもありましたか、」と義父はやや開き直った口調で問い返したが、それが彼にとって一番辛い質問であることは此処へ来る迄に、しばしば彼が自問自答していたことでも明かだった。「私はあなたに娘を差上げた。万事あなたの責任ですよ。」それは当然のことだし、彼は何も議論をしに来たわけではない。確かに彼自身の責任なのだろう、心理的には。しかし医学的には、精神医学的には、結婚するまでの彼女の生活の中に何かしらの原因が探り出せるかもしれないと思えばこそ、彼はくたびれ切った身体を義父の家へ運んだのだ。「僕はその方面の専門ではないので。」――「しかし医者たる以上は分りそうなものじゃないですか。」――「ええ、どうもおかしいとは思います。それで御相談に上ったわけです。」――「相談？ 何の相談です？

娘をどうするつもりです？　詰まらん言い掛りは受けつけませんぞ。」相手は既に声を荒くしていて、彼の真意を聞き分けるだけの度量を失いかけていた。どうもおかしい、というそのおかしさを、彼自身も一体どのように説明すればよかったのか。十月の寒い夜汽車の中で、乗客の不注意から明けっ放しにされた窓硝子を侵入して来る冷たい風のようなもの。客車の中の、煙草の煙のこもった、生ぬるい濁った空気とは全く異質的な、曠野の上を吹き過ぎて行く純粋な風。どのように説明すればよかったのか。彼は思い切って立ち上り、通路を右手の窓の方を見ながら歩いて行き、三つほど前の座席に開いたままの窓を発見した。勤め人ふうの若い男が座席に横になって眠っていた。彼はそっと窓硝子を下した。それは軋りながら重たく下りた。

彼の心の中を何かが軋りながら重たく下りた。それが現実の上に覆いかぶさると、彼は蒼ざめた、まるで自分の存在を突き抜けて背後のもっと遠くにある物を見詰めているような、彼女の眼指《まなざし》を見る。「私はもうこんな生活には耐えられない、私は厭よ私は、」と彼女は叫ぶ。——「何が厭なんだ、何かお母さんとあったのかい？」——「あなたは私を幸福にしてくれると約束した、約束したでしょう？　けれども私はちっとも幸福じゃない、こんなのは生活じゃない、あなたはお母さん思いでお母さんはあなたを大事にして、それで私はまるで邪魔者じゃないの。私のいる場所なんかどこにもない、まるで除け者よ。」——「それは君の思い過しさ、」と言って彼は笑って見せる。「お母さんはお母さん、君は君さ。だんだんによくなるさ。どうして急にそんなことを言い出したんだ？」——「お母さんは暴君よ、意地悪よ、自分勝手よ、私を苛めるのが嬉しいのよ。」――「どうしてなんだ？　なぜそんなひどいことを言うんだ？　お母さんは君のことを大事にしている筈だ。」――「いいえ、お母さんは私がこの家に侵入して来たのが厭で厭でたまらないのよ。私をしょっちゅうスパイして、ああしてはいけない、此処へはいってはいけない、どこへ行ってはいけないと何でも禁じて、まるで家の中の私の存在そのものが邪魔になるような言いかたをなさる。」――「そうでもないだろう、それは君の思い過しさ。もう年だから少しは口やかましい点があるかもしれないけど、根は親切な人なのだ。一体今日は何があったのだ？」――沈黙。

彼は自分の座席に戻り、煙草に火をつけ、大きく息を吐いた。彼女との間に議論が始まるのは大抵は夜、彼が寝室に入り、先に寝ている妻の顔色がすぐれないようだと予感のようなものを感じ、わざと笑顔を見せて言葉を掛ける、その時だった。彼女の怒りかたはいつもヒステリックで、論理を欠《か》いているとしか思われず、しまいに彼の感情を苛立たしく刺戟する迄は止めなかったが、それでも彼は自分で自分をやさしい善良な人間だと信じていたから、なるべく柳に風と受け流して相手にならないように努めた。「私は結婚なんかするんじゃなかった、」と彼女は叫び、彼を責めるように眼を大きく見開いたが、彼が一番の魅力を感じて彼女と結婚しようと遂に決心したのも実はこの同じ眼の輝きだったのだし、当時はそこに神秘的な謎めいた影が揺曳《ろうえい》していたものだ。「あなたは私をだましたのよ。あなたは弥果《いやはて》の病院の若い院長先生で、私はその奥さんで、外見《そとみ》には確かにあなたの言った通りになったわ。でもあなたが約束したのは私を幸福にするってことで、私の幸福はあなたが私をひとりぼっちにしないことだってのは、あなたにだって分るでしょう?」——「それは僕は忙しいんだからね。午前は患者が来るし、午後から夜にかけては往診で……。」——「いいえ、そんなことじゃない。あなたの公の生活であなたの面倒を見ているのは看護婦さんの木村さんでしょう、それはしかたがないわ、私には代りは出来ないもの。けれど私生活の方であなたの面倒を見ているのはお母さんよ、私はお母さんの命令で女中のように使われるだけ。この小さな病院の中に閉じ籠められて、お母さんに頤で使われて。あなたは無関心で、何ひとつ面白いこともなくて。」——「少し表にでも出掛ければいいじゃないか。」——「何処へ? 弥果みたいな小さな町に何があるの。海へ行っちゃいけない。何よあんな寂しい海。郊外へ行っちゃいけない、危険だから。それで町の中には? 私が喫茶店にでも行ったら、町じゅうの人が噂にして嗤うだけじゃないの。私は人から嗤われるのは厭。」——「困ったなあ、一体どうすればいいんだ? どうすれば君の気が済むんだ?」——沈黙。

もうじき冬が来るだろうし、その長い冬の間は弥果の町そのものが冬眠し、海は閉され、流氷が海岸を埋め、雪が降り、凍った北風が吹きすさび、そして夜は長い。家の中に閉じ籠ったきりでいれば大抵の人間は気が滅入ってしまうが、彼女の場合にはそれが度を越しているのだ。冬を憎み冬を恐れている。眼に見えない冬の寒気、人の心にまで侵入して来る寒気が、次第に彼女の心をまで荒涼としたものに変えてしまったのか。秋の終り、冬の初め、どうやら彼が初めてそのことに気がついたのもそうした季節だったに違いない。夜中に彼が目を覚まし、彼の片腕をしっかと掴んだ妻の指先の力と、呪文のように語り続ける彼女の単調な声とに暗闇の中で驚いた時に、空気は冷たく凍って、唇がひりひりするのを感じはしなかったか。「私は遠いところへ行っていた。どこだか分らない遠い街だった。私は喫茶店の中にいたけど、大きなサボテンの鉢が私のテーブルのすぐ側にあって、そのぎざぎざの葉っぱが機械仕掛みたいに、ゆっくりお出でお出でをしている。給仕は可愛い男の子で白い制服を着ていたけど、手にお盆を持ったまま、ぴょんぴょん跳ねて歩いて行く。私は誰かを探しているんだけど、もうとても疲れてしまって、その店でお茶を飲んで休むつもりだった。けれどボーイは跳ねてばかりいて、いつまでたってもお茶を持って来ないから、私はその店を出てしまった。白い犬が店の前で私を待っていたけど、私が探していたのはその犬じゃない。でも私はその犬のあとについて行く。犬は機械仕掛みたいに動いて行くから、私も見失わないようにしてついて行ったわ。」そして眠りに就く前に、確かに彼は妻と烈しい議論をし、「君みたいにわけのわからんことを言う女は見たことがない、」と怒鳴り、背中を向けて寝てしまったのだが、現に彼女が寝言のような譫言《うわごと》のようなことを呟くのを聞けば、前の晩の夫婦喧嘩とどういう関係があるのか、単純な寝言なのか、お芝居なのか、それとも彼女の意識に何か奇妙な脱落があるのか、彼にはすっかり分らなくなる。そういうことが何度かあり（確かに秋の終りから冬の初めにかけて）妻の声が止み、彼が彼女を説得した、正気に返らせたと思い、沈黙が部屋を占め、そして彼女の冷え切った身体が（彼女は蒲団から乗り出して彼の片腕をしっかと掴んでいたから）甘えるように縋りついて来ると、彼は結局彼女のこのような錯乱が彼に愛撫を求めるためのお芝居だったように、自分で信じ込んでしまう。しかし同時に、彼（彼女の良人である彼）は自分の腕に抱いているのが誰か見知らぬ女のような錯覚を覚え、それと共に不安が彼女から彼へと伝染し、この不安のような肉欲のようなものが、遂に再び睡りが襲うまで木の葉のように二人の身体をわななかせる。多分それは――彼女の中にあるものは、不安なのだろうと彼は想像するが、しかしその正体は、正確には彼の想像の外にあったのだ。事件が起ってもしかも彼にはやはりその正体は掴めなかったのだ。

煙草の火が途中でとうに消えてしまっていたが、彼はすっかり忘れて、今、スプリングコートの膝の上が灰だらけになっているのに気がつき、慌てて手で払いのけ、それから再び曇ってしまった窓硝子を指の腹でこすった。外は暗闇ですっかり曇ったまま灯火一つ見えない。どうやらぽつぽつと雨が降って来たらしく、硝子の上に水滴の短い斜の線が走り始めている。姑と嫁とはどこの家だってうまく行かないものだ、と彼は考え、そう考えることが不安を遠ざける唯一の方法に習慣化していることには、とうに気がつかなくなっていた。母には母らしい物の考えかたや、男まさりの性質や、古くからの習慣や、特別の好みや、何よりも長い間守って来たこの家の黴くさい臭いが染みつき、彼はそれを同情の眼で見守ることに馴れてしまい、妻の新しい視野に自分の視野を合せることが出来ず、妻には母を弁護し母には妻を弁護することが自分の役割と信じて来た。「あの人は私がもっと早くするように言うと、わざとのろくさとやるんだよ、」と母が言えば、「わざとじゃないんでしょう、もともと何をやらせてもスローなんだから、」と答え妻には「お母さんはどうもせっかちだからね、」と言う。しかし今、そこだけ曇りを拭き取った硝子の上に顔をつけて、何一つ見えない暗い遠方に眼を据えていれば、その時の彼女の言葉にももっと別の意味があったのかもしれないと思われて来た。「どうしてわざとゆっくりする必要があるの、私はこれでも一生懸命なのよ。でも私の手が言うことを聞かないで、まるで他人の手のようにゆっくり動くんだもの。そういう時は、本当の手を探さなければいけないのだけど、私はそれをなくしてしまったらしいの。」それと同じ筆法が、深夜に目覚めて、例の「遠いところにいた」とか「沈んで行く」とかいった類いの言葉を呟き、彼が肩を揺すぶって正気に返してやった時にも、用いられたことがあった。「私そんなこと言ったかしら。よく覚えていないけど。ひょっとしたらそれは私の口じゃなくて、誰か他の人の口じゃなかったかしら、それを喋ったのは。私の本当の口はどこかへ行ってしまったのかもしれないわ。」――「じゃ今喋っているのは誰の口なのだ?」と彼は冗談のように、しかし背筋にうそ寒いものを感じながら訊いてみたが、「これは勿論私よ、私が喋っているのよ。変なかたね、」と反対にたしなめられ、すぐに眠りがこういう詰まらない出来事を忘却の中に投げ込んでしまった。しかし今、硝子窓にぽつぽつと降り掛って来る雨の滴のように、不安が過去の記憶の上を斜に掠めて行くのだ。つまりあの頃から(事件を溯るそんな前から)彼女は単に姑と嫁との問題だけで苦しんでいたのではなく、そこにもっと別の、いわば根源的な不安といったものがあり、それが無理解と孤独との中で（というのは、彼が妻を愛していたことは確かで、彼女にもそれを口実に、つまり愛しているのだからと言って慰めてやりはしたものの、彼女の内面にどういうドラマが進行しているのかはさっぱり理解できなかったから）徐々に深まって行ったと考えることも出来た。「私は娘を引き取る気はありませんよ、」と先程義父が言った時に、彼に閃めいたのはやはりこの無理解と孤独という言葉だった。「あなただって何も離縁したいというつもりで見えたんじゃないでしょうな？」――「勿論僕はそんな気はありません、ただ大学の恩師に相談した結果を……。」――「それは分りました。何でもあなたのお好きなようにして下さい。あなたは医者だし、私はそんな話はさっぱり分らん。」だから寂代の駅で再び汽車に乗り込んだ時には、義父の声はまだ彼の耳許に残っていたし、それから汽車の車輪がレールに触れるがたんごとんという音を聞きながら彼が眠っていた間じゅう、親からも見放されている、と彼の心の中で幻の声が囁いていたのだ。そして彼は彼女をいとおしく思い、あと何時間か経てば自分の家へ着いて彼女にも会えると考えると、学会のあとで恩師に相談して極めて来たことが間違いのような気持にもなり、それを何も知らずにいる彼女と、またその結果を（心から心配して）待ちかねている母との面影が浮んで来るのだ。「その学会ってそんなに大事なの、どうしても行くの？」と彼女は子供じみた声で尋ねたが、実はその声の中には自分の運命を予感しているような哀切な響きが籠っていたのかもしれなかった。「たった三日間だしそれ位我慢できるだろう。」——「厭よ、行かないで。」——「こんな町の町医者をやっていたんじゃ、どうしても取り残されるんだよ。医学は日進月歩だからね。だから学会に顔を出すのは決して遊びに行くわけじゃないんだからね。」——「それは分っているの。でも私は行ってほしくないの、ね行かないで。」——「どうして?」——「どうしてでも。」——「何だ子供みたいな。」——「私、怖いの。」怖い? 何を彼女は恐れていたのだろう。彼が学会のあとで恩師と相談し、もし恩師が正確な意見を出してくれたなら、彼も思い切って、彼女を大学病院に入れて診てもらうことにするという、その未来を彼女は推察できたのだろうか。それとも彼女のよく口にする「陰謀」ということが、彼とその母との間でこっそり進行していることを見抜いたとでもいうのだろうか。「もう一度ああいうことが起れば困るから、」と母は眉を顰《ひそ》めて重々しく言った。確かにあの事件のあとで(事件の原因がどういうところにあったのか、彼にも母にも結局よく分らないままで過ぎたとはいえ)母はすっかりおどおどし、声も低くなり、物を言う時にも彼の顔から眼を逸らして横の方を向くようになった。しかし母が心の中で彼女の身を深く案じていることは疑いを容れなかったから、彼もやはり母と相談せざるを得なかったのだ。「これが表沙汰になればうちの病院の信用にも関るからねえ、」と母は肩を落してひっそりと呟いた。そういうこともある。確かに人間は社会的信用の中で生きているのだし、弥果のような田舎町では特にそうなのだ。

汽車がゆっくり停車場にはいって行き、眩《まばゆ》いように灯火が流れそして止ったが、見れば雨は前より一層烈しくなり、篠つくように降っていて、駅員が呼んでいる駅名もよく聞えず、柱に書かれているその名前も読み取ることが出来なかった。彼は腕時計を出して時刻を確かめ、それから座席に深く凭れた。誰かが迎えに来ているだろうか。寂代で汽車に乗りがけに、帰りの時刻が深夜になることを電報でしらせておいたから、こんなひどい雨になった以上、妻が駅まで出迎えに来ているかもしれない。病院から駅までは大した道のりでもないのだし、きっと待ち焦れているのだろうから、雨傘を手に改札口のところで待っているだろう。もしも母がとめなければ。母は必ず夜がおそいから女が出歩いてはいけないとか、駅には車だっているだろうとか、走ってもたかのしれた距離だとか、そんなことを口実に妻を外出させないようにする。だから母がまだ起きていれば、彼女はとても出迎えに来ることは出来ないだろう。しかしあんなに熱心に、行かないでくれと頼んだ位なのだから、彼女が帰りを待ち焦れていることは確実なのだ。汽車は篠つく雨の中を出発し、灯火が流れ、そして窓の外が直に暗くなった。寂しい曠野を海岸沿いに走って行く汽車だ。もしも雨が降ってさえいなければ海が見えるかもしれないし、窓を明ければ少くとも潮気を含んだ風を感じることが出来るだろう。しかしすべての窓を閉した列車は、重苦しい空気を客車の中に澱ませたままのろのろと進行する。一体彼女と母との間がはっきり面白くなくなったのは何時からのことなのか、結婚と同時にもうそれは始まっていたのか、と彼は再び彼を襲って来た睡魔と戦いながら考え始めた。すると直に浮んで来るのは、彼女の蒼ざめた神経質そうな寝顔で、それは眠っているのかそれともただ眼を閉じているだけなのか、時々二階の寝室に様子を見に行く彼の眼にははっきりと分らなかったが、しかし何となく眠っているような気がして、声も掛けずにただ様子だけを窺ってそっと階段を下りて来た。初めのうちは医者の癖にそれと気がつかず、風邪でも引いたのではないかと心配して無理にも診察しようとしたが、やがて月が変った或る日、朝になっても彼女が起きようとせず、「何でもないの、大丈夫よ、疲れて気分が悪いだけ、」と言って寝床にじっと仰向に寝たきり母や看護婦が食事を運んでも殆ど箸もつけずに、二日間も三日間もそのままでいることが次の月にもまた繰返されて、やっと生理的なものだと理解したが、その頃は母も彼女を大事にして決して咎めようとはせず、彼女（妻）が二階で昼間じゅうひっそりと閉じ籠っているのを心配そうな顔で彼に様子を訊いたりしたものだ。しかしそれが恐るべき波瀾を巻き起したのは、彼女のこの定期的な長期睡眠の三回目か四回目の時だったと思うが、彼女を抜きにした寂しい夕食を彼が母と共にした後で、思いあまったように母が彼に不思議な話を始めたのがその皮切りだった。「こういうことってあるものかねえ、」と母は沈んだ声で言ったが、そういえば食事の間も母は暗い表情をしていて心ここにない様子だった。「何がです？」――「実はね、夕方私が買物に市場へ出掛けた時にね、私は市場の手前のとこであの人に会ったんだよ。」――「だって二階で寝てるんでしょう？」――「それが、私もそう思っていたんだけど、紛れもないあの人じゃないの。寝衣の浴衣の上に羽織を引掛けてすたすた歩いているのだから、私もびっくりして呼びとめたんだけど、どうも聞えなかったらしい。聞えても黙って行ってしまったのかもしれない。」――「そんなこと、大体わけが分らないじゃありませんか？　人違いじゃなかったんですか？」――「間違いはないよ。」――「帰って来て確かめてみたんですか？」――「いいえ、でもねさっき夕食を木村さんが運んだ時には寝ていたと言うから、私より先に帰って来たのだろうよ。」――「しかし何のためなんです？　何しに出掛けたんだろう？」と彼が尋ねるのに、母は首を振って、「お勝手むきの仕事をするのが厭なのだろう。でも外へ出るのなら断ってからにしてほしいし、だいいちあんな恰好じゃ外聞が悪いからね。」――「じゃ僕がよく確かめて来ます、」と言い捨てて、母が留めるのも聞かずに二階の寝室へ昇って行ったが、そこでは彼女が、夕食のお盆に白い布を掛けたままだ箸もつけずに横になっていた。「君は夕方どこへ行ったのだ？　お母さんが市場で会ったそうじゃないか？」と勢い込んで話し掛けるのに、彼女はやっと薄目を開き、ゆっくり首を横に振った。「私はどこへも行かないわ。」――「しかしお母さんは確かに君に会ったと言ってる。間違いじゃないって。君だって行ったら行ったと正直に答えればいい、何も出掛けちゃ悪いとは言ってない。けれどこうして二日も三日も寝ていて、家の仕事はみんなお母さんに任せて、それで断りもなく外出なんかすれば、誰だって気を悪くするさ。一体どうしたんだ？　何の用があったんだ？」――「私はどこへも行かなかった。」――「しかし。」――「お母さんは嘘吐きよ、私を苛めるために嘘をついているのよ。」そこから先は水掛論で、彼は今でも、母の蒼ざめて緊張した顔と、妻のやはり蒼ざめて眼に涙を浮べ、唇をぴくぴくと痙攣させている顔とを交る交《かわ》る心の中に見ることが出来たが、この水掛論には結論もなく、どちらが嘘をついているのか彼には極《きわ》めることが出来なかった。結局それは母の見間違《みまちが》いだったのだろうと、当時（結婚してから数ケ月目だったが）彼は妻の味方をして考えたが、母と妻との間に生じた溝はそれから確実に大きくなって行ったのだろう。しかし彼が不意に疑惑を感じたのは、或る時（その何ケ月か後に）彼女が夢中に彼を揺すぶり、譫言《うわごと》のように「怖い、怖い、」と叫び出した時だった。「誰かが階段の上で私を見ている。」そこで彼もびっくりして踊場に飛び出してみたがそこには人影もなく、「寝ぼけたんだよ、誰がいるものか、」と慰め、そして彼女がこう言うのを聞いたのだ。「そうかしら？　本当にいないのかしら？　あなたが見に行く前に逃げて行ったんじゃないかしら？　でもいつかは、きっとあなたも見るわよ、お母さんが見たように。」――「誰を見るんだい、それは何のことさ？」――「きっと見るわ。」――「誰？」――「私よ。」――「君？　君はそこに寝てるのじゃないか？」――「私よ、もう一人の私よ。お母さんも見たし、あなたも今に見る。私もいつか見るに違いない。そしたらもうおしまいなのね。」そして彼女は急に泣き始め、彼はその苦しげな号泣を聞きながら、何か彼の存在している空間に罅《ひび》がはいってしまったような、奇妙な不安を覚えたのだった。そして今、それを思い出したことによって、再び彼の現にいる空間、この客車の中の埃っぽい重たい空気の中に、亀裂のようなものを感じ始めていた。

眼をつぶると、彼は自分の暗い視野と同じ濃密な巨大な夜の体積を感じることが出来たが、その夜は海と陸地との上に雨雲を浮べて、深々と覆いかぶさり、そして二本のレールが海岸沿いに冷たく走り、彼の乗っているこの夜行列車が遠い目的地に向かって喘ぎながら夜の空間を切り拓いて行く。そして彼は列車の通った直後の、まだ震動し、ほてり、わなないている蒼白いレールの上に、冬の初めの氷雨のような霙《みぞれ》のようなものが降りかかると、じゅっといって溶けて行く有様を何ということもなく空想したが、それとどういう関係があるのか、彼女が例の事件を起す少し前頃の言葉の切れ端やその奇妙に分裂した精神状態が、この雨に濡れたレールのイメージと混り合って彼の心象に浮んで来た。彼が往診から夜おそく戻り、診察室の前でドアが開いたままなのを発見し、そして机の抽出しが開いたままなのを発見したことがあり、彼は二階の寝室へ行ってから、何げなく（しかし意識的に）「君は診察室へはいりはしなかったかい？」と訊いてみた。「どうして？　私が薬局や診察室へはいるわけがないでしょう？　お母さんがいつも眼を光らせて私をスパイしているのに。」――「それならいいんだよ。」――「誰かがはいったの？　木村さんでしょう。」――「いや木村君じゃない。しかしいいんだ、大したことじゃない。」――「もしそれが誰でもなかったら、ひょっとすれば私の手かもしれない。」――「君の手？　何を言うんだ君は？」――「私がさっき二階に昇る前に通ったら、私の手がドアの握りを掴んでいたわ。手だけよ。私が通ったら、その手は直に消えてしまったわ。」――「手だけってのはどういうんだ？」――「手だけよ。足だけのこともあるわ。足だけが階段を下りて行くの。背中だけのこともある。背中だけ私に見えるのよ。」――「それは、君の背中なのか？」と彼はひどい寒気を覚えながら問い返したが、彼女は「そうよ、私のよ、」

と平然と言い、「しかしこの私じゃない、」と付け足した。――「そんなことはよくあるのかい？」――「ええこの頃。でもまだ大丈夫。」――「何が？」――「まだ手とか足とかいうだけで、そっくり私の姿を見たわけじゃないんだから。」そして彼は、「それは君が夢を見たんだよ、幻想だよ、」と慌てて打消したが、しかしその幻想（というより幻覚と呼ぶべきもの）が事件と何等かの関係を持っていることに、彼は（医者として）当然気がつくべきだったのだ。それと殆ど同じ頃、やはり事件の少し前頃に、彼女が意外に平静な声で自分の心の中を覗き込むように、子供の頃の思い出を話し始めたことがある。「子供の頃、私たちは明るい港町に住んでいた。私は時々、そっと一人で抜け出し、山の手の方の白い道を歩いて行き、海が銀色に光っているのを見るのがとても好きだった。暖かい霞んだような港の中に大きな汽船が何艘も碇泊し、工場の煙突やドックや起重機なんかが見えた。私は夢中になってその道をどんどん歩いて行くのだけど、すると急に帰り途が分らなくなってしまう。急に不安になる。そうして泣きたいような気持になると、私はわざと眼をつぶるの。眼の前が真暗になり、今まで見えていた港や汽船や海などが見えなくなる。そうするとね、その真暗な視野の中に明るい光の玉のようなものが浮んで来る。それが幾つも数がふえ、形がひろがり、汽船のようなもの、風見《かざみ》のようなもの、塔のようなものに変って行き、海のように一面にきらきらと輝き、私が今迄肉眼で見ていた景色よりも一層綺麗な形と色とを持って、それが刻々に変化して行くのよ。それと同時に、迷児になってしまった不安が消えてしまい、とても幸福な、充ち足りた気持になる。そういうことがだんだんに癖になり、もういつでも、夜眠られない時とか、昼までも一人きりで寂しくてならない時などに、私は眼をつぶって視野の中に明るい光の玉を見て慰めていたものだった。」――「いつでもそういうことが出来たのかい?」と彼は訊いてみる。――「いいえ、それはとても小さい時のことよ。それからも、時々は見えていたけれど、だんだんに駄目になって行ったわ。あんな幸福な、明るい気持になることはもう出来ないのね。」そして彼は、彼女が例によって「私は幸福じゃない」と言い出すのかと心構えをしていたのだが、彼女は次第に声を低くし、眼を閉じ、悲しげな微笑の中に口を噤《つぐ》んでしまった。そして彼は何となく気にかかりながらそのことを忘れてしまい、そして事件は不意に起ったのだ。

彼は眼を開き、疎な乗客たちの頭を客車のところどころに認めて、自分が眠っていたのでないことを確かめたが、しかし彼の眼を開かせたものは客車の向うのドアからはいって来た車掌の、検札を告げる声だったらしい。重たい空気が揺れ、眠っていた男が急に起された時の奇妙な呟きがそこここで聞え、欠伸をしている男もいれば、急いで内ポケットを探っている男もいる。乗客の中に女の数は少く、どの乗客の顔も疲れ倦んで重たい目蓋をしていたが、それが一層空気を濁って感じさせた。彼は切符を出して手に持ったまま、次第にこちらへ近づきつつある車掌の姿を見ていた。それと共に今迄うとうとしながら考えていたことの正体を忘れてしまったが、それが何か彼女(妻)に関することだったという記憶は残っていた。

「弥果《いやはて》ですね、到着は零時三十五分です。」

車掌は彼の切符にぱちんと鋏を入れて機械的にそう呟き、彼の後ろの座席の方に足を運んで行った。彼は腕時計を見てあとまだ一時間ばかりあることを確かめ、煙草を出して火をつけた。がたごという車輪の音、窓硝子を打つ雨しぶきが単調に響き、乗客たちはまた思い思いの楽な姿勢になってうたた寝を始めた。彼女は駅に迎えに来ているだろうか、と彼の意識はまたそこへ戻った。きっと来ているだろう、お母さんはもう眠っている筈だから、きっと抜け出して来るだろう。そして彼はヒステリイを起して喚いている時の彼女の顔と、寂しげに訴えるような眼をして彼を見ている時の彼女の顔とを、同時に思い浮べた。「お母さんはスパイよ、あなたもその味方よ、敵よ。みんなして私を苛めるのよ。」それと同時に、「私は怖いの、とても怖いの。」それが同じ一人の女の顔だとは思えないような。どうしてこんなことになったのだろう、昔はあんなに幸福だったのに。しかしその昔がいつなのか。彼にははっきりした線を引くことが出来なかった。結婚する前は幸福だった。結婚してからもずっと幸福だった。彼女が流産した時には、彼の母も大事に彼女を介抱したし、彼女の方もそれを感謝していたものだ。そのあとは？　子供が出来ないからそれで彼女は不幸になったのか。母との溝が次第に深まったからなのか。それから事件。しかし事件のあとでも、彼女が幸福そうな顔をしていることもあった筈だ。寧ろ事件のために、彼女はそれから平静になったようなところもあったのだ。

煙草の火はまた途中で消えてしまった。この煙草は湿っている。がたんごとんという音が、単調に、睡たげに響く。それで僕の役割は一体どういうところにあったのか、と彼は自分に訊いた。自分のことを考えるのは厭なものだ。これは彼女だけの問題、心理的にも医学的にも彼女だけに原因のある問題なのだ。恩師もそういう意見だった。僕の愛情とか僕の性格とか僕の現在の生活とかいうものと、何の関係もない筈だ。ひょっとしたら、彼女はただの一時的な神経衰弱かもしれない。がたんごとんという単調な響き。硝子窓の外の夜と雨。彼女はきっと迎えに来ているだろう。しかし彼女は病気なのだ、彼女は事件の前も事件の後も、ずっと病気なのだ。ただ僕が（医者である僕が）そして外聞を重んじる母が、それを信じようとしないでいるだけなのだ。親からも見放されている。二本の蒼白いレールの上に降る雨。がたんごとんという音。「私、怖いの。」

彼は次第に睡気を感じ、あと一時間ばかりで着くのだから眠り込んではならないと自分に言い聞かせたが、その時になって初めて、一番幸福だった頃の自分と彼女との姿を、その初めての出会いがやはりこの汽車の中、大学のある都市から寂代へ行くこの汽車の中だったことを思い出し、その頃の彼女の若々しい顔と神秘的な眼指《まなざし》とを視野の中に見ることが出来、そしてそれを今迄、何時間もこの汽車の中で揺られていながら一度も思い出さなかった、或いは思い出そうとしなかったことを、急に不思議に感じ始めた。しかしそれと共に睡気は一層甚しくなり、ねばねばした潮水のようなものが彼の手や足に絡みつき、仄かな水面の明るみのような現在の意識が次第に遠く遠ざかって、彼の身体は暗い海の底の方へと引き込まれるように沈んで行った。

三　彼と彼女

沢村駿太郎が初めて黒住多美に会ったのは、その日から数えて三年と十ケ月ほど前の、押しつまった十二月の暮だった。彼は大学のある都市から弥果《いやはて》に向かう満員の列車の座席に腰を下して、自分のすぐ隣の、窓と反対の通路側に、若い娘がじっと眼を閉じているのを見た。歳末に帰省する学生たちや内地からの旅行客やスキイを持った若い男女や、とにかく溢れるばかりの乗客を満載した急行列車で、客車の中にはスチームのむんむんする熱気と共に、皮と人肌と飲食物の饐えたような臭いが籠り、二重硝子の窓は固く閉ざされていたから、隣の娘が気分の悪そうな様子をしていたのも無理はなかった。しかし彼は薄いドイツ語のパンフレットを熱心に読んでいたから、その娘の印象はただ女子学生が帰省するのだろう位のぼんやりしたものにすぎず、車掌が検札に来て、その切符に鋏を入れながら「寂代《さびしろ》は十四時二十分着です、」と言った時にも、その横顔を眺めて綺麗な人だなとぼんやり考えただけにすぎなかった。

しかし列車がいよいよ寂代の駅に着き、乗客がどやどやと席を立ったり動いたりし、「寂代——さびしろ、五分間停車、」とプラットフォームから駅員のアナウンスの声が聞えて来、そして新しい乗客が客車の中に乗り込んで来た時にも、駿太郎の隣に坐った娘は、やはり眼を閉じたまま身動きもしなかったから、彼は急に不安を感じ始めてその横顔を窺っていたが、遂に決心して彼女に呼び掛けた。

「此処は寂代ですが、あなたは此処で降りるんじゃないんですか?」

そして彼は初めて正面から、彼の方に起したその顔を見た。沈んだ色をした大きな瞳の底から、何か神秘的な光が素早く走り、顔全体の持つ若々しい魅力は彼を惹きつけたが、唇が動いただけで声はよく聞き取れなかった。

「気分でも悪いんですか?」

そして、僕は医者ですけどと余計なことを口走りそうになり、相手が前よりもやや大きな声で繰返すのを聞いた。

「でも私は降りたくないんです。」

既に発車を告げるベルの音がりんりんと鳴り始めていたが、駿太郎はそれまで全然意識になかった行為を始めている自分に驚きながら、立ち上って「これですね?」と相手の小さなボストンバッグを網棚から下し、ついでに自分の革鞄も手に取り「さあ急いで、」とせき立てた。娘は大きく眼を見開いていたが、両手に荷物を持った彼の後からゆっくりと身体を動かし、また満員になってしまった通路を掻き分けるようにしてプラットフォームへ下りた。それと同時に、ベルは鳴り止み、急行列車は発車した。

「危いところでしたね、」と駿太郎は笑いながら言ったが、改札口の方に並んで歩いて行きながら娘は口を利かなかった。ただ改札口で、娘は切符を渡したのに彼の方は途中下車ですと言って切符をまた仕舞い込んだから、「此処でお降りになるんじゃなかったんですの?」と娘は眼を見張って彼に訊いた。

「弥果《いやはて》まで行くんです。なに一汽車おくらせたって大したことはありませんよ。」

彼が荷物を両手に、先に立って停車場を出て行こうとした時に、娘は彼を呼びとめ、「休みません？」と誘い、二人は駅の構内にある小さな喫茶店にはいったが、そこで初めて娘は彼に少しばかり微笑を見せた。

「気分はもういいんですか？　どちらへいらっしゃるんです？」

駿太郎はしょっちゅう喋っていなければ気が済まないほど慌てていた。もともと内気な人間が見知らぬ娘とこうしてお茶を飲みながら話すことは大冒険だという自覚があったし、ほんの十分ほど前までは夢にも考えていないことが起っていたのだ。しかし相手の方は眼を伏せたままぽつんぽつんと返事をするだけで、市内に自分の家がありそこへ帰ることは分ったが、なぜ帰りたくないのかは説明してもらえなかった。そこで彼は自分の名刺を出して、大学病院内科病棟の研究員である身分と、沢村駿太郎という名前とを相手に教え、もっぱら自分のことばかり喋ったが、その間もこの小さな冒険が嬉しくて快活な微笑を見せていた。相手の名前は黒住多美だった。その家まで送って行くつもりでいたのに、多美の方が固辞したので彼は途中で別れ、市内にある大学時代の友人の家に立ち寄って二時間ばかり暇を潰し、次の急行列車に乗って旅行を続けた。そして弥果に着くまでの間に、このささやかなロマンスがどういう後日譚を持つか空想を恣《ほしいまま》にしたが、しかし或いは旅の途中の単なる出来事として、彼も忘れ相手の娘も忘れてしまう可能性も大いにあった。

駿太郎は正月の休みを弥果の父の病院で送った。父も母も大変悦んで、特に父は彼から新しい医学上の発見や研究を聞くのを愉しみにしていたが、父は久しく胆石を患っていて長くは持たないことが自分にも分っていたために、めっきり老けた顔を綻《ほころ》ばせたまま息子をじっと見詰めることが多かった。父は駿太郎が一人前になった以上、内心では此処へ戻って自分の手助けをしてくれることを望んでいないわけではなかった。母の方はしきりにそれをすすめたのだが、頑固な老人は、自分はまだ働けるし、駿太郎が大学の方で仕込んでもらえるのなら、まだまだ勉強してからでも遅くはないと言い張って聞かなかった。駿太郎にしてみても、大学病院のある都会でのんきに暮す方が、父と一緒に田舎町の小さな病院の責任を持つよりもよっぽど気楽だったから、父の言葉をいいことにして、病院の寄宿舎で不自由しながら暮していた。この年の正月休みに、両親はしきりに若い女の写真を見せて彼の気を惹いたが、息子の方はどの結婚話にもさっぱり乗気ではなかった。

休暇が終って彼はまた病院の寄宿舎に戻り、漸く汽車の中で会った娘のことも忘れかけていた頃、黒住多美が彼に電話を掛けて来た。駿太郎は悦んで会う約束をし、宿直明けの日の午後、盛り場の喫茶店で再会した。その日多美は元気がよくて、黒い厚手のスエーターに焦茶の襟巻をしたそのスラックス姿が少女のように見えた。多美はこの都市に住んでいる姉のところに寄宿して洋裁学校に通っていると言った。家庭的なことはあまり話したがらなかったが、寂代にいる父は製粉会社の工場長を勤め、そこには義理の母と妹たちがいるらしかった。しかし現に世話になっている姉の家も夫婦に子供が二人もいて手狭だったし、多美があまり幸福そうでないことはその重い口振りからでも察せられた。

その年の春に掛けて、二人は一緒にカーニヴァルを見に行ったりスケートに行ったりした。駿太郎の方はあまり暇がなくてそうそう会ってばかりはいられなかったが、勉強熱心で珍しく女友達もいず、看護婦を相手にするには気の進まなかった彼にとって、多美がたとえ快活な性質ではなかったとしても、遊び友達にはちょうど手頃な相手だった。看護婦たちが電話を取次ぎながら変な眼くばせをし、沢村先生お嬉しそうなどと蔭口を聞いているのを知っても、まんざら厭な気持はしなかった。

次第に雪が解け空気が暖くなり、鰊の来る季節になって、駿太郎の父の容態が急に悪くなった。彼は急いで弥果に帰ったが、この田舎町では充分に手当をすることも出来ず、といって大学病院まで汽車に乗せて運ぶことも無理だった。結局父は死ぬ前に息子に脈を診てもらうために彼を呼び寄せたようなものだった。こうして彼は目まぐるしい現実の中で、父の死とその後始末とに忙殺され、それに続いて病院の経営にもさっそく当らねばならず、大学病院の研究員をやめる手続きや税金の計算や病院の事務や彼の父の診ていた患者たちのカルテの勉強などに忙しい思いをした。北国の春という一年で最も愉しい季節なのに、彼は新しい生活に追われて、次第に日が長くなり春が過ぎ去って夏が来る頃まで、夢中になって働いた。

その間にも駿太郎は時々多美に手紙を書いていたが、夏の或る日、その多美が不意に彼の病院に現れた。午後の往診の間に暇を見つけて彼は二階の自分の居間で彼女と会ったが、彼女の方はただ遊びに来たというだけで、格別思いつめて彼のところに逃げて来たのでもないらしかった。しかし彼は内心ではロマンチックな空想を愉しみはするものの、実際にそれが実現したとなると途方に暮れるような男だった。彼は自分が忙しくて前のように遊びに行けないのを残念がったが、もっと北の方にも行ってみるという多美の旅行プランに、地図を持ち出して細かい注意などを与え始めた。駿太郎の母はこの遠くから来た女客に最初はびっくりしていたようだったが、次第に打解けて来ると彼女を夕食に引き留め、ついでに夜も泊るようにすすめた。多美は素直に承知してその晩は三人でお喋りをした。一番よく口を利くのは母でそれも殆どが息子の自慢だった。多美はしごく大人しかったがその大人しいのが母の気に入ったらしいので、駿太郎もにやにやして聞いていた。

あくる日、多美は旅行を続けることにして弥果よりも更に北方へ出掛けて行ったが帰りにまた立ち寄る約束が二人の間に交された。帰りに寄った日は日曜日だったので、二人は海岸の方に散歩に行き、取りとめのない話などをした。多美は冬が大嫌いだと言って、北国の夏の短いのを惜しんだが、駿太郎は冬の方がよっぽど北国らしい風情があると主張し、彼女の行った同じコースを彼が学生時代に試みた時の思い出などを語った。多美はもともと内地の育ちで戦争中に一家が寂代に疎開したのだった。駿太郎は弥果で生れそして育っていたから、何かにつけてこの辺の風土の肩を持った。二人は仲のよい喧嘩をした。

三年前のその秋から冬にかけて、二人はたびたび手紙を交換し、多美はその頃姉のところから寂代の父の家に戻ったが、その生活は大して変りばえのするものではないらしかった。そして駿太郎の中のロマンチックなものがまたうごめき出し、彼は幾晩も考えた末に遂に母に切り出した。母は半ば驚いたような半ば予期していたような顔をし、「何ごともお前次第だけれど、よく調べてからにしておくれ、」と言った。今迄どんな結婚話にも乗って来たことのない息子の自発的意志であるだけに、母としては非の打ちようもなかった。「少し陰気なたちのようだね、」と言う位だった。

年が明けた正月の休みに、駿太郎は寂代へ出掛けて行き、大学時代の友人のいる病院を訪ねた。その友人の父親はただの院長というよりこの町での顔役の一人で、彼はその辺から多美の父親やその家族の事情を手繰り出してもらい、ついでに向うに話を通じる時の橋渡しもいずれ頼みたいと申し入れた。院長は磊落な人で二つ返事で引受け、彼の友人は、「この町の美人を一人盗むつもりかね、」とからかった。そして彼はこそこそするのは厭だったので、多美を呼び出して会うこともせず、直に弥果に帰った。

調査の模様は友人からしらせて来たし、一方彼の母は自分でも別に調査を興信所に依頼したらしかったが、その結果は何れも平凡なものだった。黒住多美の父は関西の人間で長い間電気会社の技師を勤め、早く結婚して娘二人を得たが、多美が生れたあとで妻を喪い、再婚した。

新しい妻には一男二女が生れた。戦時中に疎開を兼ねて寂代で新しい職場に就いた。多美の実の姉は既に結婚し多美の方は寂代で高等学校を終えたが成績は悪くはなかった。性質は内気ではにかみ屋のために友達らしい友達はいなかった。姉になついていて、卒業してから姉の結婚先に寄宿して洋裁学校に通っていたが、長続きしなかった。姉の良人は勤勉なサラリーマンであり、関西には義母の実家が商業を営んでいた。多美たちの生母については確かなことはよく分らず、親戚関係も不明だった。しかし特に血統の上でこれという難点もない模様だった。

駿太郎にとってこの調査は形式的なものにすぎず、母にとっては更に関西方面にまで手を廻して調べるには費用の点でも大変だという気があったから、結局それは中途半端なままで終った。そして駿太郎は友人に手紙を出し、友人の父親を通じて先方に話をすすめてもらうことにした。その結果、彼は二月の中ごろ、つまりその日から二年と七ケ月ほど前に、初めて寂代に多美の両親を訪問した。

黒住家の印象は彼にとってあまり愉快ではなかった。というのは、この一家の中で多美がどんな位置を占めているかが、家族の者の態度からも直に読み取れたから。従ってそれはまた多美を嫁に出すことを両親が歓迎していることを意味していた。彼にとってかえって悦ぶべきことかもしれなかった。

「私何だか怖いよう。どうせ家にいたって邪魔者あつかいされて、決して今のままがいいと思うわけじゃないんです。でも自分が変化するのが、どういうふうになって行くのかって自分の行末を想像することが、私には出来ないんです。自分が今のままで写真に写されたみたいにじっと停止してしまえばいいって、私時々考えるんです。その現在が幸福なわけでもないのに。」

「僕がきっと幸福にしてあげる。」

駿太郎はそう月並なことを言ったが、その約束を実現することは極めて簡単なように見えた。黒住家の方で異存のないことが分ったので、駿太郎はその後二三度寂代へ通って、仲人役の友人の父親とも会い、黒住家をも訪ね、万事手筈を定めた。彼の父の一周忌が済んだあと、五月に寂代で内輪の披露をし、続いて弥果で式を挙げた。それが二年と六ケ月ほど前のことだった。

二人は駿太郎が学生時代に一度行ったことのある山奥の湖やアイヌ部落などを一周するコースを選んで、新婚旅行に出掛けた。駿太郎には長い間病院を留守にすることが許されなかったから、それは駆足の旅行だったが、多美は初めて見る風物を珍しがった。少くとも駿太郎には、多美が生き生きした感動に眼を光らせているように見えた。時間は彼女にとって確実に現在から未来に向って流れていた。

そして新しい生活が始まり、変化はごく徐々に来た。駿太郎にとって、いつから多美の眼の色が鈍くなり、いつから時間の流れが遅くなったのか、はっきり指摘することが出来なかった。沢村病院は父の代の時よりも繁昌して来たし、彼は午前中はひっ切りなしに患者と応対し、午後から夜にかけては往診に出掛けて行くので、多美が新しい環境にどういうふうに馴れつつあるのか、正確に見定めるだけの余裕がなかった。診察室には看護婦がいたし薬局には薬剤師がいた。そしてお勝手むきのことは依然として母が采配を振っていたから、多美は大して苦労をする必要もなく幸福だろうと彼は信じていた。多美が良人に甘えられる時間は、ただ夜になって二階の寝室へ二人が引き上げてからしかなかったが、その甘美な時間が昼の間も持続しているように、駿太郎は錯覚していた。それに多美はもともと我慢強くて辛いことも口に出さない性質だったし、口数も少かった。しかし何かが少しずつ変化していて、彼女が結婚する以前よりも一層陰気な顔をしているのに駿太郎はぼんやりと気がついていた。

その日からちょうど二年ほど前、結婚してから五ケ月目の秋の終り頃、母が街で多美に会い、多美の方は出掛けた覚えがないと言い張る小さな出来事が起った。それは母の勘違いだったのかもしれず、或いは多美がその記憶を喪っていてのことかもしれなかった。しかし何故ともなくそれが駿太郎には気味の悪い予感のように思われた。そして厳しい冬が訪れた。

多美は冬が嫌いだと言ったことがあったが、寒さに対して殆ど本能的な不安と恐怖とを抱いていた。弥果は寂代よりも北に位していたから、十二月になると零下二十度の日が幾日も続いた。多美はルンペンストーブの前にしがみついて、陰鬱な表情で赤く熱したストーブを見詰めていた。彼女は外出を厭がり、正月の休みに寂代の実家を訪問しようという駿太郎の誘いにも応じなかった。毛糸を編んだり洋裁したり本を読んだりして、良人と母とが四方山の話をするのを側で黙って聞いていた。夕食のあと、北国では夜が長かったが、彼女は話題に乏しかった。

その冬が過ぎて春になると、多美はまた元気になり母と一緒に買物などにも出掛けるようになった。その頃から駿太郎は時々多美の話の中に彼にとって理解の出来ないような節があるのに気がついた。彼女は夜中に魘《うな》されてしばしば彼の目を覚まさせた。しかし彼女が妊娠したことを知ったので、彼はすべての原因をそのせいにした。彼女は神経過敏になり、唇をぴくぴくさせる癖とか、じっと一つの物を見詰める癖とかが昂じ、しばしば怯えた。彼女の中で、ひどく赤ん坊を欲しがる気持と、出産への恐怖（というより自分の現在の状態が変化することへの恐怖）とが、矛盾しつつ戦っている様子だった。駿太郎はそういう彼女を可憐に思った。初めに会った時の汽車の中で、「私は降りたくないんです、」と言った彼女のことを思い出した。

その春から夏にかけて、即ち一年半から一年と二ケ月ばかり前になる間の短い期間は、沢村家の人々にとって幸福な月日だった。母もすっかりうちとけ、精一ぱい多美の機嫌を取って彼女を大事にした。恐らくは生れるべき子供のことで一番夢中になっていたのは、この老いた母だったに違いない。

しかしこの平和も長くは続かなかった。或る日、多美は階段から滑り落ちて流産した。「なんて不注意なんだ、」と思わず怒鳴り、駿太郎はすぐそんなことを言ってはいけないと自制したが、それは彼女の心の底に深い傷を与えたに違いなかった。「階段の途中まで来た時に眩暈《めまい》がした、」と彼女は言ったが、駿太郎の顔を何の感情もない仮面のような表情でじっと見返していた。未来がそこで死んでしまったような表情だった。そしてそれは、その日から数えて一年と二ケ月ほど前の、この土地にしてはかなり暑い夏の日の午後だった。

秋から冬にかけて時間は単調にのろのろと進行した。多美は健康を回復しても一層臆病になり、自分の殻の中に閉じ籠ってしまった。冬は長くて厳しく、彼女は殆ど口を利かなかった。ただ時々発作のように、駿太郎に向かって彼女の見た夢の中の出来事を物語った。しかしその夢は、或いは、彼女にとっての現実だったのかもしれなかった。そして駿太郎には彼女の夢のひろがりの全域を眺望することが出来なかった。彼女は一種の持続的なメランコリイの中に沈んでいるのだと彼は思った。彼女の過去にどういうことがあったのか、彼女の幼時体験、生母や姉や継母や妹たちとの間に嘗て起ったこと、そういう材料が不足し、多美はそれを告げようとしなかったので、駿太郎は結局多美の精神史を知ることが出来ず、彼女の現在からその過去を類推するばかりだった。人間は、たとえ妻であっても、その精神を了解することが出来ないというのが彼の結論だった。それに、何のために了解する必要があろう。日常に営まれる生の中で、何を思い何を考えているのか正確に理解し得ないとしても、人は無事に暮して行くことが出来るのだ。

それに一体どういう徴候によって人は他人の幸福を測定するのだろうか、とその冬の間にしばしば駿太郎は考えた。或る人間が快活でありお喋りでありよく笑い機嫌良くしていれば、果して幸福なのだろうか。とすれば多美は少しも幸福であるとは言えなかった。しかし彼女を不幸だと極めつけることは（しばしば彼女はそう言明したが）早計のようにも思われた。社会的な身分と経済的な満足と暖かい家庭との中にあり、良人から愛され、大抵の我儘も聞いてもらえる若い妻が、不幸だと言って通るだろうか。不幸というのは単なる気分的なもので、次第に彼女も現在の結婚生活が以前の娘時代よりも遥かに幸福だと暁《さと》るに違いない。それが彼の希望的観測だった。要するに彼は、多美の陰鬱そうな表情や気味の悪い夢の話や完全な忘我状態などの徴候を、本気に考えてはいなかったのだ。そこへ青天の霹靂《へきれき》のように事件が起った。

その日から数えて七ケ月ほど前の、春の浅い日のことだった。雪も次第に解けたし、貯蔵してある馬鈴薯も少くなり、石炭も眼に見えて減って行くが、しかし春の来るのが間近になって人々の顔に生気が蘇り、多美も元気よく働くような日が続き、そして或る朝、彼女は眠ったまま起きようとしなかった。駿太郎はそれには馴れていたが、多美があまり静かに寝ているし顔色もひどく冴えなかったので、声を掛けて揺すぶってみた。それでも何の反応もなかったから、つい機械的に目蓋を見、脈を取って、それがただの睡りではないことに気がついた。彼は慌てるなと自分に言い聞かせ、看護婦を呼んで内密に胃洗浄を施した。そして母を呼んで打ち明けた。

「しかしどうしてだろう？　私は何も気がつかなかったけど。何か書いたものでもあったかい？」

母はおろおろして眼に涙を溜めたまま彼に縋りついたが、息子の方も原因らしいものに心当りはなかった。多美は昏々と眠り続けたが手早く処置したためにどうやら危機は脱したようだった。遺書らしいものは何もなかった。彼女はその晩になって正気づき、更にまたぐっすりと眠った。翌日になってやっと回復したが、駿太郎はいたいたしげな彼女の様子に原因を問いただすだけの勇気を失ってしまった。数日後にさりげなく彼がそのことに触れると、彼女は何も覚えていないと答えた。彼は看護婦に厳重に口止めした。

事件というのはそれだけだった。後になって駿太郎は、あの時とことんまで原因を追求すべきだったと考えはしたが、しかしそれによってどこまで真実が掴めたかは自信がなかった。あれは催眠剤の飲みすぎだったのか。——眠れないからしたことか、死ぬためにしたことか。催眠剤は薬局で盗んだのか、薬屋で買い溜めたのか。お芝居だったのか、意志だったのか。熟慮の結果か、一時の発作なのか。幾つもの疑問が彼の脳裏に浮んでは消えた。彼女は記憶を喪失し、事件は不可解なまま残された。

しかしこのことのために、駿太郎も母も、腫物に触るように多美を扱うことになった。多美は春が深まるにつれて元気づき、口数も多くなり買物などにも出掛けた。事件のことだけが一家の話題から完全に抹殺され、駿太郎も次第に、あれは単に眠れないから薬を飲みすぎただけのことだったと思うようになった。しかし彼も、母も、看護婦や薬剤師も、多美の行動にはさりげなく眼を光らせていた。診察室や薬局へ彼女が立ち寄ることは決して許されなかった。

夏が来て、多美は依然として平静な日常を送っていたし、母などは事件のためにかえって多美が良くなったと言って悦んでいたが、駿太郎はそうは思わなかった。というのは二階の寝室に引上げてからの多美の様子を母は知らなかったから。言うことがしばしば分裂し、駿太郎を敵と呼び、母と協力して彼女に対し陰謀をめぐらしていると指摘するかと思えば、ありもしない影に怯えて、ただ駿太郎だけが頼りだと言ったりした。彼の眼に見えないものが彼女には見えるらしかったが、彼女の最も恐れているのは、彼女自身の化身であるその手や足や背中などの身体の一部分が、しょっちゅう彼女の身辺に付き纏っていることだった。それは単なる幻影なのか、それとも彼女の精神の内部が測りがたく病んでいるためなのか。彼も疑い母も疑っていながら、親子は容易にその問題に触れたがらなかった。日常の平和の方が秤にかけた場合に外聞の悪い病気よりも遥かに大事だった。駿太郎はそれが彼女に寄せる自分の愛情のためだと思っていたし、母にとってはそれは息子への愛情のためだった。

「今度の学会の時に、大学に行ってよく相談して来ます。」

駿太郎は自分の精神医学的な能力の限界をよく知っていたし、また、自分の責任に於て物事を（特に妻の問題を）決定することに臆病だった。この町には専門医もいなかったし、十月に彼の母校の大学で行われる学会の時に、ひそかに恩師に諮《はか》ることが一番妥当だと思われた。何と言っても、彼の思い過しなのかもしれなかった。母は溜息を吐き、複雑な表情をしたが、この老人は実は久しく途方に暮れていたのだ。沢村病院は弥果では信用のある評判のいい病院だったし、母はこれまで善良な良人と有能な息子とを持ち、平和に幸福に暮して来た。一体どこからこうした暗い影が射すようになったのだろう。

その日から数えて四日前に、駿太郎は大学のある都市へ出発した。それを聞かされた多美が理由もなく引き留めるのを、彼は子供をあやすように宥めすかした。「大丈夫だよ、」と彼は言ったが、それは寧ろ自分自身に言い聞かせたようなものだった。彼の真の目的を知らないにも拘らず、多美は不安に怯えたような蒼ざめた表情をしていた。

彼は大学病院で久しぶりに嘗ての恩師や同僚たちに挨拶し、また顔見知りの看護婦たちからもその後のことを尋ねられたが、それは彼を悦ばせなかった。何か自分が重たい秘密を背負っているような気がした。学会は三日ほど続き、三日目の夜は懇親会だった。彼はその間の僅かの暇を偸《ぬす》んで、その方面の専門の先生に相談を持ち掛けた。先生は「よく調べてみなければ分らないが、とにかく直ちに入院させた方がいい、」と彼にすすめた。「なぜもっと早く手紙ででも相談しなかったのだ、」と彼を責めた。その晩の懇親会の席上で、彼は憮然として酒を飲む気分になれなかった。

その当日、駿太郎は午前の汽車に乗り、寂代で下車して多美の父親を訪ねた。そして今迄の事情を説明し、帰り次第多美を大学病院に入院させるつもりだと告げた。義父は彼が予想したほどに驚かず、「あいつはもともと少し変でしたよ、」などと言った。彼は夕食に引き止められたがその席では多美の話は誰もしなかった。

その日の夕刻、彼は寂代駅からまた汽車に乗った。汽車は空いていて、彼は空席にゆっくり身体を延して半ば眠りながら弥果に向かった。汽車が弥果に着いたのは真夜中を廻っていた。駿太郎は鞄をぶら下げて改札口に向かった。彼と一緒に降りた乗客は数えるばかりだった。

彼は眠そうな駅員に切符を渡すよりも先に、改札口に、彼の年老いた母が立っているのを見た。母は額の皺を深く刻んだ顔を彼の方に近づけて、「お前」と呼んだ。停車場の外は吹き降りになっているらしく、烈しい雨音が此処まで聞えて来た。

四　彼女（つづき）

この道はどこまでも果《はて》しがない。

街に通じるこの道はどこまでも果しがない。私はのろのろと歩いて行く。しかし私は現にいるこの一点の他には存在しない。道は遠い過去から無限の未来へと通じている。しかし私にとって時間はただこの私の立っている一点に於て止ってしまう。私の足がふくれ上り、私の靴が重たくなり、私は現在の上に身動きもせず立っている。そして私はのろのろと動く。私の過去は私にとって何の関係もない。私は思い出すことが出来る。しかし思い出したところで何の意味もない。現在に於て私が死んでいるのなら、過去に於ても私は死んでいたのだ。過去は平べったい物の集まりにすぎず、道のうしろの方に固まり合ったまま、私を呼ぶこともしない。しかし私は現在に於て死んでいるわけではない。私の足はのろのろと未来の方へ動いて行くから。

しかしお前には未来はない。

しかし私に目指して行くべき未来はない。なぜなら私はそれを物として掌の上に置いてみることが出来ないから。私の掌の上には何一つない。私の頭の上には、夕焼の燃えるような空間が覆いかぶさっている。それは私自身のように赤々と燃えている。しかしそれは空虚で、本当の空間ではない。それはどこかへ行ってしまい、私はそれが不在であることを知っている。私の中の時間も、その流れて行くさらさらという音を私に聞かせてはくれない。時間も不在なのだ。どこかに、どこか遠いところに、北の外れの国に、私の本当の空間が空を覆い、私の本当の時間がさらさらと流れ、そしてもう一人の私が生きている筈だ。此処にいる私は影なのだ。風に吹かれながら一つの影が歩いて行くのだ。

世界もまた影のように死んで行く。

私を包んだ世界も、今や影のようにゆっくりと死んで行く。もう未来はない。私はのろのろと歩く。私がさっき思い出したのは何だったろう。天を燃やしていた火事も次第に消えてしまった。今まで私の耳で鳴っていた消防自動車のサイレンの音も聞えなくなる。私は街にはいる。火事は止んだ。夕焼の空を押し潰して、もう一つの空間が次第に私の頭の上に下りて来る。しかしそれもまた空虚で、私の本当の空間ではない。街は焼けただれた灰の臭いを漂わせながら、空間の中に押し潰されている。空から舞い下りた天使たちが後片付《あとかたづけ》に忙しい。天使なのか悪魔なのか。私は見られないようにこっそり歩く。看板が曲って柱は歪んでいる。家々は倒れかかっている。硝子窓はまだ燃え続けくすぶっている。子供が猿のようにおかしな顔をしている。彼等は私を狙っている。

街は今に凍ってしまうだろう。

急がなければ、街は今に凍りついてしまうだろう。夜は陰謀と詐欺と欺瞞《ぎまん》とに充ちている。焼け残った家が眼を光らせて私の通り過ぎるのを見ている。この街の人たちはみんなどこかへ行ってしまった。彼等はみんな死んでしまった。今いるのは別の空間から後始末にやって来た地獄の幽霊たちだ。もうすっかり世界が変ってしまった。私は家へ帰る。私は何かを探していたが、その探していたものを忘れてしまった。それは家の中にあるのかもしれない。家へ帰ってもあの人はいない。あの人は今日帰って来る。しかし今日という時間がいつのことなのか、私はそれを知ることが出来ない。その時間は私の掌の上にはない。私は多くの時間を道の上に落して来た。

それはあの女が持って行ったのだ。

それはあの女が、もう一人の私が、持って行ってしまったのだ。思い出とか、希望とか、愛とか、愉しみとか、感情とか、みんなあの女が私から偸んで行った。あの女は影のように私に付き纏い、決して姿を見せず私を嘲笑っている。この女が私を殺し、世界を終らせるのだ。この街が死んでしまい、街の人々が死んでしまい、道の上に冷たい灰が残っているのも、あの女が此処を通って行ったしるしなのだ。何のために道の上で私に会ったのだろう。何のために私より先に此処を歩いて行ったのだろう。あの女が私の秘密をお母さんにみんな教えたのか。お母さんが私を憎み、あの人が私を疑い、街の人たちが私を嘲るのも、みんなあの女のせいなのか。あれは一体誰なのか。

それはもう一人のお前だ。

それがもう一人の私であることを、私は知っている。しかしもう一人の私とは誰だろう。私という存在が、此処にこうしているのに、私以外のところにどうしてそれは存在しているのだろう。あの女は私よりも先廻りして家へ帰った。だから沢村病院というこの文字はこんなにのたくっているのだし、柱は曲ってしまっているのだ。屋根が今にも崩れそうに傾いて、家全体が音を立てて崩れ落ちるのにあと五分とはかからないだろう。五分というのはどれだけの長さなのか。とにかく私は見つからないようにしなければならない。そして早くあの女を探し出さなければならない。私はそっと入口の戸を明ける。私はそっと薬局の前を通る。私はそっと階段に近づく。ああ私は呼び止められる。

「私ではありません、」と言え。

「私ではありません。」何が私ではないのか。とにかくどんどん私は二階へ昇る。誰も私のあとについては来ない。私は部屋にはいり、電灯を点ける。あの女はいない。私は部屋の中を探し廻る。此処には誰もいない。あの人もいない。あの人はまだ帰って来ない。しかし不在なのはあの人ではなく、私の中にある何かなのだ。部屋の中にも燻《くす》ぶった灰の臭いが漂っている。私は疲労した感じを持つ。私はこの部屋の中にいても、私に覆いかぶさって来る別の空間を感じている。私の中で秤のようなものが次第に高まったり低まったりしている。私の中でブランコのように揺れているものが、私の身体を前に後ろに動かす。砂のようなものが私の中で零れ落ちる。

お前は何かを忘れている。

そうだ私は何かを忘れている。私がさっき思い出したのは何だったのか。確かに私の掌の上に載っていて、その重みを私が量ったのは何だったのか。下で誰かが食事に呼んでいる。私は返事をしない。誰かがとんとんと階段を昇って来る。戸が開く。お母さんが私に呼び掛ける。「ええ欲しくないんです。」それを言ったのは私ではない。ひょっとするともう一人の私がこの部屋のどこかに隠れていて、代りに返事をしたのかもしれない。お母さんは私をじっと見詰める。あの人の帰りは夜中になるとお母さんは言う。夜中までにどれだけの時間が流れなければならないのか。私はそれまで待てるだろうか。それまでにどれだけ沢山のことが起るだろうか。

既に起ったことと同じことが起る。

既に起ったことと同じことがまた起るだろう。人はいつでも同じことを繰返すのだ。新しい事は何もない。お母さんは見えなくなる。階段を下りる足音も聞えない。すべてのことは、階段を昇ったり下りたりするように、同じ繰返しなのだ。それでは私に何が起ったのだろう。私は思い出すことが恐ろしい。しかしそれはだんだんに近づいて来る。もう一人の私が街へ行く道の上でだんだんに私に近づいて来たように。その時も私は思い出したのだ。その時も私は怖くなったのだ。それは一つの恐ろしい剝き出しの物、掌の上にあるように眼に見ることの出来るものだ。

一、二、三でお前は思い出す。

一、二、三。それは硫黄の臭いと焼けるような蒸気とぎざぎざの岩だ。私は震えながら岩にしがみつき、湯気の間から熱した熔岩が私の足許に次第に高まって来るのを見ている。私は泣き叫ぶ声ももう嗄れてしまった。私の手は岩から岩を伝はるうちに血だらけになっている。私の肌は熱気に焼かれて焦げくさい。私は夢中になって岩から岩を攀《よ》じ登る。しかしどろどろの熔岩が、ぶつぶつと泡立ちながらすかさず私の足を追い掛けて来る。それは今にも私の足を掴みそうになる。私の身体は傷だらけで、私の喘ぐ息はせはしない。

それは地獄だ。

それが地獄だということを私は知っている。それは阿鼻叫喚の焦熱地獄だ。私はそれを絵で見た通りにこの眼で見ている。恐ろしいのは、それが絵でなく実際だということだ。実際に燃えている。実際に煮え滾《たぎ》っている。そしてどろどろの熔岩の中に、私は見る。

溺れているもう一人のお前を。

溺れているもう一人の私を。その私は裸の姿で熔岩の中で踠《あが》き苦しんでいる。その手や足や髪や顔などが、熱した湯気の中から浮んだり沈んだりする。その光景を私は岩にしがみついて、目瞬きもせずに見詰めている。私の掴んだ岩が崩れて転げ落ちる。私は危く別の岩の方に身体を動かす。私の手足はもう支える力を失っている。誰も助けには来ない。私を助けに来る人は誰もいない。私はひとりだ。私は今にもこの手を離すだろう。私は、私もまた、この煮え滾る熔岩の中に転げ落ちるだろう。

しかしそれは夢だ。

しかしそれは私の見た悪い夢だ。もしそれが夢ならば、夢は覚めるまでが恐ろしいというだけのことだ。しかし私が思い出すのは夢のことではない。それは夢が覚めたあとの長いぼんやりした時間だ。私はうっすらとした光に包まれて、じっと立っている。いや立っているとは言えない。私にはもう身体がない、手もなく足もなく胴体もなく、ただふわふわする魂が、暖かい、香ばしい空気の中に漂うだけ。私を取り囲む空間は無限にひろがり、時間は永遠に同じ時刻を指している。私はそれを思い出す。私は空虚で、ただ影のように空間に浮んでいる。それは私の死だ。

お前は一度死んだのだ。

そうだ私は一度死んだのだ。地獄を見ることが私の生の一部であるように、無限のひろがりの中にいることも私の生の一部なのだ。そして私は死んでいたのだ。死は夢ではなかったし、その中で私は幸福だった。私の魂は静かに休んでいた。

しかしそれはもう取り返せない。

しかしそれはもう取り返せない。私にはそれが恐ろしい。もしそれが取り返せれば、私の空間が私を取り巻き、私の時間が私の身体の中を流れるだろう。私ともう一人の私とが合体し、不在のものは発見されるだろう。私は私の唇に接吻することが出来るだろう。

ではなぜ目覚めたのだ。

本当になぜ目覚めたのだろう。なぜこの生の中に甦ったのだろう。なぜこのねばねばした、重苦しい生の流れが、私の身体に絡みつくのだろう。どうしてあの人は私をそっと眠らせておいてくれなかったのだろう。

復讐するためだ。

あの人は私に復讐するために、私を眠らせようとはしないのだ。いつでも私を目覚めさせ、私に地獄であるこの生を眺めさせていたいのだ。それは、私の意識は私のものなのに、あの人の意識を私が奪ってしまったからだ。私の世界は私のものなのに、あの人の世界に私が侵入したからだ。あの人は自分の意識を自分のままに動かすことが出来ず、私のためにその意識を奪われるのが口惜しいのだ。いつでもあの人の意識の中に、私が存在しているのが口惜しいのだ。

しかしお前の世界はお前のものだ。

しかし私の世界は私のものだ。あの人によって侵入されることは決してない。私の世界は私と共に終るのだ。どんな恐怖も、どんな不安も私ひとりのもので、あの人の手には触れられない。それがあの人には分らないのだ。

誰にも分らないだろう。

それは誰にも分らないだろう。私が怖くて木の葉のように震える時に、誰にもその恐怖は分らないだろう。私の内部の虚無がどんなに深いか。私の中の不在のものを追い求める時の、

――私を襲う不安から声をあげて逃げようとする時の、その私の恐怖は誰にも分らないだろう。だからお前を呼んでいるのだ。

誰が私を呼んでいるのか。私を呼ぶ者は誰もいない筈なのに。私は立ち上る。私は部屋の中を歩き廻る。勿論誰もいる筈はない。誰もいないことを私はよく知っている。しかし私の知らない何かがそこにある。

お前は階段を下りる。

私は階段を下りる。一段ずつ下りて行く。下りるにつれ恐怖が私の胸を締めつける。私はそれがなぜだか分らない。しかし階段を下りることは私には恐ろしい。

そしてお前は診察室の前へ行く。

そして私は診察室の前へ行く。そのドアはぴったりとしまっている。私はこのドアを明けることが出来ない。それは神聖な部屋だ。それはあの人だけのもので、決してはいってはいけないとあの人が言い、お母さんが言い、看護婦さんが言っている。私は決してそこへははいらない。

しかしお前はその中へはいる。

いいえ私は診察室へははいらない。それは私に禁じられている。私の世界が私のものであるように、この部屋はあの人のものなのだ。私ははいることが出来ない。

しかしお前は今思い出す。

私は何を思い出すだろう。

世界は既に終ったことを。

いいえ世界はまだ終ってはいない。私は此処にこうして立っている。私は両手で私の頰を抑え、硝子の上に診察室と書かれたその文字を読む。

世界が終ったしるしにお前は私に会った筈だ。

誰が私に会ったのだろう。あの街に通じる一本の道の上で誰が私に会ったのだろう。

それは私だ。

私は私の後ろから来、私の先へ歩いて行った或る者に出会った、それが誰であるかを私は知っている。それが何を意味したかを私は知っている。

だからお前はこの診察室へはいるのだ。

今や私は知っている。この診察室の中で、誰が私を待つかを。何が私を待つかを。だから私はドアの冷たい握りを掴む。私はゆっくりとそれを廻す。私は中へはいる。

それはそこにある。

それはそこにある。私は見る。

『世界の終り』後記

この三年間に書いた小説を集めて、一冊の短篇集を編んだ。昨年出した『心の中を流れる河』が更に溯る三年間の作品だったことを思えば、我ながら僅かしか書いていないものだ。ただ今度の本は、王朝小説やら未来小説やら、僕としては少々間口をひろげたところがあるから、まあ変化に富んでいると言えるかもしれない。

これらはすべて雑誌の注文に従って書いた。といっても王朝小説や未来小説を頼まれたというわけではない。僕が勝手に間口をひろげてみただけにすぎない。いわんや他の作品は、僕が僕なりの実験を試みながら書いた、いわば身勝手な作品である。ところが僕が「実験」と呼ぶと、批評家は直に未熟という言葉を連想するようである。僕は自分でも決して熟したとは思っていないが、しかしまあ僕は僕だと信じている。そのために一層頑固になって、僕ひとりの文学を頑固に守ろうとするところがある。しかしそういう僕らしいものを好んでくれる読者がいればこそ、僕はこうして思い通りの仕事が出来るのだから有難い。最近のような文学の氾濫状態を見ていると、ますます少数の読者のための文学というものに僕はしがみつくだろう。

しかし繰り返せば、「鬼」や「未来都市」は、多くの読者を予想し得る雑誌に注文されて書いたもので、難解だとか高級だとか言われる筋のものではない。と言って、僕は「影の部分」

や「世界の終り」が高級だと言うのではない。つまりその両者の間に、決して作者は区別を立てたつもりではないと言いたい。読者の側からも、平等に小説として読んでもらえればいい。僕はこの日本語という俗っぽい言葉を操作して、しかも散文という形式で、音楽的に、かつ視覚的に、読者の想像力を喚起するような作品を書きたいと思う。すらすら読んで何もかも分るようなものが文学だとは思わない。だから多少の難解さが付いて廻ることは避けられない。僕の「世界の終り」は批評家からあれこれ言われ、大いに誤解された面もある。しかし考えかたが違うのだからそれもしかたがない。

この頃、小説を書けば書くほど孤立感が僕を襲う。一体誰が分ってくれるのだろうと考えることがある。しかし小説家である以上は読者を最後の頼みの綱にする他はないのだし、僕も結局はそこに舞い戻って自分の気力を奮い起すのだ。それがこうした短篇集を編み、かつこうした無くもがなの後記を書き足す理由なのだ。僕が決して技巧上の実験のためにのみ、批評家を眩惑させるためにのみ、小説を書いているのではなく、心の奥底に人すべての持つ深淵を持ち、それを常に覗き見ながら、この無意識なものを虚構の世界に写し取ろうと努力していることを、読者は、僕の愛する読者は、理解してくれるだろうか。

昭和三十四年五月

福永武彦

『世界の終り』再版後記

人文書院が『心の中を流れる河』と『世界の終り』の二冊の短篇集を、装幀を改めて再刷に付したいと言う。前者については少々ためらったが、後者については格別の異論もなかった。思えば『世界の終り』は、私にとって愛着の深かった短篇集である。初版の後記で悲しげなことを言っているが、あれは批評家に対する犬の遠吠のようなもので、作者には秘かに自負するところがあったに違いない。というふうな他人行儀な言いかたをするのは、何しろ十年前のことだから我が心中にしても忖度する他はないのである。

その頃私は腕ならしのために専らこういう中篇や短篇ばかり書いていた。そのために少々腕まくりをしすぎて肩が凝っていた。批評家に何と言われようと自信さえあればそれでいい筈なのに、我ながら不甲斐なかったようである。今日再版が出れば当然新しい読者の眼に触れるのだから、作者としては満足この上もない。これらの作品は十年経ったから古びてしまったということはないと信じている。

昭和四十四年七月

福永武彦

『心の中を流れる河』再版後記

『心の中を流れる河』は昭和三十三年に東京創元社から出版された短篇集で、昭和二十九年から三十二年に至る間の短篇八種を収めていた。三千部ほど刷り、あとから五百部ほど追加した筈だがどれだけ売れたか私は知らない。東京創元社はその後倒産し、新社が再建された。旧社時代に私は『風土』完全版という贅沢な本を出してもらい、また文芸出版を試みるよう口を出した覚えもあるから、倒産の遠因をなしたのではないかと少しばかり不安を感じた。

人文書院が『世界の終り』と共にこの本の再版をも出したいと言って来た時に、何も十年も前の短篇集にもう一度陽の目を見させることもあるまいと思った。私が気の進まなかった原因の一つは、この中に含まれている中篇「心の中を流れる河」を、出来ることなら目録から削り取ってしまいたいと思っていたからである。というのはこの作品に自信がないという意味ではない。この中篇の素材をもう一度解きほぐして、私は『夢の輪』という長篇を構想し、既にその第一部は昭和三十五年から三十六年にかけて或る雑誌に連載した。最初に中篇として書いたものとは、筋も主題もやや違うもので、ただ主要な登場人物が重なり合っている。そして私は長篇の第二部以下をこの後書き継ぐつもりだから、最初の中篇を人目に曝さない方が、作者の手の内が見すかされないで済むだろうというふうに考えた。

しかしまた考え直してみると、一度活字にしたものは、もはや作者の自由にはなるまい。それにこの中篇を何もそっくり長篇に使うことはないのだし、これはこれなりの構成を持っているから人に読まれて恥ずかしいというものではない。読者諸氏にしてもこれらの人物を空想の中で泳がせて、作者の想像力を先廻りするという愉しみもある筈である。そこで私は再版を承諾することにした。

幸いにしてこの短篇集の紙型は東京創元社に残されていた。そして会長の小林茂氏は無償でその紙型を私に贈られた。倒産で迷惑を掛けたことのお詫びだと言われていて、私は大いに恐縮している。この昔の本が再版を出すに至ったのは、東京創元社の好意と人文書院の尽力との結果であることを、ここに付記する。

昭和四十四年七月

福永武彦

P+D BOOKS ラインアップ

居酒屋兆治 山口 瞳 ●高倉健主演作原作、居酒屋に集う人間愛憎劇

血 族 山口 瞳 ●亡き母が隠し続けた秘密を探る私

家族 山口 瞳 ●父の実像を凝視する『血族』の続編的長編

江分利満氏の優雅で華麗な生活 《江分利満氏》ベストセレクション 山口 瞳 ●昭和サラリーマンを描いた名作アンソロジー

江戸散歩(上) 三遊亭圓生 ●落語家の〝心のふるさと〟東京を圓生が語る

江戸散歩(下) 三遊亭圓生 ●〝意気と芸〟を重んじる町・江戸を圓生が散歩

P+D BOOKS ラインアップ

浮世に言い忘れたこと
三遊亭圓生
●昭和の名人が語る、落語版「花伝書」

噺のまくら
三遊亭圓生
●「まくら（短い話）」の名手圓生が送る65篇

山中鹿之助
松本清張
●松本清張、幻の作品が初単行本化！

白と黒の革命
松本清張
●ホメイニ革命直後 緊迫のテヘランを描く

詩城の旅びと
松本清張
●南仏を舞台に愛と復讐の交錯を描く

風の息（上）
松本清張
●日航機「もく星号」墜落の謎を追う問題作

P+D BOOKS ラインアップ

風の息（中）　松本清張　●〝特ダネ〟カメラマンが語る墜落事故の惨状

風の息（下）　松本清張　●「もく星」号事故解明のキーマンに迫る！

象の白い脚　松本清張　●インドシナ麻薬取引の〝黒い霧〟に迫る

記憶の断片　宮尾登美子　●作家生活の機微や日常を綴った珠玉の随筆集

幼児狩り・蟹　河野多恵子　●芥川賞受賞作「蟹」など初期短篇6作収録

ウホッホ探険隊　干刈あがた　●離婚を機に別居した家族の優しく切ない物語

P+D BOOKS ラインアップ

P+D BOOKS ラインアップ

罪喰い　赤江 瀑　●〝夢幻が彷徨い時空を超える〟初期代表短編集

春喪祭　赤江 瀑　●長谷寺に咲く牡丹の香りと〝妖かし〟の世界

おバカさん　遠藤周作　●純なナポレオンの末裔が珍事を巻き起こす

宿敵 上巻　遠藤周作　●加藤清正と小西行長 相容れない同士の死闘

宿敵 下巻　遠藤周作　●無益な戦。秀吉に面従腹背で臨む行長

銃と十字架　遠藤周作　●初めて司祭となった日本人の生涯を描く

P+D BOOKS ラインアップ

ヘチマくん　遠藤周作　●太閤秀吉の末裔が巻き込まれた事件とは？

決戦の時（上）　遠藤周作　●知られざる、信長〝青春の日々〟の葛藤を描く

決戦の時（下）　遠藤周作　●天運も味方に〝天下布武〟へ突き進む信長

上海の螢・審判　武田泰淳　●戦中戦後の上海を描く二編が甦る！

快楽（上）　武田泰淳　●若き仏教僧の懊悩を描いた筆者の自伝的巨編

快楽（下）　武田泰淳　●教団活動と左翼運動の境界に身をおく主人公

（お断り）

本書のうち「夢見る少年の昼と夜」から「心の中を流れる河」までは1969年に人文書院より発刊された単行本『心の中を流れる河』、「夜の寂しい顔」から「世界の終り」までは、1959年に人文書院から発刊された単行本『世界の終り』を底本としております。

あきらかに間違いと思われるものについては訂正いたしましたが、基本的には底本にしたがっております。

また、底本にある人種・身分・職業・身体等に関する表現で、現在からみれば、不当、不適切と思われる箇所がありますが、著者に差別的意図のないこと、時代背景と作品価値とを鑑み、著者が故人でもあるため、原文のままにしております。

福永武彦（ふくなが たけひこ）

1918年（大正７年）３月19日―1979年（昭和54年）８月13日、享年61。福岡県出身。1972年『死の島』で第４回日本文学大賞受賞。代表作に『草の花』『忘却の河』など。作家・池澤夏樹は長男。

P+D BOOKS

ピー プラス ディー ブックス

P+Dとはペーパーバックとデジタルの略称です。
後世に受け継がれるべき名作でありながら、現在入手困難となっている作品を、
B6判ペーパーバック書籍と電子書籍で、同時かつ同価格にて発売・配信する、
小学館のまったく新しいスタイルのブックレーベルです。

夢見る少年の昼と夜

2017年4月16日　初版第1刷発行
2023年12月6日　第7刷発行

著者　福永武彦
発行人　五十嵐佳世
発行所　株式会社　小学館
〒101-8001
東京都千代田区一ツ橋2-3-1
電話　編集　03-3230-9355
販売　03-5281-3555
印刷所　大日本印刷株式会社
製本所　大日本印刷株式会社
装丁　おおうちおさむ（ナノナノグラフィックス）

ISBN978-4-09-352299-1

P+D BOOKS